本书为2016年国家社科基金一般项目《西南联大的文学书写研究》（项目编号：16BZW128）结项成果，云南大学哲学社会科学创新团队研究成果。

追忆与想象：西南联大的文学书写

Remembrance and Imagination:
The Literary Writing on Southwest Associated University

杨绍军　著

目　　录

绪　论

国立西南联合大学①(以下简称西南联大)作为抗战时期中国著名的高等学府,在日寇入侵、风雨如晦的战争年代,坚持"刚毅坚卓"的校训,以坚忍不拔的精神,为国家保存了民族文化的血脉,培养了一大批优秀的学生,为中国乃至世界的发展做出了重要的贡献。因其成就显著,西南联大有"内树学术自由,外来民主堡垒"②的美誉,成为了中国高等教育史和中国文化史上的奇迹,也成为"中国乃至世界可继承的一宗遗产"③。

如今,80多年过去了,西南联大已不复存在,西南联大师生也鲜有健在者。自西南联大诞生以来,对西南联大的文学书写就一直进行着,其间经历了萌发期、勃发期到兴盛期的演变,呈现出蓬勃发展的局面。但是,文学的西南

---

① 国立西南联合大学自1937年8月国民政府教育部命令设立国立长沙临时大学开始,到1946年7月31日梅贻琦常委主持西南联大最后一次常务委员会,宣布"西南联合大学至此结束",共计8年零11个月,以学年计,为整整9个学年。本书所述"西南联大",包含长沙临时大学和西南联合大学时期。参见西南联合大学北京校友会编:《国立西南联合大学校史——一九三七至一九四六年的北大、清华、南开》,北京大学出版社2006年版,第2页。

② 1946年5月4日,冯友兰撰写《国立西南联合大学纪念碑》,内有"联合大学以其兼容并包之精神,转移社会一时之风气,内树学术自由之规模,外来民主堡垒之称号"的说法。参见北京大学、清华大学、南开大学、云南师范大学编:《国立西南联合大学史料》(总览卷),云南教育出版社1998年版,第284页。

③ [美]易社强:《战争与革命中的西南联大》,饶佳荣译,九州出版社2012年版,第323页。

联大不等同于历史的西南联大,“叙事模式不同,对历史写作的影响也不同”①,文学中的西南联大由于叙事模式、写作动机和各位作家所具有的情节构造模式不同,与作为历史的西南联大也自然不同。事实上,文学中的西南联大是由不同时代的作家和作品共同想象建构的结果,有其自身发生与发展演变的特征,对其进行深入研究与系统揭示,在中国现当代文学史上有着重要的理论价值和学术意义。

第一节　西南联大文学书写的内涵及其缘起

在某种意义上,西南联大的文学书写,既是文学的范畴,也是文化的范畴。西南联大独特的精神魅力和历史价值,使其在中国现当代文学和中国文化史上占有重要的地位。在此意义上,西南联大的文学书写不仅是地域性的,也是世界性的,正如易社强(John Israel)所说:“联大兼具传统模式和自由理念,同其他国立大学一样,它既有世界性的背景,也有地方情境。超越中国的疆域,联大提出了普世性的重大问题。”②在身处危难存亡之际,坚持正义必胜的信念永不动摇;在迁徙动乱的时刻,对国家民族的前途深具使命感和责任感;在艰难困苦的条件下,秉持敬业和求知奋斗,以及兼容并蓄、自由独立的思想……所有这些,西南联大在人类奋斗史上留下了光辉的足迹。因此,西南联大的文学书写指的是中国现当代作家、诗人的作品中以西南联大为背景或发生地(长沙、衡山、昆明、蒙自乃至整个云南等)的创作,也是以西南联大的历史为题材的写作,研究对象是1937年以来不同作家以小说、散文、诗歌、自传等文学体裁想象建构西南联大的作品。作为相同题材的文学作品或者表现西南联大的文学创作,有其独特性和复杂性,即在对西南联大的历史人物和日常

---

① [美]李怀印:《重构近代中国——中国历史写作中的想象与真实》,岁有生、王传奇译,中华书局2013年版,第15页。

② [美]易社强:《战争与革命中的西南联大》,饶佳荣译,九州出版社2012年版,第3页。

生活的书写中,融合着历史与现代的交融互动,也融合着想象与虚构的叙述。在一定程度上,历史的叙述就是建构,西南联大作为独特的历史存在,也必然承载着历史的叙述。80 多年来,西南联大被反复地叙述、发现,借助于虚构化或者客观化的行为,将西南联大的历史和人事进行想象,实现了对作为“镜像”的西南联大的建构。

同时,在对西南联大进行想象建构的过程中,作为文化范畴的西南联大的文学书写也得以显现,那就是不同的作家、诗人和学者在文学作品的表达中凝聚了对西南联大的想象、认同、期待和创造,由集体无意识到有意识地将其形塑成为富有文化意味的精神圣地或者心灵家园,也将其视作中国高等教育史和中国文化史上的象征符码。因此,西南联大的文学书写具有质的规定性,既是文学的范畴,也是文化的范畴,它们既是历史的,也是现实的,更是超越现实的,融合了历史与现实,也沟通过去与未来,具有丰富的意味和形式。

那么,80 多年来对西南联大的文学书写缘何绵延不绝?笔者至少可以从两个维度进行解释:一是历史的叙事维度,西南联大诞生于艰苦的抗战时期,荟萃了北大、清华和南开三校的名师大家,吸引了一大批仰慕名师、向往自由的莘莘学子。在短短 8 年多的时间里,培育出一批在全国乃至世界知名的杰出人才,创造了中国教育史上的奇迹,同时产生了无数的故事、传奇和素材,甚至成为“西南联大神话”①。二是现实的叙事维度,西南联大师生与后来的作家、诗人和学者对西南联大的书写,或多或少地反映他们所经历和想象的西南联大,这与作者生活的时代、见闻和人事,以及他们在不同的时代因应社会现实有关,朱自清、浦薛凤、李广田、赵瑞蕻、许渊冲等的叙事是对西南联大的个人记忆,而鹿桥、宗璞、董易、海男等的叙事则在某种程度上形成对西南联大的集体记忆。因此,无论是基于历史的观照还是个人或群体的记忆,众多作家、诗人和学者对西南联大的书写都是以西南联大作为背景或发生地的,将西南

① 陈平原:《抗战烽火中的中国大学》,北京大学出版社 2015 年版,第 239 页。

联大的历史和人事作为书写的对象,也将与西南联大有关的素材、记忆作为了文学创作的重要源泉。

在西南联大诞生以来的80多年间,对西南联大的文学书写始终存在。早年的西南联大书写者就是西南联大的在校师生,他们表现的内容多为飘蓬南渡的体验与反省、旅寓边地的考察与交游、对战争的思考与对生命的理解……地理空间则涉及南岳、蒙自,还有现实的"昆明"与记忆的"北平",他们的文学创作开启了西南联大的文学书写。此后,虽然西南联大师生依然是文学书写的主力,却有一批新的西南联大研究者和作家、诗人对西南联大进行文学创作而不断涌现精品力作,如宗璞的《东藏记》获得第六届茅盾文学奖。因此,西南联大的文学书写在不同的时代表现出不同的写作模式,也呈现出不同的写作内容。如果将西南联大的文学书写按照历时性的研究来划分,至少可以分为萌发期、勃发期和兴盛期。在80余年的发展演变中,西南联大的文学书写的创作主体发生了双重转换,其生活空间不断变动,表现形式由简单到多元、形象建构由模糊到清晰,在不同的阶段表现出了不同的文学样貌和审美意蕴,赋予了西南联大以新的想象建构。

首先,20世纪30年代至70年代是西南联大文学书写的萌发期,或者称为自为建构时期,这一时期对西南联大的书写是模糊的。1937年的卢沟桥事变不仅改变了中国的历史,也改变了20世纪中国知识分子的命运,更改变了中国文学的发展进程,创造了新的文学空间和写作流向。"抗日战争的发生,不仅仅意味着社会政治生活的巨大转折,而且意味着一般人个人生活的动荡不定,以及由于这些变化引发的一个时代中人们的情感和思维的诸多变迁。作为与社会生活的这一切方面有着传统渊源的中国现代文学,也因此经历了一次比较大的调整过程,并且在这过程当中出现了一些新的文学现象。"①其时,中国的政治、经济和文化中心由南京、上海、北平等东部和北部地区向西部

① 范智红:《世变缘常——四十年代小说论》,人民文学出版社2002年版,第1页。

地区转移,伴随着战争时期大规模的人员流动,中国知识分子忍受着日寇入侵的炮火和杀戮带来的饥饿和死亡的威胁,不断漂泊流转,向西部地区作出战时转移。

在颠沛流亡的战乱年代,中国知识分子的体验和感受在他们的笔下得到真实的再现,如西南联大政治系学生钱能欣参加"湘黔滇旅行团"①,将他的日记整理成《西南三千五百里》(1939),对其历经 68 天、行程 3500 里,徒步穿越湘、黔、滇三省的艰难跋涉,做了详细完整的记述。此外,还有李广田的《圈外》(1942)、冯至的《山水》(1943)、陈达的《浪迹十年》(1945)、蒋梦麟的《西潮》(1943,英文版)等,这些作品都是对流亡生活的真实写照。与此同时,威廉·燕卜荪(William Empson)在迁徙途中写下著名的长诗《南岳之秋(同北平来的流亡大学在一起)》(1938),记述了他在南岳生活的体验和观感;西南联大外文系学生穆旦创作组诗《三千里步行》(1940)等。可以说,作为社会精英的知识分子从内地走向边地、从都市走向乡村,这种迁徙不仅意味着生活时空的转换,而且也意味着知识分子对灾难深重的民族、战争的认识和全新的生命体验。1938 年 4 月,西南联大师生暂住云南蒙自等地,"旅寓异乡的外来者在日常生活中遭遇到了不同地域文化的撞击"②,内迁的知识分子群体近距离地对西南边地的山水人事、民风民俗、宗教信仰、地理物产等进行实地考察,写下大量的游记和考察记,如罗常培的《苍洱之间》(1943)、费孝通的《西山在滇池东岸》(1942)和《鸡足朝山记》(1943)、邢楚均(邢公畹)的《故事采集者日记》(1946,1957 年再版时更名为《红河之月》)、曾昭抡的《缅边日记》(1941)、《滇康道上》(1943)和《大凉山夷区考察记》(1945)等。可以说,他们在西南边地

① 长沙临大师生(包括 11 名教师和 200 余名学生)从湖南长沙步行到云南昆明,他们于 1938 年 2 月 20 日出发,4 月 28 日到达昆明,历时 68 天,横贯湖南、贵州和云南,步行约 1300 公里,被称为"湘黔滇旅行团"(后改名为旅行团)。

② 段美乔:《试论抗战时期西南旅行记的勃兴》,毛迅、李怡编:《现代中国文化与文学》(第七辑),巴蜀书社 2010 年版。

的生活、体验和旅途中的见闻,使此前被外来者“蛮夷化”①或者认为“无名”的边地,实现了由“想象的真实”到“事实的真实”的转变,赋予了西南边地以新的观念和想象。散文创作还有朱自清的《蒙自杂记》(1939)、沈从文的《昆明冬景》(1939)、《云南看云》(1940)和《怀昆明》(1946)等。这些作品都有对西南联大的书写,也有对边地形象的想象建构,始终贯穿着作者对西南边地的独特感知和温情理解。王力的《龙虫并雕斋琐语》(1942)和钱锺书的《写在人生边上》(1941)等散文则集知识、趣味和见解于一体,将人生琐事、见闻观感和言谈趣味表现出深沉的哲学意味。杜运燮创作了《登龙门》(1941)和《滇缅公路》(1942)等,其中的《滇缅公路》是抗战时期中国外援物资的国际大通道——滇缅公路和筑路者的颂歌,朱自清高度评价这首诗,认为是“现代史诗”的最初“努力”②。其他诗作还有周定一的《南湖短歌》(1938)、赵瑞蕻的《一九四〇年春:昆明一画像——赠诗人穆旦》(1940)、秦泥的《刻在心上的墓志——纪念吾师闻一多先生》(1946)等,其中既有对生活场景的描绘,还有对同学的期待和对老师的缅怀。1945年,鹿桥完成了近60万字的长篇小说《未央歌》,这是描写西南联大学生生活的重要作品,“这一个小说的成功处是塑造的青年学生都很活泼,而且很有个性,所以颇为现代的知识青年所喜爱”③,这部小说可以说是西南联大的文学书写最为重要的作品之一,许多海外华人对西南联大的最初了解都源于鹿桥创作的《未央歌》。

纵观这一时期的创作,由于抗战军兴,中国知识分子由北方和沿海来到内地,他们在颠沛流离之时,生活空间也相应发生变化,南渡的旅途见闻既扩大

---

① 西南边地作为中华帝国的边缘,长期以来远离中原地区和中央政权,如果以中原地区作为本位,西南边地则处于政治、文化和地理的边缘,因此在“华夏”的正统体系里,西南边地是对应的“蛮夷”区域,到近代以前,对西南边地的书写始终带有“动物化、妖魔化和色情化”。参见段凌宇:《现代中国的边地想象——以有关云南的文艺文化文本为例》,首都师范大学博士学位论文,2012年。

② 朱自清:《新诗杂话》,广西师范大学出版社2004年版,第31页。

③ 周锦:《中国新文学史》,逸群图书有限公司1983年版,第802页。

了他们的生活视野，也丰富了他们的创作素材。在此之后，他们相继对西南联大进行书写，产生了一批较有代表性的作品，作品中呈现出伤别与离乱、悲怆与艰辛的现实图景，以及校园内知识分子的抗争精神和家国情怀，特别是《未央歌》里青年学生形象的建构，丰富了这一时期中国文学的版图。

其次，20 世纪 80 年代至 90 年代是西南联大文学书写的勃发期，或者称为自发建构时期，这一时期对西南联大的书写较为清晰。20 世纪 80 年代前后，由于中国大陆政治情势的转变，“中国真正进入了和平经济建设时代，思想解放路线与改革开放路线相辅相成地推动和保证了中国向现代化目标发展的历史进程”①，一度尘封的西南联大的历史记忆逐渐受到全社会的关注。尤其是 1983 年西南联大北京校友会的成立，对于凝聚校友、编纂校史、组织活动发挥了重要的作用，他们着手西南联大校史的编纂和相关西南联大书籍的出版②，对西南联大的记忆和书写掀开了新的篇章。

这一时期，西南联大的师生相继离校，他们有更多的时间回忆母校或驻留过的荒僻异乡。1980 年，汪曾祺在《沈从文和他的〈边城〉》里谈到在昆明时，沈从文对他的文学教育，此后一发不可收，陆续写出了《翠湖心影》（1984）、《泡茶馆》（1984）、《昆明的雨》（1984）、《跑警报》（1985）、《沈从文先生在西南联大》（1986）、《金岳霖先生》（1987）、《星斗其文，赤子其人》（1988）、《西南联大中文系》（1988）等散文，西南联大校园和昆明日常生活在他的笔下栩栩如生，成为他晚年最为精彩的作品。可以说，汪曾祺在作品里对昆明民俗风情的书写，被认为“我们既见不到如泣如诉，悲哀艰辛的生活图景，也见不到时

---

① 陈思和主编：《中国当代文学史教程》，复旦大学出版社 1999 年版，第 8 页。

② 1983 年 12 月，西南联大北京校友会拟定校史编写计划，动员校友撰写回忆录。到 1990 年，相继出版《国立西南联合大学校史资料》（北京大学出版社、云南人民出版社，1986 年）、《笳吹弦诵在春城——回忆西南联大》（云南人民出版社、北京大学出版社，1986 年）、《笳吹弦诵情弥切——国立西南联合大学五十周年纪念文集》（中国文史出版社，1988 年）和《云南文史资料选辑（西南联合大学建校五十周年纪念专辑）》第 34 辑（云南人民出版社，1988 年）等文献资料。

代的风云变迁的画卷,这里一切都是诗化了的,处处是美,真是绚烂之极归于平淡"①。宗璞作为西南联大教授冯友兰的女儿,有着深深的"云南情结",她的《小东城角的井》(1988)、《星期三的晚餐》(1992)、《梦回蒙自》(1994)、《三千里地九霄云》(1994)等,都是以昆明、蒙自和西南联大为背景的文化散文。1986年,冯至的《昆明往事》发表,对在杨家山林场、敬节堂巷、西南联大等地经历的人生和往事进行了回忆。此外,还有许渊冲的《追忆逝水年华——从西南联大到巴黎大学》(1996)等,也是对西南联大师友进行回忆的作品。同时期,冯友兰的《三松堂自序》(1984)、刘培育主编的《金岳霖的回忆与回忆金岳霖》(1995)和钱穆的《师友杂忆》(1986)等成为最有代表性的学者回忆录,"几乎都是完成于80年代初期的冯氏的《三松堂自序》与钱穆的《师友杂忆》,呈现出颇多不同的格调——前者如同一部对著述的文外注释,而后者却重在追忆与评判自我,在记述、描写与议论间,颇具诗性魅力"②。在回忆录里,他们采用个人的方式写下了西南联大的历史和相关记忆,尽管由于立场不同、叙述不同、记忆不同,但他们共同对历史事件、社会活动和师生人物进行了回忆,在一定程度上推动了1980年代西南联大回忆录潮流的兴起,也在某种程度上满足了读者寻求真实性的审美期待。

这一时期,重要的诗作有郑敏和赵瑞蕻的同题作品《西南联大颂》以及杜运燮的《西南联大赞》,他们缅怀母校的学习和生活,对西南联大进行礼赞,而诗人对西南联大的缅怀或追忆,并不是为了"怀旧"或者"现实"的需求,而是通过对西南联大的书写着眼于未来,正如博伊姆所说:"怀旧不永远是关于过去的;怀旧可能是回顾性的,但是也可能是前瞻性的。"③历史的实践证明,西南联大作为特殊历史条件下的产物,其是国家民族危亡中的流亡大学,历史不

① 文学武:《论汪曾祺散文的文化意蕴》,《当代文坛》1996年第1期。

② 吕若涵:《反讽、渴望与思想——近十年散文创作的理论思考》,《南京师大学报》(社会科学版)2010年第5期。

③ [美]斯维特兰娜·博伊姆:《怀旧的未来》,杨德友译,译林出版社2010年版,第5页。

允许西南联大有后来者或者重建,但是按照历史发展的客观规律来说,像西南联大这样有着卓越成就的高等学府,应该有无数的后来者。除了诗歌、散文等文著外,小说最重要的收获就是宗璞的长篇小说《南渡记》(1987),这是以西南联大的生活为背景,反映 20 世纪 40 年代中国知识分子命运的《野葫芦引》系列的第一部,被认为是“宗璞近年创作的一部史诗性的作品,最大限度地征用了作者的人生经验”①,《野葫芦引》是宗璞从 20 世纪 50 年代就酝酿创作的作品,代表了西南联大的文学书写的较高成就,也是新时期文学的经典之作。

由此可见,这一时期的创作主体仍然是西南联大的师生,对于教师而言,个人叙事与集体叙事融合在一起,记述了所经历的时代风雨和人生感受;对于学生而言,少年经历与老年记忆融合在一起,西南联大的往事和体验出现在记忆里。因此,西南联大师生逐渐有意识地对西南联大进行书写,将自我与他者、群体与环境进行关联,将不同的西南联大形象建构起来。可以说,他们的创作开拓了文学表现的新领域,尤其是宗璞的《南渡记》成了考察在社会转型时期的中国知识分子的重要文本,不同的知识分子在艰难时势面前,选择南渡、坚守还是依附,体现了中国现代知识分子的气节、操守和精神、品格。

再次,进入新的世纪,则是西南联大文学书写的兴盛期,这一时期对西南联大的书写较为自觉、明晰,因此也可称为自觉建构时期。1998 年 10 月,北大、清华、南开和云南师大编辑的《国立西南联合大学史料》出版,“对于近年急剧升温的‘西南联大热’来说,可谓‘火上添油’”②。20 世纪 90 年代逐渐兴起的“西南联大热”,西南联大师生(实际已不限于西南联大师生)或是出于对西南联大的历史记忆,或是出于对母校的记忆缅怀,以不同的文学样式对西南联大的历史和人事进行了书写,形成了数量众多、异彩纷呈的文学作品。

---

① 孙先科:《从“玻璃病”到“野葫芦”——宗璞的第一篇小说和她爱情书写的诗学特征》,《文学评论》2012 年第 4 期。

② 陈平原:《大学历史与大学精神——四幅中国大学“剪影”》,《大学有精神》,北京大学出版社 2009 年版,第 68 页。

作为西南联大的学生,赵瑞蕻在文汇出版社出版《离乱弦歌忆旧游——从西南联大到金色的晚秋》(2000)对西南联大师友进行了追忆,作品写到了威廉·燕卜荪、闻一多、吴宓、沈从文、冯至、穆旦等师友,在诗意的叙述中倾诉离乱弦歌的岁月,让逝去的隽永、难忘的时光再现,同时承载着作家对西南联大的铭念。其他的有许渊冲的《诗书人生》(2003)、《逝水年华》(2008)和《续忆逝水年华》(2008)、李赋宁的《学习英语与从事英语工作的人生历程》(2005)、刘绪贻的《箫声剑影:刘绪贻口述自传》(2010)、任继愈的《念旧企新:任继愈自述》(2011)和《自由与包容:西南联大人和事》(2017)、何兆武的《上学记》(2006)、陈岱孙的《往事偶记》(2016)等。其中,陈岱孙的《往事偶记》以严谨的行文,满怀理性与真情地回忆了青年问学、归国治学的经历,以及与梅贻琦、叶企孙、金岳霖、周培源、张奚若等诸位生平好友的交往。在回忆录里,他以学者的眼光,对教授治校、蒙自分校和西南联大的校舍等进行追忆,他的客观描述与理性观察,彰显了西南联大知识分子的独特风采,“修辞朴素平实,虽字斟句酌而无矫饰之感,看似淡淡如水,实则饱含真情。文如其人。君子之风,温润如玉。”①可以说,他以求学、治学的经历为主线,对人生中的不平凡岁月进行了美好的回忆,作品中表现的感情之深切、逻辑之严密、史实之精确,值得人们反复阅读和回味。同一时期,浦薛凤的《太虚空里一游尘》(2009)出版,作品讲述了抗战全面爆发后,他跟随清华播迁长沙、蒙自、昆明等地,追忆了西南联大师生在艰苦卓绝的环境中学习和生活的往事。除散文、随笔外,还有宗璞《野葫芦引》系列的其他三部作品,即《东藏记》(2000)、《西征记》(2008)、《北归记》(2019),宗璞最终完成了“四卷写沧桑”②的全部作品,距离第一部《南渡记》的出版过去了整整32年。如果说20世纪80年代出

① 刘昀:《编后记》,陈岱孙:《往事偶记》,商务印书馆2016年版,第237页。

② 1988年,在宗璞60岁生日时,她的父亲冯友兰为其撰写寿联:“百岁寄风流,一脉文心传三世;四卷写沧桑,八年鸿雪记双城。”其中的“四卷”就是指《南渡记》《东藏记》《西征记》和《北归记》。参见施叔青:《又古典又现代——与大陆女作家宗璞对话》,《人民文学》1988年第10期。

版的《南渡记》是以童年视角展开叙述的话,那么《东藏记》《西征记》和《北归记》则以青年的视角展开叙述,对20世纪中国知识分子的抗争史和精神史进行了波澜壮阔的描写。正是通过这种视角转换以及发生在这些青年人身上的各种故事,作品完整地勾勒出青年一代的成长,这种成长不仅仅意味着年龄的增长,也意味着思想意识的成熟,更意味着责任的担当。对此,王春林在评价《野葫芦引》时说:"艺术地表现中国人民伟大不朽的抗战精神的优秀长篇小说,是一部读过之后倍觉感人肺腑、荡气回肠的中华民族的精神史诗。"①西南联大历史系学生董易的遗作《流星群》(2006)由两部长篇小说构成:《青春的脚步》和《走彝方》,作品对西南联大师生的生活和革命活动进行了描绘,尤其是对学生运动和地下党的斗争有详细的描绘。此外,还有海男的长篇组诗《穿越西南联大挽歌》(2015)和小说《梦书:西南联大》(2017)。前者以西南联大师生作为叙述对象,将他们南渡前的生活、南渡的遭遇、在昆明的故事传奇、"跑警报"以及中国远征军入缅作战等进行了歌咏,或完整地再现了西南联大的历史,或在诗歌中再现了激越悲昂的"南渡北归",同时也对西南联大青年学子与名师大家相遇在南渡之路上的往事,抗战期间敌人给个体和国家带来的劫难,联大青年学子投身缅北战场的故事进行了叙述;后者则以北大女生苏修的视角展开叙述,重构了特定时空中西南联大的教育史传奇。因此,《梦书:西南联大》与《穿越西南联大挽歌》形成一定的互文性,以诗化小说和抒情史诗的形式呈现了海男的西南联大书写。

此一时期,西南联大师生的相继离世,一批新的西南联大研究者和作家有目的地对西南联大进行书写,岳南的《南渡北归》(2011)、章玉政的《狂人刘文典:远去的国学大师及其时代》(2008)等,都有对西南联大众多的人物和往事的翔实记载、描绘。可以说,这些不同的作品都对西南联大的历史和人物进行了叙述、刻画,为众多读者了解和认识西南联大、领略西南联大知识分子的人

① 王春林:《一部感人肺腑、荡气回肠的精神史诗——评宗璞长篇小说〈西征记〉》,《扬子江评论》2010年第1期。

格和精神做出了重要的贡献。

纵观21世纪以来的作品,西南联大的书写者发生了重要的变化,由西南联大师生扩展到非西南联大师生,众多作家、诗人对西南联大的书写也由前期以小说、诗歌、散文为主扩展到纪实小说、诗化小说和回忆录等的呈现,形式更为丰富,内容更为宏大,如宗璞的《东藏记》《西征记》和《北归记》成为中国当代文学史上里程碑式的作品。如果说此前对西南联大的书写还不够明晰、丰富的话,这一时期则更加集中地对西南联大进行想象建构,使得西南联大的形象变得更加生动、鲜明。尤其是海男的《穿越西南联大挽歌》和《梦书:西南联大》中对中国远征军的叙述,由于有野人山、缅北丛林等异域场景的出现,凸显了西南联大书写的传奇、浪漫、感伤的审美意蕴。

第二节　历史与现代的交融互动

西南联大作为20世纪中国教育史上的丰碑,也可以说是中国文化史上的传奇。“在艰苦的环境下,坚持高尚的思想品质和独立精神;在战争与革命的年代,坚守通才教育的宗旨和方针,西南联大在人类的奋斗史上已经留下了辉煌的篇章。”①西南联大传奇的经历和丰富的素材,使联大成为中国作家和诗人表现的重要场域,不同的作家、诗人对西南联大进行书写,诞生了一批经典的文学作品,促进了中国现当代文学的蓬勃发展;与此同时,众多作家和诗人对西南联大的文学书写较好地体现了历史和现代的交融互动。

根据自亚里士多德以来的传统界定,历史事件与虚构事件是不同的,历史事件是推论性写作的基础,而虚构事件则是文学创作的方式。对此,海登·怀特(Hayden White)认为:“历史学家关心的是那些位于特定时空中的事件,亦即那些原则上可观察的或可感知的现在(或过去)的事件,而虚构作家——诗

① [美]易社强:《战争与革命中的西南联大》,饶佳荣译,九州出版社2012年版,第323页。

人、小说家和剧作家——则既关注这类事件,又关注那些想象的、假定的或编造的事件。"[①]这就是说,历史学家的话语和虚构作家的话语在很大程度上是彼此重叠、相似或融合的。虽然历史学家和虚构作家关注的是相同的或者不同的事件,但他们在各自的话语表述中所使用的技巧和叙事方式常常有诸多相似或一致之处。在这样的意义上,以西南联大作为背景或发生地(长沙、衡山、昆明、蒙自乃至整个云南等)的西南联大的文学书写,或者以文学作品的形式表现西南联大的历史记忆和日常生活,可以说是中国现当代作家和诗人对历史事件(西南联大的诞生、迁徙、发展和北归、复校等)进行集中书写的体现。在书写的过程中,西南联大的文学书写由于写作者叙事模式、写作动机和不同作家所特有的情节构造模式的不同,与历史学家对西南联大的书写是不相同的[②],这种不相同体现在:作家和诗人在遵循基本历史事实的前提下,可以对作品中的西南联大进行虚构和想象。因此,作家宗璞在《野葫芦引》系列作品中,将西南联大虚构为"明仑大学",但是读者都知道"明仑大学"就是历史上存在的西南联大,故事的发生地也是记忆中的北平、昆明等地,这正如王德威所说:"可能有心为其主体事物的发生建造出可信的历史背景,但写作的焦点则放在读者可能熟悉及/或感兴趣的人物与事件上。"[③]确实,《野葫芦引》中的历史背景就是宗璞曾经生活和熟悉的西南联大,作品中的四部长篇小说《南渡记》《东藏记》《西征记》和《北归记》叙述的就是联大南渡、东藏、西征、北归的历史事件,而作品塑造的人物形象也可以从现实中找到原型,如孟

① [美]海登·怀特:《事实再现的虚构》,《话语的转义——文化批评文集》,董立河译,大象出版社2011年版,第122页。

② 迄今为止,对西南联大历史进行研究的代表性著作有:杨立德《西南联大教育史》(成都出版社,1995年)、西南联合大学北京校友会编《国立西南联合大学校史——一九三七至一九四六年的北大、清华、南开》(北京大学出版社,1996年)、闻黎明《抗日战争与中国知识分子——西南联合大学的抗战轨迹》(社会科学文献出版社,2009年)、易社强《战争与革命中的西南联大》(饶佳荣译,九州出版社,2012年)等。

③ [美]王德威:《历史·小说·虚构》,《想象中国的方法:历史·小说·叙事》,百花文艺出版社2016年版,第301页。

樾、秦巽衡、庄卣辰、江昉、白礼文、尤甲仁、钱明经、庄无因等①,都可以在历史中的西南联大找到相似的人物。可以说,宗璞将作为历史的西南联大以虚构性作品的形式呈现出来,试图对20世纪中国知识分子的命运进行史诗性的还原和书写,其间蕴含着写实和审美的关怀。

在中国学界,所谓的"现代"(modern)、"现代化"(modernization)、"现代性"(modernity)是容易混淆的相关概念,其中的"现代"是作为时间观念而存在的。② 基于此,汪晖曾提出:"'现代'概念是在与中世纪、古代的区分中呈现自己的意义的……这种进化的、进步的、不可逆转的时间观不仅为我们提供了一个看待历史与现实的方式,而且也把我们自己的生存与奋斗的意义统统纳入这个时间的轨道、时代的位置和未来的目标之中。"③汪晖在这里讨论的"现代",属于时间意义上的范畴,但究其本源,"现代"是与"往昔"相对的涵义。若是单纯以时间意义来把握"现代"的内涵是没有意义的,因为人类历史上的任何时间区域都属于"现代",由此,有必要界定这里讨论的"现代"内涵。在这里,"现代"在本质上还是时间的范畴,主要指中国社会由传统社会向现代社会的转型,以及由此产生的思想和意识。正如刘小枫所说:"现代现象是人类有史以来在社会的政治——经济制度、知识理念体系和个体——群体心

---

① 如王春林就说过:"虽然宗璞的《野葫芦引》并不是纪实小说,但其中纪实成分的存在是显而易见的。最起码,在其中的若干人物身上,我们可以明显地窥见有冯友兰、朱自清、闻一多等先生的影子存在。"参见王春林:《一部感人肺腑、荡气回肠的精神史诗——评宗璞长篇小说〈西征记〉》,《扬子江评论》2010年第1期。其他的则有张弘:《西南联大文学索隐》,《新京报》2007年12月24日;李杨:《宗璞 希望写的历史向真实靠近》,《文汇报》2011年8月9日。

② 国内学界在对"现代""现代化""现代性"等概念的梳理和学术史考察中,也有部分学者对"现代"的时间范畴和意义提出质疑,如李怡认为:"'现代'对于西方人而言主要是时间意义的,对于西方文学而言也主要是时间意义的……现代中国知识分子的'现代'意识远不如西方的那么'单纯',它既包含了我们对于新的时间观念的接受,同时又包含着大量的对于现实空间的生存体验,而后者更是中国社会与中国人自我生长的结果,因而也更具有实质性的意义。"因此,他认为现代中国的"现代"意识既是时间的观念,还是空间的体验。参见李怡:《"重估现代性"思潮与中国现代文学传统的再认识》,《文学评论》2002年第4期。

③ 汪晖:《死火重温》,人民文学出版社2000年版,第4页。

性结构及其相应的文化制度方面发生的全方位秩序转型。”①中国社会由传统向现代的转型不像西方国家是循序渐进的，而是社会矛盾发展到一定阶段的产物。但是，“现代”对西南联大文学书写的体现，在于故事的结构方式、艺术的表现手法和时间观念的表达，中国作家、诗人对西南联大的书写集中体现在作品内容和艺术形式的创造上，就如陈晓明所说的：“回到历史变动的实际过程；回到文学发生、变异和变革的具体环节；回到文学文本的内在结构中去。”②在这样的意义上，现代以来的中国文学可以说是中国社会的直接体现，也是对中国现代发展历程的观照和记录。

首先，西南联大的文学书写是对西南联大历史的想象建构。在西方，自兰克（Leopold von Ranke）开始，信奉历史主义的欧洲和北美的作家，在写作中喜好强调“科学”的态度。在他们看来，历史写作理应是对原始材料的严格、公正和不偏不倚的审视，理想的情况应该是抛弃任何的现实关注、自身利益或对某些社会阶层和集团的偏好。但是，历史写作与文学创作还是存在着本质的区别，正如伊瑟尔（Wolfgang Iser）所说：“我们认为，文学文本是虚构与现实的混合物，它是既定事物与想象事物之间相互纠缠、彼此渗透的结果。”③因此，他认为文学文本（作品）是现实、虚构与想象的“三元合一”（a tried），借助于虚构化行为的引领，现实才得以升华为想象，而想象也才走近现实。同样的是，历史上的西南联大是作为客观事物存在的，然而对西南联大的书写，需要众多的作家、诗人对故事情节、人物形象或者表现手法等进行多样化的创造，正是依靠他们对西南联大的虚构化行为，中国作家、诗人实现了对西南联大的想象建构，换句话说，也就是对西南联大历史的建构离不开虚构和想象。

---

① 刘小枫：《现代性社会理论绪论》，上海三联书店1998年版，第3页。

② 陈晓明：《导言：现代性与文学研究的新视野》，陈晓明主编：《现代性与中国当代文学转型》，云南人民出版社2003年版，第3页。

③ ［德］沃尔夫冈·伊瑟尔：《虚构与想象：文学人类学疆界》，陈定家、汪正龙等译，吉林人民出版社2003年版，第14页。

应该看到,中国现当代作家、诗人对西南联大进行书写的过程,也是对西南联大历史想象建构的过程。在这个过程中,不同的作家、诗人想象建构的西南联大有共同的面相,也有不同的侧影。在对西南联大进行书写的过程中,威廉·燕卜荪、穆旦、杜运燮等新诗作品的发表,揭开了西南联大的文学书写。燕卜荪的《南岳之秋》创作于长沙临大期间,他向读者展示了西南联大师生在南岳衡山学习、生活和教学的画面,同时对流亡中的大学和中国的命运进行了深沉的思考,研究者认为:"《南岳之秋》一方面是燕卜荪的自我辩护,另一方面也是对中国命运的思考"。① 穆旦的组诗《三千里步行》完整地讲述了"湘黔滇旅行团"从长沙经贵阳再到昆明沿途的所见所闻:破碎的祖国河山、民众的流离失所、房屋的破败坍圮……他在诗歌里将迁徙流亡的西南联大历史与人事进行了具象化、形象化的书写。西南联大的教师罗常培、曾昭抡、费孝通、邢公畹等考察记的出现,一方面促成了战时西南旅行记的兴起,另一方面呈现了客观的边地现场。如罗常培的《苍洱之间》是作者两次到云南大理讲学和进行语言学调查的记录,书中除《五华楼》一节为书评外,其余都是考察的见闻。作者在战乱频仍时进行田野考察,在避难边地传播文化,在颠沛流离中寄情山水,对苍山洱海间的自然风物进行描摹,不仅再现了具体的历史场景,而且有着深沉的历史意识。1944 年,西南联大毕业的学生吴讷孙(鹿桥)开始《未央歌》的创作,开启了小说对西南联大的书写先河。在作品里,鹿桥承认:"我只有说未央歌是一部以西南联合大学及昆明为背景写的小说,描写抗战时期年轻学生的生活跟理想的。"②正如所有读者看到的,这部小说不以情节和故事取胜,而是以情调和风格来谈论青年学生的理想,作者刻意描绘了那些远离现实的、充满友情的、牧歌情调般的校园生活。可以说,在《未央歌》里,

① 张剑:《中英文化的碰撞与协商:解读威廉·燕卜荪的中国经历》,《深圳大学学报》(人文社会科学版)2014 年第 1 期。

② 鹿桥:《再版致未央歌读者》,《未央歌》,台湾商务印书馆股份有限公司 2018 年版,第 19 页。

历史中的西南联大是青春的、美好的净土，因为《未央歌》留给海内外读者的西南联大是青春如斯的美好世界，在这个世界里，年轻人充满期待和希望，乐观地享受、平静地成长、安乐地读书。到20世纪80年代，宗璞的《野葫芦引》出现，其以小说的形式来书写历史，对抗战全面爆发后中国知识分子的风貌和心态进行了刻画，写出了真实可信的历史情节，塑造了形象逼真的人物形象，被徐岱认为："宗璞的《野葫芦引》却是以一个大家族的经历，来形象生动地保存了一段正在被枯燥的历史文献与健忘的现代国人所遗忘的历史真相。"①汪曾祺的《泡茶馆》和《沈从文先生在西南联大》，冯至的《昆明往事》和宗璞的《小东城角的井》《梦回蒙自》等散文，都是作者根据战时的个人记忆创作的，这种个人记忆经由具体细节和不同人物的刻画，而逐渐形成集体记忆，这是散文作品对西南联大历史和人事所作的真实叙述和情景再现。20世纪90年代"西南联大热"的促兴，使得更多的非西南联大师生自觉地将书写的目光聚焦于西南联大，对西南联大的书写因此更为兴盛。这一时期对西南联大历史的想象构建，不再是细节的描述和人物的刻画，而是体现出创作主体的情感和思维，表现出强烈的个性色彩。可以说，这些众多的作品无论是对西南联大历史的重构，还是集体性的历史记忆，抑或是对西南边地的展示，都呈现出了不同的风格和面貌，体现了对西南联大历史和人事的想象建构。

其次，西南联大的文学书写体现鲜明的现代意识。对于"现代意识"，张新颖认为："'现代意识'尽管歧义丛生，仍然能够划出一个丛生的大致范围……它主要指的是以现代主义的文化思潮和文学创作为核心的思想和文学意识。"②根据他的界定，现代意识是工业革命以来出现的现代化的社会运动，以及与之相生相随的现代思想和意识，但是，这是基于西方的历史和文化而建构出来的。那么，在中国由传统社会向现代社会转型和转型之后，中国文学领

① 徐岱：《史与诗的张力：论宗璞和她的〈野葫芦引〉》，《文艺理论研究》2003年第2期。

② 张新颖：《20世纪上半期中国文学的现代意识》，生活·读书·新知三联书店2001年版，第2页。

域的“现代意识”，或者说“文学的现代意识”指的是什么呢？1986年，未眠在《现代意识理解上的几个问题》中提到：“文学的现代意识，不在于题材的现代性现实性，同样也不在于作品中反映了多少现代意识，而在于文学家把握艺术世界所具备的现代思维方式、表现方式，及所具备的现代的文学观念与文学形态模式。”①他的这种说法，得到了研究者的大致认同。基于这种认识，西南联大的文学书写对中国现代社会和中国现代意识的表现，主要指向的是文学作品的形式与内容，而且不同的作家和诗人在不同的时代都对此进行了较好的诠释和例证。

20世纪40年代，在中国现代主义诗歌需要变革与转折的重要时期，昆明的西南联大掀起了中国新诗史上现代主义的“中兴”运动②，当时除了冯至、闻一多、卞之琳、燕卜荪等著名诗人外，一批新生代的年轻诗人穆旦、郑敏、杜运燮、王佐良、赵瑞蕻、罗寄一、秦泥、周定一等也进行了积极创作，推动了中国现代主义诗歌的发展，形成了中国现代主义诗歌的高峰。在这个过程中，穆旦被认为是最积极、最活跃，也是贡献最大的诗人之一，“无论在体裁形式方面，还是在主题内容方面，穆旦均走到了现代汉诗写作的最前沿。他自觉地接受了西方现代诗的影响，特别是以艾略特、奥登等诗人为参照，对现代汉诗进行了勇敢的探险与革新”③。由于坚持对现代主义的偏好，穆旦在昆明期间对传统有着非理性的“反抗”，王佐良曾经说过，“穆旦的胜利却在于他对于古代经典的彻底的无知”，“他的最好的品质却全然是非中国的”④。因此，在穆旦的作品里，所谓的“现代”不再被个人化地约定为“时间”范畴，而被认为是“看待历

① 未眠：《现代意识理解上的几个问题》，《文艺争鸣》1986年第6期。

② 谢冕：《一颗星亮在天边——纪念穆旦》，杜运燮、周与良、李方、张同道、余世存编：《丰富和丰富的痛苦——穆旦逝世20周年纪念文集》，北京师范大学出版社1997年版，第10页。

③ 曹元勇：《走在汉语写作的最前沿》，杜运燮、周与良、李方、张同道、余世存编：《丰富和丰富的痛苦——穆旦逝世20周年纪念文集》，北京师范大学出版社1997年版，第126页。

④ 王佐良：《一个中国新诗人》，《文学杂志》第2卷第2期，1947年1月。原文为英文，在伦敦 *Life and Letters*（《生活与文学》）上发表，时间是1946年6月。

史与现实的方式”，他试图通过语言艺术和创作实践明确地传达传统/现代、历史/现实、中国/非中国的二元对立的思维模式，强化对“新诗现代化”的自我认同。如他在1941年创作的《五月》，有意识地将传统的五节古体诗与四节自由诗混合在一起，在形式上构造了传统/现代的形式奇观，在内容上体现了崇高/卑劣、愚昧/文明的审视。由此不难看出，经过穆旦有意识的选择和个人的创造性转化，他与西南联大的诗友一起建构了中国新诗史上的现代主义文学景观。与穆旦不同，汪曾祺在20世纪80年代的散文创作对西南联大的生活和人物进行了集中书写，这成为他后期散文创作中最为杰出的篇章。对于他的创作，卢军认为是“应和了现代主义作家从远古、从原始状态中寻找人性的对人生原型式的思考，也诱发了新时期中国文学中寻根小说的产生”①，但是，汪曾祺没有像新时期寻根作家走得那么遥远，“他肯定是一种古典式的现代，中国化的未来”②，也就是说，他的现代意识体现在民族传统与现代手法的相互借鉴与结合上。如在《金岳霖先生》中，表面上来看是专门写金岳霖的，可是作品却又写到沈从文、闻一多、朱自清、林徽因和他的同学林国达、王浩、陈蕴珍等人物，但是对这些人物的描写又都是以金岳霖为中心的。这样就不难理解，在表现老师金岳霖时，汪曾祺从宏观中看到微观，又从微观中看到宏观，从而实现对金岳霖先生的全面认识。由此也可以看到，他在作品中的场景设计和表现方式，是中国传统的人物描写手法，但是又带着现代的思维方式，作者在某种程度上实现了民族传统与西方思想的较好结合，具备了现代的文学观念和文学意识。可以说，在西南联大的书写中，中国的作家、诗人在文学作品里体现出了鲜明的现代意识，一些作品成为传统现实主义写作的佳作，也有现代主义乃至后现代主义写作的建树，在中国现当代文学史上有一定的先导和示范意义。

再次，西南联大的文学书写体现历史与现代的交融互动。作为一种想象

① 卢军：《汪曾祺小说创作论》，社会科学文献出版社2007年版，第303页。

② 柯玲：《汪曾祺创作的现代意识》，《盐城师专学报》（哲学社会科学版）1998年第4期。

建构,对西南联大的文学书写一定程度上反映了中国作家、诗人的主观认识、审美偏好,及其对历史事件(事实)和情节模式的构造。因此,对西南联大进行书写,首先意味着作家或者诗人要去设想一个叙事架构,在其中,对具体的事实或场景可增可减,进行有意识的编排和构造,甚至可以虚构和想象,最终形成连贯的、有逻辑的完整叙事,从而产生出预期的审美效果。历史学家 R.G.科林伍德(R.G.Collingwood)说过,"作为想象的成果,史学家的作品和小说家的作品并没有什么区别。它们相区别的地方在于史学家的图画理应是真实的。小说家只有一个任务:建构一幅连贯的、有意义的图画。"①也就是说,历史学家建构的图画应该是真正发生过的事件,小说家建构的图画也许是真正存在的事件,也许是杜撰或者虚构的事件,这就是他们之间的根本区别。这样的话,小说家就可以用"拟历史"的方式来讲述故事,也可以用"讲故事"的方式来还原历史。在对西南联大书写的进程中,中国作家、诗人对作为历史的西南联大进行了想象建构,他们运用现代的思维方法和表现方式,同时辅以现代的文学观念和文学形态,将集现实、虚构和想象的作品创作出来,用现代的时间和空间观念进行展示,或者说用现代的思想和意识来统领作品,在中国现当代文学史上取得了重要的成果。如在谈到《野葫芦引》的创作时,宗璞就曾坦言:"《野葫芦引》手法上侧重于传统,内容写的是抗战,但统领一切的思想却是二十世纪八十年代了。"②在她的系列作品中,作者对西南联大、中国远征军、滇西抗战、驼峰航线、轰炸昆明等历史事实进行了重构和表达,再现了被遗忘或者被遮蔽的史实。尤其让人称道的是,宗璞持有的历史观和鲜明的现代思想,或者说她表达的立场,被这样评价:"《野葫芦引》不是选择哪一个政党或者哪一种主义的立场,更不受一时一地的价值观和思想潮流裹挟,而是清醒

① [英]R.G.科林伍德:《历史的观念》,尹锐、方红、任晓晋译,光明日报出版社 2007 年版,第 192 页。

② 施叔青:《又古典又现代——与大陆女作家宗璞对话》,《人民文学》1988 年第 10 期。

而坚定地站在人民、民族、祖国的立场，站在和平、文化、文明的立场。”①也因为如此，她的四部长篇小说体现了强烈的家国情怀。事实上，宗璞无比地深爱自己的家园、故土和脚下的山川、河流，有意识地用超越传统的现代思想来审视战时的中国社会，对底层民众和爱国知识分子的壮举进行了集中书写。可以说，宗璞的《野葫芦引》不仅深刻地描写了抗战时期的西南联大和相关的历史事件，而且体现了现代人的思想和意识，正是这种对历史与现代的审视，或者说作品里体现出的历史与现代的创造性转换，使得《野葫芦引》成为历史与现代互动融合的范本。其他的西南联大书写，也有不俗的表现，如董易的《流星群》②以西南联大师生和地下党的活动为原型，塑造了一批个性鲜明、栩栩如生的人物形象，他们在艰苦卓绝的环境里学习、生活，也遭受挫折和牺牲。主人公温海绵是当时青年中具有典型意义的人物，他充满生活热情，还有远大理想，富有同情心和牺牲精神，但由于组织工作失误和统战对象的“反水”，被勐赫井土司孟希仁残酷杀害。在众多的作品里，这部作品不限于忠实地再现某一历史片段（事件），而是突破革命传奇的陈套而表现生活和斗争的“蜕变与异化”，成为亚里士多德所说的“按照可然律或必然律可能发生”③的“带有普遍性”的叙事。因此，面对西南联大的历史，作家需要做的不仅在于对具体历史事件的描述，还需要对意识形态化的传统作出挑战，对逝去的历史和事件进行反省、深思，并在作品中表达自己的“理解之同情”和关怀。

此外，在其他中国现当代诗人的作品里，也可以看到作为历史的西南联大，如郑敏、赵瑞蕻的同题作品《西南联大颂》，都是诗人献给母校的颂歌。虽然他们在西南联大的经历成为共同的历史记忆，但是对作为精神家园的西南

① 潘向黎：《〈野葫芦引〉如何还原历史》，《南方文坛》2012 年第 6 期。

② 中国社会科学院文学研究所研究员董易的遗作《流星群》，该书以作者亲身经历的往事，对抗战时期西南联大师生的生活和青年学生、地下党的活动进行描写，被誉为“一部史诗般的青春之歌”，于 2006 年 2 月由云南人民出版社出版。

③ ［希］亚里士多德：《诗学》，伍蠡甫主编：《西方古今文论选》，复旦大学出版社 1984 年版，第 22 页。

联大的表现方式却不尽相同,郑敏的诗作从主观来回忆西南联大,叙述和同学们在乱世中相濡以沫,在艰难中坚韧同行,西南联大成为了“我们的记忆”;而赵瑞蕻的诗作则是客观地表现西南联大,讲述在昆明翠湖边和茶馆里的读书生活、讲述联大的师生情谊,以及师生间“共同的信念”。可以说,他们在对西南联大书写的过程中,从主客观视角对西南联大进行了呈现,这种书写与创作主体的思维方法和表现方式有关,但也反映了对西南联大进行想象建构的不同文学作品的差异性和丰富性,这些都是西南联大的文学书写对中国现当代文学的贡献和创造。

第三节　西南联大文学书写的研究内容和方法

在战争与革命中的西南联大,汇聚了来自国内外的知识分子,他们在灾难深重的岁月,传承了民族精神和文化血脉,保存了知识和文明的火种,成为20世纪中国知识分子的典范。近30年来,对西南联大及相关问题的研究,成为学术界关注的热点,涌现出大批的研究成果。笔者以为,西南联大自其诞生起,对其研究即已开始。[①] 目前学界对西南联大的研究成果较为丰硕,代表性的论著有杨立德的《西南联大教育史》(1995),该书被称为“全国第一部研究西南联大的专著”[②],从不同的角度介绍了西南联大的教育状况和取得的成就。谢泳的《西南联大与中国现代知识分子》(1998)提出“西南联大知识分子

① 谢泳曾说过:“我刚开始做西南联大研究的时候,史料还不完善,当时关于西南联大的史料很少,特别是成型的史料。那时西南联大的校史还没有出版,云南教育出版社的《国立西南联合大学史料》也没有出来……早期联大学生自己编的史料,就是《联大八年》,其他就是一些零散的史料了。”参见谢泳:《西南联大与中国现代知识分子》,福建教育出版社2009年版,第142页。除谢泳提到的《联大八年》外,若从文学研究的角度,至少20世纪40年代的李广田、朱自清、闻一多等就对西南联大的教师冯至、卞之琳和学生穆旦、杜运燮等的文学作品进行批评,产生了对中国新文学创作实践进行系统性总结的《诗的艺术》《新诗杂话》等有重要影响的论著。

② 谢慧:《知识分子的救亡努力——〈今日评论〉与抗战时期中国政策的抉择》,社会科学文献出版社2010年版,第14页。

群"[①]的概念,认为该群体是中国现代知识分子的缩影。赵新林、张国龙的《西南联大:战火的洗礼》(2000)描述了西南联大从创办到北归的过程,着力宣扬西南联大的精神和传统。姚丹的《西南联大历史情境中的文学活动》(2000)有意识地将西南联大历史情境的重建作为考察文学活动的基础,重点聚焦文学课程的设置与课堂文学对西南联大精神传统的确立、教师个体的写作以及动荡时代的文学新趋向等。杨立德的《西南联大的"斯芬克司"之谜》(2005)对西南联大的办学思想、大学制度和教师的敬业精神、大学的学术使命等进行论述,是对《西南联大教育史》的深化与拓展。封海清的《西南联大文化选择与文化精神》(2006)则系统揭示了西南联大以民族文化为主体,重建现代中国文化的成功探索和具体实践。王喜旺的《学术与教育互动:西南联大历史时空中的观照》(2008)对西南联大发生的学术与教育互相作用、影响的复杂面相和体制机制进行研究,对其现实启示进行了揭示。闻黎明的《抗日战争与中国知识分子——西南联合大学的抗战轨迹》(2009)对战时西南联大的建立、战争期间的疏散和知识分子抗战等进行深入思考。谢慧的《知识分子的救亡努力——〈今日评论〉与抗战时期中国政策的抉择》(2010)和《西南联大与抗战时期的宪政运动》(2010),前者对以西南联大知识分子为主体的《今日评论》作者群在抗战时期对宪政问题、经济政策、外交政策所做的贡献进行探讨;后者则对西南联大在宪政运动中的推动作用进行了较为全面的考察。李光荣的《季节燃起的花朵——西南联大文学社团研究》(2011)、《民国文学观念:西南联大文学例证》(2014)和《西南联大与中国校园文学》(2014),第一部对西南联大七个文学社团进行具体描述、分析和概括,评价其特点,揭示其贡献;第二部通过对西南联大文学的生成环境,学生社团、教师和学生的创作,引入民国文学观念对中国现代文学进行研究,对整个民国文学史的建构,有独到的贡献;第三部围绕西南联大学生创作的反映大学生活和抗战时期社会面

① 谢泳:《西南联大与中国现代知识分子》,福建教育出版社 2009 年版,第 5 页。

貌的作品，对与西南联大的文学社团、西南联大学生相关的作品进行分析，认为西南联大学生的文学创作是中国校园文学的高峰。陈平原的《抗战烽火中的中国大学》(2015)对西南联大内迁的历史、传说和故事等进行深入阐释、研究，同时对抗战时期西南联大教授的旧体诗词进行关注，可以视作“大学叙事”的典范性著作，有重要的方法论意义。余斌的《西南联大，昆明天上的永远的云》(2016)对西南联大文人的文化与生活进行研究，被认为是现代昆明的文化地图。邓招华的《西南联大诗人群史料钩沉汇校及文学年表长编》(2016)对西南联大诗人群的作品和相关文献进行搜集、整理、辨析，将芜杂的历史材料以时间为序进行了编撰，为后世研究提供了第一手的文献资料。重要的论文有洪德铭的《西南联大的精神和办学特色》、王奇生的《战时大学校园中的国民党：以西南联大为中心》、张同道的《中国现代诗与西南联大诗人群》、谢泳的《西南联大与汪曾祺、穆旦的文学道路》等。博硕论文则有邓招华的《西南联大诗人群研究》、刘顺文的《西南联大文人群生活文化之研究》等。此外，易社强从 20 世纪 70 年代开始研究西南联大，致力于收集西南联大的资料，访问西南联大学人，他的《战争与革命中的西南联大》(2012)被何炳棣称为“迄今最佳联大校史”①。日本学者安藤彦太郎、杉本达夫、斋藤泰治等在《日中学院学刊》等刊物上有关于西南联大的研究论文。可以说，这些论著都在西南联大研究领域有不同程度的突破，成为西南联大研究的重要论著。

与此对应的，目前学界对作为文学“镜像”的西南联大所进行的研究则亟待深入，迄今仅有陈平原的《文学史视野中的“大学叙事”》《小说家眼中的西南联大》《阅读大学的六种方式》等论文，对“大学叙事”以及小说中的西南联大和西南联大师生的情谊等诸多问题进行探讨，开辟了西南联大的文学书写的新路径。田正平、陈桃兰的论文《抗战时期大学生生活的另类书写》，以《未央歌》为主要对象，阐述了战时西南联大的学生生活，解读了西南联大独具特色的办学传统和教学

① ［美］易社强：《战争与革命中的西南联大》，饶佳荣译，九州出版社 2012 年版，封底。

理念。李光荣的《汪曾祺的大学生活与西南联大书写》对汪曾祺书写西南联大校园和校园生活的作品进行了分析和探讨，认为汪曾祺是书写西南联大校园的“铁笔圣手”。需要强调的是，这类研究成果数量较少，且缺乏系统性。

应该说，以往的研究为本书的写作奠定了良好的基础，但是令人遗憾的是，在众多的研究论著中，很少有学者将西南联大题材的文学作品作为典型的文学现象进行关注；即使有也主要集中在对特定作品的解读和具体的阐释上。因此，西南联大的文学书写应该成为中国现当代文学史考察和研究中不可或缺的部分，任何遮蔽或漠视都会给中国现当代文学的研究和发展带来一定程度的遗憾。在这样的意义上，以往的研究存在着三个明显的薄弱环节：一是未能把西南联大的文学书写放在中国现当代文学视野中进行深入、系统的考察，缺乏对不同的作家、诗人想象建构西南联大的表现方式、主题内涵、创作手法、语言艺术等的关注。二是未对西南联大的文学书写以文学现象进行深入探讨，以往的研究注重对某个作家或者作品的个案研究，缺少主题相同的作家作品的综合研究，更缺少对西南联大的文学书写的历史价值和文化意义的全面研究。三是未能将不同作家、诗人表现西南联大的作品在中国现当代文学史上的地位和贡献进行揭示和总结。

鉴于西南联大题材的特殊性和重要性，笔者以为，西南联大的文学书写在主题学上有方法论意义和研究价值。从不同时代的西南联大的文学书写中可以看到，不同的作家、诗人创作的作品数量众多、风格各异、精彩纷呈，但是这些文学作品却有着较为相同的叙事对象和表现内容，即共同对西南联大的历史人事、文人活动等进行刻画、描写。

在讨论抗战时期的中国大学时，陈平原说过：“‘连天烽火’与‘遍地弦歌’，这本是两种截然不同的情景，而在艰苦卓绝的抗日战争中，二者竟巧妙地相互配合，交织成撼人心魄的乐章。”①的确，在 20 世纪三四十年代的中国，

① 陈平原：《绪言：炸弹下长大的中国大学》，《抗战烽火中的中国大学》，北京大学出版社 2015 年版，第 3 页。

国家处在战争和离乱当中,一方面,战争使得整个民族奋起,在艰难时势中奋力搏求;另一方面,社会动荡、经济贫困和集体焦虑以最大的程度显现。西南联大师生经历了南渡、东藏、西征、北归,对他们的书写,无论是宏大叙事还是个人记忆,都有相对固定的叙述主题。

李广田、浦江清、陈达等作家、学者的书写反映了烽火连天的现实。他们根据各自在流亡途中的生活经历以及不同的生活体验和感受,写出了他们在血与火的战争年代的个人遭遇。如李广田于 1937 年 12 月从山东泰安出发,途经河南、湖北的艰难跋涉,于 1939 年 1 月到达四川罗江,他的《流亡日记》记录了自己在中国大地上的战乱经历,日记中的部分内容后来扩展成散文集《圈外》(再版时改名为《西行记》)出版,让他“看到了这一圈子以外的广阔现实社会图景和光怪陆离的现实世相”①。浦江清的《西行日记》从 1942 年 5 月 28 日起记录,到 1943 年 2 月 9 日为止。为了不做亡国奴,他只身上路,从上海出发,途经江苏、安徽、江西、福建、广东、广西、贵州,最后到达云南,曾经冒险偷越日寇的封锁线,一路上与死亡、疾病、饥饿、贫困相抗争,“为了不负西南联大之约,为了青年,为了民族,他不顾关山阻隔,毫不动摇地向西,向西,从未想过回头,历尽艰辛,最终到达了目的地”②。可以说,这些都是战争时期,西南联大教师对抗战现实的真实记录。

鹿桥、宗璞、董易、海男、岳南等作家的书写则揭示了遍地弦歌的图景。这些作家对西南联大人物的学习、工作和生活情况进行描述,写到西南联大师生在客居异乡时对知识话语的传播,也写到西南联大师生在艰难中保护和促进中国教育文化事业的发展。鹿桥曾经说过《未央歌》是“一本以情调风格来谈

① 秦林芳:《从圈内到圈外——论抗日战争前后李广田思想的嬗变》,《思想战线》2006 年第 5 期。

② 浦汉明:《后记》,浦江清:《清华园日记 西行日记》(增补本),生活·读书·新知三联书店 1987 年版,第 306 页。

人生理想的书"①,但是,它又不是一本单纯谈人生理想的书,用作者自己的话来说就是:"一面热心地崇敬着本国先哲的思想学术,一面又注视着西方的文化,饱享着自由的读书空气"②,在西南一隅的边城昆明,自由的生活气息与热情的青年学生相遇,于是成就了美好的"传奇和神话"。鹿桥在作品里塑造了一批形象丰富的人物,其中最着力的是大余(余孟勤)、小童(童孝贤)、大姐(伍宝笙)、小妹(蔺艳梅)这四位个性鲜明的人物:大余刻苦勤奋,被称为"圣人";小童纯真活泼,有着不俗的见解;大姐善解人意,积极投身学术;小妹聪明美貌,不断要求上进。在这部作品里,最让人难以忘怀的就是他们对学业和事业的追求,在他们的身上,集中体现了战乱年代青年知识分子奋发进取的精神。对于这些青年学生的行为,解志熙说过:"事实上,作者更着力表现的乃是由那不太复杂的爱情线索穿织起来的战时学院青年砥砺品格、修炼身心的复杂'课程'和'进程'。"③与此相似,宗璞的《野葫芦引》讲述的时间跨度、事件和人物都比鹿桥的《未央歌》更为丰富、复杂,但是在宗璞的四部长篇小说中,孟弗之(孟樾)是贯穿作品始终的重要人物。作为明仑大学的教务长、历史系教授,他在乎的不是家人的安危和个人的得失,而是国家和民族的前途命运,"在学校困守昆明,办学条件极其简陋,每天还要受到敌机轰炸的情况下,他与同事们一道,把办好大学看作传承民族精神、保存民族希望、为抗战出力的事业"④,因此,他总是找机会做演讲、开讲座、启发和引导学生,尽自己所能去激发和鼓动国人的爱国热情,同时还写作《中国史探》,企图唤起中华民族对国家的认同,在民族生死存亡的重要时刻,把民族精神和民族意识重新集聚起来,抵御外侮。此外,董易的《流星群》以纪实体形式,对他的亲身

---

① 鹿桥:《再版致未央歌读者》,《未央歌》,台湾商务印书馆股份有限公司 2018 年版,第 20 页。

② 鹿桥:《前奏曲》,《未央歌》,台湾商务印书馆股份有限公司 2018 年版,第 2 页。

③ 解志熙:《"情调"风格与"传奇"形态——20 世纪 40 年代国统区小说的浪漫叙事片论》,《新乡师范高等专科学校学报》2006 年第 3 期。

④ 赵慧平:《说宗璞小说的"本色"创作》,《当代作家评论》2007 年第 6 期。

经历和革命体验进行书写,描写西南联大的青年学生以教学为掩护,到艰苦的滇南兴办勐赫井中学,将现代知识的火种传播到少数民族聚居区,展现了西南联大青年学子的理想主义和浪漫情怀,他们都是西南联大学生群体的缩影。

穆旦、杜运燮、李广田、赵瑞蕻、周定一、董易、罗寄一等的书写则集中体现了家国情怀。作为西南联大的知识分子,他们在国家生死存亡之际,用不同的方式和行动报效祖国,他们或在作品里直接表达对民族抗战的支持,或以作品中人物的行动间接表达对祖国的期待。当时西南联大外文系的学生杜运燮曾以翻译官的身份远赴缅甸、印度等地,他的《诗四十首》(1946)写到了战争中的各个侧面:农民兵、草鞋兵、号兵、游击队、修建滇缅公路的民工和远在异乡的中国远征军等。如他的《草鞋兵》写到出身卑微、苦难的中国士兵,他们背负着腐烂的古老传统,被历史大潮所裹挟,无法主宰自己的命运,但是他们毅然走上战场,因此,“作者也坚信,正是这种灰色的农民兵才打碎了奴役的镣铐而迎来宝贵的黎明”①。诗作里没有高亢的英雄主义和浪漫主义的浮夸,而是冷静、机智、不动声色地对抗战的主力——穿着草鞋的农民兵进行歌颂,深切地表达了对抗战现实的关注和对抗战士兵的怜悯与同情。他写于昆明的《滇缅公路》,实则是为抗战时期修筑滇缅公路的“农民工”撰写的颂歌,作品写到修筑滇缅公路的艰难和公路的作用:民工处在饥寒与疾病当中,每天缺衣少食、营养不良、挣扎在死亡的边缘,但是他们挥洒血汗,公路一厘一分地向前,穿过茂密的高山森林、千年风霜的山岭、野兽般的激流,载重的卡车才得以把远方运来的物资源源不断地运送到中国的战场。正是这种对修筑滇缅公路“农民工”壮举的讴歌,传达了作者对农民的深沉的爱和热情的关切,也表达了作者对抗战必胜的坚定信念,使得这首诗成为“抒写抗战的史诗,抗战时期最好的史诗之一,为当时作出重大牺牲的农民写的史诗,抒写‘全民抗战的神

① 张松建:《现代诗的再出发——中国四十年代现代主义诗潮新探》,北京大学出版社2009年版,第278页。

话'，而又时时以反讽作出清醒的分析的现实史诗"①。到 21 世纪，海男创作的长篇小说《梦书：西南联大》（2017），作品以战时的西南联大和昆明为背景，用诗化的语言和散文化的结构，对联大师生南迁、共赴国难、缅北之殇等历史场景进行了"复述"。作品以主人公"我"（北大女生苏修）为视角，"里面的人物有些是真实的，有些是虚构的，无论他们似曾相识，或者完全远离我们的生活，在里面，我所书写的梦书都是我们曾经的黑夜与白昼的史诗"②，作者通过对友情、爱情和亲情等的多角度展示，书写了年轻的知识分子在民族生死存亡时共赴国难的英勇壮举。

罗常培、费孝通、曾昭抡、钱能欣、邢公畹、汪曾祺等的书写则着重于边地形象的想象建构。西南联大知识分子在西南边地的生活、体验和旅途中的见闻，使此前被外来者"蛮夷化"或者认为"无名"的边地，实现了由"想象的真实"到"事实的真实"的转变，赋予了西南边地以新的观念和形象。在抗战全面爆发后，国民政府出于巩固边疆和建设后方的现实需要，将边地放在重要的位置，而边地也不再被视为"化外之邦"。但是，对于大多数的中国人而言，西南边地还是"处处有不知名的深山，幽邃的神秘的森林，还有奇装异饰的原始民族，过着我们不能了解的生活"③，于是，到边地去成为书写和想象"现代中国"的重要维度。1939 年 3 月 11 日到 25 日，曾昭抡经由滇缅公路从昆明到滇西边境地区进行实地考察，完成了游记《缅边日记》，真实地记录了边陲民族的风土人情。1941 年 7 月，曾昭抡组织西南联大政治、社会、地质、地理、化学和生物系的学生组成西南联大川康科学考察团，于 7 月 2 日从昆明步行出发，经禄劝、鲁车渡、会理，7 月 22 日到达西昌。在此过程中，他将在昆明到西昌沿途的考察写成了游记《滇康道上》，对沿途的地理、风物和自然景观进行

---

① 唐湜：《遐思者运燮——杜运燮论》，《九叶诗人："中国新诗"的中兴》，上海世纪出版集团、上海教育出版社 2003 年版，第 101 页。

② 海男：《梦书：西南联大》，安徽文艺出版社 2017 年版，第 5 页。

③ 姚荷生：《水摆夷风土记 · 自序》，《水摆夷风土记》，大东书局 1948 年版，第 1 页。

实录。川滇科学考察团在西昌作短暂停留后,于8月4日向大凉山腹地进发,9日到昭觉县城,次日抵竹黑。在竹黑,考察团兵分三路,由曾昭抡和化学系学生裘立群组成的甲组横越大凉山绝顶黄茅埂,到达四川雷波县,再经屏山到宜宾,最终于10月10日回到昆明,他详细地记载了从西昌经昭觉到大凉山的经历,写成了著名的《大凉山夷区考察记》。这三次以曾昭抡为中心的考察,依次形成《缅边日记》《滇康道上》和《大凉山夷区考察记》三本考察记,尤其是第三本被段美乔认为是"具有相当的科学价值和文学价值,既是有关大凉山地区的地理学、民族学、社会学的专著,也是文笔生动的游记文学"①。1943年2月,身在昆明的语言学家邢公畹受南开大学边疆人文研究室主任陶云逵的委托,到云南红河流域的新平、元江等地进行语言学调查,抗战结束后,他以"邢楚均"为名在北平、天津等地发表《故事采集者日记》,把红河之行的经历写成了七篇作品,对红河流域的宗教活动、祭祀习俗和民间传说等进行描写,成为语言学家的代表性文学作品。

总体来看,一方面不同的作家、诗人和学者对西南联大的书写呈现出不同的形式、风格和风貌,战争时期的西南联大和昆明等地成为作家和诗人描写的对象,通过他们的书写,一些作品成为中国现当代文学史上的经典作品;另一方面许多作家、诗人基于生活积累与个人记忆,表现的内容更加丰富,表现的手法各异其趣,为文学创作提供了想象建构的空间。因此,这些作家和诗人都以西南联大为素材的来源,以不同的文学体裁表现出来,产生了不同的审美价值,具有了独特的文学意义。

本书将以代表性文本作为基础,综合运用文学、历史学、文化人类学等相关学科的理论与方法,选取有代表性的作品进行综合分析,同时对主题相关的众多作品进行横向比较,对西南联大的文学书写按照不同的历史阶段进行较为全面的梳理,对涉及西南联大题材的不同作品进行阐释和论证,探究不同时

---

① 段美乔:《观察与反思:抗战时期大凉山夷区生活之写照》,曾昭抡:《大凉山夷区考察记》,中国青年出版社2012年版,第3页。

代的作家、诗人和学者对西南联大的文学书写的流变发展以及历史与现代的交融互动,从文学史和文化史的角度对西南联大文学书写的价值、意义等进行系统性揭示和归纳。具体使用的研究方法有:一是文史互证的研究方法,本书着眼于西南联大的文学书写,文学虽然具有虚构与想象的特性,但也含有真实性,其真实性在于历史细节的叙述,营造典型环境,塑造典型人物,讲究情感真实与心理真实,对其进行对比研究和互相证实。二是整体研究与个案分析相结合,本书不可能穷尽所有西南联大书写的文学作品,将选取有代表性的小说、散文、诗歌等涉及西南联大主题的作品进行研究;同时在做个案研究时,兼顾西南联大文学书写的整体性总结。三是采用"文本细读"基础上的比较研究,借助文本细读,将不同时代的作家对西南联大的文学书写加以分析比较,揭示其作品背后的差异以及作家主体创作的多样性、丰富性和异质性。

本书的研究意义在于:一是研究不同于一般文学史的历时性叙述,而是着眼于中国现当代文学不同的作家和作品在西南联大的文学书写中所形成的主题内涵、表现方式、艺术手法等,并对其进行集中思考;二是研究西南联大的文学书写的演变发展、阶段性特征,对于西南联大以及西南联大的文学书写的整体性认识,具有较强的理论价值和学术意义;三是对于西南联大的文学书写所呈现的趋势及其产生的原因、价值和地位等进行全面揭示,有助于拓宽中国现当代文学研究的视域和领地。

第一章　20世纪30年代至70年代西南联大的文学书写

20世纪30年代至70年代的西南联大的文学书写，是中国现当代作家、诗人对西南联大进行书写的萌发期。这一时期，西南联大的诞生，促生了对西南联大和长沙、蒙自、昆明等地的书写，一些作家、诗人在作品里写到西南联大和相关的人事，极大地丰富了中国现当代文学的表现领域，也促生了一大批表现西南联大的重要作品，成为中国现当代文学创作的重要收获。

这一时期，作为时代的先锋，诗人率先承担起书写西南联大的任务。中国新诗与"五四"时期的一样："白话新诗在'五四'新文学运动乃至整个新文化革命中所充当的是一种先锋的角色……因此，作为一种新文体，它本身所肩负的使命比诗这一品种所应承担的重得多。"①在当时的社会背景下，中国新诗主动参与了对战争年代现实生活的建构和想象。威廉·燕卜荪、穆旦、杜运燮、赵瑞蕻、林蒲、周定一和罗寄一等新老诗人聚集在一起，他们"跑警报"、泡茶馆，在简陋的教室甚至低矮的房檐下读书、讨论、写诗，对战争、现实和日常生活进行关注，推动了中国新诗的现代化，也创造了中国现代主义诗歌发展的高峰。

在民族危难的时刻，中国知识分子显然无法置身事外，西南联大师生在抗

① 龙泉明：《"五四"白话新诗的"非诗化"倾向与历史局限》，《文学评论》1995年第1期。

战时期的视野超越了单纯的大学校园，时刻关注着中国的苦难和离乱中的惨状。李广田写到了战时民众的日常景象：沿途乞讨的流民、漫山遍野的罂粟花、破败坍塌的房屋……正是在流亡迁徙中重塑了他们的经验世界和理念世界；朱自清、沈从文、冯至等经由自然和风物的描写而指向现实世界，最终表达的是创作者对现实的深切思考和温情关注；罗常培、曾昭抡、费孝通、邢公畹等对西南边地的考察和实录，再现了西南边地少数民族的历史处境，也印证了"越来越多的研究表明，民族志、旅游读物……的边界其实很模糊，看似客观公正的民族志写作借鉴文学作品的叙述手法，或者在虚构性文本中强调叙述者亲历现场的可靠性和真实性，都是屡见不鲜的现象"①；王力、钱锺书的散文则一枝独秀，将知识与典故结合起来，在战时氛围中描述客观事象和表达主观情感，使得他们跻身"战时学者散文三大家"②。

可以说，战争的硝烟造成了中国现代作家的苦难，但也促生了新的创作动向和流变。在对西南联大的书写中，中国现当代作家不论是自叙传的书写还是作家的想象建构，都从不同侧面反映了西南联大的复杂世相。正如王德威所说："比起历史政治论述中的中国，小说反映的中国或许更真切实在些"③。因此，对作为想象建构的西南联大，不同作家有不同的想象和言说的空间。

第一节　战乱年代的体验和反思

一、威廉·燕卜荪和穆旦的诗歌：流亡生活的真实体验

抗战全面爆发，促使中国作家、诗人和学者踏上了流亡之路。作为流亡

① 段凌宇：《现代中国的边地想象——以有关云南的文艺文化文本为例》，首都师范大学博士学位论文，2012 年，第 38 页。

② 袁良骏：《战时学者散文三大家：梁实秋、钱钟书、王了一》，《北京社会科学》1998 年第 1 期。

③ ［美］王德威：《旧版序：小说中国》，《想象中国的方法：历史·小说·叙事》，百花文艺出版社 2016 年版，第 5 页。

者,他们告别了曾经平静的生活,汇入了变动与离乱的历史洪流中,远离家庭和熟悉的生活环境,其间经历了永生难忘的饥饿、恐惧、痛苦甚至死亡的威胁,正如马丁·范克勒韦尔德(Matin van Creveld)说的:“战争激起的各种不同情感,同时交织在不同人当中,经常也在不同时期混杂在同一个人身上。”①战争的恐怖让无数的知识分子感到痛苦,在他们的生命中留下永恒的记忆,无论是对于战争的惧怕、厌憎,还是亲近无名山水或是人事交游的喜悦,他们都试图描述中国知识分子在流亡中的锤炼与塑型。“流亡”如何重塑流亡者的经验世界,流亡者又如何平复与环境的冲突,并以所能想象的各种方式描述和记录,产生了形式多样的文学作品,构成了抗战时期的文学版图。

《南岳之秋(同北平来的流亡大学在一起)》堪称书写西南联大的开山之作,创作于 1938 年,作者为威廉·燕卜荪②,据他的学生王佐良回忆:“燕卜荪是奇才,有数学头脑的现代诗人,锐利的批评家,英国大学的最好产物,然而没有学院气。讲课不是他的长处:他不是演说家,也不是演员,羞涩得不敢正眼看学生,只是一个劲儿地往黑板上写——据说他教过的日本学生就是要他把什么话都写出来。”③对于燕卜荪在战时中国的传奇经历,除王佐良外,赵瑞蕻、穆旦、李赋宁、许国璋、许渊冲、杨周翰、袁可嘉、周珏良等都有明确的记载,他 1937 年 8 月到达中国,1939 年 8 月离开昆明④。在从北平到长沙的过程中,燕卜荪途经天津,再搭乘海船到香港,再从香港飞到南岳衡山,后又由长沙辗转到昆明。两年的时间里,他对战时中国和中国文学作出了重要的贡献,

---

① [以]马丁·范克勒韦尔德:《战争的文化》,李阳译,生活·读书·新知三联书店 2010 年版,第 212 页。

② 威廉·燕卜荪(1906—1984 年),英国文学批评家、现代派诗人。

③ 王佐良:《穆旦:由来与归宿——诗人逝世十年祭》,《外国文学》1987 年第 4 期。

④ 在邓中良《燕卜荪与中国》(《中华读书报》2006 年 9 月 27 日)、倪贝贝《论燕卜荪与西南联大诗人群的关系》(《华中师范大学研究生学报》2012 年第 2 期)等论著中,都认为燕卜荪是 1940 年离开中国的。但在燕卜荪传记作者约翰·哈芬登的著作中,记载了燕卜荪于 1939 年 8 月离开昆明前往法属印度支那(今越南)的经历。参见[英]约翰·哈芬登:《威廉·燕卜荪传:在名流中间》,张剑、王伟滨译,外语教学与研究出版社 2016 年版,第 615 页。

"通过教学实践传承诗学理论,影响了中国的现代文学批评;通过文学创作实践,改变了中国新诗创作的境况"①。正是在南岳期间,他写下了著名的《南岳之秋》,这首 234 行的长诗以南岳衡山为背景,是他在中国期间创作的最重要的作品,也是他文学生涯中最长的一首诗,该诗对动荡的生活有着深切的体验,也对战时中国进行了翔实的描述。

首先,作品反映了战时的流亡生活。正如作品的副标题——"同北平来的流亡大学在一起"所显示的,这首诗至少在两个维度上体现了"流亡":一是北大、清华和南开三校为保存中国的高等教育和民族文化传承,不得不离开北平、天津迁徙到南方的大学流亡;二是北大、清华、南开三校师生在战时的流亡生活,还有燕卜荪的流亡生活。据约翰·哈芬登(John Haffenden)的《威廉·燕卜荪传:在名流中间》记载,燕卜荪于 1929 年 7 月被剑桥大学玛德林学院除名②,他在英国寻找工作困难转而谋求海外教职。1931 年 8 月,他到日本东京文理大学教授英语,后经他的导师 I.A.瑞恰兹(Ivor Armstrong Richards)帮助,于 1937 年 8 月接受北京大学的聘任到北大西文系任教。在从遥远的西方到东方的流亡途中,"他逃避的是英国的那种陈旧的教育体制、道德的窠臼和宗教的陈规,逃避的是一种阻碍个性发展的惰性"③。

同时,由于作品写到了燕卜荪在南岳衡山的生活,诗中也反映了流亡大学的生活和教学:

> "灵魂记住了"——这正是
> 我们教授该做的事,
> (灵魂倒不寂寞了,这间宿舍

① 张慧、谢龙新:《"教学"与"创作":燕卜荪在中国的教学传播轨迹及影响》,《湖北师范学院学报》(哲学社会科学版)2016 年第 6 期。

② [英]约翰·哈芬登:《威廉·燕卜荪传:在名流中间》,张剑、王伟滨译,外语教学与研究出版社 2016 年版,第 276 页。

③ 张剑:《威廉·燕卜荪"中国作品"中的文化、身份与种族问题》,《当代外国文学》2012 年第 3 期。

有四张床,现住两位同事,
他们害怕冬天的进攻,
这个摇篮对感冒倒颇加鼓励。)
课堂上所讲一切题目的内容
都埋在丢在北方的图书馆里,
因此人们奇怪地迷惑了,
为找线索搜求着自己的记忆。①

这里写到了在南岳的流亡生活,燕卜荪和金岳霖住在有四张床的宿舍里,他们喜欢在阳台上讨论维特根斯坦的语言哲学。在南岳,他亲昵地称金岳霖为"老金"(Lao Chin),但是冬天的衡山,显然不是个温暖的"摇篮",由于天气寒冷,燕卜荪患上了感冒。在作品中,他也写到了在南岳衡山的艰苦现实,教师课堂讲授需要书籍,而这些书籍都留在了北方的图书馆里,没有运到南岳分校,因此教师的讲授更多地只能凭借记忆,写在黑板上或者打印出来。对此,他在西南联大的学生赵瑞蕻回忆说:"就在这样的一个环境里,燕卜荪先生就大显身手,表现了他惊人的记忆力。在'莎士比亚'班上,第一本读的是《奥赛罗》(*Othello*),大家都没有书,全凭他的记忆,整段整段地背出来,写在黑板上,给大家念,再一一加以讲解。"②在南岳的生活和教学,生活条件艰苦、气候环境不适、图书资料匮乏……但燕卜荪和其他教师克服种种困难,共克时难,弦歌不辍,成为他毕生难忘的生活记忆。

其次,作品呈现了战时中国的现实。燕卜荪停留在南岳的时间不长,从1937年11月到次年2月,在这段与世隔绝、生活匮乏的时间里,他与同事相处融洽,与学生交流愉快,王佐良后来说:"战时设在湖南南岳的西南联大文

① 威廉·燕卜荪:《南岳之秋(同北平来的流亡大学在一起)》,杜运燮、张同道编选:《西南联大现代诗钞》,中国文学出版社1997年版,第84—85页。

② 赵瑞蕻:《离乱弦歌忆旧游——从西南联大到金色的晚秋》,文汇出版社2000年版,第27页。

学院的师生的生活是非常艰苦的，但是他过得很愉快，这首长诗忠实地传达了他的印象和感想……而主调则是愉快……这愉快不仅表明他在南岳‘有极好的友伴’（如他自己所说）。”①这些“友伴”就是南岳文学院的哲学家、作家、诗人和学生，他们虽然被日寇驱赶着向南流亡，但是在这个新生的学术共同体里，他们肩负着保存思想文化和传承现代文明的使命，因此，作为学术共同体的一员，燕卜荪在作品里写到了中国的政治人物和战争的残酷场景：

实际上我们倒常常想起，
到处都看出应该多想他们。
当地出现了部长之流，
（被赶得远远离开了战争）
还有训练营，正是轰炸的目标。
邻县的铁路早被看中，
那是战争常规。问题是：他们不会
瞄准。有一次炸死了二百条命，
全在一座楼里，全是吃喜酒的宾客，
巧妙地连炸七次，一个冤鬼也不剩。②

1937年11月12日，上海沦陷；12月13日，南京陷落，国民政府迁到内地，在山城重庆重组政府。在南岳，长沙临大的师生时刻关注着时局进展，也看到战争的真实现状：国民政府的部长出现在湖南，组织运输队，设立训练营，为抵抗日寇的侵略做准备，但是，战争是残酷的，铁路线成了敌人轰炸的目标，而由于敌机的疯狂轰炸，吃喜酒的宾客丧失了生命。在这里，诗人采用真实的叙事，对战时中国的现实图景和残酷的死亡进行了描绘。可以

---

① 王佐良：《读诗随笔》，《带一门学问回中国·英国文学的信史王佐良卷》，天津人民出版社2009年版，第30页。

② 威廉·燕卜荪：《南岳之秋（同北平来的流亡大学在一起）》，杜运燮、张同道编选：《西南联大现代诗钞》，中国文学出版社1997年版，第88—89页。

说，即使是在生存环境恶劣、教学条件艰苦的南岳，燕卜荪始终乐观向上，机智诙谐，对生活的中国和中国的未来充满信心。因此，在这首诗将结束时，他写道：

我们在这里过了秋天。可是不妙
那可爱的晒台已经不见，
正当群山把初雪迎到。
兵士们会来这里训练，
溪水仍会边流边谈边笑。①

由于日寇大举进犯，临时大学不得不考虑再次西迁。因此，度过了短暂的秋天，临时大学师生将再次踏上流亡的旅途，燕卜荪在诗里用“初雪”和“溪水”作为意象，企望扫除过去的阴霾，用拟人化的修辞来表现“边流边谈边笑”，肯定了中国人民的勇敢，用诗歌寄托了对中国抗战胜利的坚定信念。

被称为“西南联大三星”之一的诗人穆旦②，在长沙临时大学西迁昆明的过程中，以“护校队员”的身份参加了全程3500里，跨越湘、黔、滇三省的湘黔滇旅行团。在三千里步行的队伍里，他边走边背英文词典的行为颇为引人注目，“于参加旅行团之前，购买英文小词典一册，步行途中，边走边背，背熟后陆续撕去，抵达昆明，字典已完全撕光。”③但是，穆旦记住的并非只有英文词汇，还有西南边地的山水风光和战争时期的流亡经历，以及旅途中底层民众的艰难生存，让他对国家和民族有了更多的关注和感受。因此，如果说西南联大成就了作为现代诗人的穆旦，那么三千里步行则成就了穆旦诗歌创作的飞跃。其时，“年轻的穆旦亲身体验并用诗歌抒写着自己这个特殊时代中的个人感受。他和他的同学们一起，在敌人的轰炸机下，瞭望着破碎的祖国山河，用

① 威廉·燕卜荪：《南岳之秋（同北平来的流亡大学在一起）》，杜运燮、张同道编选：《西南联大现代诗钞》，中国文学出版社1997年版，第93页。

② 穆旦（1918—1977年），浙江海宁人，原名查良铮，现代主义诗人、翻译家。

③ 蔡孝敏：《旧来行处好追寻——湘黔滇旅行团杂忆》，张寄谦编：《中国教育史上的一次创举——西南联合大学湘黔滇旅行团纪实》，北京大学出版社1999年版，第222页。

‘心智’表达着内心的痛苦及不屈的硬骨精神”①。由此，他和他的同学们关注民族命运，深化对个人和国家、自然与人类的认识。可以说，正是这次三千里步行让现实生存的境遇进入到他的创作视域和作品题材。

首先，作品再现了迁徙流亡的历史。为记录从长沙步行到昆明的旅程，他写下了著名的《出发——三千里步行之一》：

澄碧的沅江滔滔地注进了祖国的心脏，
浓密的桐树，马尾松，丰富的丘陵地带，
欢呼着又沉默着，奔跑在江水两旁。
千里迢迢，春风吹拂，流过了一个城角，
在桃李纷飞的城外，它摄了一个影；
黄昏，幽暗寒冷，一群站在海岛上的鲁滨逊
失去了一切，又把茫然的眼睛望着远方。②

穆旦个人迁徙流亡的历史，在某种程度上是整个中华民族在抗战时期迁徙流亡的缩影。这次艰难的迁徙流亡，对于诗人而言，是一次全新的生命体验，更是一次精神的重大转变。在作品开始，诗人写到沅江流域的“风景”：“浓密的桐树、马尾松，丰富的丘陵地带”，这是诗人看到的祖国形象。然而，在“桃李纷飞的城外”，在满怀希望的同时，作者却看到另外的形象：黄昏、幽暗寒冷的世界。由此，作者对不同的形象进行了对比，在三千里的行程中，诗人在流亡中看到“真实的”中国：辽阔而荒芜、淳朴而贫穷、善良而愚昧、勤劳而麻木，还有河山的破碎和民众的流离失所。可以说，作品在从“风景”形象到“真实”形象的巧妙对比和转换中，实现了对迁徙历程的一一描绘。在诗的结尾，作者充满感情地写道：

我们有不同的梦，浓雾似地覆在沅江上，

---

① 刘淑玲：《穆旦：丰富而又丰富的痛苦》，《吴宓和民国文人》，人民文学出版社 2016 年版，第 135—136 页。

② 穆旦：《穆旦诗文集·诗》，人民文学出版社 2006 年版，第 205 页。

而每日每夜,沅江是一条明亮的道路,
不尽的滔滔的感情,伸在土地里扎根!
哟,痛苦的黎明! 让我们起来,让我们走过
欢呼着又沉默着,奔跑在江水的两旁。①

在这首诗里,穆旦将自己和联大的师生比喻为现代的“鲁滨逊”,他们从一个地方流亡到另一个地方,用自己的语言和方式传达着对这片土地、民众和苦难祖国的关怀。在这一节的开头,作为创作主体的诗人情感被彻底激发出来,看到了象征祖国形象的“沅江”是条“明亮的道路”,他希望与民众共同扎根在祖国深厚的土地上,与国家和民族共同走向新的“黎明”。

其次,作品表现了民族新生的希望。与《出发——三千里步行之一》的记事相同,他的《原野上走路——三千里步行之二》也是记录迁徙流亡的经历,但是这首诗则是从城市写到乡村,从狭窄的街道到无边的原野,从自我走向民众,“在绝望的城市与自由的原野的对比中,充满了绿色给诗人带来的诱惑与欢悦”②。对于诗人来说,三千里步行离开城市不仅仅意味着时空的变换,而且意味着走向原野的自由,更意味着走向民族的新生。昨天,城市对于诗人来说,是“窒息的、干燥的、空虚的格子”③;而今天,行走在阔大荒蛮的原野上,是充满勃勃生机的世界、自由的世界、希望的世界。在这里,诗人已经从“我”转换成“我们”,从与现实的对立走向了对大地的拥抱,而在步行中,穆旦和西南联大的师生由于亲眼看见了内地乡村的现状,也亲身体会到内地民众的艰难,从而实现了对国家和民族的感悟、理解。因此,诗人在作品里写道:

我们走在热爱的祖先走过的道路上,
多少年来都是一样的无际的原野,
(暾! 蓝色的海,橙黄的海,棕赤的海……)

---

① 穆旦:《穆旦诗文集·诗》,人民文学出版社 2006 年版,第 206 页。
② 段从学:《穆旦对抗日战争的认同及其诗风的转变》,《社会科学研究》2005 年第 4 期。
③ 穆旦:《穆旦诗文集·诗》,人民文学出版社 2006 年版,第 207 页。

多少年来都是澎湃着丰盛收获的原野呵，
如今是你，展开了同样的诱惑的图案
等待着我们的野力来翻滚。所以我们走着
我们怎能抗拒呢？嗷！我们不能抗拒
那曾在无数代祖先心中燃烧着的希望。①

可以说，漫长的流亡和迁徙不仅激发了他们的爱国热情，而且赋予他们不容抗拒的历史使命。他们行走在"祖先走过的道路上"，看到了"收获的原野"，他们将用年轻的"野力"来改变苦难的中国，实现"无数代祖先心中燃烧着"的新生的希望。

经历了三千里步行的磨砺，穆旦创作了标志个人诗风转变的重要作品——《三千里步行》组诗，这与他在南岳时期创作的诗歌《野兽》有着明显的不同②。对此，他的诗友王佐良在谈到关于经历三千里步行到昆明的创作时说："后来到了昆明，我发现良铮的诗风变了。他是从长沙步行到昆明的，看到了中国内地的真相，这就比我们另外一些走海道的同学更有现实感。他的一些诗里有了泥土气，语言也硬朗起来。"③由此可见，三千里步行对穆旦和他的创作有着重要的意义。正是在这一过程中，穆旦改变了眼中的外在世界，使得内心感受与外在世界从对立走向融合，完成了由浪漫主义诗风到现代主义诗风的转变。

二、　穆旦、杜运燮等的诗歌：战时社会的投射和反思

在某种程度上，残酷的战争在带给人们苦难动荡生活的同时，却也成就了

---

①　穆旦：《穆旦诗文集·诗》，人民文学出版社2006年版，第208页。

②　如日本学者秋吉久纪夫就认为，"在《野兽》一诗中，我们可以明显地看到英国浪漫主义诗人布莱克的《虎》的影子"，说明到1937年11月创作《野兽》时穆旦还带有浪漫主义诗风。参见［日］秋吉久纪夫：《祈求智慧的诗人——穆旦》，杜运燮、周与良、李方、张同道、余世存编：《丰富和丰富的痛苦——穆旦逝世20周年纪念文集》，北京师范大学出版社1997年版，第39页。

③　王佐良：《穆旦：由来与归宿——诗人逝世十年祭》，《外国文学》1987年第4期。

写作经验的提高和升华。范克勒韦尔德曾说过:“一方面,一个人生活经历无疑会对他写什么和不写什么产生巨大的影响。但另一方面,也许最令人惊奇的是,一个作家有无战争经历,和他有无能力让读者了解战争……奥威尔和海明威亲身经历过战争,对他们无论是选择主题还是写作,都的确有帮助。”①当时在西南联大的青年学子,一些在校园里刻苦学习,一些勇敢地选择踏上战场,他们都对战乱年代的生活和亲身经历的战争进行了集中审视和反思。其中的一些诗人真实而生动地记录了战乱年代的生活,如“跑警报”、泡茶馆、难民潮等都在作品里表现出来,正是这些对客观事物和现实场景的真实描绘,体现了作者深沉的同情、悲悯和对现实的关怀。诗人穆旦、杜运燮、马尔俄和缪弘都先后加入过中国军队,他们亲身经历了战争甚至牺牲在战场上,惊心动魄的生死考验使他们对战争的描写超越了现实的场景,而是把战争放在人类、历史和文化的高度去思考,这种广阔的视野和睿智的思考,让他们比同时代的诗人更为成熟和理性,就像罗振亚说的那样:“诗人可贵的选择是,执着于时代、现实但却并不过分地依附于时代、现实,就事论事;而是沟通时代、现实与心灵,传递时代、现实在心灵中的投影与回声或由时代、现实触发的感受和体验……给读者展开一片思想的家园,让你走向生活生命中深邃而潜隐的世界深处,获得智慧的领悟与提升,从而保证了情感的深厚度。”②

首先,作品反映了战时的日常生活。在战争年代,“跑警报”作为现实场景或者日常生活,已经成为西南联大书写的重要内容。如穆旦的《防空洞里的抒情诗》看似是客观描述躲避空袭“跑警报”的过程,实则是作者对死亡与生命的深层揭示。在这首诗里,诗人从“我”躲进防空洞里写起:

他向我,笑着,这儿倒凉快,

---

① [以]马丁·范克勒韦尔德:《战争的文化》,李阳译,生活·读书·新知三联书店2010年版,第212—213页。

② 罗振亚:《对抗“古典”的背后——论穆旦诗歌的“传统性”》,《南开学报》(哲学社会科学版)2007年第3期。

当我擦着汗珠，弹去爬山的土，
当我看见他的瘦弱的身体
战抖，在地下一阵阵隐隐的风里。
他笑着，你不应该放过这个消遣的时机，
这是上海的《申报》，唉！这五光十色的新闻，
让我们坐过去，那里有一线暗黄的光。
我想起大街上疯狂的跑着的人们，
那些个残酷的，为死亡恫吓的人们，
像是蜂拥的昆虫，向我们的洞里挤。①

1938年9月28日，日本侵略者首次向昆明发动空袭，从此人们感受到切实的战争威胁与残酷轰炸。当敌机袭来时，昆明上空就会响起防空警报，西南联大的师生就得找防空洞或者到郊外躲避敌机的轰炸。穆旦在这里写到防空洞的内外景象：在里面，人们轻松地谈笑着，讨论着《申报》上“五光十色的新闻”，看起来寻常随意；在外面，“疯狂的跑着的人们”四处奔逃，正在遭受着死亡的威胁。正是防空洞的存在，将洞内和洞外分割成两个不同的世界，这其实是在影射生活的现实：当人们受到死亡威胁时，会像“蜂拥的昆虫”一样逃散，行动果敢；当威胁暂时离开，人们又觉得是“消遣的时机”，行动拖沓、迟疑不定。因此，穆旦在作品里经由对生命和死亡的沉思，揭示了对超越生命有限性的认识，“暗示一种正当的死生与认真的为人的生命伦理”②，体现了知识分子的勇武和良知。

作为穆旦在南湖诗社的诗友和外文系同学，赵瑞蕻③也是西南联大的青年诗人之一，他在《一九四〇年春：昆明一画像——赠诗人穆旦》里同样写到

① 穆旦：《穆旦诗文集·诗》，人民文学出版社2006年版，第10页。

② 张松建：《现代诗的再出发——中国四十年代现代主义诗潮新探》，北京大学出版社2009年版，第226页。

③ 赵瑞蕻（1915—1999年），浙江温州人，作家、翻译家，中国比较文学学会发起人之一。

了“跑警报”。作者从校园宿舍的午休写到红灯笼挂起来,敌人飞机空袭昆明,人们四散“跑警报”:

一口气跑了两里半,流着大汗,
沿着公路两边田沟里走,
怀着希望,疑惧,躲进柏树林里吧;
(妈呀,我怕!日本鬼子又来炸啦!
孩子,别怕,爹还在地里干活啊,
紧拉着妈的衣襟,这儿安全,放心!)①

这首诗采用了对话体和戏剧化的形式,巧妙地对战争环境下“跑警报”的场景进行描绘,“我”对敌人的轰炸感到“惶恐”,“一口气跑了两里半”,暗示“我”对死亡的畏惧;在孩子与母亲的对话中,孩子对“日本鬼子又来炸”感到恐惧,体现了战争的残酷。然而,这些都是战争年代的日常生活场景,诗人用“跑警报”来对战时生活进行描绘,也是诗人对祖国、家园的挚爱和关切。敌机的大轰炸,制造了血腥的场面,但是这种无情和残酷的杀戮,激起了中国人民奋勇杀敌、抵抗侵略的决心:

从地上来的,从地上打回去!
从海上来的,从海上打回去!
从天上来的,从天上打回去!
这是咱们中国人的土地!
这是咱们中国人的海洋!
这是咱们中国人的天空!②

从显性层面看,这首诗的副标题是“赠诗人穆旦”,貌似是诗友间唱酬应

---

① 赵瑞蕻:《一九四〇年春:昆明一画像——赠诗人穆旦》,杜运燮、张同道编选:《西南联大现代诗钞》,中国文学出版社1997年版,第414页。

② 赵瑞蕻:《一九四〇年春:昆明一画像——赠诗人穆旦》,杜运燮、张同道编选:《西南联大现代诗钞》,中国文学出版社1997年版,第417页。

和的作品，但是诗人描绘的却是1940年的昆明日常场景，生活在高原上的边城，人们不但没有享受远离战场的宁静祥和，还同样遭受敌机的肆意轰炸和骚扰，面临严重的死亡威胁。实际上，这首诗不是诗人赠给穆旦的作品，而是诗人对穆旦书写战争生活的敬意和回应："赵瑞蕻这种公开表达对穆旦的钦佩和敬重之情，承认穆旦对自己的感染和影响的行为，不仅仅表达了穆旦在当时已经获得了一定声望和影响的事实，更重要的是反过来强化和提升了穆旦的声望和影响。"①在这样的意义上，表明赵瑞蕻的创作是在穆旦的影响下完成的，正是他们对战争年代日常生活的描绘，完成了西南联大年轻诗人对战时生活和现实中国的记述。

1942年5月，西南联大外文系教授冯至②出版了《十四行集》，对于这部作者最为重要和影响最大的作品，王泽龙说："冯至的《十四行集》是中国现代主义诗歌在四十年代最初的收获。它是诗人在经历了整整十年的诗坛息隐后，从早期忧伤多情的浪漫主义'吹箫人'成为一位深沉的沉思者的思想结晶与艺术结晶。《十四行集》实现了作者诗与生命的'真淳的觉醒'，是中国现代主义诗潮在最寂寞的时期兀然突起的一座高峰。"③这部诗集，收录了冯至的27首十四行诗，其中的一首《我们来到郊外》写的也是人们躲避空袭警报的作品。在艰苦的战争期间，日寇飞机的轰炸威胁着昆明的西南联大师生，他们与全国人民一起经历着战争的苦痛和忧愁。可以说，在相同的战争环境里，每个人面临的生活都是相同的。但是，冯至在描写昆明市民跑到郊外躲避空袭警报时，却将日常生活的事件上升到生命伦理的担当：

和暖的阳光内
我们来到郊外
像不同的河水

① 段从学：《穆旦与〈布谷〉副刊》，《诗探索》2010年第1期。
② 冯至（1905—1993年），河北涿州人，原名冯承植，现代诗人、作家、学者。
③ 王泽龙：《论冯至的〈十四行集〉》，《贵州社会科学》1995年第6期。

融成一片大海
有同样的警醒
在我们的心头,
是同样的命运
在我们的肩头。①

在作品里,诗人并没有刻意描绘或者有意渲染日常生活中昆明市民“跑警报”的狼狈景象和敌机轰炸的血腥场面,而是用“和暖的阳光”来形容人们躲避空袭的氛围,希望相同的战争环境可以消除每个生命个体的寂寞与隔阂,让人们“像不同的河水”一样“融成一片大海”。为什么要让人们团结起来,那是因为有“同样的警醒”和“同样的命运”。因此,诗人在作品里传达这样的观念:努力消除人与人之间的距离和隔阂,实现人与人、人与社会的相互沟通和理解。换句话说,也就是面对敌人的狂轰滥炸,中国人要相互团结、形成合力,而不是陷入孤立、自私的状态,陷入一盘散沙的局面,让敌人轻松地击败。可以看出,冯至在作品里坚持从个体的认识出发,力图将其与社会、国家连接起来,认识到个体生命必然与国家的历史进程和民族的命运有机联系在一起。

其次,作品表现出对战争的深刻反思。1942 年 2 月,穆旦主动放弃了西南联大外文系的教职,参加中国远征军,前往缅甸战场担任翻译,其间参与了震惊中外的野人山战役,在胡康河谷的森林中目睹战友的挣扎或死亡,最后撤退到印度加尔各答。由于穆旦亲身经历了惊心动魄的战争,这对他的创作产生了深远的影响。经过三年的酝酿和沉思,他写下了著名的《森林之歌——祭野人山死难的兵士》(后改名为《森林之魅——祭胡康河上的白骨》)。这首诗根据他在缅甸战场的亲身经历和体验所作,作品集中表达了他对战争的深层思考,但是,“穆旦在这首诗中并没有写自己在死亡之谷中的亲身经历,诗中没有战斗的血淋淋的场面”②,而是以诗剧体的形式安排“森林”与“人”的

① 冯姚平选编:《冯至美诗美文》,东方出版社 2005 年版,第 70 页。
② 陈太胜:《象征主义与中国现代诗学》,北京大学出版社 2005 年版,第 207 页。

对话，深刻地展现了中国远征军入缅作战时在野人山撤退时的悲惨命运，描绘了中国远征军在胡康河谷里的惊悸与死亡。诗人在这首长诗里运用了一系列的意象，如肥大叶子、毒烈太阳、百年枯叶、绿色的毒、无名野花、欣欣林木等，形成沉郁孤寂的审美意蕴，生动地表现了人类在野人山面前的渺小、卑微，也体现了作者对于死亡战士的悲悯和同情。如在"祭歌"中，穆旦这样写道：

在阴暗的树下，在急流的水边，
逝去的六月和七月，在无人的山间，
你们的身体还挣扎着想要回返，
而无名的野花已在头上开满。
……
那白热的纷争还没有停止，
你们却在森林的周期内，不再听闻。
静静的，在那被遗忘的山坡上，
还下着密雨，还吹着细风，
没有人知道历史曾在此走过，
留下了英灵化入树干而滋生。①

在这里，诗人将战士的死亡戏剧化地与林木的生长融合在一起，那些在死者头上开满的"无名的野花"，还有把一切遗忘的"欣欣的林木"，这种看似客观的戏剧性处理，使得情感的表达内敛含蓄，也更为博大深沉。这种表现战争的方式，看似平和克制，实则潜伏着情感的暗流，诗人没有采用血腥的场景描写，更没有歇斯底里的呼喊，而是以拟人化的手法，用森林的生长比喻生命的陨落，使得这首诗实现情感与理智的高度融合。对于这首名作，评论界认为是"中国现代诗史上直面战争与死亡，歌颂生命与永恒的代表作"②，也是中国文

① 穆旦：《穆旦诗文集·诗》，人民文学出版社2006年版，第148—149页。

② 钱理群主编，吴晓东点评：《20世纪中国文学名著中学生导读本·诗歌卷》，广西教育出版社1998年版，第153页。

学史上对于中国远征军描写最重要的作品,诗人唐湜认为"这诗章从其思想的深沉、情感的融和与风格的透明来说,该是中国新诗的重要成就之一,也是作者诗集里的冠冕"①。

除《森林之魅》外,穆旦对战争主题进行书写的作品还有被称为"抗战诗录"的《退伍》《旗》《野外演习》《一个战士需要温柔的时候》和《农民兵》《打出去》《反攻基地》《轰炸东京》等,这些以战争为题材的作品在穆旦的诗歌创作中占据着重要的位置,尤其是他对战争中的死亡、暴力、胜利和反攻、演习、轰炸等进行关注,"构思新奇深刻,不是广为流行的民族主义情绪的热忱的宣泄(像田间、王亚平、雷石榆等人那样),而是人本主义和生命哲学范畴内的低沉的怀疑、深刻的批判和矛盾的内省"②,成为记录民族创伤和战争记忆的重要作品。如《退伍》写到经历战争的退伍战士回到城市里,想重新恢复正常的生活,但面对的生活使退伍战士感到深深的陌生、隔膜和空虚,感到置身于荒诞的现实而产生森森的疏离感,无法适应社会生活的变化。

杜运燮③也是"西南联大三星"之一,在西南联大期间曾经加入陈纳德(Claire Lee Chennault)的美国空军志愿队(即"飞虎队")和中国远征军担任翻译,奔赴滇缅战场。在20世纪40年代,他专注于战争时期个体生命和生存境遇的描写,真实地描绘底层民众的挣扎和苦痛,尤其令人称道的是,他对那些承载着国家、民族命运的战争亲历者、战斗者的个体命运给予了深沉的关怀,这与他特殊的战争经历和写作立场有关。在20世纪40年代的作品中,他最有名的是《滇缅公路》,这首创作于1942年的早期名作,奠定了他在中国新诗史上的重要地位。陈桃霞曾指出:"抗战时期,滇缅公路是当时中国西南后方的一条历时最久,运量最大的国际通道,承载着沉重的历史使命,它也成为滇

① 唐湜:《笔然的博求者——穆旦论》,《九叶诗人:"中国新诗"的中兴》,上海世纪出版集团、上海教育出版社2003年版,第87页。

② 张松建:《现代诗的再出发——中国四十年代现代主义诗潮新探》,北京大学出版社2009年版,第283—284页。

③ 杜运燮(1918—2002年),福建古田人,爱国归侨,"九叶派"诗人之一。

缅印战场的重要书写。”[①]可以说，在中国现当代文学史上，没有任何公路像滇缅公路一样被作家反复书写，在对滇缅公路进行书写的作品中，又以杜运燮的《滇缅公路》影响最大、传播最远，颇具中国现代史诗的品格。这首长诗写道：

不要说这只是简单的普通现实，
试想没有血脉的躯体，没有油管的
机器。这是不平凡的路，更不平凡的人：
就是他们，冒着饥寒与虐蚊的袭击，
（营养不足，半裸体，挣扎在死亡的边沿）
每天不让太阳占先，从匆促搭盖的
土穴草窠里出来，挥动起原始的
锹镐，不惜仅有的血汗，一厘一分地
为民族争取平坦，争取自由的呼吸。[②]

1937年8月，云南省政府主席龙云提议修筑滇缅公路。1938年8月，滇缅公路全线通车。在日寇于1942年5月入侵滇西前，滇缅公路是中国与外部世界联系的唯一国际通道，也是抗战时期重要战略物资运输的生命通道，其战略意义不言而喻。然而，这条输血通道是由滇西各族人民用血肉筑成的，当地民工和技术人员风餐露宿，手挖肩扛，全力投入支援神圣的民族抗战。据有关部门估计，在筑路过程中，因爆破、坠落、土石方重压等原因死亡的民工不少于两三千人。[③] 因此，《滇缅公路》是作者为修筑滇缅公路的农民工撰写的颂歌，整首诗围绕“滇缅公路”这个核心意象，将个人情感与抗战现实巧妙地结合起来，对民族的神圣抗战进行深入思考。在作品里，诗人认为在地形复杂、条件恶劣的情况下，来自底层的农民工是“不平凡的人”，他们付出了常人难以想

① 陈桃霞：《20世纪以来中国文学中的南洋书写》，武汉大学博士学位论文，2013年，第256页。

② 杜运燮：《杜运燮六十年诗选》，人民文学出版社2000年版，第3页。

③ 云南省公路史编写组：《云南公路史》，国际文化出版公司1989年版，第300—301页。

象的惨烈代价,“营养不足,半裸体,挣扎在死亡的边沿”,但正是这些卑微的、底层的农民用“无知而勇敢的牺牲”,筑成了举世瞩目的“不平凡的路”,这条道路成为“为民族争取平坦,争取自由的呼吸”的象征,也承载了中华民族的等待和期望。这首诗虽然不是直接对战争场景进行描绘的作品,但却表现了作者对抗战现实的独特思考。对于这首代表作,西南联大学生林元回忆说:“《滇缅公路》是一首歌颂筑路工人,歌颂‘给战斗疲倦的中国送鲜美的海风’的公路。当时我国漫长的海岸线都被侵略者堵塞了,滇缅公路是通向海洋、通向世界的一个窗口,‘整个民族在等待,需要它的负载’。这首诗发表后,朱自清先生曾在课堂上赞扬过。”①朱自清在《新诗杂话》里将之誉为“现代史诗”张同道认为这首诗不仅是现实的道路,也是美丽的道路,更是民族走向自由的道路:“这首诗描述了路的渐次升高的形态:现实的路—美的路—象征自由之路。这样,诗的意义也就不仅仅局限于一条路的修筑,而是拥有穿越时空的永久魅力。”②可以说,在杜运燮具有“现代史诗”品格的作品——《滇缅公路》发表后,穆旦也写出了《森林之魅》《神魔之争》,罗寄一写出了《在中国的冬夜里》等作品,这些诗歌都是标志着“现代史诗”成熟的代表性作品,这些作品深刻体现了中国现代主义诗人对现实社会和个体生命描绘的深度与广度,成为了中国新诗史上的杰出作品。

1943年,年轻的杜运燮毅然走上战场,相继创作了《林中鬼夜哭》《给永远留在野人山的战士》《被遗弃在路旁的死老总》《无名英雄》等作品,这些作品都是对战争境遇和现实中国的书写。如他在1944年2月写于印度的《给永远留在野人山的战士》,根据作者提供的背景资料,“胡康河谷”在缅甸语里意为魔鬼居住的地方,谷中山大林密,瘴疠横行,据说因为常有野人出没,当地人把方圆数百里的无人地带统称为“野人山”。在这种恶劣的环境中,生存和战斗

① 林元:《一枝四十年代文学之花——回忆昆明〈文聚〉杂志》,《新文学史料》1986年第3期。

② 张同道:《中国现代诗与西南联大诗人群》,《中国社会科学》1994年第6期。

都存在着难以想象的困难，但是由于中国远征军战事失利，被迫撤退，很多战士再也没有走出野人山。这首诗对永远留在野人山的战士进行了倾诉，缅怀了中国远征军将士的壮烈牺牲：

你们英勇的脚步仍旧在林中
前进，冶游的鸟兽可以为证，
高高喜马拉雅白色的眼睛，
远方的日月星辰也都曾动心。
每当夜深树寒，你们一定
还想起当年用草鞋踏遍
多少山河，守望过美丽的山陵
幽谷，怀念着自己祖传的肥田。①

在诗人的作品里，这些逝去的英灵没有绝望和痛苦，他们在静夜里想起了祖国的"多少山河，守望过美丽的山陵"，而今长眠在异国荒蛮的野人山上，他们用生命"建一座高照的灯塔于异邦"，等待着凯旋的歌声，但是他们再也没有机会踏上回返的道路了。这首诗与穆旦的《森林之魅》都写到了"野人山"，都与"中国远征军"相关联，但其实有着明显的区别，穆旦的作品充满了恐惧、绝望和挣扎，而杜运燮的作品显得明快、乐观和坚定：穆旦九死一生，书写地狱般的野人山经历，讲述胡康河谷的阴暗、死寂和热带雨林的吞噬、发疯般的饥饿；杜运燮则关注远离祖国的无名英雄，强调最艰苦的季节已经过去，正义的战士将迎来新的阳光。虽然杜运燮和穆旦都亲赴战场，但他们对战争的体验和思考有着不同。

此外，这一时期杜运燮影响较大的作品还有"轻松诗"写作。如《草鞋兵》《追物价的人》《一个有名字的兵——轻松诗（Light Verse）试作》等作品，对于这些有浓郁的现实情怀和现代主义色彩的"轻松诗"，张松建认为："杜诗惯于

① 杜运燮：《给永远留在野人山的战士》，杜运燮、张同道编选：《西南联大现代诗钞》，中国文学出版社1997年版，第255页。

解构宏大叙述,以佯装严肃或者故作轻佻的笔触,寓庄于谐,寓谐于庄,戏拟抗战文艺的崇高,转而从日常生活的角度,反讽人世的荒诞与非理性。”①《一个有名字的兵》以诗歌的形式讲述了一个“农民兵”的一生,他在农村没有名字,人们都叫他“麻子”,是个干农活的好手,但是城里“抽壮丁”,他被抓去顶替,变成了有名字的士兵“张必胜”,这个憨厚老实的农民兵连基本的立正都做不好,最后被发配到厨房当伙夫,成了炊事兵:

张必胜上火线三次,
三次都没见到鬼子,
第一次丢了个大拇指,
二三次都打中了腿子。
他在野地里躺了十天十夜,
腿上都长满了蛆,
身旁的草都吃得精光,
仿佛还淋过一次夜雨。②

但是他顽强地幸存下来,被医生锯掉“腿子”,最后因得不到有效的医治,死在回乡的路旁。在这里,杜运燮用“一个有名字的兵”作为题目,实际上他想写的是像张必胜一样的无数个没有名字、淳朴善良的农民兵。这些农民兵用鲜血和生命换取战争的胜利,可战争回报他们的却是屈辱、饥饿、疾病甚至死亡,对这些个体生命和底层农民的关注,倾注了诗人对农民兵的关怀,也传递了诗人对战争和世界的理解。在这些作品里,杜运燮没有英雄主义的浮夸、浪漫主义的感伤,而是表现出反崇高、反浪漫的现代气质,在叙述时采用戏谑、轻松、机智的语言。对此,姚丹评价说:“正因为对农民兵的深挚的同情,使得杜运燮的歌颂抗战英雄的诗歌有一种由内而外穿透而出的力量。这是他的同

① 张松建:《现代诗的再出发——中国四十年代现代主义诗潮新探》,北京大学出版社2009年版,第278页。

② 杜运燮:《杜运燮六十年诗选》,人民文学出版社2000年版,第340页。

学们很难有的。”①

三、周定一、穆旦、杜运燮等的诗歌：城市生活记忆和师生情谊的书写

任何叙述都是在一定的时空坐标中展开的，如果将这个时空坐标选择在城市，那么作家和诗人的叙述就会以城市作为故事发生的场景，或以城市作为背景进行叙述，在具体的叙述中结合创作者的知识积累、人生体验和情感阅历来表达关于城市的记忆、领悟和想象。丹尼尔·贝尔（Daniel Bell）曾经说过：“一个城市不仅仅是一块地方，而且是一种心理状态，一种主要属性为多样化和兴奋的独特生活方式。”②的确，城市既是生活的空间，也是活动的场所，更是人文的景观，同时也是生活的氛围，更是精神状态或者生活方式。正如巴黎之于巴尔扎克、伦敦之于狄更斯、布拉格之于卡夫卡、北平之于老舍、上海之于张爱玲，在蒙自、昆明生活和学习的联大师生，他们在迁徙和流亡中，相继在蒙自、昆明等地弦歌不辍、砥砺前行。于是，这些曾经驻足的城市成为他们文学创作的重要土壤，也成为他们想象建构西南联大的重要场域。因此，他们对生活于其中的城市进行了书写，有的对城市景物进行描绘，有的对城市事项进行实录，有的对城市生活进行述说……都构成了中国现当代文学中的城市记忆，也构成了西南联大的文学书写。

首先，作品刻画了在蒙自的生活。1938 年 4 月 19 日，西南联大常委会决定在蒙自设立办事处，将文学院和法商学院安置在蒙自分校上课。蒙自是滇南的小城，1887 年依照中法续议商务条款辟为商埠，设有蒙自海关、法国领事馆和法国银行等机构。但到 1910 年滇越铁路开通，取道附近的碧色寨，蒙自商业受到严重影响，海关、法国银行等相继停业，这些闲置的建筑和歌胪士洋

---

① 姚丹：《西南联大历史情境中的文学活动》，广西师范大学出版社 2000 年版，第 267 页。

② ［美］丹尼尔·贝尔：《资本主义文化矛盾》，赵一凡、蒲隆、任晓晋译，生活·读书·新知三联书店 1989 年版，第 154—155 页。

行被西南联大蒙自分校租赁为校舍。在蒙自分校附近有大片的沼泽地，周围遍地种植柳树，由于多年积水形成湖泊，被称为蒙自南湖，湖中有瀛洲、菘岛等名胜古迹。当时，西南联大中文系学生周定一①与向长清、穆旦、刘兆吉、赵瑞蕻等发起成立西南联大第一个学生文学社团——南湖诗社，提倡写作新诗、研究新诗。在蒙自，南湖诗社存在时间不长，仅有三个月，但却成为西南联大诗人成长的摇篮。在南湖边，周定一写下了记录蒙自生活的抒情诗《南湖短歌》，先于南湖诗社的《南湖诗刊》上发表，后来又发表于北平《平明日报》1947年1月《星期文艺》第3期。在作品里，他写道：

我远来是为的这一湖水。
我走得有点累，
让我枕着湖水睡一睡。
让湖风吹散我一团梦，
让落花堆满我的胸，
让梦里听一声故国的钟。
……
我唱出远山一段愁，
我唱出满天星斗，
我月下傍着小城走。
我在小城里学着异乡话，
你问我的家吗？
我的家在辽远的战云下。②

在这首广为人知的作品里，诗人提到的“湖”就是蒙自南湖，西南联大师生流亡边城蒙自，旅途的疲惫还没有消除，“我走得有点累”，想要静下心来

① 周定一（1913—2013年），湖南炎陵人，当代语言学家。

② 周定一：《南湖短歌》，杜运燮、张同道编选：《西南联大现代诗钞》，中国文学出版社1997年版，第276—277页。

“睡一睡”,享受恬静的山水和祥和的生活,但是南湖的风却吹醒了诗人的梦,耳边仿佛听到“故国的钟”敲响,即便是沿着湖堤走一走,还是会想起“多少惆怅”“一段愁”。在远离故乡的小城,作为抒情主人公的“我”不得不试图学着说“异乡话”,在诗的最后道出“我的家在辽远的战云下”。可以说,在抒情话语和诸般意象间,诗人反复强调的却是浓郁的战争愁云。在这样的意义上,这首诗表面上看起来是对蒙自生活的细节刻画,写蒙自分校师生在南湖周边的生活,看蓝天下的园花、向晚霞挥动双手、暮色里放声高歌……但是深层次表现的却是西南联大师生的心境,那就是流亡知识分子的战时乡愁。这首诗虽然是周定一的早期习作,却也被认为是“非常准确而深刻地表达了从战云下远道而来的西南联大师生置身南湖美景中的心情。这首诗在艺术上深得新月派诗歌之精髓,表现出了‘音乐的美’、‘绘画的美’、‘建筑的美’。诗歌的思想和艺术都臻于完美”①。

由于文学院和法商学院暂住蒙自,同为南湖诗社社员的穆旦写下了《我看》和《园》,对蒙自的生活进行了实录。据他的同学赵瑞蕻说:“有多少次,在课余,在南湖边堤岸上,穆旦独自漫步,或者与同学们一起走走,边走边愉快地聊天,时不时地发出笑声……自然风光融入心灵,他那么巧妙地描绘了南湖景色。”②赵瑞蕻这里提到的“描绘了南湖景色”的作品,指的就是穆旦创作的《我看》。在这首诗的前两节,穆旦这样写道:

我看一阵向晚的春风
悄悄地透过丰润的青草,
我看它们低首又低首,
也许远水荡起了一片绿潮;
我看飞鸟平展着翅翼

① 李光荣:《西南联大与中国校园文学》,人民出版社2014年版,第28页。

② 赵瑞蕻:《离乱弦歌忆旧游——从西南联大到金色的晚秋》,文汇出版社2000年版,第130页。

静静吸入深远的晴空里，

我看流云慢慢地红晕

无意沉醉了凝望它的大地。①

这首诗创作于1938年6月，这是穆旦到云南创作的第一首诗作。② 同在南岳衡山创作的《野兽》一样，诗人当时还沉浸在雪莱、拜伦式的浪漫主义写作中，使得这首诗歌的意境、节奏和语言，都体现出浓郁的浪漫主义特征。在作品里，诗人特别强调了四处“我看”，动作的主体是“我”，“看”则是动作本身，“我”看到春风、青草、绿潮、飞鸟、流云，这些都是在蒙自南湖边常看到的景致，也是诗人巧妙地描绘的南湖意象。在这些纷繁的意象中，可以看到在貌似“静”的意境中，诗人将“低首又低首”“吸入”“凝望”这些“动”的动作写在作品里，形成了富有美感的对比。此外，作品里重复使用的“我看——我看——”和诗里感叹词的反复运用，都是西方浪漫主义诗人惯用的语言形式，诗人的情绪也依赖于重复和排比等诗歌技巧的反复运用，将情感自由地表达出来。因此，对于这首记录蒙自生活和描绘南湖景色的诗歌，李光荣评价说：“这首诗写景绘意，感情流变，结构起伏，语言运用乃至押韵技巧等，都达到了较完美的程度，尤其是情景交融和妙语达意，可谓技艺高超。”③

同样刊登在《南湖诗刊》上的《园》写于1938年8月，这时蒙自分校将要迁回昆明，穆旦在这里度过了短暂的三个月。面对生活过的小城蒙自，诗人写下了这首别具一格的作品：

---

① 穆旦：《穆旦诗文集·诗》，人民文学出版社2006年版，第4页。

② 据马绍玺说：“从现有资料看，穆旦徒步来到云南之后创作的第一首诗，就是1938年写于滇南小城蒙自的《我看》。”参见《边地风景体验与西南联大诗歌》，《文学评论》2015年第1期。笔者根据《穆旦诗文集·诗》和李方编《穆旦诗全集》（中国文学出版社1996年版）、邓招华《西南联大诗人群史料钩沉汇校及文学年表长编》（人民出版社2016年版）等文献检索，《我看》确实是穆旦入滇创作的第一首诗歌。

③ 李光荣：《季节燃起的花朵——西南联大文学社团研究》，中华书局2011年版，第47页。

如同我匆匆地来又匆匆而去，
躲在密叶里的陌生的燕子
永远鸣啭着同样的歌声。
当我踏出这芜杂的门径，
关在里面的是过去的日子，
青草样的忧郁，红花样的青春。①

这首诗的标题被称为“园”，至少有两重或者三重的象征意义：一方面可以看作是指向无名的园地，有着固定的边界和范围；另一方面可以看作是故土或者故园，是生命中温暖和亲情之所在；在此基础上，作品里的“园”似乎又可以指向作者实际生活了三个月的蒙自。因此，在这首诗的前三节，作者写到了“园”里空中的树丛、金色的阳光、深蓝的天穹……这些都是外在的、表象的“园”；在第四节，作者写到了“我”，却又是“匆匆地来又匆匆而去”，充满了依恋和不舍；在第五节，作者对“园”内的生活进行总结，用“关”来形容封闭和隔膜，说出了点题的“青草样的忧郁，红花样的青春”。由此可以看出，作者从外在的“园”写到内在的“园”，这里的“园”被作者赋予了空间的想象，也被赋予了时间的想象，更是作者对蒙自生活的记忆和凝练。但是应该看到，目前学界对穆旦 20 世纪 40 年代以前的作品研究，关注较多的还是《野兽》，在笔者看来，这首书写蒙自生活的抒情短歌《园》，也应当引起学界的重视，因为作者在这首诗里对中国传统诗歌意象的灵活运用，引发了读者对时间、空间和成长的探讨；同时，作品里隐喻和象征手法的综合表现，赋予了传统的诗歌意象以现代的意义，所以这首诗理应成为穆旦诗歌里的名篇。在这样的意义上，可以说这首诗歌的诞生，预示着穆旦的诗歌创作将迎来新的转型和重要的收获。

其次，作品描写了昆明的景观。抗战全面爆发，促成了中国学术文化机构

① 穆旦：《穆旦诗文集 · 诗》，人民文学出版社 2006 年版，第 6 页。

的内迁,联大的到来遂使昆明成为抗战时期中国的文化重镇。“人才荟萃的昆明提供了一个激发思想和想象力的特殊环境。”①虽然这里物质匮乏,还要时常遭受日本飞机的轰炸,但是众多诗人生活在昆明,他们以敏锐的眼光打量、观察这个每日生活、学习的城市,以文学创作的方式直接参与了这座城市的想象建构。其时,经过长途跋涉的流亡知识分子汇聚到西南边地,他们的人生阅历、思想观念不同,但是作为昆明的书写者,他们对视域中的昆明进行了呈现与表达。在其中,杜运燮的《登龙门》就是对昆明历史景观进行描写的代表性作品:

造物者在沉思:丰厚的静穆!
他正凝神在修改他的创作。
至高的耐性与信心使他永远微笑,
为作品的完成,他要不倦地思索。
……
人类在那边喧嚣着居住,
结群而隔离,他们没有快乐,
营造各式的房子,一样的封闭,
穿着鞋子,诅咒命运的刻薄。②

龙门位于昆明近郊的“睡美人山”——西山,这里是西南联大师生郊游的胜地。西山的龙门石窟是云南最为宏大、最为精美的道教石窟。据相关史料记载,龙门石窟在清代乾隆年间由道士吴来清和众多能工巧匠在西山悬崖峭壁上开凿,直到吴道士去世,龙门石窟还没有全部雕琢完成。这里最值得称奇的是,西山龙门上接云天,下临绝壁,站在龙门旁边,五百里滇池烟波浩渺,如若置身云天霄汉。因此,这首诗里所指的“造物者”不是大自然的创造者,而

① 孙康宜、宇文所安主编:《剑桥中国文学史(下卷,1375—1949)》,生活·读书·新知三联书店2013年版,第629页。

② 杜运燮:《杜运燮六十年诗选》,人民文学出版社2000年版,第227页。

是开凿龙门石窟的吴道士,“他”在时光的磨砺中,“凝神”地打通千仞削壁上的通道,悉心而有“耐性”地雕刻绝壁上的造像和建筑。诗里写到,为使龙门石窟完成,“他”像愚公一样进行着神圣的劳作,“不倦地思索”,直到生命的最后一息,作者歌颂了“造物者”的崇高。如果说诗的第一节是歌颂历史上的“造物者”的话,那么第二节则回到现实中的“人类”,诗里写到居住在滇池北岸的人们,他们生活在“喧嚣”的城市里,但是“他们没有快乐”“诅咒命运的刻薄”。到诗的第三节,诗人写到了昆明的大自然:好看的绿色、白色的鸟、大云彩、湖树后面的村落……,可以说,作者在诗里巧妙地将昆明的历史、现实和自然融合起来,将山的崇高、人的自私、自然的生动形象地表达出来,因而使诗歌具有宏伟、壮阔的美学意味。

1945 年 4 月,杜运燮还创作了鲜为人知的《晓东街》①,这首诗在他的《诗四十首》《南音集》(1984)《杜运燮诗精选一百首》(1995)和《杜运燮六十年诗选》(2000)等诗集,以及《九叶集》(1981)、《西南联大现代诗钞》(1997)、《西南联大文学作品选》(2011)等选集中,都没有被收入。在这首诗中,他以敏锐的目光捕捉到昆明迅速崛起的商业街——晓东街,将自己对昆明的观感和体验以隐喻的文字表达出来:

当我不堪黑暗压迫的时候(注)
我就上晓东街,晓东街
是昆明的钻石,钻石的闪光
会使我忘记重重霉湿的黑暗。

① 晓东街是位于昆明市区的街道,北与南屏街相连,南与宝善街贯通,全长不足 200 米。这条街道是时任云南省政府主席龙云的老部下朱旭(晓东)的遗孀和子女捐出土地,由云南省政府建设开发的商业街道,龙云为感谢和纪念土地的捐献者,将其命名为晓东街,这条街道成为抗战时期昆明著名的商业街。据王佳说,《晓东街》刊登在 1945 年 4 月 21 日出版的第 24 期《自由论坛·星期增刊》上,署名“杜运燮”,但在多种版本的杜运燮诗集中都没有收入,应该是“集外诗”。具体参见王佳:《都市畸变体验与西南联大现代诗——从杜运燮集外诗〈晓东街〉说起》,《现代中文学刊》2017 年第 6 期。

当我有远来盟友或客人,
我就上晓东街,晓东街
有昆明的骄傲,介绍给他们,
才能对我们有真正的了解。
……
当朋友问我最喜欢要什么,
我说我喜欢有一条晓东街:
请全国的傻子们打扮起来
喝酒,跳舞,谈战后的建设。①

在诗的附录里,作者对第一句的注释做了说明:"我指的是刚刚轮到停我们的电而又买不起洋蜡的时候。"由于战时昆明的城市规模迅速扩大,电力供应不足,城里经常轮番停电,"我"买不起洋蜡而导致"不堪黑暗的压迫"。但是,这个注释不是这首诗表达的重点,这首诗的重点是"杜运燮以诗人的慧眼捕捉到了这条凝结昆明战时巨变经历的晓东街,并将自己独特的切身体验注入其中,生成了这能够作为抗战昆明都市畸变象征的文学意象'晓东街'"②。因此,在诗的第一、二、三节,作为昆明的"钻石"和"骄傲"——晓东街成为了战时昆明的象征,诗人不动声色地写晓东街的热闹繁华、物资丰裕,这里犹如钻石般"闪光"、对外来者来说堪称"骄傲"、各种各样的物资"纤尘不染"。到诗的第四、五节,诗人笔锋一转,不再对繁华的表象进行描绘,而是采用讽喻、戏谑的手法,道出了作为"昆明畸变象征"的晓东街,这里衣着光鲜、喝酒跳舞的背后是享乐主义和空虚无聊的蔓延,即便是"打扮起来"的"傻子",也毕竟是傻子,他们无法成为"中国的救星",也不能担负起"战后的建设"。在这样的意义上,诗人由昆明晓东街的繁华表象,再写到更深的实质层面,是对抗战

① 杜运燮:《晓东街》,《自由论坛·星期增刊》第24期,1945年4月21日。

② 王佳:《都市畸变体验与西南联大现代诗——从杜运燮集外诗〈晓东街〉说起》,《现代中文学刊》2017年第6期。

期间现实社会的批判，也使得这首诗的立意和指向达到战时其他诗人的诗所不能至的高度，直接指向建构民族国家的现实情怀。

1939年5月4日，西南联大与云南大学等高校学生参加云南青年“五四”纪念活动，晚间举行了盛大的火炬大游行，穆旦根据此次游行创作了长诗《一九三九年火炬行列在昆明》，这首诗最初发表于朱自清主持的昆明《中央日报·平明》副刊上，“对于熟悉了40年代中后期那个‘怀疑主义的’、‘自我分裂’的、‘现代的’穆旦的人而言，这首诗显得有些与众不同”①，被普遍认为是诗人运用戏剧化手法进行艺术探索的重要尝试。在这首诗里，作者对昆明的现实景观进行描绘、刻画，还试图对更为广泛的社会现实进行充分包容和完全接纳。如诗里说：

当他们挤在每条小巷，街角，和码头，
挑着担子，在冷清的路灯下面走，
早五点起来，空着肚子伏在给他磨光的桌案上，
用一万个楷书画涂黑了自己的时候，
枯瘦的脸，搬运军火，把行李送上了火车，
交给你搬到香港去的朋友——来信说，
这儿很安全，你买不买衣料，和Squi牌的牙膏！②

由此可以看到，穆旦用戏剧化的描述对昆明的细微场景进行了描绘：生意人“挑着担子”“挤在每条小巷，街角，和码头”，与此同时，也有人在“搬运军火”、“把行李送上了火车”。作者试图在这种戏剧化的描述中营造客观化的抒情效果。在诗的末尾，诗人这样说：

我们头顶着夜空，夜空美丽而蔚蓝，
在夜空里上帝向我们笑，要有光，就有了光，

---

① 姚丹：《“第三条抒情的路”——新发现的几篇穆旦诗文》，《中国现代文学研究丛刊》1999年第3期。

② 穆旦：《穆旦诗文集·诗》，人民文学出版社2006年版，第195页。

我们的头脑碎裂,像片片的树叶,在心里交响。①

在某种程度上,如果这首诗指向写实,诗里写的是 1939 年 5 月 4 日的昆明,“夜空美丽而蔚蓝”;如果这首诗不指向写实,这里写的或许是其他地方的夜空。但是,这样的诗句显示了作者隐喻式的抒情,其后出现的“像片片的树叶,在心里交响”这样的名句,在中国新诗创作里是很难见到的。可以说,在贯穿整首诗的戏剧化表述中,作者始终关注着昆明的具体场景,虽然诗歌的前半部分充满着浪漫化的叙事和呐喊,但到后半部分却出现隐喻式的抒情。由此可以看到,诗人正是在浪漫化写作向现代化写作的转变中,实现了对早期浪漫主义写作的超越。因此,邓招华也认为:“从穆旦整个创作历程切入,《一九三九年火炬行列在昆明》可以说是穆旦向新的艺术手法转变的一个过渡与见证,有其自身的诗学价值与历史意义。”②

作为被鲁迅称赞的最为杰出的抒情诗人,冯至曾经一度远离新诗的写作,但是他对家国世事和个人命运的观察与体验没有停滞,它们像暗流一样潜伏于他的内心。1987 年,他在接受联邦德国授予的联邦德国国际交流中心“文学艺术奖”的致辞时说:“1941 年,战争已经是第 4 个年头,我在昆明接触社会,观看自然,阅读书籍,有了许多感受,想用诗的体裁倾吐出来。除了个别的例外,我已 10 年没有写诗了……我想到西方的十四行诗体。”③在战争爆发后,冯至由繁华的都市流亡到昆明,接触到现实社会和自然山水,累积了 10 年的观察与体验破土而出,最终以十四行诗体的形式呈现出来,这就促成了经典的《十四行集》的诞生。在这部诗集里,他创作的《有加利树》《鼠曲草》等作品都是对昆明风物景致的描绘。20 世纪 40 年代的昆明,有加利树(桉树)是寻常的树种,在西南联大新校舍、翠湖周边、滇池沿岸、杨家山林场……都有高大挺拔的有加利树,但到了诗人这里,他却写道:

---

① 穆旦:《穆旦诗文集·诗》,人民文学出版社 2006 年版,第 198 页。

② 邓招华:《西南联大诗人群研究》,山东师范大学博士学位论文,2009 年,第 65 页。

③ 冯至:《文坛边缘随笔》,上海书店出版社 1995 年版,第 217 页。

你秋风里萧萧的玉树——
是一片音乐在我耳旁
筑起一座严肃的庙堂，
让我小心翼翼地走入；
……
你无时不脱你的躯壳，
凋零里只看着你生长；
在阡陌纵横的田野上
我把你看成我的引导：
祝你永生，我愿一步步
化身为你根下的泥土。①

这就是当时昆明常见的有加利树，诗人没有描写树的习性、枝叶的形状、花的颜色和果实的大小，而是将其视作生命永恒的象征，以“萧萧的玉树”“严肃的庙堂”“晴空的高塔”“圣者的身体”等抽象化的语言来描绘尤加利树。这首诗里写到了有加利树“高高耸起”“凋零”地“生长”，这都是诗人对自然存在的有加利树的具体感受。但是，为了将这种具体的感受或体验固化下来，诗人用“玉树”“庙堂”“高塔”“身体”等形象的比喻将有加利树的非物理本质属性确立下来，同时对有加利树的精神属性进行了重点描绘，集中表现了生命的自觉有为和坚韧充实。在诗的最后，诗人写到“我”愿意化身成为泥土，去滋养有加利树的生长，将其看作是“我的引导”，再次展现了正视生命、超越生命的哲学思考。由此可以看到，诗人将昆明周边普通的有加利树赋予了感性的形象，表达了无限的精神内涵，深刻地体现了“有形中寓无形，有限中寓无限，素朴中寓华美，静默中寓庄严”②的哲学思考。

---

① 冯姚平选编：《冯至美诗美文》，东方出版社2005年版，第66页。

② 冯金红：《体验的艺术——论冯至四十年代创作》，《中国现代文学研究丛刊》1999年第3期。

在《十四行集》中,冯至对昆明自然风物的书写不止于单纯的有加利树,还有昆明郊外随处可见的鼠曲草。据他在散文集《山水》里叙述:“其次就是鼠曲草。这种在欧洲非登上阿尔卑斯山的高处不容易采撷得到的名贵的小草,在这里却每逢暮春和初秋一年两季地开遍了山坡。我爱它那从叶子演变成的,有白色茸毛的花朵,谦虚地掺杂在乱草的中间。”①对于这种在欧洲人看来是“名贵的小草”,诗人在作品里说道:

一切的形容、一切喧嚣
到你身边,有的就是凋落,
有的化成了你的静默。
这是你伟大的骄傲
却在你的否定里完成。
我向你祈祷,为了人生。②

根据诗人叙述,在欧洲鼠曲草需要到“阿尔卑斯山的高处”才能采到,但在战时的昆明却“谦虚地掺杂在乱草的中间”,这与冯至在昆明的外在生活境遇是紧密关联的。作为现代思想意识的主体,战乱中的中国知识分子不仅担负着传承中国传统文化的使命,还要坚守真正的人道思想和生命意识。在这里,诗人将鼠曲草作为诗歌意象,用来表达自己对精神与物质、灵魂与肉体、万物与自我、外部与内心的体验和思考。因此,诗人笔下的鼠曲草“高贵和洁白”,但是却需要去承受“一切的形容、一切喧嚣”,努力成就“伟大的骄傲”,而这一切最终的指向都是“为了人生”。显然,在当时充满艰难的世界,诗人愿意像“鼠曲草”一样,把苦难转化成自由,实现对现实生活的超越。由此,这首诗提出了“鼠曲草精神”,这种精神就是在面对喧嚣、浮华和苦难时,作为主体的20世纪中国知识分子要有担当寂寞与守护艰难的勇气,迸发出决断的行为与生命的创造,实现自我的升华与现实的超越。

---

① 冯至:《山水》,国民图书出版社1943年版,第55页。
② 冯姚平选编:《冯至美诗美文》,东方出版社2005年版,第67页。

同为“西南联大三星”的女诗人郑敏[①]，是中国现代诗歌史上重要的诗人之一，1939年至1943年就读于西南联大哲学系，师从冯友兰和汤用彤研究中国古代哲学，同时选修冯至的德国文学。多年后，诗人在回忆西南联大生活时说：“冯友兰、汤用彤、郑昕等先生都让我受益很多。在写诗方面，我受到冯至先生的影响最大。我那时候选修德语，上冯先生的‘歌德’课，受他的影响，喜欢里尔克，喜爱富有哲学内涵的诗。”[②]根据她的回忆，冯至和里尔克对她的创作影响最大，他们教会诗人将诗歌与哲学进行融合，从世间的事物中凝聚诗学的哲理，取得了相当的艺术成就。在20世纪40年代，郑敏将诗歌艺术与哲人玄思融合起来，创作了典范性的作品——《金黄的稻束》，这首名作在普通人常见的自然景观中，潜入了哲人的玄思，由物象的表面进入到精神境界的冥想，同样是对昆明景观的描绘：

金黄的稻束站在
割过的秋天的田里，
我想起无数个疲倦的母亲
黄昏的路上我看见那皱了的美丽的脸
收获日的满月在
高耸的树巅上
暮色里，远山是
围着我们的心边
没有一个雕像能比这里静默。[③]

在当时的昆明，郑敏经常由昆明郊区步行到学校上课，走过田野时，看到秋天收割后的稻田和稻束矗立在田野里，这是在昆明接触到的习以为常的收

① 郑敏（1920—2022年），福建闽侯人，“九叶派”诗人之一。
② 张洁宇：《诗学为叶，哲学为根——郑敏教授访谈录》，《文艺研究》2014年第8期。
③ 郑敏：《金黄的稻束》，杜运燮、张同道编选：《西南联大现代诗钞》，中国文学出版社1997年版，第322页。

获景象。但是,她在别人看不到而且也没有任何诗意的地方发现、思索了属于整个人类的普遍性哲理:伟大的收获必将付出伟大的辛劳、疲倦。因此,她从外在的“物”开始描写,进而深入到“物”的内心进行感受,最终将人性化的稻束定格为物化的雕像,使这首诗立意高远、气象非凡、宏阔蕴藉。同时,在作品里静默沉思的稻束占据了画面的中心位置,满月、高树、远山都淡化为辽远的背景,流逝的时间也让位于广阔的空间,而隐藏在朴素优美的文字背后的却是“母亲”劳作的艰辛和丰收的喜悦。对于诗人在西南联大期间创作的作品,孙玉石评价说:“四十年代的许多诗篇,如《金黄的稻束》《树》……等诗,无论是写画,无论是写人,无论是写自然,都在静态刻画中充满了流动的美感。客观的宁静中融入了作者潜深的热情,成为主观与客观高度结合的艺术精品。”①

2012 年,郑敏在接受访谈时提到,“至今一回忆起昆明的石板路、石榴花,突然来又突然去的阵雨,人字墙头的金银花和野外的木香花,还为之心旷神怡。那时我所写的《鹰》和《马》确实都是昆明蓝天上和入暮小巷里的时物。”②如果不是诗人亲自承认,人们甚至无法想象《鹰》和《马》这样的作品会与昆明的景观联系在一起。实际上,她在西南联大创作的作品中有一部分就是描绘昆明时物的,如《金黄的稻束》《鹰》《马》《墓园》《池塘》等“咏物诗”,这些咏物诗从诗人的实际生活经验出发,注重对外在事物的观察、感受和想象,同时使用丰富的联想和隐喻手法,将认识的理性思想进行内化,这种内化的理性思想通过诗人固定的意象表现出来,就使得诗歌具有含蓄蕴藉的哲理。在咏物诗《鹰》中,她写道:

这些在人生里踌躇的人
他应当学习冷静的鹰
它的飞离并不是舍弃

① 孙玉石:《郑敏:攀登不息的诗人》,《当代作家评论》1992 年第 5 期。

② 郑敏口述,祁雪晶采访整理:《郑敏:回望我的西南联大》,《中国教育报》2012 年 3 月 16 日。

对于这世界的不美和不真
……
距离使它认清了世界
远处的山,近处的水
在它的翅翼下消失了区别①

在当时的南高原上空,蓝天白云间常有雄鹰掠过,生活在昆明的诗人将鹰作为固定的意象,同时赋予这一意象以内化的哲理,也就是说,诗人从寻常的事物中观察、体认到深邃的思想,最终以诗歌的样式表现出来。在这首诗里,诗人写到一只鹰在昆明的蓝天上"冷静"地飞翔,传达了作者对于"人生里踌躇的人"的某种启示,"它的飞离并不是舍弃",而是要在更深的思虑中回旋,对于真和美,"只是更静更静地用敏锐的眼睛搜寻"。因此,诗人笔下的鹰作为固定的意象,"是思想者与行动者的理想的一致,是活生生的人的象征"②,在高空飞翔的鹰,"敏锐"地"搜寻"生命的本真意义,代表了人们向永恒的目标发起追寻,也表现了人们对未来生活的期待。

除了十四行诗《鹰》之外,郑敏还写出了《马》这样著名的咏物诗,对当时昆明郊野和"入暮小巷"里出现的马进行了深刻的描绘:

这混雄的形态当它静立
在只有风和深草的莽野里
原是一个奔驰的力的收敛
渺视了顶上苍穹的高远
它曾经像箭一样坚决
披着鬃发,踢起前蹄

① 郑敏:《鹰》,杜运燮、张同道编选:《西南联大现代诗钞》,中国文学出版社 1997 年版,第 366 页。

② 唐湜:《静夜里的祈祷——郑敏论》,《九叶诗人:"中国新诗"的中兴》,上海世纪出版集团、上海教育出版社 2003 年版,第 189—190 页。

奔腾向前像水的决堤①

在诗人的笔下,这曾经被无数诗人和艺术家描绘过的骏马形象如此鲜明:当它静立,"原是一个奔驰的力的收敛";当它飞驰,"曾经像箭一样坚决"。但是,英雄在这世界上毕竟是"灿烂的理想",因而它不得不忍受凡俗的鞭策,"载着过重的负担,默默前行",当它走完了世间艰难的道路时,"那具遗留下的形体",奔腾的英雄早已幻化成圣者。从这里可以看到,马成了集英雄、凡俗、圣者三位一体的形象,作为英雄时,它是奔驰的箭;作为凡俗时,它是艰苦的行者;作为圣者时,它是皈依的化身。可以说,诗人这里描写的是马,又不是马,在马的身上承载着她对生命意识和永恒人性的深沉思考:平凡中孕育伟大,苦难中诞生崇高。因此,唐湜在评价时说:"时时在微笑里倾听那在她心头流过的思想的音乐,时时任自己的生命化入一幅画面,一个雕像,或一个意象,让思想之流里涌现出一个个图案,一种默思的象征,一种观念的辩证法,丰富、跳荡,却又显现了一种玄秘的凝静。"②

此外,西南联大外文系的林蒲③创作了《乡居》,也是对昆明景观的具体描绘。在这首诗里,作者用现代主义手法描写了眼中的昆明:

阶前
看山茶花
含蕾,一朵朵
慵懒地开,谢,
……
灰色牛,蹲池畔。

① 郑敏:《马》,杜运燮、张同道编选:《西南联大现代诗钞》,中国文学出版社 1997 年版,第 379 页。

② 唐湜:《静夜里的祈祷——郑敏论》,《九叶诗人:"中国新诗"的中兴》,上海世纪出版集团、上海教育出版社 2003 年版,第 184—185 页。

③ 林蒲(1912—1996 年),美籍华人,福建永春县人,原名林振述,诗人、哲学家。

阔大的芭蕉叶，

张着，圆圆像雨伞。①

在20世纪40年代以前，中国诗人借鉴西方意象派的创作技巧，同时融合中国古代的诗学传统进行创作，已经成为他们的自觉意识和行动。在这个过程中，戴望舒、李金发、卞之琳等都较为典型，如他们创作的《旅思》《断章》等作品，不仅有意识地借用中国古代诗歌的意象，还吸收了西方现代诗人的表现手法，取得了重要的突破。同样，林蒲的《乡居》也是将中国古代诗歌的意境与西方现代诗人的创作技巧巧妙地结合起来的作品，就像李光荣所说的："林蒲是西南联大学生中最早迈向现代主义，又最早将现代主义'中国化'的诗人。他具有现代主义的思维和表达技能，又具有中国传统诗歌的情愫和意趣。"②在这首诗里，林蒲灵活地运用了散文化的艺术表达，对昆明乡间的景物进行描绘：山茶花、猫儿、白鸭子、灰色牛、芭蕉叶……恬静闲适的乡居生活场景出现在读者面前；同时，作者对景物的描绘辅以各种拟人化的动作和行为，如花朵"慵懒地开"、猫儿"蜷伏"、白鸭子"摸捉鱼虾"、灰色牛"蹲池畔"、芭蕉叶"张着"……活灵活现地表现了物体的形态。可以说，正是在这种"静"与"动"的映衬对比中，这首描写昆明景物的诗歌体现出优美的古典意境。对于这首作品，姚丹认为："这是一首近乎'完美'的乡居素描。"③

同时，作品叙述了师生的情谊。在西南联大，师生之间、老师之间、同学之间，形成了真挚深厚的友谊。诚如蓝文徵在回忆清华国学研究院师友时说的："研究院的特点，是治学和做人并重，各位先生传业态度的庄严恳挚，诸同学问道心志的敬诚殷切，穆然有鹅湖、鹿洞遗风。每当春秋佳日，随侍诸师，徜徉湖山，俯仰吟啸，无限春风舞雩之乐。院中都以学问道义相期，故师弟之间，恩

① 林蒲：《乡居》，李光荣编选：《西南联大文学作品选》，人民文学出版社2011年版，第27页。

② 李光荣：《季节燃起的花朵——西南联大文学社团研究》，中华书局2011年版，第113页。

③ 姚丹：《西南联大历史情境中的文学活动》，广西师范大学出版社2000年版，第231页。

同骨肉，同门之谊，亲如手足，常引起许多人的羡慕。”①在蓝天白云下的校园，西南联大师生以共同的志趣为基础，相互吸引而最终形成“师弟之间，恩同骨肉，同门之谊，亲如手足”的纯真情谊，他们之间的情谊不掺杂任何的功利和目的，经历了时间和岁月的真正考验。可以说，西南联大师生相似的经历成为了他们相互尊重、相互信任的基础，他们的友谊是纯正的、真挚的，因而在一起能友好相处、互相帮助、彼此激励。周定一的《赠林浦（并序）》创作于 1938 年 6 月，这首诗记录了他的同学林蒲经历了“湘黔滇旅行团”3000 里步行，来到小城蒙自，他们组织南湖诗社，创作了一些诗歌，在行将告别蒙自分校时，诗人在林蒲的纪念册上写下了这首诗：

告别岳麓山，
告别多情的湘水，
诗人撑起一把伞，
坚实的步伐，
开始踏上三千里。
……
你终于来到这蛮荒小城，
脱下风尘剥蚀的行装，
伴一湖清水，一园好花，
用你饱蘸感奋的笔，
写出这一路的神奇。②

根据周定一在序言里的说明，林蒲原名林振述，早在 1935 年“一二·九”运动时，就积极参与学生的示威游行，他独自与北平军警交涉，后来被军警拘

① 蓝文徵：《清华大学国学研究院始末》，张杰、杨燕丽选编：《追忆陈寅恪》，社会科学文献出版社 1999 年版，第 82 页。

② 周定一：《赠林蒲（并序）》，杜运燮、张同道编选：《西南联大现代诗钞》，中国文学出版社 1997 年版，第 276—277 页。

留。1938年2月,林蒲和数百名同学从长沙步行到昆明,“脸晒得黑黑的,精神愈见抖擞”。在诗里,周定一写到以林蒲为笔名的年轻诗人的生活,他“过万重山”“过千条水”,在颠沛流离中,近距离地看到“故国山河”,触摸到祖国的辽阔土地,同时也对民族和国家产生了新的认识。因此,作为学友的周定一希望年轻的诗人“写出这一路神奇”,对他的未来充满着憧憬和祝愿。总体来说,这首诗以叙事为主,将年轻诗人的见闻和生活都写在了作品里,但是,在作者的叙述中,不难看出“同门之谊,亲如手足”的同学情谊。

作为杜运燮的同学和好友,穆旦与杜运燮保持了将近40年的交往,他们于1939年相识于西南联大校园,直到1977年穆旦去世。在穆旦身后,杜运燮为他的事情积极奔走,组织编辑出版诗集《穆旦诗选》(1986)和纪念文集——《一个民族已经起来——怀念诗人、翻译家穆旦》(1987)和《丰富和丰富的痛苦——穆旦逝世20周年纪念文集》(1997),不难看出两人的深厚情谊。其实早在1941年1月,穆旦就曾为两人的交集写过作品,这就是发表在1941年11月27日的《贵州日报·革命军诗刊》和1944年10月《青年文艺》新一卷第三期上的《潮汐——给运燮》,为他们的友谊留下了文字见证:

当庄严的神殿充满了贵宾,
朝拜的山路成了天启的教条,
我们知道万有只是干燥的泥土,
虽然,塑在宝座里,他的容貌
……
看见道出的繁华原来是地狱,
不能够挣脱,爱情将变做仇恨,
是在自己的废墟上,以卑贱的泥土,
他们匍匐着竖起了异教的神。①

① 穆旦:《穆旦诗文集·诗》,人民文学出版社2006年版,第43—44页。

如果单从题目本身来看，这首诗似乎是写景的、对潮汐现象进行描述的作品，但这是以唱酬应和的方式创作的诗歌，是他对自己的诗学主张进行举证的作品。如王佐良就说："穆旦对于中国新诗写作的最大贡献，照我看，还是在他创造了一个上帝。他自然并不为任何普通的宗教或教会打神学上的仗，但诗人的皮肉和精神有着那样的一种饥饿，以至喊叫着要求一点人身以外的东西来支持和安慰。"①王佐良这里提到的"上帝"，其实就是作者在这首诗或其他作品里经常出现的"神"或"主"的意象。在穆旦的许多作品中，这种"神"或者类"神"的意象不是一般意义上人与神的宗教关系，而是他诗歌里惯用的象征方式。如这首诗里写到的"神"，不是世俗意义上权力或威权的象征，也不是人为的泥塑偶像，是需要被否定和不予认可的，"是在自己的废墟上，以卑贱的泥土""匍匐着竖起了异教的神"，而"庄严的神殿原不过是一种猜想"。因此，这首诗借助向他的诗友杜运燮进行表达的机会，将穆旦诗学的重要意象或者说重要意义向人们进行说明，"他撕碎了世俗意义上的'神'的面孔，又'重建'了另一种现代意义上的'神'"②。

与穆旦、杜运燮、林蒲等西南联大外文系学生不一样，罗寄一③是西南联大经济系的学生，原名江瑞熙，于1940年进入西南联大法商学院学习，其间加入了高原文艺社和文聚社，成为西南联大重要的"学生诗人"。1943年闻一多编选《现代诗钞》，将他的3首诗选入；1997年出版的《西南联大现代诗钞》选入他的17首诗歌。其中，罗寄一的《珍重——送别"群社"的朋友们》创作于1942年2月28日，后来发表在桂林《大公报·文艺副刊》上。在送别"群社"的朋友时，他写道：

> 虽然是多少遍一扬手的残酷，
> 记起每一个笑着的嘴角，

① 王佐良：《一个中国新诗人》，《文学杂志》第2卷第2期，1947年1月。

② 杨海燕：《论穆旦诗歌的象征性意象系统》，《山东社会科学》2009年第3期。

③ 罗寄一（1920—2003年），安徽贵池县（今池州市贵池区）人，诗人、翻译家。

每一次神圣的忧愁，每一片焦心
来自爱，每一节捐献给历史的生命，
终于确定了明天的行程，
……
温柔的纪念里树立了倔强，
因为是爱，我们永不凋谢的忠诚。①

作者在这里提到的“群社”，是由西南联大的地下党员和民族解放先锋队队员发起成立的团体，“团体的宗旨是互相交往，联络感情，增进友谊，举行时事报告和学术报告，开展文娱体育活动等”②，“群社”先后聘请了曾昭抡、余冠英、吴晓铃等老师担任顾问，下设学术股、康乐股、时事股、服务股、文艺股、壁报股等。“群社”在西南联大出版《群声》壁报，由林抡元（林元）、陈潜（金逊）主编，主要内容有时事分析、文艺创作、新书评介、漫画等。1941 年 2 月，“群社”活动结束并解散。当时在校的罗寄一是否参与“群社”的相关活动不可考，但是他与“群社”的社员有交往是肯定的。在这首说“珍重”、道“友谊”的诗里，诗人讲述的重点是如何在苦难的时代寻找生命的意义和个体的尊严。在诗的第一节，诗人铺陈身内身外的现实处境，“这样多被压抑的眼泪”“这样多被否定的怯懦”“各样的虐待”；到第二节，诗人以无情的讽刺道出社会的病态，“流氓骗子阔步在辉煌的大街”，“温良的子孙们，脱帽，低头，致敬”；到第三节，诗人强调在破碎的生活中要有抵抗的使命，“我们就将站起，鄙弃这堕落的”，“永远不能和土地脱离”；到最后一节，诗人提出肩负起人类的职责，“确定了明天的行程”，“我们永不凋谢的忠诚”。可以说，在历史或现实、民族或国家、使命或责任面前，年轻的诗人没有自怨自艾或是轻言放弃，而是寻索

① 罗寄一：《珍重——送别“群社”的朋友们》，杜运燮、张同道编选：《西南联大现代诗钞》，中国文学出版社 1997 年版，第 314 页。

② 邢方群：《回忆群社》，西南联合大学北京校友会编：《笳吹弦诵在春城——回忆西南联大》，云南人民出版社、北京大学出版社 1986 年版，第 310 页。

生命的意义和承担使命的勇气,以此与"群社"的朋友共勉。

1943 年 8 月 23 日,桂林《大公报·文艺副刊》发表了杜运燮的长诗《给孝本》,这首诗是作者在听到年仅 25 岁的朋友林孝本于 1942 年在重庆病殁时写的,诗里没有他惯用的机智、反讽和活泼洒脱的语言,而是充满了悲切、伤感、哀痛的心情:

我还要哭我们的谈话,昨天和今天,
平时与战时,幻想,笑声与死亡;
但我不会流泪;我有太多的沉默
泛滥而漂白我,太多的思索
窒息我;日子是一串无尽的白花
黑花,浮浮沉沉着想使我眼花。
……
在生命中我们所执着的,似乎
只是些"熟悉"。今天死亡的速度
却使我们糊涂,我们固然有路
与目的地,沿路的雾使一起迷糊。①

在严格意义上,这是首悼亡诗,作为好友的杜运燮得悉林孝本去世,对他们经历的往事进行追忆。故友的去世,"已聚为尘土的颗粒而埋葬",为此他陷入巨大的悲恸中,"插几朵苍白的小花,悲伤地点首"。当时,在昆明得知林孝本去世时,朋友已经病故 3 个月,作者想起了他们熟悉的过去,"我们都喜欢一个草场""谈到深夜",生活、学习以及依稀的点滴往事,如潮水般涌上心头,更增添了作者对"生与死"距离的痛感,"我们固然有路","与目的地,沿路的雾使一起迷糊",生命是如此的脆弱,"昨天和今天"将同龄的朋友阴阳相隔。在疯狂的战争年代,死亡是无法避免的,可是由于杀戮、疾病和饥饿,年轻

① 杜运燮:《杜运燮六十年诗选》,人民文学出版社 2000 年版,第 313—314 页。

的生命戛然而止，令人痛心。可以说，诗人对故友的追思和怀念，表现了他对死亡的悲剧性体验和痛心彻骨的感受。

第二节　离乱弦歌的写意和抒怀

一、李广田、朱自清、冯至、沈从文等的散文：离乱现实描绘和生命自省

作为中国现代文坛最优秀的散文家之一，李广田①在抗战时期的流亡生活为他提供了认识中国、观察社会的机会，而且也提供了改造自我、转变自我的契机。据他自己说："由于抗战，这才打破了小圈子生活，由于抗战，我才重建了新的生活态度。"②1937 年 12 月 24 日，李广田随省立一中（济南一中）的师生南迁，徒步经河南、湖北到达四川罗江，沿途目睹了灾难深重的现实中国。1941 年，经卞之琳推荐，他到西南联大叙永分校任教。在流亡期间，他坚持写日记，后来整理为《流亡日记》出版，在此基础上还创作了散文集《圈外》（1949 年再版时更名为《西行记》），于 1942 年 3 月在重庆国民图书出版社出版。在作品中，他对 4 年来离乱迁徙的生活有明确的记载，也清楚地看到了广阔现实社会的"众生相"。

首先，作品对"圈外"的生活进行了揭示。在流亡前的北平，李广田与京派文人沈从文、朱光潜、卞之琳、何其芳、林徽因等过从甚密，生活在他们的"小圈子"里。对于"圈外"的生活，他在讲述从湖北郧阳（今十堰）沿汉水到汉中的一段流亡经历时说：

> 这一段完全是走在穷山荒水之中，贫穷，贫穷，也许贫穷二字可

① 李广田（1906—1968 年），山东邹平人，散文家、诗人。

② 李广田：《自己的事情》，李岫编：《李广田研究资料》，知识产权出版社 2010 年版，第 12 页。

以代表一切吧，而毒害，匪患，以及政治，教育，一般文化之不合理现象，每走一步都有令人踏入“圈外”之感。①

李广田在这里所说的“圈外”，其实指的就是中国内地的农村、边地和处于社会底层的民众，这与他在书斋里的“小圈子生活”所接触到的不同。在“圈外”的世界，贫穷、毒害、匪患以及各种不合理的现象都存在。因此，他看到了成群结队的沦陷区难民，沿途讨饭、饿殍遍地；他看到野狗撕咬弃婴、逃跑的壮丁被绳索捆绑、枪毙时肝脑涂地的逃兵……土膏店里生意兴隆，出入其间的是来自底层的“圈外人”：那些抬滑竿的、挑行李的，只要一听说“打尖”，第一件事情不是去吃饭，而是抢着去“烧烟”（吸食鸦片）。停留在陕西白河的□□②服务团，他们年轻的女团员涂口红、穿高跟鞋、穿艳丽的衣服，“她们每逢登岸，不论在城市或是山村，总是打扮起来向外展览，仿佛是向自然界炫耀，向那些衣不蔽体，食不果腹的人们夸示似的”③。陕西洵阳（今旬阳）县的县长在谈到本地人民的生活情形时说：“唉，他们太苦了，这你是看见的，他们都衣服褴褛，面黄肌瘦，你看他们的房子，茅草房，茅草房，到处都是断墙颓垣，然而他们又太懒。”④可以说，他在作品里虽然没有肆意描绘旅途的艰辛和自身的现实遭遇，但是对内地的现实处境和各种社会乱象所进行的深入刻画，就是《圈外》与抗战时期其他作品的不同之处，也是李广田散文的深刻之处。

其次，作品写到了“圈内”的自省。如果说以农村、边地、社会底层的民众来指称“圈外”的话，那么“圈内”则指的是有权力、有知识，知道所谓“民族”、“国家”的人。正是这种流亡生活以及国破家亡的现实，让李广田体察到底层民众的惨状，促使他从既往的“小圈子”中勇敢地走出来，去关注现实社会的

---

① 李广田：《〈圈外〉序》，李岫编：《李广田研究资料》，知识产权出版社 2010 年版，第 24 页。

② 原文如此（笔者注）。

③ 李广田：《威尼斯》，王省新编选：《圈外》，华夏出版社 2011 年版，第 125 页。

④ 李广田：《养鸡的县官》，王省新编选：《圈外》，华夏出版社 2011 年版，第 135 页。

问题,“那么对于‘圈内’的反省则显示了李广田站在‘立人’的层面对鲁迅所提出的‘国民性’问题的思考”①。在当时的社会,愚昧、野蛮、固执和欺骗固然存在于“圈外”人的身上,也同样体现在“圈内”人身上。因此,在他看来,要对惨痛的现状进行改变,必须致力于“圈内”人的“自我改造”,也就是要对自我进行反省和改变,而在这个过程中,“人”的因素是最为重要的:

> 山河将何以自保,除非有“人”?没有“人”是不行的,自然界没有人也是不行的,是不是?何况国家?这时候,再没有比“人”更重要的了,再没有比“人的力量”更重要的了。②

李广田对“圈外”的揭示和“圈内”的自省,其最终指向不是某种主义或者现实政治,而是对国事民瘼和现实人生的关注。因此,他对现实社会的关注或者叙说“不完全光明的侧面”,但是他仍然试图在“黑暗中寻取光明”,找到民族复兴和保家卫国的力量。这种力量在战时的中国是存在的,它们体现在普通民众的身上和现实生活的场景中,如他在《忧愁妇人》里写到“穿着褴褛的衣衫”的妇人,无夫无儿,但是心地善良,为“出门在外”的人们烧水,而且分文不取;《江边夜话》里的吴老头,他不知道敌军的种种暴行,不知道清朝和民国的差别,但是在听到胜利的故事和希望时,同样对民族的独立充满着渴望;《来呀,大家一起拉!》写到两艘装满军火的大船沿汉江逆水而行,纤夫们一边高喊着“来呀,大家一起拉!”一边随着喊声伏下、立起,将如雕塑般的纤夫行进中的场景描绘得惊心动魄,这在某种程度上象征着中华民族在抗战中艰难前行、集体抵抗的群像。可以说,李广田从“圈内”到“圈外”的转变,是他脱离“小圈子”生活,转而对国家、民族现实进行观照的转变,他这一时期的作品被认为:“与表现人员、学校内迁的《引力》《圈外》不可互相替代……《圈外》是

---

① 段美乔:《抗战时期的文人迁移与文学流变——以抗战时期大西南文学活动为中心》,未刊稿,第33页。

② 李广田:《一个画家》,王省新编选:《圈外》,华夏出版社2011年版,第159页。

抗战文学史上弥足珍贵的文本。”①

在中国现代文学史上,朱自清②具有多重的影像。有研究者认为,他是中国传统文人的现代典范、现代学者和教育家的楷模、散文家的影像③,他不仅积极从事中国文学的研究,而且还积极推行新文学的教育,同时还主动进行散文创作,为中国现代散文的写作确立了典范。在南渡期间,他除了完成《经典常谈》(1942)、《新诗杂话》(1944)、《诗言志辨》(1947)等文学研究的论著外,还创作了一些散文,这些散文蕴藉深沉,始终执著地表现人生意味,对前途和未来充满着坚定的信心。

首先,作品再现了边地风俗。在某种程度上,联大文法学院暂住的蒙自与此前的长沙、衡山一样,都不是西南联大师生流亡的终点,而是被残忍的侵略者逼迫之下的中转站。在这个美丽的滇南小城,文法学院师生远离战争的纷扰,度过了短暂的平静时光。1939 年 2 月,朱自清在昆明用晓畅质朴的文字回忆了寄寓蒙自的生活:

> 我在蒙自住过五个月,我的家也在那里住过两个月。我现在常常想起这个地方,特别是在人事繁忙的时候。
>
> 蒙自小得好,人少得好。看惯了大城的人,见了蒙自的城圈儿会觉得像玩具似的,正像坐惯了普通火车的人,乍踏上个碧石小火车,会觉得像玩具似的一样。但是住下来,就渐渐觉得有意思。④

初来乍到,朱自清觉得蒙自“小得好,人少得好”,但是“渐渐觉得有意思”了,说明他在这里留下了美好的记忆。在这个边地小城,他自在地生活,闲暇

① 王学振:《李广田与抗战文学的内迁题材》,《首都师范大学学报》(社会科学版)2015 年第 3 期。

② 朱自清(1898—1948 年),江苏扬州人,原籍浙江绍兴,原名自华,号实秋,后改名自清,字佩弦,现代散文家、诗人、学者、民主战士。

③ 李宗刚、关珊:《民国教育体制内的朱自清及其历史影像》,《福建师范大学学报》(哲学社会科学版)2016 年第 3 期。

④ 朱自清:《蒙自杂记》,《新云南》第 3 期,1939 年 4 月 30 日。

时与同事冯友兰、钱穆等在南湖周边散步，“整个儿天地仿佛是自己的；自我扩展到无穷远，无穷大”，这种饱含深情、明快清润的叙述，可以看到作者愉悦的心情。在他的叙述中，普通平凡的小城变得意趣盎然，譬如那个人缘极好的糖粥店老板“雷稀饭”、切合着姓氏的门对子、涨得溶溶滟滟的南湖……他在这里恰好遇上西南边地少数民族的“火把节”。这是西南彝族、白族、纳西族和拉祜族等少数民族的传统节日，节期在每年农历六月二十四日至二十六日期间。节日晚饭后，家家门口都烧起芦秆或树枝，处处燃起熊熊的大火，欢笑声此起彼伏。对这种充满生气的场面，他认为富有时代的精神：“这火是光，是热，是力量，是青年。”①在抗战时期，这种有意义的民俗活动，是可以激励战争时期的中国民众的。因此，《蒙自杂记》真实地记录了他在蒙自时期的心态，他没有沉醉在世外桃源的世界里，而是对振奋民族精神和抗战胜利充满着渴望。此外，在《外东消夏录》《重庆行》等作品中，他将昆明的气候和衣、食、住、行等习俗与成都、重庆进行对比，对边地昆明的人文风俗进行了再现。

其次，作品表现了对北平的记忆。在当时的昆明，流亡知识分子的使命不只是救亡图存，还要负责任地留下历史的记录。正如爱德华·W.萨义德(Edward W. Said)说的：“对大多数流亡者来说，难处不只是在于被迫离开家乡，而是在当今世界中，生活里的许多东西都在提醒：你是在流亡。”②也就是说，流亡者与新环境之间存在着若即若离的困境：无法完全与新环境融合，又没有完全与旧环境分离。因此，以新环境作为视点，就会对旧环境做出回应。1939年6月，在北平沦陷两年后，朱自清以记录真实的历史为原则，以《北平沦陷那一天》为题作了实录：

二十九日天刚亮，电话铃响了。一个朋友用确定的口气说，宋哲元、秦德纯昨儿夜里都走了！北平的局面变了！就算归了敌人

① 朱自清：《蒙自杂记》，《新云南》第3期，1939年4月30日。

② ［美］爱德华·W.萨义德：《知识分子论》，单德兴译，生活·读书·新知三联书店2002年版，第45页。

了……可是别灰心!瞧昨儿个大家那么焦急的盼望胜利的消息,那么热烈的接受胜利的消息,可见北平的人心是不死的。只要人心不死,最后的胜利终究是咱们的!①

北平的战事牵动着北平人民的心,他们在焦急惶恐、忐忑不安中度过,"我们眼睛忙着看号外,耳朵忙着听电话",人们满怀希望的复杂心情和以为即将"胜利"的兴奋开心,再听到北平陷落时一落千丈的黯然沮丧,这种刻骨铭心的经历和细腻真实的情感被作者记录下来。但是,作者对战争的前景没有任何沮丧,他深信"只要人心不死,最后的胜利终究是咱们的",始终对民族抗战的胜利充满着信心。在这样的意义上,朱自清不仅是作为散文家将战争时期的生活和心理生动细腻地描绘出来,更是作为中国传统文人、现代学者对时局和民族命运作出了清晰明确的判断。正是因为他拥有多重的影像和多方面的贡献,李宗刚评价他时认为:"朱自清的散文家影像在新中国的文学教育和文学传播中,正是借助他的政治影像,才得以进入主流意识形态主导下的语文课堂,从而在中学生的心理深处建构起了朱自清的散文家影像。在革命'高扬'的年代里,朱自清在散文中所抒发的个人情感,之所以没有被视为'小资产阶级情调',正是其政治影像作用的结果。"②

冯至在20世纪40年代先后完成了诗集《十四行集》、散文集《山水》和历史小说《伍子胥》(原名《楚国的亡臣》),代表了他在诗歌、散文和小说创作的最高成就,"冯至一生中被人们评价最高的作品都是在这一时期完成的,西南联大时期的创作奠定了冯至在中国现代文学史上的重要地位"③。1939年8月,冯至受同济大学学生吴祥光的邀请,到昆明金殿后山的杨家山林场参观,吴祥光父亲给他提供了两间躲避空袭和写作的茅屋,促成了散文集《山水》的

① 朱自清:《北平沦陷那一天》,《中学生战时半月刊》第5期,1939年7月5日。

② 李宗刚:《革命谱系中朱自清的散文家影像》,《山西大学学报》(哲学社会科学版)2017年第1期。

③ 杨绍军:《西南联大时期冯至的小说创作及其外来影响——以〈伍子胥〉为例》,《学术探索》2009年第6期。

诞生。1943 年 9 月,《山水》由重庆国民图书出版社印行初版,有 9 篇散文;1947 年 5 月,《山水》由上海文化生活出版社印行第二版,增收 4 篇,共有 13 篇散文。在西南联大,他创作的散文集《山水》和“鼎室随笔”系列散文,致力于中国山水观和存在观的反思,对中国现代散文创作有突出的贡献。

首先,作品对自然山水的反省。在冯至早年创作的散文中,他写过一些借助自然山水、田园风光等抒发思想感情的抒情散文,如《西郊遇雨记——寄给废名》《黄昏》等,“到了 20 世纪 30 年代,这条借景抒情、托物言志的路日渐显现出其狭窄和肤浅:它的一目了然的寄托、‘卒章显其志’的造作、沾沾自喜的情调、夸张过甚的感伤、拿腔拿调的修辞,都说明这条轻车熟路其实是一条似深实浅的林间小径,并非可致深广的文章大道,可许多新散文家却被它牢牢地束缚住了”①。因此,散文集《山水》的出版,作者的重心不再是描写大自然的瑰丽山水,更不是揭示中国传统文化的变迁,而是展现原始朴素的山水观和存在观。正如他在《〈山水〉后记》里说的:

> 对于山水,我们还给它们本来的面目吧。我们不应该把些人事掺杂在自然里面:宋、元以来的山水画家就很理解这种态度。在人事里,我们尽可以怀念过去;在自然里,我们却愿意万古长新……我是怎样爱慕那些还没有被人类的历史所点染过的自然:带有原始气氛的树林,只有樵夫和猎人所攀登的山坡,船渐远离了剩下的一片湖水,这里,自然才在我们面前矗立起来,我们同时也会感到我们应该怎样生长。②

在散文集《山水》里,冯至写到了赣江上的渔火、昆明近郊的杨家山林场、滇池旁的西山,大多是一些无名的山水;同样,作品也写到一些人物,除《两句诗》里的诗人贾岛外,其他都是诸如无名的少女、林场的主人、放牛的老人、开

---

① 解志熙:《“灵魂里的山川”之写照——论冯至对中国散文的贡献》,《文艺研究》2016 年第 1 期。

② 冯至:《〈山水〉后记》,冯姚平选编:《冯至美诗美文》,东方出版社 2005 年版,第 197 页。

凿道路的石匠，都是普通的山水和平凡的人物，但是，这些山水和人物蕴藏着深厚的人格力量，有着深刻的隐喻和启示。《一颗老树》（初版名为《放牛的老人》）描述的重点不是“树”，而是位沉默的放牛老人，年轻时参与林场披荆斩棘的工作，但是现在从早到晚守着一头笨拙的老牛：

> 时间对于他已经没有意义。气候的转变他也感觉不到，我只看见他春夏秋冬，无论早晚，只是穿着一件破旧的衣裳，他步履所到的地方，只限于四周围的山坡，好像这山林外并没有世界；他掺杂在林场里的鸡犬牛马的中间，早已失却人的骄傲和夸张。①

可是，当老牛病死、小牛淋死，老人竟也糊里糊涂地去世了。这篇散文展现的就是冯至心目中的自然观，放牛的老人与老牛为伴，是人与自然和谐相处的缩影。如果牛没有死去，老人会继续在山上，可是牛死了，他自身承担的责任消失了，他无所适从，于是随着责任的消失而归于寂灭。《人的高歌》里在滇池边的吴姓石匠，不管刮风还是下雨，十多年如一日，每天和顽固的岩石搏斗，在西山的峭壁上凿出一条道路。在老人和石匠的身上，体现了一种顽强的使命和担当，以及坚不可摧的责任意识，当使命或者任务完成，他们从容地面对死亡。可以说，冯至在《山水》里领悟到了坚毅、担当的精神，也对传统的自然观进行反省，他把关注的目光放到“灵魂里的山川”，而不是世人所谓的名胜古迹或是盖世干云的英雄人物。对于冯至在《山水》里对无名山川和平凡人物的描绘，以及他的虚静自然、意味无穷的艺术结晶，解志熙认为，“《山水》集丰富和发展了汉语散文的传统，就其独特贡献而言，只有此前鲁迅的《朝花夕拾》堪与比肩”②。

其次，作品对生存主题的思考。1943 年 8 月，冯至应约给《生活导报》《自由论坛》和《中央日报》（昆明）等刊物写稿，用随笔或杂文的形式演绎

---

① 冯至：《山水》，国民图书出版社 1943 年版，第 42 页。

② 解志熙：《“灵魂里的山川”之写照——论冯至对中国散文的贡献》，《文艺研究》2016 年第 1 期。

了生存的主题，被称为“鼎室随笔”。在这些散文中，由于冯至有了对自然的反省和生存的领悟，他对社会现实的批判或是生存主题的思考才不至流于虚无。对于当时为什么写下这些文字以及为什么选择这些主题进行谈论，他这样说：

当时后方的城市里不合理的事成为常情，合理的事成为例外，眼看着成群的士兵不死于战场，而死于官长的贪污，努力工作者日日与疾病和饥饿战斗，而荒淫无耻者却好像支配了一切。我写作的兴趣也就转移，起始写一些关于眼前种种现实的杂文，在那时成为一时风尚的小型周刊上发表。①

也就是说，面对让人愤慨的战时人事，冯至用与现实更为联系紧密的杂文或随笔来批判不合理的世间百态，对生存的主题进行了深入思考。如在《认真》中，他将日常生活里的“认真”和“不认真”进行对比，批评普遍存在的“不认真”现象：

一个人对他自己的工作漫不经心，该是多么大的一个罪恶。没有一只鸟搭它的巢，没有一群蜂建筑它们的窝，不是用尽它们所能尽的心力，认真去做；而人的不认真如今成为普遍的现象。②

他认为这种“不认真”的现象是由于缺乏“爱”，不去爱一件物品、一个生物、一个人或是一个组织，就会对工作敷衍了事。最后，他严肃而诚恳地吁请一种“认真”的态度，提倡认真负责的生存态度。可以说，“鼎室随笔”的大部分散文都与生存主题有关，有的甚至直接以生存的主题作为文章的标题，如《忘形》《界限》《自慰》《决断》《论个人的地位》《论历史的教训》和《读书界的风尚》等。在《忘形》中，作者对两种不同人格类型的“忘形者”——“得意忘形”者和“失意忘形”者进行了对比分析，指出不论是“得意忘形”者还是“失意忘形”者都在逃避作为存在者的责任，活在虚妄自为的世界，企图回避对国

---

① 冯至：《〈山水〉后记》，冯姚平选编：《冯至美诗美文》，东方出版社 2005 年版，第 198 页。
② 冯至：《认真》，冯姚平选编：《冯至美诗美文》，东方出版社 2005 年版，第 236 页。

家和民族应尽的责任。尤其对于“失意忘形者”,他认为:

忘形的失意者爱把自己当作一个世上最不幸的人,可以例外看待,一般人行为里的节制他也无须遵守;同时他并不自省,他的失意是否这样深,他更不了解应该怎样担当这样的失意。因此自己的不幸就被看作是人间最大的不幸,在这最大的不幸笼罩下,他就为所欲为了。①

可以说,冯至对这种“失意忘形者”的分析是非常深刻的,也在某种程度上揭示了某些知识分子的“国民性”,这些知识分子以“失意”为由而“忘形”,乃至肆意妄为。因此,在这些说理性较强的散文中,他以学者的姿态企图唤醒民众的生命活力和存在的自觉,“如果说在诗歌和小说中,冯至始终沉潜于现代性追求中的‘自我如何完成’这一方面的话,那么在随笔里冯至已经在拥有自我的基础上渴望着更新、更大的意义了,那就是在一个艰难的时代里‘民族和国家如何完成’”②。由此看到,冯至对战时中国人普遍存在的不健康的生存状态给予了严肃的批评,通过旁征博引和深入浅出的论证,经由民众的自觉达到“民族的自觉”“国家的复兴”,对建构民族国家充满了渴望和期待。

根据金介甫(Jeffrey C.Kinkley)的研究,他认为沈从文③在昆明迎来了创作的第二个高峰期④,陆续创作了小说《长河》《芸庐纪事》(没有完成)和散文集《湘西》(又名《沅水流域识小录》)《昆明冬景》《云南看云集》等作品。但是应该看到,由于这一时期与社会、时代的剧烈冲突,沈从文的创作和思想发生

① 冯至:《忘形》,冯姚平选编:《冯至美诗美文》,东方出版社2005年版,第241页。

② 马绍玺:《西南联大时期冯至随笔写作的现代性新追求》,《中国现代文学研究丛刊》2017年第5期。

③ 沈从文(1902—1988年),湖南凤凰县人,原名沈岳焕,作家、历史文物研究者。

④ 据金介甫在《凤凰之子:沈从文传》里说,沈从文在青岛和北平期间(1931—1934年),写出了构思新颖、风格感人的一系列作品,是他创作的高峰期。具体参见[美]金介甫:《凤凰之子:沈从文传》,符家钦译,国际文化出版公司2009年版,第241页。

了明显的变化,成为他思想和创作上最为痛苦的时期。[①] 他的这种变化,就如萨义德在评价阿多诺(Theodor Wiesengrund Adorno)的作品时说的:“流亡有时可以提供不同的生活安排,以及观看事物的奇异角度;这些使得知识分子的行业有生气,但未必减轻每一种焦虑或苦涩的孤寂感。”[②]在南渡前,他是北平文坛的中心人物,到昆明的流亡使他对现实社会产生了失望与不满;与此同时,由于知识分子执着地重塑民族品德和建构民族国家的社会理想,他的焦虑和痛苦接踵而来,陷入了“抽象的抒情”时代。1939 年 9 月,《昆明冬景》由上海文化生活出版社出版,收入论文和散文 5 篇;1941 年 8 月,《烛虚》由上海文化生活出版社出版,收入论文和散文 4 篇;1943 年 6 月,《云南看云集》由重庆国民图书社出版,收入论文、信件和散文 32 篇。在他的这些散文中,除对北平的深深眷恋外,更多的是对昆明的观感以及对社会现实的思考、领悟。

首先,作品对昆明风物的反映。在中国现当代文学史上,昆明曾被众多的作家、诗人进行反复书写,他们“以昆明这座城市悉心地构筑自己的文学天地,如此众多的作家、诗人对昆明的集中书写无疑构成了昆明文学发展的独特景观”[③]。当时寄寓于云南的沈从文,对昆明独特的自然风物留下了极佳的记忆,他在作品里写道:

> 云南的云似乎是用西藏高山的冰雪,和南海长年的热风,两种原料经过一种神奇的手续完成的,色调出奇的单纯,惟其单纯反而

---

① 如张新颖说过:“从三十年代中后期到四十年代结束,这个阶段的沈从文苦恼重重,他的感受、思想、创作与混乱的现实粘连纠结得厉害,深陷迷茫痛苦而不能自拔。”参见张新颖:《沈从文与二十世纪中国》,复旦大学出版社 2016 年版,第 92 页。此前,他也曾说:“按照他思想的发展线索,从三十年代中期到四十年代结束,其内部的紧张是越来越厉害的……沈从文的秉性,是那种凡事一定要做到底的,不到黄河不死心,一定要发展到最后精神崩溃的地步。”参见张新颖:《沈从文精读》,复旦大学出版社 2005 年版,第 21 页。

② [美]爱德华 · W.萨义德:《知识分子论》,单德兴译,生活 · 读书 · 新知三联书店 2002 年版,第 53 页。

③ 杨绍军:《西南联大时期的文学创作及其外来影响》,作家出版社 2007 年版,第 200 页。

见出伟大。天上一角有时黑得如一片漆,它的颜色墨画,笔调超脱而大胆……在任何地方"乌云蔽天"照例是个沉重可怕的象征,惟有云南傍晚的黑云,越黑反而越不碍事,且表示第二天天气必然顶好。①

云南因云得名、以云出名,云南的云与其他地方不同,显得素朴、纯净、温润,自然影响到人的生活心情,因此在昆明气候宜人的环境里,他写下了许多表现昆明风物美景的优美散文,如《昆明冬景》《云南看云》《怀昆明》等,甚至在一些片段式、抽象化的哲思散文中,他也不止一次地写道:"在乡下住,黄昏时独自到后山高处,望天空云影,由紫转黑,天空尚净白,云已墨墨。树影亦如墨色,夜尚未来。远望滇池,一片薄烟,令人十分感动。"②可以说,在昆明的8年,是沈从文一生中相对安定的一段时光。此前,他孤身离开湘西到北京,没有稳定的工作,生活也没有着落,其间曾想回到湘西,又想到北方军阀的部队去当兵,先后转赴上海、武汉和青岛等地,经历了太多的困窘和生活的磨难。但是在云南期间,尽管物质生活极端困乏,还受到战争的严重威胁,他对自己的创作和未来却充满期待。同时,这一时期他对自然和人事的见识、思考、领悟,使得他和其他的外来者一样,对美好的昆明风物进行了细致的描绘。对于他在文学作品中的风物描写,明飞龙认为,"'风景昆明'以想象的方式成为那些外来知识分子精神世界的栖息地,他们也以这种'风景'作为想象这个离乱年代和动荡世界的方式,表达他们的人生思考与生命体验"③。

其次,作品对现实世界的思考。西南边地的山水和美好的景致,给予沈从文以莫大的安慰,他在《长河》《湘西》里再次对"湘西世界"进行了书写,写到离家期间湘西社会发生的历史性变化。在《长河》的题记里,他边叙述边回忆

① 沈从文:《云南看云集》,人民文学出版社2017年版,第8页。

② 沈从文:《云南看云集》,人民文学出版社2017年版,第25页。

③ 明飞龙:《抗战时期沈从文、冯至的文学创作与"风景昆明"》,《江西社会科学》2014年第11期。

再次回到湘西的见闻：

一入辰河流域，什么都不同了。表面上看来，事事物物自然都有了极大进步，试仔细注意注意，便见出在变化中的堕落趋势。最明显的事，即农村社会所保有那点正直素朴人情美，几乎快要消失无余，代替而来的却是近二十年实际社会培养成功的一种惟实惟利庸俗人生观。①

在他看来，作为故乡的湘西是自己精神的“乌托邦”、想象的王国、最后的家园，保有素朴的人情、正直的人心和淳朴的习俗，但是在大时代的变革中，理想的“湘西世界”发生了历史性的变化，这让他陷入了极度的焦虑、困惑和痛苦。与此同时，战争的急剧变化和自我价值的失落，更加重了他的“精神的迷失”。因此他无法在小说作品中进行叙述，而是选择写下《潜渊》《长庚》《水云》《绿魇》《白魇》《黑魇》《青色魇》等散文，这些作品被张新颖认为“强烈而集中地表达了沈从文昆明时期思想、心绪等细致入微的复杂状况。因为是对充分个人化、内心化的精神状态的‘捕捉性’描述，文风自然不同，蒙蒙不明处难免”②。确实，这些散文无论在创作风格还是写作手法上都与《从文自传》《湘行散记》等有着较大的不同，而更大的变化还在于写作重心的转向。如果说此前的《昆明风景》《云南看云》等散文写外在风物的话，那么《潜渊》和“魇”系列散文则是写内心或者个人化的思考，这些作品可以说是他在焦虑、困惑和痛苦中付诸文字的表达，因而显得抽象、复杂、晦涩。对于当时内心的焦虑和痛苦，他在《长庚》中提到：

由于外来现象的困缚，与一己信心的固持，我无一时不在战争中，无一时不在抽象与实际的战争中，推挽撑拒，总不休息。沉默正是这战争的发展……相信一切由庸俗腐败小气自私市侩人生观建筑

① 沈从文：《长河》，江苏人民出版社2015年版，第1页。

② 张新颖：《沈从文精读》，复旦大学出版社2005年版，第150页。

的有形社会和无形观念,都可以用文字作为工具,去摧毁重建。①

可以看到,战争时期的沈从文试图以微弱的个人力量与现实社会强大的"堕落""庸俗""腐败""自私"和"市侩"进行抵抗,可是,当埋首工作的沈从文抬头四望时,却发现自己是"另类",他与周遭世界的"外来现象"和"无形观念"是那样格格不入,因而倍加感到焦虑、困惑和痛苦,甚至陷入"精神的迷失"。但是20世纪中国知识分子秉持的社会理想,使他没有轻言放弃,他相信"用文字作为工具",可以"使这个民族自信心的生长,有了多少成就"②,重建被摧毁的世俗社会。这一时期写作重心的向内转变,并不意味着他不再与社会和现实关联,反而是通过这种个人化、内心化的思考,实现他对民族现实与社会政治更深的考量:

> 在这个情形下,民族中一切优秀分子,方可得到更多自由发展的机会。在争取这种幸福过程时,我们实希望人先要活得尊贵些!我们当前便需要一种"清洁运动",必将现在政治的特殊包庇性,和现代文化的驵侩气,以及三五出息的知识分子所提倡的变相鬼神迷信,于年青生命中所形成的势利,依赖,狡猾,自私诸倾向,完全洗刷干净。③

对于沈从文在1940年代创作的《烛虚》和"魇"系列作品,读者普遍认为这些作品晦涩难读,或者认为对作品的理解"蒙蒙不明",但是,这些作品是他抗战时期发生明显转化的产物,在由向外到向内的转变中,他没有停止对社会和现实的思考,而是以"乡下人"的本分和知识分子的执着,对公共事务和现实社会进行公开表达,这就是这些作品在沈从文文学生涯中的特殊意义。

---

① 沈从文:《云南看云集》,人民文学出版社2017年版,第26页。

② 沈从文:《云南看云集》,人民文学出版社2017年版,第27页。

③ 沈从文:《云南看云集》,人民文学出版社2017年版,第105页。

二、 王力和钱锺书的散文：知识分子的知性和戏谑表达

在语言学领域，王力①取得了空前卓越的成就，他的“语法三书”②和《汉语史稿》《中国语言学史》等都是中国语言学研究的经典著作，同时他在文学创作领域也作出了重要的贡献，周锦在《中国新文学史》里说：“他（指王力）的散文‘比吴稚晖的更凝练，比鲁迅的更活泼，比周作人的更明朗’，确是自成一家。”③在昆明，他先后在《星期评论》《中央周刊》《生活导报》《中央日报·增刊》《自由论坛》《独立周报》等刊物上发表散文，这些独具匠心的散文于 1949 年 1 月汇集成《龙虫并雕斋琐语》在上海观察社出版，由“瓮牖剩墨”“龙虫并雕斋琐语（《生活导报》时期）”“棕榈轩詹言”“龙虫并雕斋琐语（《自由论坛》时期）”“清呓集”组成。1982 年，该书由中国社会科学出版社再版。作为“战时学者散文三大家”④之一，他的散文注重对具体时代的关注和对社会现实的批判，做到了学问、趣味和知性的相互统一，不限于对琐事的讨论，赢得了学界的好评，“《龙虫并雕斋琐语》同样是他的‘邺水朱华’，心血结晶。而且，正因为这本《琐语》，在语言学家、翻译家、诗人之外，成就了散文家王了一”⑤。

首先，作品对战乱时代的关注。范克勒韦尔德在讨论汉斯·雅各布·赫里斯托夫·冯·格里美尔斯豪森（Hans Jacob Christofvon Grimmelshausen）以

① 王力（1900—1986 年），广西博白县人，字了一，语言学家、教育家、翻译家、散文家、诗人，中国现代语言学奠基人之一。

② 在西南联大，王力讲授中国现代语法和语言学概要。他根据自己的讲义，先后出版《中国现代语法》（1944）、《中国语法理论》（1945）和《中国语法纲要》（1946，后改名为《汉语语法纲要》），这 3 部书被称为“语法三书”。1954 年，苏联汉学家认为“语法三书”突破了因循多年的《马氏文通》用西语比附的方法，有重要的学术价值。具体参见杨绍军：《西南联大的语言学研究和学术史意义》，《学术界》2011 年第 10 期。

③ 周锦：《中国新文学史》，逸群图书有限公司 1983 年版，第 683 页。

④ 袁良骏将抗战时期对 20 世纪 40 年代散文作出贡献的 3 位学者梁实秋、钱锺书、王了一称为“战时学者散文三大家”。参见袁良骏：《战时学者散文三大家：梁实秋、钱钟书、王了一》，《北京社会科学》1998 年第 1 期。

⑤ 袁良骏：《王力先生的文学贡献（三）》，《语文建设》2012 年第 10 期。

战争为背景的作品时说:“他的作品是讽刺性的,关注的不是战争中的英雄行为,而是战争引发的痛苦和荒谬。”①在这方面,《龙虫并雕斋琐语》与格里美尔斯豪森的作品有相似之处,他们都在作品里叙述了“真实的”的经历和往事,描述的对象和事物都是战争时代已经发生或者正在发生的,虽然有些细节的描写纯粹出于想象或者虚构,但这丝毫不影响整体表达的真实性。如王力写的《战时的书》《战时的物价》《路有冻死骨》《领薪水》《疏散》等,叙述的都是战争时代的具体生活和现实境遇,但却不是对“战争中英雄行为”的描绘,而是将“战争引发的痛苦和荒谬”淋漓尽致地表现出来。因此,他写道:

> 在抗战了七年的今日,“薪水”二字真是名副其实了——如果说名实不符的话,那就是反了过来,名为薪水,实则不够买薪买水……开门七件事,还有六件没有着落!长此以往,我将提议把“薪水”改称为“茶水”,因为茶叶可多可少,我们现在的俸钱还买得起。②

在这篇作品里,王力以切身的体会,对抗战时期西南联大教授的日常生活和现实处境作了真实的描绘。当时由于物资匮乏、物价飞涨、货币贬值,战前在北平、天津过着优裕生活的大学教授遭遇了前所未有的窘境,面对猝不及防或者“战时常态”的生活,作者表达了对现实的看法,“抗战以来,书呆子的外界刺激确是更多了。在这大学教授的收入不如一个理发匠、中学教员的收入不如一个洋车夫的时代,更显得书呆子无能”③。因此,他的作品多取材于日常生活和社会实景,向人们展示了战时知识分子的困窘生活。可以说,尽管时局艰难、生活辛苦,作为叙述者的王力和其他的知识分子一样生活在痛苦和焦虑当中,有时不得不变卖家庭用品来维持生计,但是仍然对未来充满乐观:“我们很乐观:明年的薪水一定比今年增加,明年如果肯把这一枝相依为命的

---

① [以]马丁·范克勒韦尔德:《战争的文化》,李阳译,生活·读书·新知三联书店2010年版,第196页。

② 王力:《龙虫并雕斋琐语》,中华书局2015年版,第111页。

③ 王力:《龙虫并雕斋琐语》,中华书局2015年版,第11页。

派克自来水笔割爱,获利一定在百倍以上!"①这种貌似轻松的调侃,实则隐含着战时知识分子的心酸和无奈。

其次,作品对社会现实的批判。作为战时学者散文的重要代表,《龙虫并雕斋琐语》除体现作者渊博的学识外,还带有强烈的批判意味。在作品中,王力从衣食住行、生老病死、风俗教化、人情世态、新亭之痛、粟离之思谈起,以犀利幽默的语言和充满知性的描述对社会现实进行了无情的批判和隐讽。因此,正如研究者评论的,"他擅长从小话题着手,通过浪漫的闲谈讲述自己的生活,看似漫不经心,却又常常从衣食住行等寻常话题上升到经济文化等宏观层面,并多利用幽默和反语来曲折婉转地表明自己对黑暗现实的批判态度"②。如在《闲》《食》《住》《行》《回避和兜圈子》《公共汽车》《寡与不均》等作品中,他对接触到的社会现实与黑暗进行无情的揭露和犀利的批判:

> 现在军政界的人员的薪水不及大学教授的多得很,为什么其中竟有些人的财产在几十万万或几百万万以上呢?你们当中不乏精明的数学家,请你们算一算:一位军长造了二万万元的房子是不是他曾向军政部领支了一百年的薪水?一位厅长捐了七千万元兴办一个学校,是不是除了明里的薪津外,政府还暗地里给他百倍或千倍的津贴?③

抗战时期,许多国民政府军政要员不顾民族抗战的苦况和普通民众的生活,反而在战争期间囤积物品、走私贩卖,发"国难财",王力对这些军政要员进行了无情的揭露和抨击,体现了抗战时期知识分子的批判精神。在作品里,王力除对社会现实进行批判外,还对国民的劣根性进行批判。如在《请客》《迷信》《劝菜》《清洁和市容》《骂人和挨骂》等作品中,他以"含泪

---

① 王力:《龙虫并雕斋琐语》,中华书局 2015 年版,第 26 页。

② 吕洁宇:《个体精神的时代书写——读王了一〈龙虫并雕斋琐语〉》,《名作欣赏》2013 年第 11 期。

③ 王力:《龙虫并雕斋琐语》,中华书局 2015 年版,第 208 页。

的微笑”对国民的因循守旧和愚昧无知以及糊涂的行为进行深刻揭示,从司空见惯的行动中透视民族的深层心理。在《请客》中,他指出中国人最喜欢请客,而被请的人也喜欢占别人的便宜,“不花钱可以白坐车、白吃饭、白看戏”①,对中国人占便宜的心理和虚伪的热情进行讽刺;在《小气》和《西餐》中,他对中国人的小气、吝啬、妒忌和“阿Q精神”进行批判。但是与其他的作家不同,在这些批判性的作品中,他“以学者特有的同情、友善和仁慈的目光对待社会,观察世界”②,因此,他在作品中虽然正视存在的问题,同时对其提出严肃的批评,但在解决问题时却没有板着面孔说教,而是以幽默或者含蓄的语言表达出来,以“爱之深责之切”的态度,对改善国民性充满着期待。

在长篇小说《围城》出版以前,钱锺书③的博学和才华已被同时代的师友不断赞誉。1947年,《围城》由上海晨光出版公司初版,1948年再版、1949年3月三版,在国内文坛引起较大的轰动。1961年,《中国现代小说史》首次将钱锺书写进文学史,夏志清评价《围城》时说:“《围城》是中国近代文学中最有趣和最用心经营的小说,亦可能是最伟大的一部。作为讽刺文学,它令人想起像《儒林外史》那一类的著名中国古典小说。”④在《围城》诞生前,钱锺书就出版了《写在人生边上》和《人·兽·鬼》两部文学作品集。1938年9月,他受聘到西南联大外文系,在昆明创办的《今日评论》⑤上陆续发表《论文人》《释

① 王力:《龙虫并雕斋琐语》,中华书局2015年版,第89页。

② 范培松:《论四十年代梁实秋、钱钟书和王了一的学者散文》,《文学评论》2008年第1期。

③ 钱锺书(1910—1998年),江苏无锡人,原名仰先,字哲良,后改名锺书,字默存,号槐聚,现代作家、文学研究家。

④ [美]夏志清:《中国现代小说史》,刘绍铭等译,复旦大学出版社2005年版,第282页。

⑤ 《今日评论》是由西南联大政治系教授钱端升作为发起人和主持者的政论刊物,于1939年1月1日在昆明创刊,1941年4月13日停刊,共出版5卷114期,作者主要是西南联大、云南大学和其他高校的教师、学生。除对宪政、经济、外交等进行讨论外,还刊载文学作品,朱自清、沈从文、冯至、卞之琳、叶公超等都在《今日评论》发表作品。具体参见谢慧:《知识分子的救亡努力——〈今日评论〉与抗战时期中国政策的抉择》,社会科学文献出版社2010年版。

文盲》《一个偏见》和《吃饭》等散文，1941 年 12 月与其他 6 篇散文集辑，将其定名为《写在人生边上》，由开明书店出版。在这些散文中，他从现实经验出发，对知识分子进行了无情的嘲讽，同时抒发了对现实人生的关切。

首先，作品对知识分子的嘲讽。在艰苦的抗战时期，20 世纪的中国知识分子以其道德才情和社会良知为民族抗战、学术救国作出了不懈的努力，在各种公开场合和社会媒介上发表言论，充分体现了“重要的是知识分子作为代表性的人物：在公开场合表达某种立场，不畏各种艰难险阻向他的公众作清楚有力的表述”①的立场。在其中，西南联大知识分子被认为是 20 世纪中国知识分子的楷模，他们对国家和民族的抗战进行关注，发表积极的言论。但是，钱锺书的散文却对当时的知识分子进行“冷峭尖刻”的嘲讽，认为知识分子顶着“文人”的头衔，却不学无术、勾心斗角、搬弄是非，“一为文人，便无足观”②，文人充其量也就是无用的人。如在《论文人》中，他讥讽一些文人不喜欢文学，却偏来谈论文学；或者不懂文学的人，却偏来谈论文学，他说：

> 至于一般文人，老实说，对于文学并不爱好，并无擅长。他们弄文学，仿佛旧小说里的良家女子做娼妓，据说是出于不甚得已，无可奈何。只要有机会让他们跳出火坑，此等可造之才无不废书投笔，改行从良。文学是倒霉晦气的事业，出息最少……我们只听说有文丐；像理丐、工丐、法丐、商丐等名目是从来没有的。③

可以说，在中国现代作家中，绝少有作家对自己所属的知识阶层进行如此无情的批评和冷峻的嘲讽。但是，作为学贯中西的学者型作家，钱锺书却以“他者”的眼光对知识阶层、周遭世界进行了“总体反讽”，有时甚至将自己也纳入被嘲弄者的角色。如《释文盲》中，他将不懂文学鉴赏的“文字语言专家”

① ［美］爱德华·W.萨义德：《知识分子论》，单德兴译，生活·读书·新知三联书店 2002 年版，第 17 页。

② 钱锺书：《写在人生边上》，中国社会科学出版社 1990 年版，第 74 页。

③ 钱锺书：《写在人生边上》，中国社会科学出版社 1990 年版，第 78 页。

与俗世的“苍蝇”相提并论,说“专家”认为文学批评全是些废话,只有作品里一个个字的形义音韵才具有确定性,这就如同格列佛在大人国皇后的玉胸上看见了毛孔而不见皮肤、苍蝇在垃圾堆里盘旋而不能领略欧亚长途航空旅行的愉快一样,对不懂文学鉴赏的“文盲”进行了深刻的嘲讽:“色盲决不学绘画,文盲却有时谈文学,而且谈得还特别起劲。”①由此可见,他对知识分子的无情嘲讽或者说温情的批判,透露出创作的意旨:抛弃那种刻意的理解和同情,取而代之的是理性的反省和道德批判。在这样的意义上,《写在人生边上》对战时知识分子的嘲讽,可以视作“与大多数中国现代作家相比,钱锺书与中国文学传统有更深的亲缘,然而,他的作品又有更强烈的现代色彩。原因在于他完成了从以社会伦理为本体的传统忧患意识到以人类哲学为本体的现代忧患意识的心理转型”②。在传统文学中,忧患意识绵延不绝,无数的作家和诗人在作品中表达对国家、社稷和民生的焦虑,但是在他这里,传统的人生境遇、家国情怀转向对抗战时期的身外世界、自身阶层的深切反省与猛烈批判。

其次,作品对现实人生的关切。作为钱锺书的第一部作品集,《写在人生边上》在他的文学创作历程中有着重要的位置。对这部作品,司马长风说:“《写在人生边上》,仅辑有十篇文章,连序也只有十一篇。但却是一部不可忽略的名著。一是风格特异,开拓了散文的新品种;二是钱氏的文字,活泼生动,当代无匹。”③当然还远不止于此,因为在这部作品里,读者还可以看到《围城》的影子或缘起。正如他在《序》里说的:

人生据说是一部大书。

假使人生真是这样,那末,我们一大半作者只能算是书评家,具有书评家的本领,无须看得几页书,议论早已发了一大堆,书评一篇

① 钱锺书:《写在人生边上》,中国社会科学出版社 1990 年版,第 69 页。
② 舒建华:《论钱钟书的文学创作》,《文学评论》1997 年第 6 期。
③ 司马长风:《中国新文学史》(下册),昭明出版社有限公司 1978 年版,第 165 页。

写完缴卷。①

在这篇《序》的第一句里，钱锺书清楚地传达了《写在人生边上》的创作主旨，就是对“人生”这部大书的理解和思考。但是，他不想站在人生的“中心”进行发言，他想要站在人生的“边上”闲聊。因此，他说：

> 假如人生是一部大书，那末，下面的几篇散文只能算是写在人生边上的。这本书真大！一时不易看完，就是写过的边上也还留下好多空白。②

他以旁观者或者说“他者”的视角，将这些写在人生边上的“偏见”表达出来，却处处包含着“正确”的道理。在《魔鬼夜访钱锺书先生》里，他以对话体的形式，借助“魔鬼”之口对社会人生的种种现象进行批评，讲出一些“可怕的真理”；在《说笑》里，他对当时的幽默文学进行讽刺，说一般人有时并非因为幽默而笑，而是用笑来掩饰他们缺乏幽默。这些看似荒唐离奇或是奇怪的表达，有时反话正说、有时亦庄亦谐、有时寓意深刻、有时婉转回旋，作者甚至还故作深沉地自谦道“就是写过的边上也还留下好多空白”，但却字字珠玑、直指人心，善于把丰富的知识与尖锐的言辞结合起来，特别是他对典故的灵活运用，“钱氏知识渊博，其散文在中、西典故的运用方面都有过人之处，尤其西典运用之娴熟，恰切更为出色”③。可以说，作者生活在战乱的年代，虽然没有直接描写战场、硝烟，也没有写到生活的场景、风物，但是在他“谑而多虐”的文字里，可以隐约地看到西南联大时人的影子、故事，这也为他即将创作的“最伟大的一部”小说《围城》埋下了重重伏笔。

---

① 钱锺书：《写在人生边上》，中国社会科学出版社1990年版，第1页。

② 钱锺书：《写在人生边上》，中国社会科学出版社1990年版，第2页。

③ 袁良骏：《战时学者散文三大家：梁实秋、钱钟书、王了一》，《北京社会科学》1998年第1期。

三、 罗常培、费孝通、曾昭抡等的游记:西南边地形象的想象建构

抗战全面爆发前后,出于巩固边疆、建设西南的需要,国民政府机构和众多高校、研究机构,都对西南地区开展了边疆、民族、经济、社会和文化等多种调查活动。[①] 在实地调查活动中,考察者除提交考察报告外,还产生了一批生动活泼的考察记或旅行记,如罗常培[②]的《苍洱之间》、曾昭抡[③]的《缅边日记》《滇康道上》和《大凉山夷区考察记》、费孝通[④]的《鸡足朝山记》等,"但是写作者的双重身份写作与写作目的的不同使得这些表现西南边区各族人民生活和文化的旅行记与传统的游记有着很大的差别"[⑤]。这种差别主要是由写作者的学者身份确定的,他们都不是传统意义上的作家,但是他们写出了反映西南边地的习俗和事象,对传统游记文学进行了新的开拓和发掘,成为抗战时期中

---

① 据不完全统计,对西南地区的实地调查先后有 1931 年凉山彝族曲木藏尧受国民政府委派到云南、贵州和广西等地"宣化夷族",搜集彝族生活、风俗、文化和社会等资料,1933 年 12 月出版《西南夷族考察记》;1934 年 10 月,中央研究院历史语言研究所研究员凌纯声、编辑员陶云逵、技术员赵至诚和勇士衡到云南河口、麻栗坡、金平和腾冲、泸水等地对边疆民族生活状况和社会情形考察;1934 年 5 月中国西部科学院组织雷马峨边考察团,对大小凉山地区进行以生物地质为主的调查,形成《四川省雷马峨边调查记》等;1935 年,民族学家、历史学家方国瑜参加中、英会勘滇缅边界南段未定界考察,形成《滇西边区考察记》等;1938 年,任乃强赴康定、泸定等藏族、彝族等民族聚居和杂居地区进行调查,撰写《泸定导游》等;1939 年,大夏大学组织"西南边区考察团",到贵州的安顺、定番和炉山(今贵州凯里)等地进行民族调查;1939 年,云南大学魁阁研究室的费孝通和同事在云南禄丰、路南(今云南石林)和玉溪等地进行社会调查,并出版《云南三村》;1942 年,南开大学边疆人文研究室的陶云逵到云南新平、元江等地进行语言、宗教、巫术和地理环境的调查;1943 年,燕京大学成都分校的林耀华参加大、小凉山彝族聚居区考察,形成《凉山夷家》等。具体参见王建民:《中国民族学史》(上卷),云南教育出版社 1997 年版。

② 罗常培(1899—1958 年),满族,北京人,字莘田,号恬庵,语言学家、语言教育家。

③ 曾昭抡(1899—1967 年),湖南湘乡县(今湖南省湘乡市)人,字叔伟,化学家、教育家和社会活动家。

④ 费孝通(1910—2005 年),江苏吴江人,社会学家、人类学家、民族学家、社会活动家,中国社会学和人类学的奠基人之一。

⑤ 段美乔:《抗战时期的文人迁移与文学流变——以抗战时期大西南文学活动为中心》,未刊稿,第 83 页。

国散文的重要存在,也使得西南边地的形象进入中国现当代文学史。

从某种意义上说,如果以中原地区为本位的话,那么西南则是以边地的形式存在的。在中华帝国版图中,作为边陲的西南始终被认为是"蛮夷之地""化外之邦",正如白之瀚在《公送国立西南联合大学北归复校序》里提到时说的,"在昔滇以僻远,中土人士之至者绝罕。故自来言滇事者,非臆说武断,即影附之离。阮元、檀萃之伦,牵于职事,用志多纷。杨慎谪居虽久,偏擅惟词章。皆于滇事鲜所发明"①。也就是说,在中心/边缘的视角下,古代文人学者对云南的描写带有"异域"视见。但是由于抗战前后不断有学者深入西南腹地进行实地调查,在科学、理性的观照下,西南边地"始一扫阴霾,以真面目显示于天下"②。其中,著名语言学家罗常培就是重要的一员。在1941年5月到8月,他与梅贻琦、郑天挺由昆明到重庆、泸州、成都等地旅行,归来创作《蜀道难》,于1944年在重庆独立出版社出版、1946年在上海再版;1942年1月和1943年2月,他两次到云南大理等地进行少数民族语言调查和讲学,写成了《苍洱之间》,于1947年由南京独立出版社出版。1996年,辽宁教育出版社将《蜀道难》与《苍洱之间》合编出版,在国内外产生了重要的影响,他的学生周定一评价认为,"在《蜀道难》和《苍洱之间》,也不乏形象生动、情趣盎然的大段描写,比读《徐霞客游记》,有趣得多"③。

首先,作品对西南边地的真实再现。古代中原文人对西南边地的记录,大多叙述边地蛮夷擅长放蛊、男女两性关系混乱、存在致人死亡的瘴气……甚至到20世纪30年代,艾芜在写到西南边民时还说:

> 女的短衣齐腹,长裙及踝,通作黑色。说话时,露出漆黑的牙齿,但面容却是美好的。头部用黑绸缠着,堆高至尺许,仿佛顶了一只小

① 西南联合大学北京校友会编:《国立西南联合大学校史——一九三七至一九四六年的北大、清华、南开》,北京大学出版社2006年版,第101页。

② 西南联合大学北京校友会编:《国立西南联合大学校史——一九三七至一九四六年的北大、清华、南开》,北京大学出版社2006年版,第101页。

③ 周定一:《莘田先生两本游记读后》,《中国语文》1999年第5期。

桶似的。我一看见,便禁不住联想起故乡城隍庙里的地方鬼来了……如果把这一夜的经历,作为到了幽冥世界一样,也许更要恰当些吧。①

可以看到,这样的叙述还是将边地的民族视作“他者”和“异类”,将其与“地方鬼”相提并论,将边民生存的环境与“幽冥世界”进行比拟,这与传统中原文人对西南边地的叙述没有本质的区别,依然充满着“妖异”和离奇的想象。对此,社会学家潘光旦在《苍洱之间》“序”里对作品进行评价时说,无论是唐宋以来古文家的短篇游记,还是陆游的《入蜀记》和徐宏祖的《徐霞客游记》,“失诸支离破碎,或质胜于文”,“失诸空疏无物,或文胜于质”,能够做到文质彬彬的叙述实在难求。但是在罗常培的考察记里,对西南边地的描述呈现出不同的面貌,而“这不同之中显而易见可以看出几分进步”②,也就是说,《苍洱之间》对自然山水和世间诸象的描绘,既不同于柳宗元、欧阳修笔下的自然,也不同于袁枚、徐霞客叙写的山水,而是在描摹山水的同时,再现了真实的社会,做到在描摹山水中展示历史文化,在历史文化的发掘中观照现实。因此,在《从滇池到洱海》中,他写到1942年2月2日从昆明出发,沿滇缅公路经楚雄、云南驿,2月4日到达大理,在对沿途见闻进行描写的同时,对大理的历史地理、“下关风、上关花、苍山雪、洱海月”进行了描述,还对与大理有关的蒙氏南诏、段氏大理等历史进行叙说,内容丰富、文字优美,使作品具有鲜明的文学属性。如在写到洱海边上的才村时,他说:

才村在县城东八里的海边上,村多杨姓。在明清两代的功名很发达,村口的题名坊便是一个好证据。民族文化书院的校舍是新建筑的楼房,原系杜文秀水师营故址。院内有亭可以看崇圣寺的三塔倒影,可惜时较早,风太大,我们并没看见一点影儿。③

---

① 艾芜:《偷马贼》,《艾芜文集》(第一卷),四川人民出版社1981年版,第318—319页。

② 罗常培:《苍洱之间》,黄山书社2009年版,第99页。

③ 罗常培:《苍洱之间》,黄山书社2009年版,第107页。

作者对才村的历史进行追溯，说明在明清时期这里文化较为发达，证据就是立在村口的题名坊；才村的教育较为昌盛，这里有新建的民族文化书院；环境优美，可以看到苍山脚下的崇圣寺。可以说，这些都是罗常培在大理进行少数民族语言调查时的所见所闻。在作品里，他结合地方史志和实地考证，将西南边地的历史和现实展示出来，不再人云亦云，也不带任何偏见，而是客观真实地将西南边地呈现，兼具知识性和趣味性，因而具有多重价值和历史意义。

其次，作品对西南联大学业的描述。1940 年 5 月，罗常培一行到重庆的目的，是与国民政府教育部商谈西南联大校务，"到叙永视察分校，到李庄参观中央研究院的历史语言研究所和社会科学研究所，并且审查北大文科研究所三个学生的论文"①，此行他们顺道到四川乐山、峨眉、成都等地参观武汉大学、四川大学、华西大学、齐鲁大学和金陵大学等。在记录此次旅程见闻的《蜀道难》中，由"从昆明到重庆""叙永的一周间""闷热的板栗坳""观光川大""走上了艰难的蜀道""尝尝成都跑警报的滋味""赶上了'疲劳的轰炸'"等 17 章组成，对旅途的艰难险阻、人情世态和自然景观作了优美细腻的描述。但是，这次旅途的重要工作之一，也是作品着墨最多的地方，是到暂住四川南溪李庄的中央研究院历史语言研究所，对北大文科研究所的 3 位研究生②论文进行审定。因此，他在作品里写道：

> 二日上午，约刘君念和来，评订他所作的史记汉书文选旧音辑证……因此我认为刘君的研究结果还是成功的，只批示十点意见让

① 罗常培：《苍洱之间》，黄山书社 2009 年版，第 8 页。

② 1939 年 5 月，北京大学决定恢复文科研究所，由傅斯年任所长，郑天挺任副所长，此时中央研究院历史语言研究所在昆明。同年 6 月，北大文科研究所恢复研究生招生，导师分属历史语言研究所和北京大学，科目有中国文学、语言学、史学、哲学、人类学 5 部，名额 10 人。经过两次考试，招收的研究生有中国文学部的逯钦立、阴法鲁，语言学部的马学良、周法高、刘念和，史学部的汪篯、阎文儒、杨志玖、王明，哲学部的任继愈。1940 年 8 月，中央研究院历史语言研究所迁到四川南溪李庄，北大文科研究所部分研究生随导师到李庄学习。具体参见杨绍军：《战时思想与学术人物：西南联大人文学科学术史研究》，社会科学文献出版社 2012 年版，第 29 页。

他依旧修改。

三日上午,约马学良君来,评订他所作的《撒尼倮语语法》……自从几个文化团体流亡到西南后,大家对于研究藏汉系的语言颇感觉浓厚的兴趣。但是我们却不想一个人包揽好些种语言,我们只想训练几个年轻的朋友各走一条路。

四日上午,约任继愈来评订他所作的理学探源……任君在汤锡予贺自昭两位先生指导之下,两年的工夫居然深造自得,究源竟委的作出这样一篇论文来,足见他很能沉潜努力。①

当时,北大文科研究所依托中研院历史语言所的师资和图书资料,让部分研究生随导师到李庄学习,但在四川李庄,这些研究生并没有因为远离西南联大新校区而放松对学业的追求,而是在导师的严格指导下,"受到踏实谨严的训练",积极进行自由、独立的探索,也为他们的成长奠定了坚实的基础,日后这些研究生都成为中国人文社会科学领域的杰出学者,如任继愈、马学良、刘念和、周法高、李孝定等。可以说,《蜀道难》细致地记述了名师与高徒间学术传承的活动,展现了珍贵而生动的教学实践。对此,陈远认为,"我最喜欢其中的《蜀道难》,罗先生以大量丰盈的细节,让我们看到缓缓流动的西南联大历史,而其中关于学人之间的交往,又是研究现代学术史的绝佳一手材料。"②

作为国际知名的社会学家,费孝通对中国社会学的发展,作出了卓越的贡献。美国学者大卫·阿古什(R. David Arkush)在《费孝通和在革命的中国的社会学》(中译本名为《费孝通传》)中认为,"他是一位很感人的知识分子,为了改善他所同情的中国农民的贫穷和苦难生活,他提出了令人信服的改革农

① 罗常培:《苍洱之间》,黄山书社 2009 年版,第 23—28 页。
② 罗常培:《苍洱之间》,黄山书社 2009 年版,封底。

村经济的建议。”①在西南联大，他还写了大量的散文和杂文，具有较高的文学价值。因此，社会学家费孝通对中国现代文学的发展是作出了一定贡献的。

1942 年 5 月，日寇经缅甸侵入中国，占领了怒江以西地区，云南畹町、陇川、龙陵、腾冲等地悉数沦陷。国民政府在怒江东岸驻防的中国远征军第十一集团军总司令宋希濂，获悉在缅甸境内和江左各县有大量的华侨和青年学生无处安置，于同年 8 月在大理成立滇西战时工作干部训练团，培训流亡华侨和青年学生，培训结束以待支持中国军队作战。1943 年 2 月，宋希濂邀请西南联大的曾昭抡、罗常培、潘光旦、孙福熙、费孝通为滇西干部训练团讲学。在此期间，授课的 5 位教授游览了滇西佛教名山——鸡足山，费孝通写下了长文《鸡足朝山记》，由“洱海船底的黄昏”“‘入山迷路’”“金顶香火”“灵鹫花底”“舍身前的一餐”“长命鸡”“桃源小劫”7 章构成，详细描述了游览大理洱海、鸡足山的见闻，被认为“费孝通的游记《鸡足朝山记》是与罗莘田同游苍洱山水的产物，然而带有更多的主体情思，似乎更有艺术感染力”②。

首先，作品对云南山水的描摹。中国古代文人对自然的书写，或表现为山水诗，或表现为游记，前者如陶渊明《归园田居》、王维《过香积寺》、苏轼《西湖绝句》等；后者如柳宗元《小石潭记》、王安石《游褒禅山记》、袁枚《西湖游记》等，他们对自然山水的描写大多纯粹写景或是寄景抒情，以从容的心态游历于自然山水之中。但在 20 世纪 40 年代费孝通的云南山水描摹中，人们看不到古代文人轻松的游观，而是充满了对自然的景仰和向往：

> 三年前有一位前辈好几次要我去大理，他说他在海边盖了一所房子，不妨叫作“文化旅店”。凡有读书人从此经过，一定可以留宿三宵，对饮两杯。而且据说他还有好几匹马——夕阳西下，苍山的白

① ［美］大卫·阿古什：《致中国读者》，《费孝通传》，董天民译，河南人民出版社 2006 年版，第 1 页。

② 翟耀：《纷乱的流离图和沉郁的山水画——抗战时期大后方的旅行记和游记鸟瞰》，《聊城师范学院学报》（哲学社会科学版）1991 年第 1 期。

雪衬着五色的彩霞;芳草满堤,蹄声嘚嘚;沙鸥傍飞,悠然入胜——我已经做了好几回这样的美梦。①

作为社会学家,丰富的田野实践为他提供了社会学研究的重要资料,也为他以严谨的学术思考审视周边世界提供了别样的艺术经验。从语言表达上来说,《鸡足朝山记》明确印证了评论者认为"似乎更有艺术感染力"的说法,如他写到的"白雪衬着五色的彩霞""芳草满堤""沙鸥傍飞",不仅再现了苍山洱海间的美丽景致,而且表现出湖光山色的意境,堪称优美的现代散文。如果说这段文字是作者对苍山洱海美景进行"臆想"的话,那么对鸡足山的写实则同样体现了作者高超的艺术表现能力,如在写到鸡足山金顶时的所见:"一忽醒来,好像是进入了另一个世界。寒风没有了踪迹,红日当窗,白雪春梅,但觉融融可爱,再也找不着昨夜那样冷酷的私威。"②在经历寒夜登顶的劳累疲乏和迷途恐慌后,作者面对鸡足山的自然美景,内心油然生发出激情般的想象,觉得金顶"红日当窗,白雪春梅",周边的世界"融融可爱"。可以说,这种对自然山水的艺术表现,与传统文人明显不同,在他的笔下,自然拥有赤子般的情怀,也拥有诗意般的品格,作者将生命的色彩与自然的美景较好地融合在一起,成为学者书写自然山水的生动例证,也是对西南边地的真实再现和想象构建。

其次,作品对世事人生的体悟。在《鸡足朝山记》中,费孝通将宗教、民俗和历史、文化融合起来,对世事人生进行了深刻的体悟。英国学者迈克·克朗(Mike Crang)曾说过:"文学作品不只是简单地对客观地理进行深情的描写,也提供了认识世界的不同方法……事实上,反过来看……它们影响了作者的写作动机和写作方式。"③的确,在对特定空间的文学描述中,空间景观作为传

① 费孝通:《鸡足朝山记》,《费孝通文化随笔》,群言出版社2000年版,第19页。

② 费孝通:《鸡足朝山记》,《费孝通文化随笔》,群言出版社2000年版,第27页。

③ [英]迈克·克朗:《文化地理学》,杨淑华、宋慧敏译,南京大学出版社2005年版,第58页。

达某种意图的象征或是作为作品中的构成物，参与了文学作品的形塑与建构，同时也表现、标识着作者对特定空间的理解和认识。在作品里，作为空间景观的佛教名山鸡足山，成为作者表达所见所闻所感的特定空间，与鸡足山有关的宗教、民俗和历史以及文化成为表述的内容，也承载着他对世事人生的洞见。因此，他在作品里说：

佛教圣地的鸡山有的是和尚，可是会过了肯和我们会面的之后，我却很安心地做个凡夫俗子了。人总是人，不论他穿着什么式样的衣服，头发是曲的，还是直的，甚至剃光的。世界也总是这样的世界，不论在几千尺高山上，在多少寺院名胜所拥托的深处，或是在霓虹灯照耀的市街。我可以回家了，幻想只是幻想。①

由于童年与佛教的因缘，作者在“鸡山圣地，灵鹫花底”突然生发出想做和尚的念头，但是，在与大庙的江苏老乡老和尚攀谈后，得知老和尚以抗战的名义开矿牟利，使作者不得不感叹，“不论在几千尺高山上，在多少寺院名胜所拥托的深处，或是在霓虹灯照耀的市街”，都充满了世间常见的“庸俗”和“势利”，他毅然放弃突发的出家幻想。如果说作者的感悟到此为止，显然作者的灵魂和读者的期待难以得到提升和满足，因而在“舍身前的一餐”中，他又写道：

美和真似乎不是孪生的，现实多少带着一些丑相，于是人创造了神话。神话是美的传说，并不一定是真的历史。我追慕希腊，因为它是个充满着神话的民族，我虽则也喜欢英国……我们中国呢，也许是太老了……连仅存的一些孟姜女寻夫，大禹治水等不太荒诞的故事也都历史化了。礼失求于野，除了边地，我们哪里还有动人的神话？②

在这段关于神话与历史的叙述中，费孝通将希腊神话、英国的实用主义和

---

① 费孝通：《鸡足朝山记》，《费孝通文化随笔》，群言出版社 2000 年版，第 32—33 页。
② 费孝通：《鸡足朝山记》，《费孝通文化随笔》，群言出版社 2000 年版，第 33 页。

中国的历史进行揭示,“三个形象跃然纸上,而费孝通在此处显露出平时不怎么流露出来的对神话的热爱。也正是因其对神话的热爱,在鸡足山上,他对自身此前的社会科学生涯展开了反思”①。这种反思,就是在特定的宗教空间里,他对历史与神话进行了理性强调:“神话是美的传说,并不一定是真的历史”。但是,这种理性思考的真实目的,是他想唤醒失去的“礼”,这个“礼”并非传统的道德观念及其形成的繁复仪式,而是再造中华民族的文化精神,由此他发出“除了边地,我们哪里还有动人的神话”的追问。在这样意义上,他对西南边地或者“华夏边缘”进行了“正名”,边地不再是瘴气、巫蛊、野人和蛮俗的世界,而是充满民族文化的“野性”的存在,唯有继承这种“野性”,才有生命的独立和社会的进步。对此,范卫东认为费孝通的“这种觉悟还有更高一层的文化象征,即这些学者在精神上挣脱了书斋的专业拘囿,他们的思考因而具有一种生命元气浑厚的现实质感,首先使他们自己在思考中成为一个对现代社会敏锐感应的‘人’”②。

此外,费孝通还于 1942 年 11 月在滇池边的呈贡创作了《西山在滇池东岸》(又名《在滇池东岸看西山》),将神话传说与西山、滇池的美景融合在一起,对山水的形态和生命的形态进行了阐释,语言朴实优美,同样是脍炙人口的名篇。

1984 年 1 月,费孝通在回忆他的同事和朋友曾昭抡时说:“曾公对化学的爱好和对这门学科的贡献是熟悉他的人都清楚的,但是如果把他看成是个封锁在小天地里的专家,那就贬低了曾公的胸襟了……从一九四二年我和他一起去云南西部鸡足山旅行后,我开始注意到他兴趣之广和修养之博。”③不难看出,费孝通对曾昭抡的评价切合实情,也非常中肯,可谓知人善论。在抗战

① 王铭铭:《鸡足山与凉山》,《读书》2008 年第 10 期。

② 范卫东:《抗战时期中国散文的自由精神研究》,南京师范大学出版社 2015 年版,第 174—175 页。

③ 费孝通:《一代学人——写在曾著〈东行日记〉重刊之际》,《读书》1984 年第 4 期。

时期，作为中国现代化学的奠基者——曾昭抡曾多次对西南边地进行科学考察，这些考察不仅是对祖国的山河进行认识与理解的过程，同时也是传播现代知识与文化的过程。在 1939 年 3 月 11 日至 25 日，他就乘坐汽车，沿着国际交通线滇缅公路进行实地考察，完成了游记《缅边日记》，对沿途的自然环境、风景名胜、珍稀植物、风俗习惯和宗教信仰等做了实录，于 1941 年 11 月由上海文化生活出版社出版。1941 年 6 月，曾昭抡担任"国立西南联合大学川康科学考察团"的团长，组织了西南联大政治、社会、地质和生物等系的 10 名学生①，于 7 月 2 日从昆明出发，经云南禄劝、西康会理到达西昌，对大凉山夷区的历史、地理、民族、风俗等进行实地考察。正是根据这次考察，他完成了《滇康道上》和《大凉山夷区考察记》，对川康科学考察团从昆明到西昌，再从西昌经昭觉、美姑等地到大凉山的过程进行了叙述。其中的《滇康道上》于 1943 年 10 月在桂林文友书店出版；《大凉山夷区考察记》于 1945 年 4 月在重庆求真社出版，1947 年 8 月由上海读书出版社再版。"《大凉山夷区考察记》采用的是传统游记体裁的方式进行书写，全书共 7 编、112 节……每节的字数各不相同，少的有二三百字，多的有六七千字，形式灵活，文字优美，内容或为社会生活的描述，或为文化事象的分析，或为旅途风景的叙写，都是对大凉山夷区的地理环境、交通情形、历史源流、组织制度和现实社会等进行的描述，向读者充分展示大凉山夷区的自然环境以及当地社会的历史状况与现实生活图景"②。

首先，作品对西南少数民族的描写。美国学者本尼迪克特·安德森(Benedict Anderson)在建构"想象的共同体"理论时，对"民族"的概念提出了一个充满想象的人类学范畴的定义："它是一种想象的政治共同体——并且，它是

① 除团长曾昭抡外，其他的学生是西南联大历史系的柯化龙，地质地理气象系的黎国彬、马杏垣，化学系的李士谔、戴广茂、陈泽汉，算学系的裘立权，物理系的周光地，生物系的钟品仁，政治学系的康晋侯。

② 杨绍军：《曾昭抡〈大凉山夷区考察记〉及其学术意义》，《西南边疆民族研究》第 23 辑，云南大学出版社 2017 年版。

被想象为本质上有限的(limited),同时也享有主权的共同体。"①在他的这个定义中,安德森对民族的"客观特征"——诸如语言、地域、经济、共同心理等问题作了聪明的回避,为其划定了主观主义的界域:集体认同的"认知"(cognitive)面向——"想象"不是"虚构"或任意"捏造",而是形成任何群体认同所不可或缺的认知过程(cognitive process),因此,"想象的共同体"指涉的不是什么"虚假意识"的产物,而是社会心理学上的"社会事实",依靠集体记忆无法实现,必须被叙述出来。作为"想象的共同体",在从司马迁的《史记·西南夷传》到20世纪50年代的民族识别过程中,不同的写作者站在国家、民族的立场上对西南少数民族的历史文化和风土人情进行了叙述,其间充满了误读和虚构,甚至捏造。抗战时期,大批知识分子流亡到西南边地,对西南少数民族进行了较为客观准确的叙述,如曾昭抡在《缅边日记》中就用大量的篇幅描述滇缅边境的少数民族,在写到"'摆夷'、'崩龙'和'山头'"时说:

> 在芒市、遮放、畹町的"夷族",分为"崩龙"、"摆夷"、"山头"、"栗粟"四大族。在滇东一代常看见的猡猡,却自保山以西,就很少看见。这四族底下,又各自分为若干小族;比方在"山头"的统名底下,实在有许多支的"山头"。②

在曾昭抡的叙述中,存在于滇缅边境的少数民族不再被视为一个需要进行教化的"想象的共同体"、充满奇风异俗的"不忠实的神奇故事"而被加以记载,而是成为读者了解西南边地少数民族历史、地理、文化和习俗的重要文献。此外,作者还对有关滇缅边境的土司制度、土司衙门、民族服饰、民族家庭和婚恋习俗等进行了科学性的考察和记录,具有重要的史料价值和文学贡献。同时,在《大凉山夷区考察记》中,他对被西方人称为"独立倮倮

---

① [美]本尼迪克特·安德森:《想象的共同体——民族主义的起源与散布》,吴叡人译,上海人民出版社2003年版,第5页。

② 曾昭抡:《缅边日记》,辽宁教育出版社1998年版,第74页。

(Independent Lolos)"[①]区域的民族——夷族的历史、地理、景观、矿产、习俗、语言等进行客观、真实、详尽的描述,在调查和写作中,他是抱着"了解之同情"进入大凉山腹地的,因而"《大凉山夷区考察记》区别于其他考察记之处:将旅途生活化,在日常生活的细节中,流露其深深的人文关怀"[②]。

其次,作品对西南边地的地理实录。根据人文地理学的理论,边地既是实际的地理区域,也是抽象的文化空间,"是一个由地理环境、生产方式以及民族、宗教、文化等因素构成的独特的文明形态的指称"[③]。基于这种认识,西南边地具体指向的是西南地区与邻国相毗连的边疆,同时还包括滇川、滇黔、滇康等交界地域。在曾昭抡的游记中,除《缅边日记》是搭乘汽车进行考察外,《滇康道上》和《大凉山夷区考察记》的考察都以步行为主。因此,他的考察记的重要内容就是对地理景观的实录,也在考察记里形塑了这些地理景观。在《缅边日记》中,他写到从昆明出发,经安宁、禄丰、楚雄、镇南、凤仪、漾濞、永平、保山、龙陵、芒市、遮放,到达此行的目的地畹町;作品对这些地方距离昆明的里程、海拔的高度和自然物产等,都有准确的记载。如在"由功果桥到保山"中,他对沿途的植物进行描写:

> 在沿着澜沧江行的一段路中最后一小段,路旁开始看见滇西的一种特殊的植物。那种植物,名叫"蜂桐",是一种相当高大的树。

---

① 最早说该地区是"独立倮倮"的是1877年进入越西海棠等地进行考察和探险的英国人巴伯(Baber),他曾在1882年和1883年出版的《在华西的旅行和研究》和《中国的地理和社会概况》中首次提到凉山夷人为"独立倮倮"。其后,在戴维斯(H.R.Davies)的《云南——连接印度和扬子江的链条》(剑桥大学出版社1909年版)、哈里·弗兰克(Harry Franck)的《华南漫游记》(伦敦菲希尔欧文有限公司1926年版)和亨利·考迪(Henrie Cordier)、布鲁豪尔(A.L.Broomhall)、吕真达(A.F.Legendre)等的著作中都提到。所谓的"独立",指的是由于大凉山地处偏僻,交通不便,中央王朝和地方政府很难进行有效的治理,其独特性在于,西方的探险家和传教士在中央和地方政府的庇佑下曾肆无忌惮地出入新疆、蒙古、青海、四川、贵州、云南等少数民族生活区域,唯独对西南腹地的大凉山"望洋兴叹"、"裹足不前",零星的几次尝试也无疾而终。

② 段美乔:《观察与反思:抗战时期大凉山夷区生活之写照》,曾昭抡:《大凉山夷区考察记》,中国青年出版社2012年版,第9页。

③ 雷鸣:《映照与救赎——当代文学的边地叙事研究》,人民出版社2013年版,第4页。

我们这次去,正巧碰着它开花的时候。花是很大朵的大红色花,一棵树上结许多朵;可是树上连一片叶子也没有看见。据说这树的木头自行腐烂成洞以后,蜜蜂喜欢跑到里面去做蜂窠,所以叫做“蜂桐”。①

由于作者是自然科学家,因此《缅边日记》最大的特色就在于它的科学性和实用性。如在对珍稀植物“蜂桐”的介绍中,他对树木的高度、花的颜色和外形等特征进行了详细的描述,还对树木的具体用途作了说明。可以说,他的叙述是对“蜂桐”的如实记录,没有虚构和想象,文字朴实,优美流畅,使得作品不仅具有强烈的科学性,还有较高的艺术性,将科学与艺术完美地结合在一起。同样,在《滇康道上》,作者对旅行的路径和地理环境进行了近乎偏执的描述。作品里屡次出现的“约行两里”“陡向下趋”“由此前行”“势颇平坦”“左旋山边行”“沿途所见地质”等重复、单调的字眼,俨然如有幅定位精准的地图摆在读者面前,如果按照他的描述,重走这条线路依然不会有较大的差错。此外,作品还对具体位置的地理景观进行了描述,如在“鲁车渡”中:

金沙江上游,乃是目前云南、西康两省的天然界限。在这一段,两岸陡峭异常。逼窄陡峭的河谷里,夏天怒流着那条橘黄色的,水面满作漩涡的狂水。虽则纬度并不十分靠近南边,海拔也有相当地高,就是因为河谷逼窄,终年无风的关系,在此金江两岸,逼近水面的处所,一年四节,天气炎热,和次热带一般。②

曾昭抡这里写到的“鲁车渡”,位于云南和西康两省间,北岸是西康省、南岸是云南省,由于是典型的干热河谷地区,这里气候炎热,盛产热带水果。曾昭抡对地理位置、气候物产和地质地貌等进行了较为细致的描述,让读者领略到边地的风情和真实面貌。在写到金沙江水时,他用了“怒”和“狂”来形容,一改路径叙述的沉闷,显得活泼而生动。可以说,这些真实、可信的叙述都是

---

① 曾昭抡:《缅边日记》,辽宁教育出版社 1998 年版,第 74 页。

② 曾昭抡:《大凉山夷区考察记》,段美乔整理,中国青年出版社 2012 年版,第 67 页。

对地理景观的叙述,也是在场的、鲜活的场景描写。

再次,作品对西南地区边政的思考。近代以来,随着中国知识分子对传统文化进行反思,他们在政治上对民族国家的建构和想象日益丰富。因此,在民族生死存亡时刻,不仅普通民众希望他们承担起救亡图存的重任,他们也希望以“学术报国”或“文化抗战”的方式对民族国家的建构贡献自己的力量。抗战时期,面对日益突出的边疆问题,中国知识分子投身边政研究成为川、滇一带知识分子的共同选择。在这其中,对于有着强烈的家国意识和边政思想的曾昭抡来说,1939 年 3 月对滇缅公路的实地考察,其实有着明显的现实目的:

> 滇缅公路成功以后,到缅边去考察,是许多青年和中年人共有的欲望。一来因为滇缅路是目前抗战阶段中重要的国际交通线;二来因为滇缅边境,向来是被认作一种神秘区域。在这边区里,人口异常稀少;汉人的足迹,尤其很少踏进。我们平常听见关于那地方的,不过是些瘴气、放蛊,和其他有趣的,但是不忠实的神奇故事。至于可靠的报告,实在是太感缺少。①

正因为如此,他想用自己的实地调查,以“亲身的经历”,破除外人对边地的误解,以彰显缅边之真面目。两年后,他对大凉山夷区进行考察,当时西南边地大兴田野调查之风,众多社会考察团体和个人共同的指向就是地理、生活环境相对偏僻、封闭的边疆少数民族聚居区,考察的目的亦如康区刊物《康导月刊》所说:

> 我们藉此在边疆工作的机会,就所见、所闻、所行,关于政治的,经济的,文化的,教育的,宗教的,法律的,生活的,习俗的,气候的,地理的,生物的,矿藏的实际情况、现象,在我们理解的范围内,尽量介绍,提供素材,以作为政府施政的参考,引起国人开发的兴趣,纠正过去一般人对边疆的唯蛮论和唯冷论。②

---

① 曾昭抡:《缅边日记》,辽宁教育出版社 1998 年版,第 1 页。

② 《康导月刊》发刊词,《康导月刊》第一卷第一期,1938 年。

在这样的意义上,曾昭抡对滇缅边境和大凉山夷区的考察及其著述,集中体现了现代知识分子对边疆问题的严正关切。此前,他就曾多次表示,希望他们的考察对边政事务和民族国家的构建有所帮助。至于他的作品,则希望被更多的读者阅读,以引人入胜的内容引起广大民众的兴趣,最终引起最高行政当局的重视。因此,作品中可以看到他有许多建设性的批评意见以及对凉山“夷务”的处置办法。如在“宁属宝贵的资源”里提出:“宁属各县,因地近边陲,迄今一般人对之,仍属隔阂,每以为此处乃是蛮荒地带,没有多大开发的价值与可能性,其实大大不然。”①在“凉山倮夷家庭与社会制度”里,对于凉山夷区普遍存在的“打冤家”提出建议:“将来如能开发凉山对于夷民的教育,似应针对这方面,多下工夫,教以将胸襟放宽,勿轻结怨,而要勇于解怨。”②可以说,正是知识分子强烈的现实情怀,使他不仅促进了中国化学学科的发展,而且致力于“帮助国家巩固边陲,捍御外侮”。

1942 年 6 月,南开大学边疆人文研究室成立,聘请陶云逵担任研究室主任。研究室受云南省石佛铁路筹备委员会的资助,决定对铁路沿线的峨山、新平、元江等地的社会经济、民族风俗、民族语言和地理环境等进行综合调查。次年 2 月,作为研究室成员的邢公畹③和同伴黎国彬结伴前往云南西南部红河流域的少数民族地区进行语言调查,“这次旅行,一共用了差不多五个月的工夫。在地区上,我走进了另一种文化圈子;在时间上,我几乎走回了好几个世纪。我颇为真切地认识了人类生活的比较原始的式样;也毫无蔽障地认识了‘自然’的伟大及其威力”④。正是通过这次社会调查的亲历、亲见、亲闻,他在 1946 年 12 月到 1948 年 1 月间,陆续写出了 7 篇作品:《灯》《峡谷》《祭衣》《怀乡歌》《红河之月》《白大爹和古碑》和《燎》,其中《灯》发表于天津《民

① 曾昭抡:《大凉山夷区考察记》,段美乔整理,中国青年出版社 2012 年版,第 29 页。
② 曾昭抡:《大凉山夷区考察记》,段美乔整理,中国青年出版社 2012 年版,第 117 页。
③ 邢公畹(1914—2004 年),原名邢庆兰,祖籍江苏高淳,生于安徽安庆,著名语言学家。
④ 邢公畹:《原版自序》,《红河之月》,云南人民出版社 2002 年版,第 1—2 页。

生导报》和李广田所编的《每周文艺》,《峡谷》发表于北平《经世日报》和杨振声所编的《文艺周刊》,《祭衣》到《燎》发表于天津《大公报》和冯至所编的《星期文艺》。对于这些被作者称为"故事采集者日记"的作品,受到了文学界的重视,也得到了沈从文、冯至和杨振声等文坛前辈的推崇。如沈从文就认为:"天津《大公报·星期文艺》常载邢楚均(即邢公畹)有关西南地方性故事,用屠格涅夫写《猎人笔记》的方法,将游记、散文和小说故事合而为一,使人事凸浮于西南特有天时地理背景之中,一切还带点'原料'意味,特别值得注意。"①1957年8月,天津人民出版社汇辑出版,更名为《红河之月》,对云南少数民族地区的历史和现实作了描述。

首先,作品对边地社会现实进行刻画。在沈从文眼里,邢公畹的《红河之月》被认为是"游记、散文和小说故事合而为一"的作品,但贯穿其中的主题却是云南新平磨盘山上普家和张家的世仇及其矛盾。普家是世袭的少数民族土司家族,张家过去是普家的小厮,然而世事变迁,几十年后两家成为当地势力最大的家族。由于结亲、断水等冲突不断引发矛盾,两家结下宿仇、势不两立。在"故事采集者"来到磨盘山前,普家的二少爷被仇家莫名杀害,普老夫子在门客的建议下,决定对张家斩草除根,举行祭祀活动,希望仰仗祖先的英灵报仇雪恨。于是,作者在他的新朋友——普家三少爷普诚的陪同下看到难得一见的"祭衣"仪式:

> 大厅里布满着安息香的烟雾,地上遗留许多纸灰,灵桌上的东西已经消灭,那张桌子也从屋角移到护壁前面来,上面架起一张太岁椅子,椅子上摊开一袭明代官员常朝视事的公服。这袭衣服保藏得很好,虽然有些折损和霉迹,但大体上是没有敝坏的……桌上焚香点烛,并且陈列着献祭的菜肴、供果和酒。红烛的焰舌跳动着;帽珠眨着精灵似的眼睛,大红袍上的金龙在烟雾中翻腾着。②

① 沈从文:《窄而霉斋废邮(新十九)》,《平明日报·星期文艺》,1947年9月28日。
② 邢公畹:《红河之月》,云南人民出版社2002年版,第46页。

作为人文学者,邢公畹以生动、绚烂的语言描绘了边地民族的祭祀习俗,也在叙述中见证了边地的社会现实:世袭的土司家族势力衰微,而新兴的豪强亟待取而代之,矛盾和冲突无法避免,这是边地政治势力变动的表现。虽然其时国家的抗战情势紧张,但在远离战场的边地社会,对权力和财富的争夺并没有因为民族战争有所缓和,正如段凌宇在论述《红河之月》时说到的:"以中原社会内部的动乱比照边地,说明在作者的意识中,边地的历史进程是内在于'中国'的。"①处于地理上的边缘,但是边地土司对世袭权力的执着没有改变,企图把新兴势力除掉,以拥有对边地的绝对控制权。可以说,尽管"复仇"的主题零乱地掩藏在"故事采集者"的见闻中,但是边地的社会现实却在作品里得到一一呈现。如开卷的《灯》写到老何公的儿子被抓去做壮丁,他每夜都在寨子前点上灯笼,盼望儿子能够平安归来;《峡谷》讲到马帮、烟帮与地方军队的相互勾结,导致民众受苦受难;《白大爹和古碑》叙述历史上当地少数民族受到汉族官员的欺辱和霸凌,现在又受到地方军队的巧取豪夺,过着苦不堪言的生活。所有这些,都是边地社会的现实生活,也正如"故事采集者"在作品里提到的"无声的人民"的痛苦。在作者的叙述中,这些"无声的人民":

> 他们活着,梦着,折磨着,然而无人能经验他们的苦难,听一听他们生活的歌谣,参一参他们故事中的梦想。他们所说的故事,和他们自己的故事,我想都不曾为世人所知。②

在历史叙事中,不同时代的知识分子对边地云南的记录,更多的是描述其有别于内地的异文化,而不是对"无声的人民"的关注、理解、同情和怜悯,但是作为语言学家的邢公畹与其他知识分子不同,他想替"无声的人民"发出声音,让世人给予他们更多的关注和重视。

其次,作品对民族国家建构进行反思。安德森认为,民族国家本质上是一

---

① 段凌宇:《现代中国的边地想象——以有关云南的文艺文化文本为例》,首都师范大学博士学位论文,2012年,第40页。

② 邢公畹:《红河之月》,云南人民出版社2002年版,第46页。

种现代的(modern)想象形式——它源于人类意识在步入现代性(modernity)中的一次深刻变化。[①] 换句话说,对于安德森而言,民族国家这个“想象的共同体”,主要是通过叙述(文字)和想象来建构的。自近代以来,对现代民族国家的想象就成为文学书写的重要主题,如梁启超的《新中国未来记》对建立独立富强的新中国进行了想象,鲁迅的《藤野先生》对“幻灯片事件”的叙述充分表达了对建立现代民族国家的焦虑;闻一多的《七子之歌》则构造了“中国”的国家想象。在邢公畹的作品中,叙述的人物口中经常出现“国家”“政府”和“王法”,同样充满着对民族国家建构的想象,如作为“故事采集者”的“我”在倾听普家三少爷普诚改造地方的理想时,借普诚之口说道:

> 红河低谷地区原是被人抛弃的烟瘴之地。千百年来,只有被人挤得走投无路的傣族人才定居在这里。可是从农业资源上看,这里实在是大有可为的。就漠沙一地而论,总共不过九百户人家,耕种着七万多亩地……我们再发展教育、卫生、交通各项事业,漠沙岂不变成一个乐园了吗?所以想建设漠沙,先从抽水机和拖拉机入手没错儿。[②]

作为受过高等教育的大学生,土司家的三少爷对地方的发展充满想象,希望借助现代科学技术改变漠沙的贫困落后面貌,虽然他是土司家的三少爷,却被终日抽大烟的王乡长以不是“国家的人”为由,拒绝他的一切建议。由此可以看到,在代表“国家”的基层治理者身上,他们体现了“政府”荒谬、傲慢、冷酷甚至残暴的一面,但是他们却俨然以“国家”的代言人自居,不为边地和边民谋取幸福。在《白大爹和古碑》中,作者讲述一位“卫生委员”,经常到傣族村寨巡察,要求各村寨清理所有粪便,否则就处以 10 块“花钱”的罚金,最终激起民愤,被当地民众吊打,恰遇地方军队的刘团长出巡,“卫生委员”向刘团

---

① [美]本尼迪克特·安德森:《想象的共同体:民族主义的起源与散布》,吴叡人译,上海人民出版社 2003 年版,第 9 页。

② 邢公畹:《红河之月》,云南人民出版社 2002 年版,第 81 页。

长哭诉:

> 我失面子我不在乎。刘团长,我只恨这班人心里就没有这个国家,这个法律,完全不懂"三民主义"。我们办事的人怎么办? 怎么办?①

代表着"国家"权力的"卫生委员",不顾边民的现实苦痛,却以个人的"面子"为由,将民众反对谋取个人私利作为反对国家、法律和"三民主义"的借口,将个人的不当行为视为正当的国家行为。"卫生委员"的这段说辞,凸显了"国家"、"法律"在边地的现实处境。当代表民族国家的卫生行政,缺乏对地方社会的应有尊重,反而与金钱、暴力和劣行勾连在一起,对于边民而言不啻无尽的灾难。因此,对于作者的叙述,段凌宇认为:"这是对挟'现代'之名施加新的压迫的揭示,也是对'现代'、'文明'、'国家'本身的反思。"②

第三节　青春如斯的校园和世界

在某种意义上,怀旧不仅是一种历史的心绪,而且还是一种对于时间和空间拓展的叙事方法。美国学者克里斯多夫·拉什(Christopher Lasch)在讨论"回忆(memory)"和"怀旧(nostalgia)"时说过:"愉快的回忆在情感上不再依赖于贬低和轻视现状,而轻视和贬低现状却是怀旧的基本特点。怀旧诉诸的情感是过去带来的,而现在再也无法获得的快乐。怀旧表现为使人想起永远逝去的一段美好时光,而因为其永远消失,它便在人们的心中成就了永恒。严格说来,怀旧完全不需要回忆的伴随,因为理想化的过去存在于时间之外,凝固在永恒不变的完美之中。"③他认为,回忆在情感上不依赖于贬低和轻视现

---

① 邢公畹:《红河之月》,云南人民出版社 2002 年版,第 102 页。

② 段凌宇:《现代中国的边地想象——以有关云南的文艺文化文本为例》,首都师范大学博士学位论文,2012 年,第 43 页。

③ Christopher Lasch, *The True and Only Heaven: Progress and Its Critics*, New York: W. W. Norton & Company, 1991: 82-83.

状，而轻视和贬低现状则是怀旧的重要表现。在中国现当代文学史上，有许多表现情调风格的作品，如沈从文的《边城》和《长河》、废名的《桥》、萧红的《呼兰河传》等，这些作品无论是出于回忆还是怀旧，都对过去时光做了情调风格的呈现。在众多对西南联大进行书写的作品中，鹿桥[①]的《未央歌》是对“怀旧”得以集中呈现或集大成的作品。对于这部作品，张素贞认为：“小说以抗战为时代背景，着墨的重点并不在于慷慨激昂的抗战情绪之传扬，抗战艰苦之写实，而是有心从自己在西南联大的经历中，筛拣美丽的、理想、永恒的加以呈现。”[②]可以说，这部以情调风格见长的小说，将理想的、诗意的“精神世界”——西南联大呈现在读者面前。

首先，作品对西南联大师生形象的书写。作为流播甚广的怀旧小说，鹿桥作品的题名来源于汉代瓦当上的“千秋万世，长乐未央”[③]，在这样的意义上，“青春未央”就成为这部小说描写的重要内容，也成为作者“怀旧”抒发的重要寄托，“我一心恋爱我们学校的情意无法排解，我便把故事建在那里。我要在这里诚敬地向我们的师长，同学，及那边的一切的人致意。”[④]在西南联大这个理想的、美好的世界里，作者着力塑造了4个青年学生的形象，也描写了不同的西南联大教师，这些个性鲜明的人物共同构成了西南联大师生的群体形象，也成为想象建构西南联大的文化符码。多年来，《未央歌》之所以成为“青春未央”的形象片、之所以吸引无数的年轻人，就在于“《未央歌》是唱不完的歌，将一直不断绵延，不论歌声如何细微，他给年轻人信心、给年轻人期待和希望。心里知道：人，曾经有过这样的可能性，不论他来自于现实或想象，人可以在自

① 鹿桥(1919—2002年)，祖籍福建福州，生于北京，本名吴讷孙，华裔作家、学者。

② 张素贞：《从浪漫到写实——谈〈未央歌〉的创作模式》，朴月编著：《鹿桥歌未央》，台湾商务印书馆股份有限公司2006年版，第361页。

③ 在中国台湾版的《未央歌》的封底有“未央——千秋万世，长乐未央——来者不识，去向未明”，其表达的是《未央歌》一如完全透明的水晶般美好，是一部歌颂青春友情的小说。

④ 鹿桥：《谢辞》，《未央歌》，台湾商务印书馆股份有限公司2018年版，第748页。

己的青春当中,如此乐观的享受、好好的长大"①。因此,鹿桥在作品里建构理想的、青春的西南联大,他对西南联大师生的形象书写,也为西南联大被想象建构提供了诸种可能。

一是作者对青年学生形象的书写。在一般意义上,《未央歌》常被人们认为是校园小说,"《未央歌》洋溢着青春激情,它以充满理想和诗意的文字,描绘出了一段世外桃源般的校园生活"②,但是这部小说何尝又不是一部成长小说呢?这部小说与德国作家托马斯·曼(Paul Thomas Mann)的小说《魔山》有相似之处,在《魔山》中,每个年轻人都在思考生命的意义何在?生命的价值究竟在哪里?他们利用任何可能的机会去学习哲学、音乐和艺术,用思想和行动让自己的生命变得充沛、饱满,追寻着生命的价值和意义。同样,在《未央歌》里,一群活泼的年轻人生活在艰难的战争时期,他们与《魔山》中的年轻人有着相似的生命体验和生活经历,他们格外珍惜宝贵的学习时光,用尽心力求学上进,活得格外充实、愉悦。可以说,作者无法忘却在西南联大的校园生活,沉浸在学校的氛围里不能自拔,他愿意将这部书"献给最亲爱的父母亲,愿能把这些年离家的生活,及校中的友爱,寄回家去"③。因此,他在作品里用心刻画了童孝贤、蔺燕梅、余孟勤、伍宝笙4个人物形象,这些形象代表了战时西南联大学生的精神风貌,也隐含着作者的价值取向和个性追求。这4个不同的人物,他们的性格和气质各有差异,但是对于完美人格的追求和自身的完善却是惊人的相同,如写到他们对学业的追求:

> 余孟勤是大家崇景的一个人物,他在作业时稳扎稳打的。他常被人谈起,大家的口吻全像翘起了大拇指说:"此,我校之千里驹

① 杨照:《青春如斯的有情世界》(导读序),鹿桥:《未央歌》,台湾商务印书馆股份有限公司2018年版,第13—14页。

② 田正平、陈桃兰:《抗战时期大学生生活的另类书写——〈未央歌〉中的西南联大记事》,《高等教育研究》2009年第7期。

③ 鹿桥:《未央歌》,台湾商务印书馆股份有限公司2018年版,扉页。

也!”伍宝笙则是个十全的人物。性情不偏激,人缘儿好。学业,及实验工作简直是她一种心爱的游戏,至于她平常永远活泼、健康的样子,那一副快活的神气,叫谁看见了心上也高兴。①

同时,作品里也写到蔺燕梅,天生丽质,绝顶聪明,而且能歌善舞,多才多艺,受到全校师生的喜爱,但她没有丝毫懈怠,反而平和谦卑,更加执着勤奋、好学上进,如克服各种困难学习语音学、参加收容受难同胞的服务工作、到滇南编写少数民族字典。可以说,在“青春未央”的世界里,她从依附走向独立,从单纯走向成熟,“作者在蔺燕梅身上寄托了他对青春的礼赞,把躁动不息的创造精神和九死无悔的追求愿望赋予这个生长着的女孩子。越到后来,她的性格越光彩,内蕴越深厚”②,成为作品中最为闪耀的人物形象。小说里还有另外一个非常抢眼的人物——小童(童孝贤),作品中他被认为是道家思想的典型代表人物,拥有赤子之心,心地纯善,充满乐观精神,有他在的地方,同学们都能感受到他的亲切、平和、喜悦。他相信人拥有一种本性,这种本性不仅是善良的,而且是快乐的,因此,他尽可能地关怀和帮助别人,在蔺燕梅最困难的时候,他积极引导和鼓励,使她走出人生的阴霾。他从不迷信、不盲从,主张顺应自然,找到所有事物中一切值得珍惜、感受的美好。在他的身上,集中体现了西南联大学生的理想人格和良好风气。他从天真稚气的少年逐渐成为成熟稳重的青年,作者对他的成长进行了悉心的描绘,也是作者着力最多的人物。此外,鹿桥还写到被人视为明星的范宽湖和他的妹妹范宽怡、平和理智的沈蒹和妹妹沈葭、勇敢担当的凌希慧、稳重成熟的朱石樵、性格直爽的宴取中、明晰睿智的冯新衔,等等,共同构成了一个相濡以沫、患难与共的友谊世界。这些青年学生在战乱中历经磨难,也体验快乐时光,虽然作者在怀旧的视角下对人物形象的塑造过于理想化、类型化,但是作品完美地呈现了西南联大青年

① 鹿桥:《未央歌》,台湾商务印书馆股份有限公司2018年版,第123页。

② 宋遂良:《追求人格的完备与完善——读长篇小说〈未央歌〉》,《岱宗学刊》1997年第1期。

学生的成长历程,也因此成为西南联大书写的经典性作品。

二是作者对联大教师形象的书写。按照哲学家雅思贝尔斯(Karl Theodor Jaspers)的说法,“所谓教育,不过是人对人的主体间灵肉交流活动(尤其是老一代对年轻一代),包括知识内容的传授、生命内涵的领悟、意志行为的规范,并通过文化传递功能,将文化遗产教给年轻一代,使他们自由地生成,并启迪其自由天性。”①由此可以知道,教育就是教育者和受教育者彼此进行互动交流的活动,而实践在教育的过程中具有重要的基础作用。在《未央歌》里,鹿桥不仅写到了“自由地生成”的青年学生,也写到“启迪其自由天性”的联大教师。在这些老师的身上,他们体现了中国知识分子执着奉献、顽强奋发的拼搏精神,也体现了“教师作为知识分子中的一部分,除了因为其依附性所产生的具有共性的人格一面(如忠义礼智信、温良恭俭让等)外,还有着较为独立的心灵与文化人格”②。因此,在西南联大,作为知识分子的教师不单在课堂上传授知识给学生,也在实践中指导学生求知探索。如作品里写到联大师生到昆明附近的阳(作品里为“杨”)宗海举行夏令会,恰逢当地散民(少数民族)的拜火会,新聘任到校的文学院教授顾一白鼓励余孟勤和蔺燕梅去了解散民的舞曲:

> “这不是一种社交活动。”顾先生说:“也不是光去玩玩,还要从他们拜火会里找点我们要找的东西回来!我听说蔺燕梅暑假前在一次春季晚会表演过的。她既是这么能歌善舞。我们该推她做一个文化密使,去参加的。”③

可以说,正是这次对散民拜火会的实地调查,使得余孟勤对拜火会的环境、表演、舞曲有深入的了解;蔺燕梅也学会了散民的舞曲,在夏令会报告会上

---

① [德]雅思贝尔斯:《什么是教育》,邹进译,生活·读书·新知三联书店1991年版,第3页。

② 朱希祥:《一半是神,一半是……——中国文学中教师形象的塑造及文化意味》,《文艺评论》1992年第6期。

③ 鹿桥:《未央歌》,台湾商务印书馆股份有限公司2018年版,第312页。

给同学们表演。由此不难看出，鹿桥笔下的教师形象不似鲁迅、叶圣陶作品里的教师那样迂腐刻板，也不像钱锺书、张恨水作品里那样成为嘲弄的对象，而是有着坚定的教育理想和独立人格，他们对学生承担着思想启蒙的任务，也用高尚的思想引导学生。此外，作品里写到的董常委，本是海内外知名的硕学之士，却为新校舍的用地闷闷不乐，在得到三分寺老和尚解尘奉赠的土地后，他和同事积极筹建新校舍，为西南联大的落脚和发展做出了重要的贡献；还有学识渊博的陆先生，在条件简陋的校园里动手筑建花园，对不同的花卉进行培育试种，将花园提供给学生进行实习或作为试验场所，积极引导青年学生成长成材；还有豁达乐观的金先生，对学生认真负责，提倡"保护人"制度，让学生尽快适应新的校园环境……这些众多的人物构成了《未央歌》里的教师群体形象。因此，《未央歌》里塑造的教师形象虽然在一定程度上没有青年学生被塑造得那么生动完美，但他们都是富有个性的知识分子，也因此受到读者的喜爱，成为一个时代的斯文。

其次，作品对西南联大日常生活的重现。抗日战争全面爆发，当时众多高校内迁，对于中国大学的出路，教育界曾进行了广泛讨论。据金以林研究认为，这场讨论还引起两位国民政府军事将领陈诚和张治中的关注，他们分别到长沙临大讲演，张治中见面就质问学生："值此国难当头，青年学生不上前线作战，还躲在这里干什么?"相反，陈诚在演讲中援引郭沫若、周恩来、陈独秀等对于青年学生责任的意见，认为在民族危难之际，青年学生要完成学业，为国家的未来服务。① 针对这场论争，国民政府教育部提出"战时教育平时看"的主张，使得战时高等教育得以正常发展。但是，战争时期的学习生活是艰苦的，残酷的战争时刻影响着学生的生活，也对教师的生活有严重影响。因此，对于精心建构西南联大想象或"怀旧"的鹿桥来说，对西南联大的生活进行详尽的描述，就成为他写作这部小说的重要任务。在《未央歌》中，作者对西南

① 对于这场论争，参见金以林：《战时大学教育的恢复和发展》，《抗日战争研究》1998 年第 2 期。

联大生活的重现可以从3个维度进行讨论。

一是作品对校园日常生活的重现。在鹿桥的笔下,西南联大学生的日常生活丰富多样、精彩纷呈、自由和谐。在特定的叙述空间——图书馆、教室、实验室、饭堂和宿舍里,都可以看到联大学生的日常生活:在图书馆里博览群书、在实验室里解剖小白鼠、在饭堂里讨论校风、在宿舍里写家书、在校园里举行晚会……所有这些鲜活的日常生活,都被鹿桥以"怀旧"的方式原原本本地描述下来,也在西南联大学生的回忆里再现,如何兆武的《上学记》就说道:

> 联大有个大图书馆,每个系也有自己的图书馆,这在战争期间是很难得的。而且全部开架,学生可以自由进书库,愿意看什么书就看什么书,随便你什么时候,待上一整天也没人管。有的书看着名字不错就拿出来翻翻,如果觉得没意思,又给搁回去,有的非常感兴趣借出来,好像浸泡在书的海洋里,那种享受美好极了。①

除对这些特定的校园空间进行详细描绘外,鹿桥还写到了西南联大的注册、选课、"保护人"制度和教学实践。如"保护人"制度由心理系主任金先生提出,要求全校的新生报到时要认一位大哥哥或者大姐姐,对新生的行为举止进行指导,让新生尽快熟悉环境、适应生活。作品里的"大姐"伍宝笙就成了蔺燕梅和蔡仲勉、薛令超的"保护人",悉心指导3位新生的健康成长。这种以老生带新生的做法,重现了西南联大的培养模式,既注重任课教师的教导,也强调年长学生的引导,培养学生健全的人格和勤学上进的精神,正如作品里写到的,"他只赞成三种活动,便是念书,念书,还是念书。"②虽然貌似偏执,但是反映了战时青年学生对学习的执着与向往,也反映了西南联大学生的价值和追求。

二是作品对昆明日常生活的重现。美国学者理查德·利罕(Richard

---

① 何兆武口述,文靖执笔:《上学记》(增订本),人民文学出版社2016年版,第120页。

② 鹿桥:《未央歌》,台湾商务印书馆股份有限公司2018年版,第121页。

Lehan）在讨论文学中的城市时说："每一类人群都提供一种阅读城市的方式……因而，我们可以指望通过城市，从其起源开始，去揭示一种特殊意义。"①也许这种"特殊意义"有虚夸的成分，但是它们都成为城市形象的本质内涵和精神构成。在《未央歌》里，鹿桥不只写到校园的日常生活，还写到了昆明的日常生活，这种对日常生活的描绘成为读者"阅读"或者理解战争时期昆明的重要方式。如作者写到昆明市民常吃的 3 种食品：

> 依本地土名叫来是："米线"、"饵块"、"卷粉"……三样东西的做法在起初都差不多：先把白米淘净，煮一过，只要煮熟，不必煮烂；抟在一起，成了软软的一团……三种东西都可以有各种吃法，放的作料却差不多。有肉末的，叫做川肉，有焖鸡的就叫焖鸡，这两种吃法最多。②

在作品里，鹿桥不厌其烦地将昆明特有的饮食作为城市的形象进行叙述，对 3 种学生经常食用的小吃作了真实的记录和描绘，这在一定程度上提供了"怀旧"的空间，也彰显了昆明的"特殊意义"。可以说，昆明的城市形象是由昆明的人文景观、自然景观和民俗风情等聚合构成的，但是作者在呈现日常生活时赋予了其丰富的内涵。因此，昆明周边的山（长虫山、西山）、城里的翠湖、复苏的雨季、蓝天上的云、池塘边的玫瑰……以及生活在城里的西南联大师生，都成为作者表现昆明城市形象的重要内容，读者在作品中能读到昆明的历史和文化，也能感受到昆明的情调风格和特殊意义。

三是作品对战时日常生活的重现。战时的昆明虽然远离血腥残酷的战场，但是依然笼罩在战争的阴影下，自日寇 1938 年 9 月 28 日空袭昆明，西南联大师生不得不时常躲避敌机的侵袭。因此，尽管在阅读《未央歌》时就明确知晓其不是一部表现抗战的小说，但是故事的发生地确实在战时的昆明。于

---

① ［美］理查德·利罕：《文学中的城市：知识与文化的历史》，吴子枫译，上海人民出版社 2009 年版，第 11 页。

② 鹿桥：《未央歌》，台湾商务印书馆股份有限公司 2018 年版，第 106—107 页。

是,作品里反复写到的“跑警报”、泡茶馆、救助难民、收容站,等等,这些都成为战时西南联大师生的现实图景。作品里写到西南联大师生为躲避敌人的空袭,将上课时间做了调整:早上7点半到10点半,下午2点到5点半。一开始,敌人的疯狂轰炸,让师生们感到紧张、恐惧,但是经过一段时间的适应,作品写到西南联大外文系的学生认为:“警报是对学习第二外国语最有利的,我非在躲警报躺在山上树下时记不熟法文里不规则动词的变化。”①当时“跑警报”不是躲在简陋的防空洞里,就是到郊外的山野田间,当西南联大师生逐渐习惯,就变得淡定从容。可以说,作者描绘战争期间这种极不平凡的战时经历,却以戏谑的口吻表达出来,让读者印象深刻。同样,在写到泡茶馆时,作者也写得鲜活生动、趣味盎然:

> 这里一路都是茶馆。小童早看见一家沈氏茶馆里坐了几个熟朋友喊了一声就往里跑。在茶馆里高谈阔论的很少。这几乎成为一种风气。在茶馆中要不就看书作功课,若是谈天只能闲谈些见闻,不好意思辨什么道理,所以大宴要赶忙结束这一路来说的话,而小童已冲进茶馆里笑语一片了。②

显然,作为公共空间的茶馆成了西南联大学生战时日常生活的重要场所,他们在茶馆里不是高谈阔论,而是把茶馆作为长时间(“泡”)读书、做功课的好地方。因此,在这部以情调风格见长的小说里,作者有意识地淡化故事和情节的精心构造,也不以时间作为小说叙述的主线,而是以不同的生活空间作为小说结构的中心,对西南联大的书写进行精心营造,使之成为了书写抗战时期日常生活的长篇佳作。

再次,对西南联大书写的范式建构。1959年,在书稿完成14年后,鹿桥将《未央歌》带到香港,自费在香港人生出版社出版,引起了众多读者的关注。1967年,改由台湾商务印书馆出版,《未央歌》一再刊行,成为海内外的畅销

---

① 鹿桥:《未央歌》,台湾商务印书馆股份有限公司2018年版,第13页。

② 鹿桥:《未央歌》,台湾商务印书馆股份有限公司2018年版,第41—42页。

书。1990年,台湾《中国时报》选出20世纪40年代“影响我们最深的书”,《未央歌》排在第一名;1999年,来自全球各地的专家和学者投票选出“20世纪中文小说一百强”,《未央歌》再次入选。对于这部作品,宋遂良认为,“鹿桥的《未央歌》却时常在我的视野之内,这部在国内鲜有人知(文学史也不提它)的长篇小说,从它的出版经历、思想内容、艺术成就,都堪称经典,因此我觉得有必要再为这部小说作一些鼓吹和阐释。”①对于这部中国现代小说中的经典作品,如果说作者在西南联大的经历孕育了《未央歌》,那么《未央歌》所描述的西南联大又在众多读者的心目中得以逐渐复活,成就了中国历史上最富有传奇色彩的大学。迄今为止,虽然有学者认为“小说本身就是虚构的,我们不能责备作者虚构历史,并且根据小说成书的年代推断,作者鹿桥也显然无意于构建联大神话”②,但不可否认的是,作为“怀旧”小说的《未央歌》,鹿桥的创作和作品的出版,对于西南联大的书写有着重要的价值和意义。

一是作品建构了现代大学的叙事模式。对于现代大学的叙事,李洪华、任宗雷曾提出:“大学叙事是大学生活经验的文学表达,主要讲述的是大学人物的故事,同时关注社会思想文化状况,并由此折射出时代的精神气候。”③正如他们所指出的,《未央歌》就是对在昆明西南联大念书的一群青年学生“生活经验的文学表达”,作者无意在作品里按照时间、地点、人物或者故事的开端、发展和高潮进行循规蹈矩的叙述,他想做的事情就是在最艰难、最痛苦的战时生活中,自由地书写远离父母在异乡的理想生活:年轻的学生在西南联大快乐地追求自己的生命与价值,其间也经历外在的痛苦和内心的悲观,但是正因为有青春诗意的校园生活,让相互有爱的学生格外珍惜这个快乐美好的理想天

① 宋遂良:《追求人格的完备与完善——读长篇小说〈未央歌〉》,《岱宗学刊》1997年第1期。

② 田正平、潘文鸯:《教育史研究中的“神话”现象——以蔡元培和国立西南联合大学为个案的考察》,《高等教育研究》2017年第4期。

③ 李洪华、任宗雷:《革命救亡语境中的抉择与坚守——论1920年代末至40年代的大学叙事》,《南昌大学学报》(人文社会科学版)2017年第5期。

地。在中国现代文学史上,对大学生活经验进行集中表达的文学作品,典型者有老舍的《赵子曰》(1927)、沈从文的《八骏图》(1935)、钱锺书的《围城》(1947)、杨沫的《青春之歌》(1958)等,这些作品对现代大学的人物及其故事叙述各有异趣、风格不同,也都在中国文学史上留下或浓或淡的笔墨。但是,鹿桥的《未央歌》"承续中国古典美学传统,在自己的小说创作中,有意识地改变'五四'初期传入和确立的被正统化和经典化的西方小说的叙事方式,从而基本上形成了一种新型的叙事文学的特征,这就是……淡化小说的故事和情节,不以时间为小说的结构核心,强化小说意象、意蕴与意境的创造;以空间为小说的结构中心,并在小说的修辞手法上,多借用意象、隐喻与象征、空白、白描等常被诗歌所运用的方法"①,成为对大学人物和故事进行表达的重要作品。作为深受中国传统文化影响的小说作者,鹿桥试图建构一种区别于"被正统化和经典化"的现代小说叙事模式,这种叙事模式是基于对大学生活经验的表达,集中于情调风格的营造,不以情节和故事的精心构造为目的,也不以时间作为叙事的主线,而是注重传统的写意抒情,讲求情感的均衡与克制,遵循儒家的"诗教"观念,着力表现人性的美好和友情的珍贵。这种对现代小说叙事的创新,就是鹿桥《未央歌》对现代大学叙事的卓越贡献,因此,李钧评论说:"作者的情怀是古典的,小说的文笔是浪漫的,每一处情景点染,每一次心理描写,每一个形神勾勒,都表现出诗意之美与哲思之深,使小说实现了古今杂糅、中西合璧的艺术整合与创新。"②在一定程度上,鹿桥创作于1945年的这部小说突破了同时代作家以及前辈的创作,建构了中国现代大学的叙事模式,具有典型意义和创新价值。

二是作品创造了现代小说的新语体。1990年,孔范今主编《中国现代文

① 王义军:《审美现代性的追求:论中国现代写意小说与小说中的写意性》,上海文艺出版社2003年版,第192页。

② 李钧:《大学之道,止于至善——论鹿桥〈未央歌〉的小说美学》,《中国现代文学论丛》2016年第1期。

学补遗书系》由明日出版社出版，其中的第八卷收录了《未央歌》；2008 年，黄山书社出版单行本的《未央歌》，中国大陆读者才读到这本描述西南联大传奇故事的作品。为什么在中国台湾 1967 年就再版的书，中国大陆没有及时出版呢？据说，曾经有中国大陆的出版社请鹿桥授权同意出版《未央歌》，但他坚持用正体字（繁体字）、竖行排版印刷。[①] 其实，这与他对中国文化传承的立场和态度有关。鹿桥虽然出生于新旧交替、西风东渐、白话文取代文言文的时代，但是作为仕宦世家的子弟，家中历来重视传统教育，在他幼时即请来名师宿儒教授中国古籍，因此，他从小受到中国传统文化的熏陶，对传统文化和民族精神有着执着的信仰。在这部小说中，对 20 世纪 40 年代文学熟悉的读者，没有看到与同时代作家运用得颇为熟稔的白话文创作，而是出现了新的语体——“新文言”。对此，鹿桥曾说过：

> 《未央歌》是我主张、提倡，力行试验我所谓“新文言”的一篇试作。文言是中国文学的宝贵的遗产，不是包袱，各国文字也都有它的文言。我不爱辩，且容我简单说一下。《未央歌》每在情感一上升的时候文字就往新文言方向走。到了第十三章，全书最短的一章，文字还是可以上口，可是离口语就越来越远，或化成散文诗或是带了韵。[②]

确实，在《未央歌》里，读者看到的不仅是与众不同的繁体字，还有与繁体并行的直排，更让人留下深刻印象的是对“新文言”的运用，充分体现了中国语言的文辞之美、也体现了“高尚之美”[③]。如作品第十六章写到昆明景致时：

> 昆明四周是山，在旱季里空气中永远不能静落的扬尘，令人永远

① 参见谢宗宪：《吴讷孙（鹿桥）小传》，朴月编著：《鹿桥歌未央》，台湾商务印书馆股份有限公司 2006 年版，第 30 页。

② 鹿桥：《未央歌》，台湾商务印书馆股份有限公司 2018 年版，第 24 页。

③ 1972 年，鹿桥在接受楚戈访问的时候，认为中国语文有“高尚之美”，只是由于受到“白话”观念的影响，中国文字遭受“罹难”。具体参见楚戈：《〈未央歌〉未央——鹿桥访问记》，1972 年 4 月号《幼狮文艺》，第 120 期。

> 不能看清山色的妍致。铁峰庵所居的长虫山从北蜿蜒而来便伸到新校舍北边,离得近了,山势既劲拔,花纹,颜色又夺目……等到纷扰困惑的局势度过,人心逐渐沉静下来,大气也澄滤得清明了。才慢慢看到天边上原来远远地还有更雄厚俊秀的那么一片,若隐若现,天青月白,烟薄云淡的重叠山峦,这俏丽的铁峰庵一片景致正是那一带远山怀抱中的笑靥睡婴。①

这种与口语不同的“新文言”,既是散文诗,又是抒情歌,间或还有一连串的比喻、拟人的手法,将昆明的景致描绘得如此纯净饱满,营造了抒情的美学意境:这是长虫山、铁峰庵,这是旱季的昆明……可以说,鹿桥有意识地将带有古典韵味的散文、诗歌语言运用到《未央歌》的创作中,创造了中国现代小说的新语体,“成为我们关于现代中国大学的最为鲜活的记忆”②,实践证明是非常成功的。

---

① 鹿桥:《未央歌》,台湾商务印书馆股份有限公司2018年版,第729页。

② 陈平原:《文学史视野中的“大学叙事”》,《北京大学学报》(哲学社会科学版)2006年第2期。

第二章　20世纪80年代至90年代西南联大的文学书写

20世纪80年代以来，由于改革开放全面兴起，中国文学艺术焕发新的生机，出现了前所未有的繁荣。一大批在“反右”“文革”期间被打倒的知识分子重新获得了文学创作的自由，因此，作为创作主体的西南联大师生延续了对西南联大的书写。这一时期是西南联大文学书写的勃发期，或者称为自发建构时期，众多的中国作家、诗人和学者对西南联大的书写较为清晰，他们对西南联大的历史和往事进行回忆，有意识地对西南联大的个人生活和历史记忆进行书写，在不同的领域取得了突出的成就，尤其是20世纪90年代“西南联大热”和“民国热”的兴起，更是促生了相关作品的不断涌现，其中的一些作品成为了考察20世纪中国知识分子的心灵史，一些作品成为作家最重要的代表作，都受到了国内评论界的高度关注。

这一时期，散文作为回忆或怀旧的抒情性文体，成为众多作家、学者对西南联大进行回忆或怀旧的重要形式，因为，“在一切文体之中，散文是最亲切、最平实、最透明的言谈，不像诗可以破空而来，绝尘而去，也不像小说可以戴上人物的假面具，事件的隐身衣”①。在这样的背景下，一方面，以汪曾祺、宗璞

① 余光中：《散文的知性与感性》，《余光中集》（第8卷），百花文艺出版社2004年版，第335页。

等为代表的年轻一代知识分子,他们对西南联大和昆明怀有深厚的感情,写出了许多感人至深的作品,“作为历史时段的‘抗战’虽已终结,文学想象中的抗战昆明文化空间却又在后世汪曾祺……宗璞等人的笔下获得新的表现形式”①。另一方面,以冯至、冯友兰、金岳霖、钱穆、陈岱孙、陈达等为代表的西南联大教师群体,他们对经历过的生活和往事进行回忆,同样产生了引人注目的论著,如《三松堂自序》《师友杂忆》《往事偶记》《浪迹十年》等。可以说,在这些散文或回忆录中,无论是对生命往事的回顾、人生哲理的思考,或是对昆明的温情守望,还是对云南民风民俗的再现,都表现了他们对西南联大的历史记忆。

在一定程度上,中国现当代文学的发展是与中国现代大学的发展紧密联系在一起的。作为现代的大学,不仅是现代中国最富有自由精神的地方,也是现代中国最富有人文气息的场所,成为了新思想、新风尚、新文化的发源地和推动者,正如研究者说的,“中国现代大学是中国现代文学的重要养育者之一,中国现代文学大大受惠于中国现代大学”②。同样,在 20 世纪 80 至 90 年代,中国的诗歌创作与中国的大学相伴同行。这一时期,一些早年在西南联大接受现代大学教育的诗人在大学校园内外工作、生活,他们都对西南联大进行了不同程度的书写,典型者如郑敏、杜运燮和赵瑞蕻、唐湜等,他们的创作由过去的现代主义走向后现代主义,为中国诗人对西南联大的书写增添了新的风采,产生了较大的社会影响。

到 20 世纪八九十年代,“在一个尊崇甚至迷信社会科学的年代……‘人类心灵’这种变幻莫测之物,自然视若敝履”,但是,“假如联大不仅仅是一段妙趣横生的传奇,那最好交由小说家来承担这个任务”③。在西南联大书写的

---

① 王佳:《抗战时期昆明的文化空间与文学表达》,中国社会科学出版社 2017 年版,第 231 页。

② 王彬彬主编:《中国现代大学与中国现代文学》,上海人民出版社 2011 年版,第 17 页。

③ [美]易社强:《战争与革命中的西南联大》,饶佳荣译,九州出版社 2012 年版,第 1、2 页。

过程中，小说家创作的作品或许比历史事件和历史事实更为精彩，或许更有可能停留在读者的记忆里，因此，小说家写出的作品更加容易受到人们的关注，也在一定程度上满足了人们的审美期待。在 20 世纪 80 年代，曾经因创作《红豆》(1957)而引发文坛关注的宗璞，以“归来”的作家身份重新投入到文学创作中，先后发表了《弦上的梦》《三生石》等获奖的中短篇小说。但是，让宗璞之所以被称为作家，或者奠定其在中国当代文学史上重要地位的作品则是《野葫芦引》系列长篇小说。于 1988 年出版的《南渡记》(第一卷)，开启了她对西南联大的史诗性建构，也将她的文学创作推向了新的高峰。

第一节　“异乡人”的温情和守望

一、汪曾祺、宗璞、冯至等的散文：景致、风俗人物的别致书写

作为中外教育史上的奇迹，西南联大在极端的环境中弦歌不辍，人才辈出，成为了中国高等教育的历史见证。但由于历史原因，在较长的时间内没有人提及，直到 20 世纪 80 年代，西南联大的历史记忆才被人们重新唤醒，逐渐成为“热门话题”。这一时期，对西南联大及其历史记忆的书写，正如年鉴学派大师费尔南·布罗代尔(Fernand Braudel)说的：“假若它们被放回到生生不息的时间川流中，它们便会不断地再现出来，但是重点会有变化。由于存在着其他法则和其他模式所限定的结构，因而它们会有时变得模糊，有时则变得鲜明。”①对于西南联大的书写而言，那就是在奔流不息的历史长河中，西南联大的历史和人事会在不同的作家笔下重现，但是由于叙述文体或结构形式的不

① ［法］费尔南·布罗代尔：《论历史》，刘北成、周立红译，北京大学出版社 2008 年版，第 253 页。

同,对西南联大及其历史记忆的描述会有不同的变化。1980年5月,汪曾祺①写下《沈从文和他的〈边城〉》,开启了他对西南联大、昆明和云南的回忆,此后直到1997年去世,他反复写到回忆西南联大的散文,成为他这一时期写得最多、也是最重要的作品,“写高邮(主要是回忆中儿童与青少年时期亦即三四十年代高邮)的小说散文,比较为人所熟知。这类似渥德·安德生写小城温涅斯堡,福克纳写约克帕塔玛法镇,乔伊斯写都柏林,沈从文写湘西,无疑是汪曾祺所有作品中最重要的一部分……可与写高邮相媲美的另一部分,是取材云南、昆明及西南联大的作品”②。可以说,汪曾祺在20世纪40年代的昆明崭露头角,先后写下了《复仇》《异秉》等运用意识流手法创作的小说,1980年以重写的《异秉》和新写的《受戒》重新回到文坛。但是,在他的散文创作中,如果没有回忆西南联大和云南的这些散文,在一定程度上他可能不会被认为是海内外公认的名家。与此同时,作为兼具中国传统文化精神和西方文化精粹的作家,宗璞不仅创作了众多的小说,也写下了数量丰富的散文,其散文独特的人生价值、哲学观念和审美意识受到读者的赞誉。在《野葫芦须——宗璞散文全编》中,她写下了不少对昆明、蒙自和西南联大回忆的散文,甚至在作品里直接说“昆明是我的第二故乡”③,成为书写西南联大的重要作品。此外,诗人冯至在1985年9月写下的《昆明往事》,对昆明的经历和生活进行了集中回忆,描绘了西南联大师生南渡昆明的不同历史场景,成为了生动展示西南联大形象的作品。

汪曾祺于20世纪40年代初在昆明走上文学创作的道路,1949年出版第一部小说集《邂逅集》,他的文学生涯长达半个世纪,但是大量的文学作品是在60岁后才陆续发表的。1980年,对于作家汪曾祺来说是“回归”的元年,

① 汪曾祺(1920—1997年),江苏高邮人,中国当代作家、散文家、戏剧家。

② 郜元宝:《汪曾祺论》,《文艺争鸣》2009年第8期。

③ 宗璞:《小东城角的井》,《野葫芦须——宗璞散文全编(1951—2001)》,北京出版社2003年版,第377页。

“年逾六旬的汪曾祺在文学上再次出发，一年之内连续发表《异秉》《受戒》《大淖记事》《岁寒三友》《七里茶坊》等名篇，一举奠定了他在中国当代文学史上的牢固地位”①。1989 年 3 月，他的第一部散文集《蒲桥集》由作家出版社出版，这是对他 20 世纪 80 年代以来散文创作的集中展示。对于这部散文集，正如他在封面里说的：“此集诸篇，记人事、写风景、谈文化、述掌故，兼及草木虫鱼、瓜果食物，皆有情致。间作小考证，亦可喜。娓娓而谈，态度亲切，不矜持作态。文求雅洁，少雕饰，如行云流水。”②可以说，《蒲桥集》以深刻的文化意识和浓郁的人文精神凸显了汪曾祺散文的独特魅力，使得“《蒲桥集》成为文化转型时期当代作家对传统的最成功的一次‘聚焦’。因此，我始终把《蒲桥集》视为文人传统复活与转化的精神与艺术的标本”③，也成为代表他的散文创作中不可或缺的作品。但是，在其中占有较大篇幅的就是他回忆西南联大、昆明和云南生活的散文。

首先，作品对西南联大师友的回忆。20 世纪 30 年代晚期，无数的中国人离开生活地或者出生地而迁徙流动，自愿或者非自愿地过着流亡的生活。他们的切身感受在异域的场景下得以出现，他们意识到异域的舞台或新的公共空间的存在，无论内心喜欢与否。但是，“普通的流亡者常常变成自己生活的艺术家，细致用心地重塑自己、装饰第二个家。无法回家的现实既是个人的悲剧，也是促成自己成长的力量”④。正是流亡到昆明的西南联大，使这些来自不同地方的老师和年轻人在新的异域空间里相互吸引、彼此鼓励，形成了特定的亲密感，再将这种亲密感转变为归属感，在个人的生命中注入了生活的经验和集体的记忆。或许这段特殊的经历还威胁着流亡者的生存、身体和精神的

① 郜元宝：《汪曾祺论》，《文艺争鸣》2009 年第 8 期。

② 汪曾祺：《蒲桥集》，作家出版社 1993 年版，封面。

③ 王尧：《“最后一个中国古典抒情诗人”——再论汪曾祺散文》，《苏州大学学报》（哲学社会科学版）1998 年第 1 期。

④ ［美］斯维特兰娜·博伊姆：《怀旧的未来》，杨德友译，译林出版社 2010 年版，第 280 页。

平复,但是他们将这种经历转化为引人入胜的故事。对于这段使他们获得归属感的往事,曾经的西南联大学生殷海光晚年曾动情地说:

> 回忆我在故乡时,谈得来的人不算少。在昆明西南联合大学的岁月里,和我心灵契合的老师及同学随时可以碰见。在学校附近文林街一带茶店里,在郊外滇池旁,在山坡松柏林中,常常可以看到我们的踪迹,常常可以听到我们谈东说西。现在,我回忆起来,总觉得"梦魂不到关山难"! 内心说不出的想念。①

在一个战乱的年代,各种思想异常活跃,各种不同的年轻人躁动不安的灵魂,都在西南联大得到暂时的安顿和休憩。正是这段共同的生活经历,为他们终生秉持的道德理想,以及始终存在的现世情怀,增添了最初的注解和"成长的力量"。因此,对西南联大的回忆和追念,在殷海光笔下如此,在汪曾祺笔下也是如此,最难以忘记的还是西南联大的师友。汪曾祺对沈从文和西南联大师友的回忆,除《沈从文和他的〈边城〉》外,还有《沈从文的寂寞》《沈从文先生在西南联大》《金岳霖先生》《吴雨僧先生二三事》《唐立厂先生》《闻一多先生上课》《西南联大中文系》《地质系同学》等,在这些回忆性散文中,他以简洁、含蓄、典雅的"现代韵白"②,以亲历、亲见、亲闻去描绘西南联大师友的形神事态,如描述沈从文"为人天真得像一个孩子"、金岳霖是"很有趣的教授"、吴宓(雨僧)"相貌奇古"……在回忆性的叙述中,他将这些师友的性格、外貌、神态、心理等概括得精准得当,将西南联大的师友予以了重构和想象。如在《沈从文先生在西南联大》中,他写道:

---

① 殷海光:《致卢鸿材》(1968年8月18日),卢苍编:《殷海光书信集》,台北桂冠图书公司1988年版,第266页。

② 周志强将汪曾祺的创作语言称为"现代韵白",认为"汪曾祺小说的现代韵白语言,实际上体现了一种凝结着现代文人认同情结的现代白话文形象。在这里,现代韵白,既可以看作是现代文人审美趣味的体现,也可以看作是现代文人自我想象的一种方式。"同时,这种"现代韵白"不仅体现在小说中,也体现在散文创作上。具体参见周志强:《作为文人镜像的现代韵白——汪曾祺小说汉语形象分析》,《文艺争鸣》2004年第2期。

> 沈先生不长于讲课，而善于谈天。谈天的范围很广，时局、物价……谈得较多的是风景和人物。他几次谈及玉龙雪山的杜鹃花有多大，某处高山绝顶上有一户人家，——就是这样一户。他谈一位老先生养了二十只猫。谈一位研究东方哲学的先生跑警报时带了一只小皮箱，皮箱里没有金银财宝，装的是一个很聪明的女人写给他的信……他谈得最多的大概是金岳霖。金先生终生未娶，长期独身，他养了一只大斗鸡。这鸡能把脖子伸到桌上来，和金先生一起吃饭。①

在西南联大这个“公共空间”里，汪曾祺在课堂上聆听沈先生的讲授，他从老师的谈话中感受到云南的风景和西南联大的人事，同时也在校园生活中与师友接触，形成了特定的亲密感。这种亲密感不仅让他对像金岳霖这样的先生有了初步的了解，更在金先生的课堂上目睹他的纯真性情，从而对西南联大的先生产生崇敬和景仰。因此，尽管物质条件有限，但是在西南联大，师生关系融洽、互敬友爱，学生在老师那里获取知识，也见识老师的人格和风范。同时，师生间朝夕相处、互相感染，对西南联大产生了真正的归属感。可以说，在他的不同作品里都有对西南联大师友的描绘和回忆，将消逝在历史深处的西南联大鲜活地呈现在读者面前，他也成为了 20 世纪 80 年代以来最早对西南联大进行书写的推动者。

其次，作品对昆明风物的诗意建构。作为生活空间的城市，昆明是与西南联大紧密联系在一起的，在这座“夏无酷暑、冬无严寒”的城市里，汪曾祺度过了 7 年的美好时光，也在这里踏上了文学创作的道路，因此，昆明成为汪曾祺作品里反复出现的场域，也成为他难以释怀的地方。对于他书写昆明的作品，评论家认为，“汪曾祺写得最好的作品是存储于记忆中的故乡高邮和西南联大时期昆明的风物和人事”②。1984 年，他写下著名的《翠湖心影》《泡茶馆》

---

① 汪曾祺：《汪曾祺全集》（三），北京师范大学出版社 1998 年版，第 469 页。

② 杨经建、王蕾：《“礼失求诸野”：从民间文学中吸纳母语文学的资源——汪曾祺和母语写作之三》，《当代作家评论》2018 年第 3 期。

《昆明的雨》和《跑警报》,后来陆续发表了《昆明的果品》《昆明的花》《昆明菜》《观音寺》《昆明年俗》《白马庙》等,这些作品都是以"回忆"作为叙事视角或者观照方式展开的,在回忆性的叙事中对昆明的文化风物进行了审美观照,正如亚瑟·叔本华(Arthur Schopenhauer)说的:"回忆到过去和遥远的情景,就好像是一个失去的乐园又在我们面前飘过似的。"①确实,在昆明生活中遇到的情景如家园般美好,而作家以回忆性视角回望往昔的青春岁月,重新唤醒了作家内心的生命激流:

> 翠湖中游人少而行人多。但是行人到了翠湖,也就成了游人了。从喧嚣扰攘的闹市和刻板枯燥的机关里,匆匆忙忙地走过来,一进了翠湖,即刻就会觉得浑身轻松下来;生活的重压、柴米油盐、委屈烦恼,就会冲淡一些……即使仍在匆忙地赶路,人在湖光树影中,精神也很不一样了。翠湖每天每日,给了昆明人多少浮世的安慰和精神的疗养啊。因此,昆明人——包括外来的游子,对翠湖充满感激。②

在令人心潮起伏的作品中,汪曾祺认为翠湖与昆明是分不开的,翠湖不仅是一片湖,也是一条路,昆明的行人可以从翠湖中间穿过,让人把生活的忧愁和烦恼抛弃,在湖光树影中享受浮世的温馨,因此,昆明人和外来的游子对翠湖"充满感激"。在这里,作家以艺术的创造实现了对现实的超越,而实现超越的路径就是借助于"回忆"的视角。由此不难看出,在他对昆明进行书写的众多作品中,作为叙事视角的"回忆"已经内化为作者理解和观照昆明的独特方式,这种方式使他可以得心应手地对昆明的文化风物进行诗意性的建构。也正是在这样的意义上,他对昆明风物的有意识的建构没有仅仅停留在昆明名胜景观的诗意描绘上,而是对昆明的日常活动也进行了文笔优美的描绘。在战时的昆明,西南联大师生"跑警报",或者说躲避日本飞机的轰炸成为了

---

① [德]亚瑟·叔本华:《作为意志和表象的世界》,石冲白译,商务印书馆 1982 年版,第 277 页。

② 汪曾祺:《汪曾祺全集》(三),北京师范大学出版社 1998 年版,第 362 页。

他们和昆明市民的必修课，也同样在冯至、赵瑞蕻、穆旦等西南联大师生的作品里有所反映。然而，在汪曾祺的《跑警报》中，他对“跑警报”的书写和表现，与其他人明显不同，“《跑警报》跟《我的遥远的清平湾》相似，经过回忆的过滤，把残酷的生活写得温情脉脉……与40年代众多的‘见机而作’的国防文学相比，与那些愤怒的声讨和悲痛的呼喊相比，它充满了轻松愉快和浪漫情致”①。那么，为什么在他的回忆性叙述中，“跑警报”变得如此的轻松和浪漫？为什么他写的躲避敌人的空袭不是恐怖的场景，而是富有诗意的画面呢？根据蒋梦麟的描述：

> 在昆明上课的联大则受到敌机的无情轰炸。轰炸行为显然是故意的，因为联大的校址在城外，而且附近根本没有军事目标。校内许多建筑都被轰炸了，其中包括总图书馆的书库和若干科学实验室。②

可以看到，在蒋梦麟的《西潮》中，他理性而客观地叙述了昆明发生的轰炸，但在汪曾祺的叙述中，日本飞机的疯狂轰炸没有影响西南联大的教学，学生在残酷的环境下依然用功读书，在预行警报时，他们照常上课；等到空袭警报时，他们才从不同的地方涌向古驿道，分散到郊外的山野躲警报，而在郊外的山野，他富有诗意地写道：

> 这地方除了离学校近，有一片碧绿的马尾松，树下一层厚厚的干了的松毛，很柔和，空气好，——马尾松挥发出很重的松脂气味，晒着从松枝间漏下的阳光，或仰面看松树上面蓝得要滴下来的天空，都极舒适外，是因为这里还可以买到各种零吃。③

在这里，看不到躲避敌人空袭的狼狈和恐惧，反而体现出悠然自得、恬静美好的感觉，这种对“跑警报”的诗意性描绘，与西南联大师生对躲避空袭的“不在乎”态度有关。虽然他们在昆明食物粗劣，生活环境简陋，但是他们骨

① 师力斌：《恐怖中的情致——读汪曾祺的散文〈跑警报〉》，《语文建设》2005年第1期。

② 蒋梦麟：《西潮与新潮——蒋梦麟回忆录》，东方出版社2006年版，第251—252页。

③ 汪曾祺：《汪曾祺全集》（三），北京师范大学出版社1998年版，第397页。

子里散发出的乐观主义精神,以及对敌人空袭的蔑视,体现了西南联大师生从容不迫、乐观坚强的民族性格,以及这个民族优秀的知识分子所拥有的精神和品格。

再次,作品对云南民俗风情的描绘。在汪曾祺的散文中,如果说高邮是汪曾祺第一故乡的话,那么云南毫无疑问是汪曾祺的第二故乡。在他的创作生涯中,云南与他有着不解之缘。20 世纪 40 年代,他在西南联大表现出惊人的创作天赋,成为沈从文推崇的作家,在昆明的创作显现了早期“汪曾祺的意义”①。20 世纪 80 年代,“解放”归来的作家重新上路,云南依旧是他念兹在兹的题材。正如有的学者指出的:“汪曾祺的这些作品,正是以西南联大为文化核心的大后方历史文化风貌的文学再现。这些作品可分为两大部分:一是反映西南联大师生的精神风貌;一是反映其时云南(主要是昆明)的风土民情。”②对于云南风土民情和地方民俗的描绘,他先后写下《云南茶花》《滇游新记》《建文帝的下落》《吴三桂》《杨慎在保山》《韭菜花》《昆明的吃食》《昆明年俗》等散文,这些作品都是有关云南生活的回忆和历史人事的记述。如在《韭菜花》中,他将昆明的韭菜花和曲靖的韭菜花进行比较,认为昆明的韭菜花是用酱腌的,而曲靖的韭菜花与切得极细的萝卜丝共同腌制,与北京的韭菜花腌制磨碎、带汁不同,因此曲靖的韭菜花是中国咸菜里的“神品”,而他的故乡高邮是不会把韭菜花用来腌制的。在《云南茶花》中,他写到昆明西山某寺的茶花“华贵之极,却毫不俗气”,昆明、大理等地居民都喜好种植,而在江西井冈山,孩子过周岁时,亲戚朋友送礼都要送上一枝带叶子的油茶,祝福孩子像油茶一样强健。在这些作品里,不管作家是有意识建构还是无意识想象,他们写到了云南昆明、大理、曲靖等地的风情,也写到存在于生活中的地域风俗,如北京、曲靖、昆明等地的韭菜花制作、井冈山的“油茶礼”……表现出了

---

① 参见黄子平:《汪曾祺的意义》,《作品与争鸣》1989 年第 5 期。

② 舒畅:《大后方历史文化风貌的文学再现——汪曾祺与昆明有关的散文、小说综论》,《云南师范大学学报》(哲学社会科学版)1995 年第 2 期。

作家对民俗的关注和重视。由此不难看出，“民俗作为特定地域、特定人群传承文化，是五彩缤纷的社会生活的重要基色，民俗所呈现出的特殊生活文化样式，经过长期的社会实践与人类情感的积淀，蕴涵了特定的文化基质与丰富的人生内涵，可以说是文艺创作中容量最丰富、最有生活底蕴的素材”①。汪曾祺对云南民俗风物的描写，表面上看是对云南民俗风情的具体展示，其实蕴涵着强烈的地域色彩和独特的审美内涵。如在《昆明年俗》中，他写到春节时最为重要的习俗——铺松毛：

> 昆明春节，很多人家铺松毛——马尾松的针叶。满地碧绿，一室松香。昆明风俗，亦如别处，初一至初五不扫地，——扫地就把财气扫出去了。铺了松毛不惟有过节气氛，也显得干净。
>
> 昆明城外，遍地皆植马尾松，松毛易得。②

在他的描述中，铺松毛不仅体现了昆明春节的节日氛围，而且洋溢着民众的喜悦心情。在一年一度的春节，昆明市民摆脱艰辛的劳苦，投入到欢乐的节日活动中，他们在家里铺松毛、在门上贴唐诗、在街头劈甘蔗、在春节嚼葛根……都是昆明的节日风俗，市民在节日的喧闹中尽情地欢悦，享受难得的节日氛围，感受着生命的活力。可以说，这些民俗活动承载着昆明市民的生活态度，也反映了昆明市民的精神风貌。因此，汪曾祺对这些民俗风情的描绘，凸显了昆明市民的审美意蕴。同时，铺松毛体现了作为边地的民众对自由、快乐的向往，对居住的环境进行装饰和装扮，以干净整洁的面目欢度传统佳节。因此，对于他的民俗风情书写，被认为“我们既见不到如泣如诉，悲哀艰辛的生活图景，也见不到时代的风云变迁的画卷，这里一切都是诗化了的，处处是美，真是绚烂之极归于平淡”③。在这样的意义上，也就不难理解他为什么自诩为

---

① 霍九仓：《民俗对于文学究竟意味着什么》，《华东师范大学学报》（哲学社会科学版）2013年第5期。

② 汪曾祺：《汪曾祺全集》（五），北京师范大学出版社1998年版，第510页。

③ 文学武：《论汪曾祺散文的文化意蕴》，《当代文坛》1996年第1期。

“一个中国式的,抒情的人道主义者”①。

作为20世纪中国最负盛名的哲学家冯友兰的女儿,宗璞②随父母在昆明度过了8年的时光,先后在南箐小学、西南联大附中求学,1946年随父母北返。在这段艰难困苦的时光,西南联大师生在逆境中弦歌不辍,父辈们坚忍不拔的精神给她留下永生难忘的印记。根据她的《自传》记述:“一九四三年,我在昆明一家报刊上发表第一篇散文,内容是海埂的月色。记得那纸极坏,字迹都很模糊。”③这篇署名“简平”的散文,可以说是迄今所知她创作的第一篇作品。2003年,《野葫芦须——宗璞散文全编(1951—2001)》在北京出版社出版,她在《后记》里特别说明这篇文章找不到了,但是作品里描写的月夜、海波和发黄的纸张还停留在眼前。“新时期以来,散文写得更多了,出版的集子《丁香结》获全国优秀散文(集)奖;还有《废墟的召唤》《哭小弟》《霞落燕园》等作品,为广大读者所喜爱,堪称这一时期散文园地里的佳品。”④1990年,她的父亲冯友兰去世,她试图走进父亲,对父辈知识分子作更深入的了解,于是她用一系列散文精心串连起对父亲的思念,也对那一代知识分子的心路历程进行了深刻的描绘。因此,在她的创作中,不仅写到了父亲,也写到父亲在西南联大的同事以及作为“第二故乡”的昆明。

首先,作品对父辈知识分子的书写。在20世纪中国知识分子中,冯友兰是无数知识分子的缩影,在他的身上,可以看到20世纪中国知识分子的心路历程,以至于形成了独特的“冯友兰现象”⑤,成为学界讨论的热点。因此,

---

① 汪曾祺:《汪曾祺全集》(三),北京师范大学出版社1998年版,第301页。

② 宗璞(1928—),原籍河南唐河县,生于北京,原名冯钟璞,中国当代作家。

③ 宗璞:《自传》,转引自先燕云:《三千里地九霄云——宗璞与云南》,云南教育出版社2000年版,第268页。

④ 范昌灼:《新时期宗璞散文的艺术特色》,《当代文坛》1993年第1期。

⑤ 冯友兰的女婿蔡仲德在《论冯友兰的思想历程》里说:“将冯友兰实现自我—失落自我—回归自我的历程称为‘冯友兰现象’,认为它是中国现代知识分子苦难历程的缩影,是中国现代文化曲折历程的缩影,具有典型意义。”具体参见蔡仲德:《论冯友兰的思想历程》,《传统文化与现代化》1996年第5期。

"身为当代中国声名最著、影响最广的首席哲学家，冯友兰一贯以新道统的建构者而首肯、自信和自任，并自觉对国家民族肩负着极其特殊和极其重要的历史责任"①，对于冯友兰这个"最富争议性的人物"，作为女儿的宗璞是怎样理解父亲？又是怎样走进父亲呢？她在《向历史诉说》《三松堂断忆》《今日三松堂》《三松堂依旧》《蜡炬成灰泪始干》《悼念陈岱孙先生》等凝聚着心血的作品中，写到了她的父亲和那一代知识分子的坎坷人生和艰难历程。如在《向历史诉说》中，她以啼血的心情写到她的父亲：

> 二十世纪的学者中，受到见诸文字的批判最多的便是冯先生。甚至在课堂上，学生们也先有一个指导思想，学习与批判相结合，把课题讨论变成批判会。批判胡适先生的文字也很多，但是他远在海外，大陆这边越批得紧，对他可能反而是一种荣耀。对于冯先生来说，就是坐在铁板上了……他知道烧烤别人的人自己并不好受，而且大多后来也受到烧烤。"夫子之道忠恕而已矣"。我在父亲身上感到他充满理解与同情的博大胸怀。②

在20世纪中国历史上，冯友兰是一直活跃在哲学界中心的学者，不论他在西南联大创立新理学哲学体系、备受赞扬的时候，还是他在20世纪80年代重探新路、备受谴责的时候，都是引人瞩目的重要人物。他的一生虽不能说充满传奇色彩，却也起伏跌宕、曲折多变，引起了各种议论和争议。尤其在20世纪50年代到80年代，他遭受到海内外的猛烈批判和攻击，"其规模和激烈程度都相当可观，这种情况只有在冯先生身上才能看得到，可以说是一种奇特现象"③。因此，宗璞对父亲的记忆和书写，对于读者了解中国社会和中国知识

---

① 翟志成：《冯友兰学思历程述要》，冯钟璞编：《走进冯友兰》，社会科学文献出版社2013年版，第177页。

② 宗璞：《向历史诉说》，《野葫芦须——宗璞散文全编（1951—2001）》，北京出版社2003年版，第66页。

③ 牟钟鉴：《试论"冯友兰现象"——代编序》，郑家栋、陈鹏选编：《解析冯友兰》，社会科学文献出版社2002年版，第6页。

分子,了解中国哲学家在现代中国的艰难跋涉,有着重要的现实意义。此外,在写到父亲的同时,她也写到父亲在西南联大的同事和朋友,对老一辈人的真挚情谊作了记录,如写到陈岱孙:

> 父亲去世的次日,陈先生由厉以宁先生陪同来吊唁……数日后,在冯友兰哲学思想国际研讨会上,陈先生讲了话,谈到他在南岳与父亲相处的日子,说到《贞元六书》和爱国主义。这篇讲话后来整理为《冯友兰纪念文集》的序言。①

在宗璞的作品里,读者不仅感受到冯先生,也感受到陈先生,他们都是20世纪中国一流的学者,都在民国年间就于学术上获得较高的成就,走的道路都是中西文化融合的道路。因此,他们共同的生命历程,使得他们能够互相理解,也格外珍惜彼此之间的友谊,而且对此坚贞不渝、始终如一。

其次,作品对作为"故乡"昆明的记忆。抗战时期,大批知识分子和文化机构内迁,使得昆明成为全国著名的文化重镇之一。1938年8月,宗璞和全家到达云南昆明,当时昆明纯净的蓝天、四时的绿野和不绝的花卉,都给她留下深刻的印象。她很快就融入到这座与北平不同的西南边城,开始了解昆明的环境,也学会了昆明的语言。因此,在回忆"第二故乡"昆明时,她这样说:

> 抗战八年,居住昆明,十分思念北平,总觉得北平的一草一木都是好的。回到北京后,又十分思念昆明,思念昆明那蓝得无底的天,乡下路旁没有尽头的木香花篱,几百朵红花聚于一树的山茶,搅动着幽香的海的腊梅林,还有那萦绕在我少年时代的抑扬顿挫的昆明语调。②

宗璞10岁前在北平的童年生活,让她感受到北平"一草一木"的美好,在

① 宗璞:《悼念陈岱孙先生》,《野葫芦须——宗璞散文全编(1951—2001)》,北京出版社2003年版,第124页。

② 宗璞:《小东城角的井》,《野葫芦须——宗璞散文全编(1951—2001)》,北京出版社2003年版,第377页。

昆明时思念北平；等回到北京，又“思念昆明”。对于她来说，北平和昆明是可以互换的，昆明是北平的化身，借助于昆明的生活复活了北平的想象；借助于北京的描写唤醒在昆明的生活，都是生命里值得记忆的“双城”。正是这种对昆明的个人记忆：大街小巷都用石板铺成，市中心的繁华地带，各种店铺俱全；偏街小巷内，既有门面狭小的杂货铺，也有各类饭庄酒肆；每条街上都有一两家小吃店，卖煮米线、卤饵丝、稀豆粉……将昆明的情调风格和城市氛围描绘了出来，完成了对昆明历史和现实的书写。可以看到，在 20 世纪 80 年代的昆明书写中，汪曾祺、冯至、杜运燮等都有作品面世，他们对昆明的自然景物、人文景观、民俗风情的集中描写，建构了中国当代文学的昆明形象。在这其中，宗璞和汪曾祺是用力最深、作品最多的作家，他们对昆明形象的建构，“既是追求个人自我的认同，又是追求民族国家的认同，同时完成了昆明的认同建构”①。因此，宗璞在作品里不仅写到实在的、具体的昆明，也写到想象的、优美的昆明：

> 昆明的云，我久违的朋友！我毫不费力地发现我的朋友与众不同处，他们也发现了我，立刻邀我进入云的世界。这一朵如山峰，层峦叠嶂，厚薄相接处似有溪流落下。那一朵如树丛，老干傍着新枝。这一朵如花苞，花瓣似张未张。那一朵如小船，正待扬帆起航……近处如积雪，远处如轻纱，伸展着，为远天拦上一层围幔。②

在作品里，宗璞用空前密集的排比句式，采用一连串的比喻和拟人来形容昆明的云，是“久违的朋友”，天空中的云似溪流、如花瓣、仿小船……似乎不如此不能表达熟稔的情感，也不能将昆明的云写得如此清澈明净。可以说，在虚与实、动与静的相互交织，以及密集的艺术修辞中，她将散文的清淡平和、圆融通达表现得淋漓尽致，形成了自己独特的艺术风格。对此学界评价说：“宗

---

① 芦坚强：《昆明形象的文学书写》，《学术探索》2015 年第 2 期。

② 宗璞：《三千里地九霄云》，《野葫芦须——宗璞散文全编（1951—2001）》，北京出版社 2003 年版，第 252 页。

璞的长处是能够用冲淡表现浓郁,把炽烈掩藏起来,而传达的却是更为持久的炽烈……经过长期的艺术实践,宗璞散文的确到达了一个纯净和沉郁相结合的练达境界。"①

二、冯友兰、金岳霖、钱穆等的回忆录:时空之流的个人记忆

西南联大的创办和发展,在20世纪中国教育史、文化史上都是值得书写的。这所著名高校侧身于西南边陲而能弦歌不辍,本身就创造了中国教育史的奇迹,也书写了现代知识分子建构"学术社会"的理想②。在抗战时期,西南联大为保存民族传统文化、培养优秀人才、引领社会发展,来自全国各地的优秀知识分子汇聚在昆明,使西南联大成为了20世纪中国知识分子守护教育理想的典范。华裔物理学家任之恭回忆当年在西南联大的经历时这样说过:

> 首先,战争时期为保存高等教育而奋斗的主要动机来自于中国传统的对学识的尊重,在以儒家为主的传统中,中国学者被认为是社会中的道德领袖,从某种程度上说,也是精神领袖,那么,从这一观点出发,战时大学代表着保存知识,不仅是"书本知识",而且也是国家道德和精神价值的体现。③

这是任之恭在20世纪80年代用英文写的回忆录,里面提到的20世纪的中国知识分子,他们不仅是战争时期的道德领袖,也是抗战时代的精神领袖。因此,在社会剧烈变动的时代,知识分子承担的使命是多重的,他们代表了一个时代的良知和斯文。20世纪80年代前后,任之恭的同仁冯友兰、金岳霖和钱穆等都采用回忆的方式写下了西南联大的历史和记忆,尽管立场不同、叙述

---

① 陈素琰:《〈宗璞散文选〉序》,《当代作家评论》2007年第6期。

② 章清:《"学术社会"的建构与知识分子的"权势网络"——〈独立评论〉群体及其角色与身份》,《历史研究》2002年第4期。

③ 任之恭:《一个华裔物理学家的回忆录》,范岱年、范建年、范华译,山西高校联合出版社1992年版,第101页。

不同、记忆不同,但他们对共同的历史事件、社会活动和历史人物进行了回忆,形成了 20 世纪 80 年代西南联大回忆录潮流。冯友兰①的《三松堂自序》、刘培育主编的《金岳霖②的回忆与回忆金岳霖》和钱穆③的《师友杂忆》等成为最有代表性的回忆录。为什么这一时期回忆录潮流会兴起?除社会因素外,"20 世纪是'虚构即美'的小说时代,回忆录常常被排除在审美范畴之外。而今天,人们开始用最朴素的方式与现实世界对话,也逐渐发现真实带来的美学效果……从'虚构即美'到'真实即美'的转向,是回忆录潮产生的审美因素"④,也就是说,回忆录在某种程度上取代小说的原因,在于小说无法满足读者对真实性的审美期待。

在昆明西南联大,冯友兰是"决策管理层的最重要官员之一,教学研究层的最显要教授之一,公共交往层的最首要人物之一"⑤,同时也是抗战时期影响最大、声名最大的中国哲学家。1938 年到 1946 年间,他的哲学思想自成体系,臻于成熟,连续写出 6 本著作,这就是所谓的"贞元六书"(《新理学》《新事论》《新世训》《新原人》《新原道》《新知言》),成为了中国现代思想、学术文化发展中具有里程碑意义的创造性成果。1949 年以后,由于长期受到批判、自我批判和思想改造,逐渐失落自我,直到 20 世纪 80 年代,才重新回归自我。1984 年 12 月,他的回忆录《三松堂自序》由三联书店出版。在书中,他对自己在不同时代的经历进行了自叙,也对转折与变革的时代进行了反思。自该书问世以来,深受海内外学界的高度评价,牟钟鉴说:"《三松堂自序》无疑是一部出色的学者回忆录,它给近现代中国学术史以及学术与政治的关系史提供

---

① 冯友兰(1895—1990 年),河南唐河人,字芝生,中国哲学家、哲学史家。

② 金岳霖(1895—1984 年),原籍浙江诸暨县,生于湖南长沙,字龙荪,中国哲学家、逻辑学家。

③ 钱穆(1895—1990 年),江苏无锡人,字宾四,中国历史学家。

④ 覃琳:《当代回忆录潮的兴起及其叙事范式研究》,《思想战线》2018 年第 6 期。

⑤ 雷希:《心诚则灵:三论中国学者的中国气派———冯友兰先生在西南联大校务活动考略》,《甘肃社会科学》2006 年第 2 期。

了极为生动可贵的资料,它很典型地表现了中国学者的生活历程:在苦难中成长,在苦难中奋进,在苦难中浮沉,在苦难中觉醒。与苦难相伴随,这是中国知识分子的命运;虽苦难而不离不息,这是中国知识分子的品格。”[①]因此,作为20世纪80年代最为重要的学者回忆录之一,《三松堂自序》不仅是生动珍贵的学术史料,还是当代较为优美的散文集,这部散文集“忆往事,述旧闻,怀故人,望来者”[②],将哲学与人生融合、诗歌与思想统一,对西南联大和20世纪40年代的社会、生活和哲学进行了叙说,成为冯友兰最为重要的文学作品。

首先,作品对西南联大生活的回忆。沃尔特·拉奎尔(Walter Laqueur)在谈到自传和回忆录时说过:“作为一种历史洞见,自传的价值太有限了,因为自传家更关注写作时自己的思想状态,而非那些发生过的事情。”[③]也就是说,自传更多关注的是自我,是关于个人的写作,而回忆录由于拥有“他性”(otherness)叙事的维度,虽以自我为中心,但更多关注的是他人、历史和事件。在这样的意义上来说,《三松堂自序》虽以“自序”为名,但它却不是自传,而是回忆录,它更多写的是时代、他人和往事,因此作者坦诚地说:“世人知人论世、知我罪我者,以观览焉。”[④]由是观之,他是抱着是非自己省察、功过任人评说的态度写的“自序”。作为20世纪中国最有影响力的知识分子之一,冯友兰的一生都没有离开过大学校园,他毕生与中国高等教育史上最为著名的3所高校——北京大学、清华大学、西南联合大学紧密地联系在一起。因此,作品里写到了他在西南联大的生活经历以及为西南联大写作校歌的过程,他在三校复员时撰写的、被称为“文情并茂,事理明通,遣词叙事,融古烁今,铭文

---

① 牟钟鉴:《试论“冯友兰现象”——代编序》,郑家栋、陈鹏选编:《解析冯友兰》,社会科学文献出版社2002年版,第13页。

② 冯友兰:《三松堂自序》,东方出版中心2016年版,第1页。

③ Walter Laqueur, *Thursday's Child Has Far to Go: A Memoir of the Journeying Years*, New York: Scribner's, 1992: 4.

④ 冯友兰:《三松堂自序》,东方出版中心2016年版,第1页。

形韵,典雅铿锵的'至文'"①——《国立西南联合大学纪念碑》碑文的缘由等,都有翔实的记载。如他写到南岳圣经学校的生活:

> 这座校舍正在南岳衡山的脚下,背后靠着衡山,大门前边有一条从衡山流下来的小河。大雨过后,小河还会变成一个小瀑布。地方很是清幽。在兵荒马乱之中,有这样一个地方可以读书,师生都很满意。在这里,教师同住在一座楼上……大家都展开工作。汤用彤写他的中国佛教史,闻一多摆开一案子的书,考订《周易》,学术空气非常浓厚。②

西南联大师生在兵荒马乱的南渡途中,知识分子的使命意识和主体意识,使他们没有放弃对学术志业的追求,反而在愈发艰苦的环境里,生发出愈加坚强的意志,辗转千里,发愤著述,用艰辛的工作"帮助中华民族,渡过大难,恢复旧物,出现中兴"③。在南岳衡山,冯友兰讲授"朱子哲学",到云南蒙自将讲稿用来出版时改为《新理学》,随堂讲授,每天按时写作,从不间断。这种持之以恒的精神和笃实治学的态度,成为了西南联大知识分子群体的缩影,也映射他们在艰难时势中的生活写照。此外,作者在作品中还写到西南联大同事间的学术交流和生活交往,如写到同事金岳霖时说:

> 当我在南岳写《新理学》时,金岳霖也在写他的一部哲学著作,我们的主要观点有些是相同的……我受他的影响很大,他受我的影响则很小。他曾经说,我们两个人互有短长。他的长处是能把很简单的事情说得很复杂,我的长处是能把很复杂的事情说得很简单。④

如果将金岳霖的《论道》和冯友兰的"贞元六书"放在一起进行比较,这确实就是冯友兰之所以成为冯友兰的重要原因,金岳霖"能把很简单的事情说

---

① 何炳棣:《读史阅世六十年》,广西师范大学出版社 2005 年版,第 193 页。
② 冯友兰:《三松堂自序》,东方出版中心 2016 年版,第 103 页。
③ 冯友兰:《三松堂自序》,东方出版中心 2016 年版,第 284 页。
④ 冯友兰:《三松堂自序》,东方出版中心 2016 年版,第 258—259 页。

得很复杂”,而他则不一样。他的学术著作,文风简重,不事雕琢,条理清晰,逻辑严密;他的文学作品,洒脱自然,长于抒情,看似毫不经意,实则超越藩篱。1940 年,国民政府教育部颁令,要求西南联大遵守教育部核定应设的课程,统一全国院校教材,举行统一考试等新规定,西南联大教务会议商议,决定以致函西南联大常委会的方式,公开《西南联合大学教务会议就教育部课程设置诸问题呈常委会函》,对教育部的新规定进行抵制,这封措辞说理绝妙的公“函”执笔者就是冯友兰。1943 年,西南联大国民党党员教授会议拟给蒋介石上时局陈情书,推举他代笔,信中有“睹一叶之飘零,知深秋之将至”和“昔清室迟迟不肯实行宪政,以致失去人心,使本党得以成功。前事不远,可为殷鉴”等字眼。据陈雪屏说蒋介石看完这封信后,“为之动容,为之泪下”。不久复信西南联大党部,表示同意信中要求,实行立宪。① 由此可以看到,由于国学根底雄厚,有高度概括能力,语言表达能力出众,能把“很复杂的事情说得很简单”,冯友兰经常被推举为主笔,充当西南联大的“代言人”,对西南联大的公共交往、政治事务、教育行政等发表看法。因此,在这些作品和《三松堂自序》中,文笔优美,简练含蓄,思路清晰,语言表达充分体现了中国言辞之美,甚至可以毫不夸张地说,他的文学造诣和语言运用能力是非常罕见的。

其次,作品对中国知识分子的回忆。对于回忆录,廖久明曾认为:“回忆录是以亲历、亲见、亲闻、亲感的名义回忆的(包括写作、口述等方式),让他人相信回忆内容在过去确实发生过的作品。”②根据他的定义,回忆录的必备条件一是亲历、亲见、亲闻和亲感,二是过去确实发生过的事件(或者说内容)。由此不难看出,回忆录的作用在于还原历史和反映所回忆的时代、集体和个人。冯友兰在《三松堂自序》里说到,作品“所及之时代,起自 19 世纪 90 年代,迄于 20 世纪 80 年代,为中国历史急剧发展之时代,其波澜之壮阔,变化之

---

① 蔡仲德:《冯友兰先生年谱初编》,河南人民出版社 2001 年版,第 267 页。

② 廖久明:《回忆录的定义、价值及使用态度和方法》,《当代文坛》2018 年第 1 期。

奇诡，为前史所未有"①。作为20世纪中国最有建树的哲学家，也是最有代表性的中国知识分子，冯友兰的身上印刻着时代的种种波诡云谲，也反映了中国知识分子的心路历程。因此，这部作品让人们感受到鲜活真实的冯友兰，感受到中国现代社会、现代大学和中国哲学，也感受到20世纪的中国知识分子。他曾在学术著作和文学作品里多次引用宋代张载的"横渠四句"，如《新原人》的《自序》里就说：

> "为天地立心，为生民立命，为往圣继绝学，为万世开太平。"此哲学家所应自期许者也。况我国家民族值贞元之会，当绝续之交，通天人之际，达古今之变，明内圣外王之道者，岂可不尽所欲言，以为我国家致太平，我亿兆安心立命之用乎？虽不能至，心向往之。②

这就是作为中国哲学家的思想抱负和精神期许，也代表了一代知识分子为民族复兴而追求真理的心声。在20世纪的中国，以冯友兰、金岳霖、汤用彤、闻一多、陈铨、贺麟等为代表的一代知识分子，他们生于晚清，早年接受传统教育，等到青年或成年时纷赴海外或者留在国内接受新式教育，他们将"阐旧邦以辅新命"作为"平生志事"。这一代知识分子最大的特点，就是有强烈的家国情怀，因而他们在考虑群体与个体、国家与个人的关系时，往往重视前者而轻视后者，具有典型的知识分子意味。如在作品里，冯友兰谈到个人与社会时说：

> 个人是社会的一个成员。个人只要在社会之中才能存在，才能发挥他的作用。他跟社会的关系，并不是像一盘散沙中的一粒沙子，而是像身体中的一个细胞。亚里士多德有一句名言说，如果把人的一只手从他的身体分开，那只手就不是一只手了。公与私是相对而言的，都是从人和社会的关系说的。③

① 冯友兰：《三松堂自序》，东方出版中心2016年版，第1页。

② 冯友兰：《新原人》，生活·读书·新知三联书店2007年版，第1页。

③ 冯友兰：《三松堂自序》，东方出版中心2016年版，第270页。

他认为,如果为了个人享受而追求,就是自私自利;如果为了社会、国家而追求,那就是为公,那就不是利而是义。因此,在这一代知识分子的身上,他们把群体和国家的利益看得高于个人利益,甚至愿意牺牲自己的利益。1944年,日本侵华部队发动“豫湘桂战役”,国民政府军队不断失败,遭到社会各界责难,政府把军事失败归咎于中国兵员素质差,于是决定发动知识青年从军运动。8月27日,蒋介石提出“一寸河山一寸血,十万青年十万军”的口号,动员和鼓励知识青年从军。据作品记载,西南联大召开动员大会,鼓励联大学生从军,冯友兰、闻一多等都发表演讲,希望联大学生积极从军,抵抗敌人的侵略:

> 散会以后,我走出校门,看到有人正在那里贴大字报,反对报名从军。我心里很气愤,走上前去,把大字报撕了,并且说,我怀疑这张大字报不是中国人写的。这次动员会开过以后,学生报名从军的多起来了。①

由此可以看到,冯友兰、闻一多等知识分子对国家命运的关切尤其强烈,在对待民族生死存亡时没有“保持静默”,而是登高振呼,鼓励青年学生积极从军,这种以天下为己任的知识分子的忧患意识和家国情怀体现得非常明显,甚至冯友兰还亲自把长子冯钟辽送上缅甸抗日战场。可以说,《三松堂自序》“作为一部学术名家的回忆录是相当出色的……用哲学家的眼光回顾自己和中国近现代社会的历史,无疑是民国以来的学术史、教育史和政治史,提供了许多非常珍贵的史料,这是不言而喻的”②,而这部书最令人感兴趣的是20世纪中国知识分子的回忆和实录。

同为西南联大哲学系教授的金岳霖,毕生从事西方哲学和逻辑学的研究,他于20世纪三四十年代将西方逻辑分析方法与中国传统哲学相结合,创立了新道论哲学思想体系,提出了独特的认识论和逻辑思想。在中国逻辑学界,金

---

① 冯友兰:《三松堂自序》,东方出版中心2016年版,第359页。

② 牟钟鉴:《冯友兰晚年的自我反省与突破》,郑家栋、陈鹏选编:《解析冯友兰》,社会科学文献出版社2002年版,第451页。

岳霖的学术思想深刻地影响着中国逻辑学的建构和发展，他先后培养了沈有鼎、王宪钧、冯契、王浩、殷海光、周礼全等优秀学生，被称为“中国哲学第一人”。他的学生汪曾祺在《金岳霖先生》里说：

> 金先生的样子有点怪。他常年戴着一顶呢帽，进教室也不脱下……他的眼睛有什么病，我不知道，只知道怕阳光。因此他的呢帽的前檐压得比较低，脑袋总是微微地仰着。①

汪曾祺对老师金岳霖率真、笃实、坦诚的性格进行了真实的描绘，而文中提到的“怪”，其实反映的是金岳霖的独特性和重要性。1981年到1983年，金岳霖在老朋友姜丕之的建议下撰写回忆录，完成了《金岳霖的回忆与回忆金岳霖》的第一部分，对和他同时代学者的思想、生活与情趣，以及所处的时代进行了生动具体的回忆；该书的第二部分，则是当代中国学者对他的思想、工作、生活和情趣等的回忆和研究。1995年，该书由四川教育出版社出版，受到读者的重视，如王路就认为：“读完《金岳霖的回忆与回忆金岳霖》一书之后，对于这种‘怪’终于有了一些理解。与其说这是金先生本人的独特性，不如说这是他所作学问的独特性”②，将金岳霖对中国哲学和逻辑学的独特贡献作了阐释和解读。

首先，作品对同时代学者的回忆。作为20世纪著名的哲学家和逻辑学家，金岳霖卓越的学术成就和严谨的治学精神，受到了同时代学者和他的学生的尊崇和敬仰。在作品中，他除了对自己的生活经历和治学道路进行回顾外，还对许多同时代的学者和同事作了回忆，“同我同时代的人作古的多。我的生活同时代分不开，也就是同一些新老朋友分不开。接触到的还是有东西可以同大家一起回忆回忆”③，因而他在作品里写到了许多逝世或者健在的学

---

① 汪曾祺：《汪曾祺全集》（四），北京师范大学出版社1998年版，第143页。

② 王路：《金岳霖的孤独与无奈》，《读书》1998年第1期。

③ 金岳霖：《序》，刘培育主编：《金岳霖的回忆与回忆金岳霖》，四川教育出版社1995年版，第4页。

者,如胡适、梁思成、陈寅恪、张奚若、钱端升、周培源、陈岱孙等。对于逝世的学者,他以学者的理性和同情,也以朋友的真挚和温情,去回忆时代场景中的历史人物,而没有加以任何的“傲慢与偏见”;而对健在的学者,他也客观、平和地去回忆他们之间的交往和行谊。如在写到史学大师陈寅恪时,他说:

> 寅恪先生的学问我不懂。看来确实渊博得很。有一天我到他那里去,有一个学生来找他,问一个材料。他说:你到图书馆去借某一本书,翻到某一页,那一页的页底有一个注,注里把所有你需要的材料都列举出来了,你把它抄下,按照线索去找其余的材料。寅恪先生记忆力之强,确实少见。①

陈寅恪学贯中西、文史兼通,被称为“三百年甚至一千年乃得一见的学术大师”②,但在1995年陆键东的《陈寅恪的最后二十年》出版前,对于大多数的中国人来说,他并非耳熟能详的学者,而陆键东著作的出版,催生了中国大陆的“陈寅恪热”。在20世纪80年代,金岳霖以自己的亲见亲闻,对陈寅恪的博学作了最好的注释,这对于理解与认识中国现代知识分子的心路历程有着重要的作用,也从不同侧面反映了他们对学术事业的执着精神。对其他的同时代学者,他也以哲学家的严谨、理性去评价,如他的同事陈岱孙:

> 到了抗战快要胜利的时候,我们五个人住在昆明北门街唐家家庭戏园的后楼上。这五个人是朱自清、李继侗、陈岱孙、陈福田、金岳霖。那时虽有教学,很少科研,经常吵吵闹闹。对陈岱孙先生,我可以说更熟了,但是,我仍然不知道他能办事。可是梅校长知道,他知

① 金岳霖:《陈寅恪的学问确实渊博得很》,刘培育主编:《金岳霖的回忆与回忆金岳霖》,四川教育出版社1995年版,第21页。

② 何兹全:《独为神州惜大儒》,岳南:《陈寅恪与傅斯年》,陕西师范大学出版社2008年版,第4页。

道陈岱孙能办事，所以在大家回到清华园以前，他派陈先生回北京做恢复清华园的麻烦工作。①

陈岱孙是中国著名的经济学家、教育家，被誉为中国经济学界的“一代宗师”。他与金岳霖在清华时就是同事，有共同的朋友和学术交集圈。但是作为同道好友，金岳霖始终认为知识分子不能办事，因而也认为陈岱孙不能办事。在昆明他们住在唐继尧留下的家庭戏园里，朝夕相处，才知道陈先生精明能干，因此对他进行客观描述和理性评价，与他秉持的注重分析和持久思考的学术训练有关，也看得出来友情的弥足珍贵。

其次，作品对昆明学术研究的回忆。如同其他学者一样，昆明同样融进了金岳霖的生命历程，成为他的回忆录中的重要驿站。1997 年 1 月，于光远公开发表《金岳霖的回忆和回忆金岳霖》，作品对《金岳霖的回忆与回忆金岳霖》的内容作了说明：“把他的主要经历、他的社会交往、他的学问、他的思想演变、他的性格、他的特殊爱好都描绘出来了，读起来很有味道。”②确实，金岳霖的回忆篇幅不算很多，但内容非常丰富，对他的求学经历和归国后的治学都作了如实的反映，更对剧烈变动的时代多有记录，成为了 20 世纪中国知识分子的心灵记忆。在其中，昆明的学术生活自然成为金岳霖回忆的主要内容。如谈到他在中国现代学术史上的 3 部重要著作：《逻辑》(1936)、《论道》(1940)和《知识论》(1983)，他这样写道：

我要谈谈我的书，我只写了三本书。比较满意的是《论道》。花功夫最多的是《认识论》，写得最糟的是大学《逻辑》。后面这本书中介绍一个逻辑系统的那部分简直全是错误，我也没有花工夫去改正我的错误。我的学生殷福生先生曾系统地作了更正，也不知道他的

---

① 金岳霖：《陈岱孙是非常能办事的知识分子》，刘培育主编：《金岳霖的回忆与回忆金岳霖》，四川教育出版社 1995 年版，第 19 页。

② 于光远：《金岳霖的回忆和回忆金岳霖》，《博览群书》1997 年第 1 期。

改正正确与否,竟以不了了之。①

金岳霖的这3本著作,作为哲学的方法论、本体论和认识论,构成了他的新道论哲学思想体系,“留给我们的不是那‘未生先死’的应景时品,而是不属于某一时代可以为任何时代所分享的经典;他拒绝那些浅薄、庸俗和无根的各种各样的‘说教’和‘妄语’,而是细雕地去建置‘知识范式’和博大精邃的哲学体系”②。因此,他被认为是20世纪中国哲学分析风格哲学研究的杰出代表,其对纯粹哲学的追求和创造,铸造了中国哲学的新品格,开创了中国哲学的新时代。在3本著作中,“花工夫最多”的《知识论》,据他回忆:

这本书我在昆明就已经写成。那时候日帝飞机经常来轰炸,我只好把稿子带着跑警报,到了北边山上,我就坐在稿子上。那一次轰炸的时间长,天也快黑了,我站起来就走,稿子就摆在山上了。等我记起回去,已经不见了。只好再写。③

所谓的“再写”,只能是从头到尾地重新写,可是这本著作由于历史原因,直到1983年才公开出版。由此可以看到,由于敌人不断空袭,给西南联大学人的学术研究带来了严重的影响,使得金岳霖不得不重整头绪再研墨,也使得《知识论》成为他最花时间、多灾多难的著作。此外,在他的回忆录中,还写到在昆明养黄毛公鸡、喜欢吃的水果等,鲜活地记录了战时知识分子的生活情趣和特殊爱好。因此,有学者认为:“后来有一本《金岳霖的回忆与回忆金岳霖》,其中金岳霖自己的回忆弥足珍贵,这是因为金岳霖一向吝啬于感性文字的写作,回忆之类的文字更是罕有。”④

---

① 金岳霖:《我只写了三本书》,刘培育主编:《金岳霖的回忆与回忆金岳霖》,四川教育出版社1995年版,第49页。

② 王中江、安继民:《金岳霖学术思想评传》,北京图书馆出版社1998年版,第1页。

③ 金岳霖:《我只写了三本书》,刘培育主编:《金岳霖的回忆与回忆金岳霖》,四川教育出版社1995年版,第49页。

④ 散木:《关于金岳霖的七个话题——再说金岳霖》,《博览群书》2006年第3期。

钱穆是中国著名的史学家和思想家，他以博学精思、著作等身而享誉学界，与陈寅恪、吕思勉、陈垣并称为“中国现代史学四大家”。在一生中，他以阐释和弘扬中国文化为己任，其学问宗旨和人生终极关怀都是指向中国文化的传承，因此他的学生余英时认为其“一生为故国招魂”①。在1977年到1982年间，他写下了《师友杂忆》，对求学经历、师友奖掖交往，以及著书立说、学问转变等作了比较详细的追忆。可以说，这本书不仅是他叙述人生道路的总结，同时也为现代中国学术史留下了许多珍贵的史料。1983年1月，台北东大图书有限公司将1974年完成的《八十忆双亲》和《师友杂忆》合刊出版，1986年岳麓书社和1998年三联书店陆续在中国大陆出版《八十忆双亲　师友杂忆》。对于这部书，朱学勤评价说：“《八十忆双亲　师友杂忆》，那样的书名，未及开卷，就让人体味到儒家的生命观照，是那样的亲切自然：身体发肤受之父母，精神生命则发育于师友。两种生命皆不偏废……钱穆以研究中国文化史著称，他的回忆录本身就提供了一部近代中国文化变迁的可信注解。”②在这部简洁优美、情深意切的回忆录中，作者追忆了西南联大学者的相互交往以及他在云南的学问人生。

首先，作品再现西南联大学人的交往记忆。德国学者扬·阿斯曼(Jan Assmann)提出了“交流记忆”的概念，认为“所谓交流记忆就是随着具体环境变化的记忆，这种记忆一般不超过三代人，它的内容主要包括回忆、想象、引语、俗语等。这些记忆存储在头脑里，人们之间不需要更多的解释便能够对这些记忆进行交流，而且这些记忆随着时间的流逝发生变化”③，这种交流记忆经由个人的事后回忆，就成为了人际交往的历史，形成了特定的集体记忆。作为回忆录，《八十忆双亲　师友杂忆》里记载的西南联大并非是最全的，也不

---

①　余英时：《一生为故国招魂——敬悼钱宾四先生》，《钱穆与现代中国学术》，广西师范大学出版社2006年版，第16页。

②　朱学勤：《想起了鲁迅、胡适和钱穆》，《作品》1996年第1期。

③　［德］扬·阿斯曼：《“文化记忆”理论的形成和建构》，金寿福译，《光明日报》2016年3月26日。

敢妄言是最好的,但却视角新颖、语言优美、流畅生动,以独特的个性记录了20世纪中国知识分子的交流交往,成为现代中国著名的怀旧性作品之一。如作品里写到西南联大学人在南岳的生活:

> 时诸人皆各择同室,各已定居。有吴雨生、闻一多、沈有鼎三人,平日皆孤僻寡交游,不在诸择伴中,乃合居一室,而尚留一空床,则以余充之……入夜,一多自燃一灯置座位前。时一多方勤读《诗经》《楚辞》,遇新见解,分撰成篇……雨生则为预备明日上课抄笔记写纲要,逐条书之,又有合并……沈有鼎则喃喃自语,如此良夜,尽可闲谈,各自埋头,所为何来。雨生加以申斥,汝喜闲谈,不妨去别室自找谈友。①

在某种程度上,人与人之间的相互交往会形成历史性记忆,这种交往记忆由于在特定的时空中有相互的认知、理解和感受,会形成经验性的人事判断。因此,晚年钱穆在回忆与西南联大学人的交往时,会对吴宓、沈有鼎、闻一多等有清晰的判断。战前,钱穆是北大教授,吴宓、闻一多和沈有鼎是清华教授,都是"孤僻寡交游"的学者,但是在南岳衡山,他们4位教授共处一室,作者根据相处的经历,对他们形成了一定的判断,认为吴宓教学负责,备课认真;闻一多研究勤奋,撰写论文;沈有鼎喜欢闲谈,遭到吴宓申斥。从这种记录中,可以看到西南联大学人的清苦和勤奋,也可以看到不同学人的性格和特点,他们在战争时期的行为表现了各自的主张和识见,也表现了西南联大学人的风范、品格,他们在平凡中坚持着不平凡的工作,钱穆的回忆对此作了很好的阐释。同时,回忆录还谈到钱穆学术生涯中最重要的代表作——《国史大纲》的缘起:

> 梦家尤时时与余有所讨论。一夕,在余卧室近旁一旷地上,梦家劝余为中国通史写一教科书。余言材料太多,所知有限……又一夕,

---

① 钱穆:《八十忆双亲 师友杂忆》,生活·读书·新知三联书店1998年版,第211页。

又两人会一地，梦家续申前议……余之有意撰写《国史大纲》一书，实自梦家此两夕话促成之。①

早年，陈梦家与徐志摩、闻一多、朱湘等被称为“新月派四大诗人”。1937年，经闻一多推荐到联大中文系任教。在云南，陈梦家与钱穆“常相过从”，经常在一起讨论，最终促成这部享有盛誉、影响巨大的中国通史著作的诞生。《国史大纲》于1938年5月在云南蒙自开始撰写，1939年6月在云南宜良完稿，1940年6月在上海商务印书馆出版。在著作中，钱穆第一次把文化、民族与历史三者联系起来，强调在抗战中重建国家，必先复兴文化，要唤起民众的民族觉悟，必先认识历史。可以说，《国史大纲》作为钱穆一生最重要的学术著作，得益于与西南联大学人间的交流交往。

其次，作品重现西南联大时期的学问人生。钱茂伟认为：“历史是人类的历史，人是群体性的个体动物。生活在这样的群体中，人不可能成为真空人物，必然要与人交往。在交往过程中，就会留下彼此间的交往记忆。”②也就是说，通过个体的人际交往，不仅凸显了人际交往的范围，而且凸显人际交往的轨迹。在《八十忆双亲 师友杂忆》中，钱穆真实地记录了与西南联大学人的交往，也写到他在西南联大的教学和学术活动。当时的西南联大，钱穆与冯友兰、金岳霖、陈岱孙、汤用彤等教授不同，他一生没有上过大学，更没有远赴海外求学，而是从小学教师做起，成为知名大学的教授。但可以肯定的是，他一丝不苟，严谨负责，讲课时感情极为投入，教学效果非常好。据当年在昆明听他讲过中国通史课程的何兆武回忆：

当时教中国通史的是钱穆先生，《国史大纲》就是他讲课的讲稿。和其他大多数老师不同，钱先生讲课总是充满了感情，往往慷慨激越，听者为之动容……据说抗战前，钱先生和胡适、陶希圣在北大

① 钱穆：《八十忆双亲 师友杂忆》，生活·读书·新知三联书店1998年版，第216—217页。

② 钱茂伟：《中国古今人际交往记忆史建构模式研究》，《浙江学刊》2018年第3期。

讲课都是吸引了大批听众的,虽然这个盛况我因尚是个中学生,未能目睹。钱先生讲史有他自己一套理论体系,加之以他所特有的激情,常常确实是很动人的。①

当时,抗日战争正处在极端困难的时期,国民政府军队节节败退,大片山河沦丧,一些人甚至知识分子都对抗战失去信心。但是,钱穆通过中国通史的讲授告诉人们,只要中国历史和中国文化不会消亡,中国就绝对不会亡国。可以说,在国难方殷、学校搬迁之时,他的讲授不仅增强了人们对中国历史的兴趣,而且也强化了人们的爱国主义思想。在此期间,他还把史学研究与国家命运联系在一起,以弘扬中华文化为己任,实践中国古代文人的经世致用思想。对他而言,《国史大纲》的撰写就是他的爱国思想在战争时期史学研究的真实写照。在研究著作中,他宣扬历史文化主义的民族观和民族主义的历史文化观,认为民族复兴在本质上是文化的复兴,而复兴文化首先要复兴史学。对此,韦政通指出:"在抗日时期,对弘扬传统文化,发扬民族精神,钱先生居功甚伟。"②作为1949年以前中国史学界具有重大影响的通史著作,《国史大纲》出版后引起学界轰动和论争,钱穆同样在作品里做了记述:

越有年,《史纲》出版,晓峰一日又告余,彼在重庆晤傅孟真,询以对此书之意见。孟真言:向不读钱某书文一字。彼亦屡言及西方欧美,其知识尽从读《东方杂志》得来。晓峰言,君既不读彼书文一字,又从何知此之详……又北大学生张君,已忘其名,在上海得余《史纲》商务所印第一版,携返北平,闻有整书传钞者。其实尚在对日抗战中,滞留北平学人,读此书,倍增国家民族之感。

作品里提到的"晓峰",就是中国人文地理学的开创者张其昀,他在抗战期间曾到昆明出席中央研究院的评议会;而傅孟真则是中央研究院历史语言

① 何兆武:《联大师友杂记》,《思想的苇草:历史与人生的叩问》,北京师范大学出版社2011年版,第7页。

② 韦政通:《儒家与现代中国》,上海人民出版社1990年版,第183页。

研究所所长傅斯年。由此可见,《国史大纲》对弘扬中国传统文化、激励中华民族抗战起到了积极作用,被国民政府教育部指定为全国大学用书,风行一时,产生了极大的社会影响。

在某种程度上,《八十忆双亲　师友杂忆》作为知名学者的回忆录,与冯友兰的《三松堂自序》,都是西南联大历史记忆的作品,"就此来看,几乎都是完成于80年代初期的冯氏的《三松堂自序》与钱穆的《师友杂忆》,呈现出颇多不同的格调——前者如同一部对著述的文外注释,而后者却重在追忆与评判自我,在记述、描写与议论间,颇具诗性魅力"①。

此外,这一时期较有影响的回忆录还有陈岱孙的《往事偶记》、卞之琳的《漏室鸣》、柳无忌的《南岳山中的临时大学文学院》等,都是对西南联大历史和学人的记忆,这些回忆文章语言朴实,看似平淡如水,实则饱含真情,作者以学者的眼光和见解,对他们所经历的抗战以及西南联大的诸多形象进行了客观叙述和理性阐释,具有较高的史料价值和文学价值。

第二节　黄金岁月的礼赞和缅怀

一、郑敏、杜运燮和赵瑞蕻的诗歌:对母校西南联大的礼赞

实践证明,西南联大的成功之处在于,西南联大师生能在艰苦的环境中患难与共、志同道合,坚持在逆境中求知奉献,努力担负国家民族的使命,为保存文脉、传承文化、培养人才和学术救国作出了重要的贡献。就像易社强说的"五四时期是创造、发现和孕育新思想的时代,抗战时期则是走向成熟的年代。20世纪20年代以及30年代初从西方归来的学者,正走向他们事业的顶峰……联大的成就并不限于学术方面。面对武装暴力和政治压迫,它刚毅坚

① 吕若涵:《反讽、渴望与思想——近十年散文创作的理论思考》,《南京师大学报》(社会科学版)2010年第5期。

卓的精神激励了历经患难的知识分子,他们兢兢业业,孜孜矻矻”①,从常务委员到全体师生,戮力与共,合作无间,见证了20世纪中国知识分子“和而不同”的景观。可以说,西南联大作为中国高等教育和中国现代文化的象征,不仅具有传奇的色彩,而且蕴涵独特的精神,成为人们的历史记忆和文化遗产。对于从西南联大走出来的诗人郑敏来说,在昆明的现代大学教育奠定了她的职业走向:一方面从事诗歌创作和理论批评,一方面关注哲学研究,“我是因为喜爱文学,希望有所提高才走向了哲学的,而学完了哲学,我又回到了文学的道路上来”②,因此,她对母校始终充满感激,写下了著名的《西南联大颂》。同样,杜运燮在昆明接触外国文学,结识一批极富才华的年轻诗人,参加了西南联大的文学社团,进行诗歌创作和发表诗歌,“如果有人问我,像一些记者最爱提的那个问题:你一生中印象最深、最有意义的经历是什么?我会随口用四字回答:西南联大”③。1998年,在庆祝北京大学成立100周年时,他动情地写下了《西南联大赞——为一部庆祝北京大学百岁华诞的电社片而作》。早在抗战时期,赵瑞蕻就是西南联大知名的年轻诗人之一,他的诗集《梅雨潭的新绿》曾经风行一时,深情地回忆和纪念老师朱自清;1995年,出版了第二本诗集《诗的随想录》,其中收录了他创造的“八行新诗”之一:《西南联大颂》,表达了对母校的留恋和想念。

中国百年新诗的发展证明,中国现代诗歌发展的基地在大学校园,学院诗是中国现代诗歌发展的重要力量。中国现代诗的早期尝试者如胡适、周作人、沈尹默等都出身于北京大学;到20世纪二三十年代,中国一大批著名诗人如徐志摩、闻一多、陈梦家、戴望舒、冯至、施蛰存等也大多来自清华、北大、燕京

① [美]易社强:《战争与革命中的西南联大》,饶佳荣译,九州出版社2012年版,第317页。

② 张洁宇:《诗学为叶,哲学为邻——郑敏教授访谈录》,《文艺研究》2014年第8期。

③ 杜运燮:《书前》,杜运燮、张同道编选:《西南联大现代诗钞》,中国文学出版社1997年版,第1页。

大学和其他高校。因此,“中国现代诗的许多探险者来自大学校园。蔚为壮观的学院诗发生在20世纪40年代,西南联合大学构成了中国现代诗歌史上奇特的高峰”①。在西南联大,这里汇聚了众多中国现代诗歌史上的优秀人物,新月派著名诗人闻一多、陈梦家,还有杰出的抒情诗人冯至以及现代派诗人卞之琳等,同时诗歌批评家李广田和英国诗歌理论家、诗人威廉·燕卜荪也在这里。他们的创作和教学催生了一批年轻诗人的诞生,也促成了中国诗歌现代精神的生成。在这个过程中,郑敏无疑是重要而独特的诗人。

在西南联大校园,郑敏积极进行现代主义诗歌创作实践,将中西文化和中西诗学融合起来,有力地推动了中国现代主义诗歌的发展。1949年4月,由巴金主编的“文学丛刊”之一——《诗集1942—1947》由上海文化生活出版社出版,“充分地体现了郑敏40年代现代主义诗歌艺术成就,这本诗集奠定了郑敏在四十年代现代主义诗歌史上地位,体现了郑敏参与现代主义诗歌的建构历程”②。郑敏就读于西南联大哲学系时,师从冯友兰、汤用彤、郑昕、冯文潜、贺麟等哲学名师,又受到冯至、闻一多、卞之琳等诗人创作的影响,形成了她的哲学观念、诗学思想和世界性的视野。晚年在接受访问时,她说:“如果说我的人生是一轴画卷,那它一定是幅山水画,充满了诗情哲意。我想,在这幅画卷上西南联大是最浓墨重彩的一笔,而这一笔几乎奠定了我一生的诗哲使命。”③由此可以看到,西南联大始终是她创作的重要源泉和精神支柱,也是她内心“记忆里的太阳”:

> 你诞生在痛苦中,但是那时
> 我们抱有希望。正义填满了胸腔

---

① 张同道:《警报、茶馆与校园诗歌——〈西南联大现代诗钞〉编后》,杜运燮、张同道编选:《西南联大现代诗钞》,中国文学出版社1997年版,第585页。

② 周礼红:《郑敏与现代主义诗歌建构——以〈诗集1942—1947〉为例》,《深圳大学学报》(人文社会科学版)2012年第5期。

③ 郑敏口述,祁雪晶采访整理:《郑敏:回望我的西南联大》,《中国教育报》2012年3月16日。

你辞去,在疯狂的欢呼里,但是
自那时开始了更多的苦恼与不详。
……
终于像种子,在成熟时必须脱离母体,
我们被轻轻弹入四周的泥土,
当每一个嫩芽在黑暗中挣扎着生长,
你是那唯一放射在我们记忆里的太阳!①

在偏远而艰苦的西南边地,西南联大师生处在流亡与困窘中,这种物质匮乏而精神丰裕的生活,被诗人视为“黄金岁月”。因此,诗人讲述她和同学如何在西南联大的怀抱里成长,怀着满腔的热情,“正义填满了胸腔”,虽然在学校里过着清苦的生活以及“更多的苦恼与不详”,但是他们都愿意去领受和体验。对于学生而言,母校像“白杨”一样庇护自己,让他们经历岁月的忍耐和痛苦的磨砺,等到毕业,他们像“种子”一样“脱离母体”,到外面的世界“生长”,即使身在社会,母校始终是“记忆里的太阳”。可以说,诗人以强烈的主观感受,对母校诞生的背景、学习和毕业的过程进行了呈现,在这里生活虽然艰苦,但却是欢快的,因为有一个丰盈的精神世界,让他们领略到自由的气息、平静的生活以及美好的幸福。作为母校的西南联大始终在他们的记忆里,犹如纯净的圣地,充满着甜蜜和温馨,这也正如同期在西南联大学习的何兆武所说:

我现在也八十多岁了,回想这一生最美好的时候,还是联大那七年,四年本科、三年研究生。当然,那也是物质生活非常艰苦的一段时期,可是幸福不等于物质生活,尤其不等于钱多,那美好又在哪里呢?②

---

① 郑敏:《西南联大颂》,杜运燮、张同道编选:《西南联大现代诗钞》,中国文学出版社 1997 年版,第 382 页。

② 何兆武口述,文靖执笔:《上学记》(增订本),人民文学出版社 2016 年版,第 100 页。

然而,这首诗不是单纯地对母校进行礼赞或者感念的作品,这首诗里还蕴含着作者对“忍耐”与“抵抗”的哲学思考。20世纪初,里尔克(Rainer Maria Rilke)在《给一个青年诗人的十封信》里说:“我天天学习,在我所感谢的痛苦中学习:‘忍耐’是一切。”①因为有了“忍耐”,也就有了“挺住意味着一切”。在联大青年学子“痛苦”与“希望”的关键时刻,诗人对“忍耐”和“抵抗”的深刻思考巧妙地揭示了西南联大师生的社会心理和个人感受,她说:“忍耐在岁月里也不曾发现自己过剩,我们唯有用成熟的勇敢抵抗历史的冷酷。”②在艰难痛苦的岁月,诗人执着于人生的“忍耐”和“抵抗”,而对于“历史的冷酷”,需要作为个体的人类进行“抵抗”或坚守,而不是放弃或者等待。在一定程度上,人的一生是由短暂的快乐和长期的痛苦构成的,也就是说,更多时候是“忍耐”而非“享受”。因此,作为个体的人要勇敢地面对生活的苦难和重压,在这样的意义上,人生也才具有积极、严肃的意义。可以说,诗人以内省的方式,对人生的“忍耐”和“抵抗”所做的深沉揭示和哲学思考,赋予了这首诗以积极的启示和庄严的意义。

根据诗人杜运燮自述,他一生的创作可以划分为两个时期,第一个时期是20世纪40年代的10年,诗作收入《诗四十首》(上海文化生活出版社出版)和《南音集》(新加坡文学书屋出版);第二个时期是1979年以后的20年,诗作收入《晚稻集》(作家出版社出版)和《你是我爱的第一个》(马来西亚霹雳文艺研究会出版)。③ 在20世纪40年代,他的代表作《滇缅公路》《草鞋兵》《林中鬼夜哭》《追物价的人》等,充分显示了他作为中国现代主义诗人的卓尔不群,奠定了他在中国现代诗歌史上的重要地位;到20世纪80年代,他的诗作《秋》成为了“朦胧诗”的发轫之作。可以说,杜运燮不仅为中国现代诗歌发展

---

① [奥]里尔克:《给一个青年诗人的十封信》,冯至译,生活·读书·新知三联书店1994年版,第15页。

② 郑敏:《西南联大颂》,杜运燮、张同道编选:《西南联大现代诗钞》,中国文学出版社1997年版,第382页。

③ 参见杜运燮:《杜运燮六十年诗选》,人民文学出版社2000年版,第385页。

提供了成熟的现代主义作品,而且为中国现代诗歌发展作出了形式探索和语言创造。在漫长的诗歌创作生涯中,他的创作发端于昆明的西南联大,因此对于母校,他有着深深的眷恋:

西南联大是培育我热恋新诗、开始大量写诗的母亲。那时联大校园里,诗的空气很浓。爱读诗、谈诗、写诗的同学很多。有些人甚至一眼就可看出他是很爱写诗或自命为富有才华的诗人的。①

在杜运燮眼里,是西南联大培育自己成为了一名现代主义诗人,而他对母校也有难以割舍的情怀。在这段话里,虽然遥隔着时空的距离,他还是在文字里表达了对母校的想念,觉得西南联大像“母亲”一样,让他始终难以忘怀。1998 年,在西南联大建校 60 周年前,他创作了《西南联大赞——为一部庆祝北京大学百岁华诞的电视片而作》,这时由于诗人的年龄、阅历的增长与时空的变化,他以回忆的视角写下了对母校的礼赞:

最难忘,那“9·18”后的 1937 年,
侵略铁蹄也践踏到书桌跟前。
“北大人”满腔悲愤,披着硝烟,
向长沙西迁,又步行 3000 里,
唱着“松花江上”,或采风或背字典,
到昆明,庆祝西南联大新校的创建,
把书桌安放在边疆的高原。②

这是这首诗第一节的一部分,作者进行了典型的历时性叙述:1931 年的“9·18”事变,抗日战争开始;1937 年的卢沟桥事变,中日战争全面爆发;北大、清华和南开三校被迫南迁长沙,湘黔滇旅行团师生步行 3000 多里到达西南边地,西南联大得以屹立“在边疆的高原”。可以说,作品对西南联大的缘起、南渡、西迁的历程作了简要叙述,其间还有诸如刘兆吉的西南采风和穆旦

---

① 杜运燮:《我和英国诗》,《外国文学》1987 年第 5 期。

② 杜运燮:《杜运燮六十年诗选》,人民文学出版社 2000 年版,第 55 页。

途中背诵英汉词典的细节描绘，但凸显更多的是对西南联大师生遭遇的艰难和痛苦的回忆，这种回忆是如此的真实、清晰和强烈，让作品的叙述不仅丰富了西南联大的书写，也丰富了西南联大的文学想象。当西南联大师生走遍千山万水，长途跋涉来到偏居一隅的昆明，他认为母校就是“浴后的神话凤凰”：

正是在炮声炸弹声中诞生，
才能像浴后的神话凤凰，
焕发出新时代独特的风采和象征。
高原的晴空，蓝得特别纯净，透明，
山茶花，最会笑着令人人想着春，
800里滇池，特别会宽慰人，鞭策人；
校园边的成排由加利树，善于熏陶，
用挺直向上的脊梁为师生们鼓劲。①

在这里，诗人放弃了1940年代创作轻松诗时惯用的幽默和反讽，而是对母校的多重面相进行了概括：“浴后的神话凤凰”“独特的风采和象征”“罕有的历史性群体”。但是，这种对母校的礼赞是建立在集体想象之上的，彼时的西南联大是按照现实的想象或当代的形象建构的，这也是真实的西南联大与想象的西南联大融合的产物。同时也印证了斯蒂芬·欧文(Stephen Owen)的说法：“如果说，在西方传统里，人们的注意力集中在意义和真实上，那么，在中国传统中，与它们大致相等的，是往事所起的作用和拥有的力量。”②的确，西南联大在中国现代史上是占有特殊地位的，是抗战时期中国文化、学术和教育的中心之一。因此，老诗人在这里对西南联大进行礼赞，其实也是对西南联大的缅怀和追忆。同时，随着20世纪90年代“西南联大热”的兴起，不同的追忆者或叙述者基于文化立场以及审美趣味的不同，有的对西南联大进行过度阐释，有的对西南联大进行神话、异化。但是，作为历史的亲历者和见证者，

① 杜运燮：《杜运燮六十年诗选》，人民文学出版社2000年版，第55页。
② ［美］斯蒂芬·欧文：《追忆》，郑学勤译，上海古籍出版社1990年版，第2页。

杜运燮追述了母校的历史、昆明的生活和联大师生的艰辛，他的写作理智而不偏颇、真诚而不矫饰，让人们有理由相信，这是历史中存在的真实、可信的西南联大。在诗的最后，他对组成西南联大的三校之一——北京大学的未来充满期待：

迈着“刚毅坚卓”的自豪步伐，
承传光荣传统，用爱国情怀与血汗
浇铸了又一页闪光的历史篇章，
为北大竖起不朽的新纪念碑，
在欢庆“驱除仇寇”，“还燕碣”的歌声中，
越过远航的新一程，再扬风帆。①

对西南联大的缅怀或追忆，并不是为了“回忆”或者“现实”需求，而是通过对西南联大的书写着眼于未来。实践证明，西南联大作为特殊历史条件下的产物，是民族国家危亡中的流亡大学，历史也不允许它有后来者或者重建。但是按照历史发展的客观规律来说，像西南联大这样有着卓越成就的高校，应该有无数的后来者。因此，诗人对西南联大的礼赞，既是一种心绪，也是一种空间。作为历史镜像的西南联大，对诗人的成长发挥了重要的影响，也寄托着诗人对往昔的追忆。因此在作品最后，诗人的礼赞不是脱离现实或者未来的礼赞，而是以追忆或者缅怀的叙事方式寄托对未来的美好向往，希望百年的北大和中国高等教育能够“再扬风帆”。

正如前面论述的，中国现代诗歌的发展受惠于中国现代大学，中国现代大学促进了中国现代诗歌的发展，成为了中国现代诗歌的养育者和守夜人。但是，如果仅仅把中国现代大学和中国现代诗歌理解为施惠与受惠的关系，这样的理解是不全面的。在中国现代诗歌发展史上，大学校园是青年学生的聚集之地，青年学生的热情、才华和锋芒在大学校园里不断显现，他们的文学创作

① 杜运燮：《杜运燮六十年诗选》，人民文学出版社 2000 年版，第 57 页。

和文学活动也在一定程度上强化了大学的人文气息，甚至成为了大学精神的重要体现。作为西南联大的学生，赵瑞蕻在校时师从吴宓、冯至、叶公超、柳无忌、燕卜荪和沈从文、闻一多等先生，在蒙自参加了南湖诗社，写下了长诗《永嘉籀园之梦》，得到朱自清的好评。1942 年，他到重庆中央大学外文系任教；1951 年，他转入南京大学外文系、中文系任教。可以看到，他一辈子都在大学工作，也一直笔耕不辍。1997 年，他在回忆西南联大时说："我永远感谢教育过我，给了我深刻影响的前辈们；我永远怀念他们；我也怀念我年轻时的同学、老师和学长。"①因此，他陆续写下了纪念燕卜荪、朱自清、吴宓、沈从文和冯至等老师的作品，也写下了著名的《南岳山中，蒙自湖畔》以纪念诗友穆旦和记忆中的母校西南联大，对过去的时光进行追忆。

1985 年到 1989 年间，赵瑞蕻在南京创作了 150 首"八行新诗"，"这些诗不像狭义的格律诗那样严紧，更不像广义的自由诗那样散漫，把语调自然的诗句纳入比较整齐的八行诗体例，取格律诗与自由诗之所长，自成一体"②，诗人谦虚地将这些"八行新诗"称为"习作"。1988 年，在纪念西南联大成立 50 周年时，他创作了一首"八行新诗"——《西南联大颂》：

八年，那么艰苦，又那么香甜，
在南方，壮丽群山翠湖边，
双层破床，雨漏点灯读书；
师生情谊犹如一泓清泉。
茶馆里谈心，红了耳朵争论；
追求民主真理，有个共同的信念。
狂炸中仍然弦歌不绝——

① 赵瑞蕻：《离乱弦歌忆旧游——纪念西南联大六十周年》，文汇出版社 2000 年版，第 4 页。

② 冯至：《诗的呼唤——读赵瑞蕻〈八行新诗习作〉》，《读书》1991 年第 4 期。

联大啊,开花结果,在海角天边!①

在作品里,诗人平静地叙述了西南联大的“八年”,在昆明“壮丽群山翠湖边”,西南联大学子“雨漏点灯读书”、在“茶馆里谈心”……诗里没有自怨自艾的感伤,也没有失之交臂的追悔,字里行间显现的是君子之交的淡泊明净:“师生情谊犹如一泓清泉”,即使最后点题的“开花结果”,也是如实地写到西南联大培养的青年学子“在海角天边”。但是,“人生最可宝贵的,是晚年历尽沧桑,回顾早年的工作,仍然感到亲切,无愧于心”②。如果单纯从“字面再现”来看,这首诗似乎没有体现作者对母校的留恋和师友的情深厚谊;但是从“比喻再现”来看,其实这种平和的语言表达后面,却隐藏着作者深沉的情感,这可从他10年后写的《离乱弦歌忆旧游——纪念西南联大六十周年》里得到印证,他在引用这首旧作时袒露:

我多么怀念在西南联大学习那三年珍贵的时间!我多么怀念那许多敬爱的老师们!我多么怀念那许多年轻有为,相亲共进的同学们!在南岳山中,在蒙自湖畔,在滇池边上,在昆明城中翠湖的堤岸上……我们度过的日日夜夜是值得留恋,永远缅怀的!③

由此可以看到,西南联大那些消逝渐远的生活、充满自由的求索以及可亲可敬可爱的师友,总是会让诗人激动、感慨,“天长路远魂飞苦,梦魂不到关山难”,让成为历史陈迹的母校浮现在作者眼前,还是那样心驰神往、令人遐思。因此,对西南联大的缅怀与想象、感受与体验,都综合地汇聚在这首诗里,因为在诗人看来,远去的西南联大已被视为游子的“家园”、永恒的精神“城堡”。

---

① 赵瑞蕻:《诗的随想录——八行新诗习作150首》,南京大学出版社1995年版,第169页。

② 冯至:《诗的呼唤——读赵瑞蕻〈八行新诗习作〉》,《读书》1991年第4期。

③ 赵瑞蕻:《离乱弦歌忆旧游——纪念西南联大六十周年》,文汇出版社2000年版,第22页。

二、 赵瑞蕻和唐湜的诗歌：对联大师友的哀思追忆

抗战时期的西南联大，不仅汇聚了全国知名的专家学者，也成为各地青年学子的向往之地。来自五湖四海的西南联大师生在这里工作、生活和学习，使西南联大成为他们的共同记忆、精神家园。在西南联大结束、三校北返复校时，就有不少的诗人用作品回忆和建构了西南联大的历史与人事；到 20 世纪 80 年代以后，更多的诗人回忆和想象西南联大的生活经历。这其中，有些诗人常带着念想和兴奋，间或有逝去的惆怅，对西南联大师生流亡的历史进行了缅怀、追忆。针对这种回忆，博伊姆说过：“流亡作为诗歌形象远比作为亲身的经历魅力更多。印刷在纸张上看起来比实际生活里要好。而且，这样的经验不是只有真正离开了自己家乡的人独有的；经历了重大历史动荡和转折的人也容易把自己和它联系在一起。”①对于经历了 20 世纪中国社会动荡与时代转折的西南联大师生来说，他们记忆里留下的不只是西南联大的生活，还有在乱世中相濡以沫、在艰难中坚韧同行的老师和同学，因此，这部分诗歌创作也成为西南联大书写的内容。1995 年，赵瑞蕻出版诗集《诗的随想录——八行新诗习作 150 首》，“这集子里有整整十三首诗是献给我敬爱的老师沈从文先生的。前年 5 月 10 日沈先生猝然平静地离开了人世，引起了国内外所有敬仰他的文艺界学术界人士和一般读者深沉的哀悼……我在悲痛缅怀之中，一连写了七首诗表达我深切的哀思”②，诗集还对冯至、闻一多、吴宓、柳无忌、钱锺书等师友进行了怀念。1987 年，作为“九叶诗人”的唐湜③出版《遐思：诗与美——献给远方的友人》，诗人以十四行诗的形式，对同为九叶诗人的诗友穆旦、郑敏、杜运燮和冯至、汪曾祺等师友的文学创作进行了呈现。

---

① ［美］斯维特兰娜·博伊姆：《怀旧的未来》，杨德友译，译林出版社 2010 年版，第 285 页。

② 赵瑞蕻：《诗的随想录——八行新诗习作 150 首》，南京大学出版社 1995 年版，第 178 页。

③ 唐湜（1920—2005 年），温州人，原名唐扬和，“九叶派”诗人之一。

首先,作品对西南联大师友的悼念。由于赵瑞蕻在文学创作和学术研究都有建树,涉猎创作、评论和翻译、比较文学等多个领域,同时还与众多文坛名家、学术名师有亲密的交往,他的亲身见闻、人生感悟和学术思想,都在晚年的诗集《诗的随想录——八行新诗习作150首》里表现出来,被认为"是诗人毕生追求的最好总结,也是他留给中国新诗的宝贵财富"①。在这150首诗里,有数量众多的怀念和悼念西南联大师友的诗歌,在其中,写给沈从文的悼念诗最多,共有8首:《迟到的噩耗》《葬礼》《凤凰涅槃》《书简》《碾过的车轮》《"窄而霉小斋"记》《云南的云》《他寂寞,但不孤单》。1988年5月10日,在得知老师逝世的噩耗后,赵瑞蕻立即用正在尝试创作的"八行新诗",对沈从文经历的风云变幻、创作的湘西世界以及师生间的交流交往、老师的精神与品格等进行创作。如在第七首中,他说:

昆明的岁月多么充实而激动,
云南的云是多么美丽而单纯;
时常凝望黄昏的彩霞,
无言之美,无言的启示流入心中。
从云层回头再看看地面——
种种认识种种现象触动了灵魂!
如果要懂得生活的价值和尊严,
请读读沈从文的名篇《云南的云》。②

在昆明,沈从文对云南的"云"进行描写,认为云南的云素朴、单纯,影响着人的心情,也教育着人;要有追求道德原则的勇气,坚守庄严伟大的理想,将个人发展与国家发展统一起来。这篇作品寄寓着沈从文对文学艺术、社会人

① 叶彤:《人格的力量　宝贵的遗产》,董宁文主编:《多彩的旅程——纪念赵瑞蕻专辑》,《凤凰台报·开卷》特刊,江苏新华印刷厂2001年版,第129页。

② 赵瑞蕻:《诗的随想录——八行新诗习作150首》,南京大学出版社1995年版,第134页。

生的理解见识,成为了抗战时期抒写民族生活的名篇。作为沈先生的学生,诗人与其他的同学在西南联大跟随老师学习、讨论和交流,师生间产生了纯真的情谊。在老师去世后,为表达对老师的无尽哀思,这首诗的前半部分不仅再次提到了充实的“昆明的岁月”,师生和谐相处、精神愉悦;认为云南的云“美丽而单纯”,预示着无言的美丽和启示,徜徉在师生心间。在诗的后半部分,诗人由景物回到现实,认为要“懂得生活的价值和庄严”,需要精读沈先生的《云南的云》,其蕴含着老师的思想和精神。可以说,这首诗以景喻情、以物喻情,蕴含着深刻的哲理和思想,也寄托着诗人的深切怀念,是诗集里悼念诗的精品佳作。这首诗正如诗人雪莱去世,勃兰兑斯(George Brandes)对其进行评价、解释时说的:“因为他所理解和感觉的正是事物至深的内心,事物的灵魂和精神,他所表达的也是心灵至深处的内在的感情,这种感情使语言相形见绌。”①此外,诗集里的《红烛颂》《重临梅雨潭》等作品,也对闻一多、朱自清等老师的殉难、交往等进行缅怀,情深意切。

其次,作品对西南联大师友的怀念。《诗的随想录》内容丰富,举凡古今中外的作家、诗人和圣者,或是小学、中学和大学时期的师友,还是赵瑞蕻故乡温州的山水与遍布海外的游踪,都显现在作品里,寄寓着诗人的思想和感情,冯至认为:“说真话,保持童心,面向广阔的时空,诗人就以这样的态度回顾过去,观看现实,畅想将来;他借用卢梭的一句名言‘这就是我’向读者掏出心窝。”②由于西南联大始终是诗人记忆的出发地、栖息地,因此,他的诗集里有许多对联大师友进行怀念的作品,不同的作品对西南联大师友坚韧、顽强的品格和博大、高尚的情怀进行了礼赞,也寄托着诗人对母校难以割舍的深厚感情。如诗集里《怀念吴宓》《怀念吴达元师》《沈从文的微笑》《赠柳无忌师》等近30首诗歌,都是对消逝时光的“真实和明丽”的追寻。在《怀念威廉·燕卜

---

① ［丹］格奥尔格·勃兰兑斯:《十九世纪文学主流》(第四分册),徐式谷、江枫、张自谋译,人民文学出版社1984年版,第263页。

② 冯至:《诗的呼唤——读赵瑞蕻〈八行新诗习作〉》,《读书》1991年第4期。

荪师》里,诗人这样写道:

从秋雨弥漫的南岳到四季如春的昆明,
从莎士比亚到英美现代诗——
燕卜荪先生背诵名著,醉于醇酒,
在黑板上叮叮地飞快写英文字……
炮火连天,中国,整个欧洲在燃烧;
从《七种朦胧》到《聚集着的风暴》
燕卜荪先生把热情凝结在精深的诗篇里。
南岳之秋啊,早已开花,他所播下的诗的种子!①

1943 年,在重庆中央大学任教的赵瑞蕻写下的《回忆剑桥诗人燕卜荪先生》发表在《时与潮文艺》上,这是迄今国内见到的最早介绍燕卜荪在中国经历的文章,作者对燕卜荪在南岳、蒙自和昆明的教学、创作和生活等作了描述。40 多年后,诗人以诗歌的形式描绘老师燕卜荪在南岳和昆明的情况,写到了燕卜荪承担的“莎士比亚”和“英美现代诗”课程,以及他在黑板上书写的板书,还有他的文论《七种朦胧》(又译作《朦胧的七种类型》)和第二本诗集《聚集着的风暴》,诗人最后说“早已开花,他所播下的诗的种子”,指出燕卜荪对中国现代主义诗歌创作的深远影响。事实上,作为中西文化的交流者,燕卜荪在西南联大的教学和研究不仅造就了一批在中国的西方文学研究者和青年诗人,而且对中国新诗理论的形成和发展同样影响深远。因此,诗人受惠于燕卜荪的教学和研究,先后翻译了法、英、俄等国名著多种,致力于比较文学的研究,对燕卜荪怀有深厚的感情和敬意。

再次,作品对中国新诗体式的贡献。2000 年 11 月,在江苏省南京市举行的赵瑞蕻遗著《离乱弦歌忆旧游——从西南联大到金色的晚秋》研讨会上有学者指出,他的“八行体”实践和《诗的随想录——八行新诗习作 150 首》的问

① 赵瑞蕻:《诗的随想录——八行新诗习作 150 首》,南京大学出版社 1995 年版,第 125 页。

世,是他对中国新诗格律化探索作出的突出贡献。[①] 在这部诗集里,诗人采用了"八行体"的形式,充分吸收了中国传统诗歌里五言和七言律诗的两句一韵、八句一首的体式,改变了中国传统诗歌严格用韵、整齐对仗的工整。对于这种新诗体,他曾说过:"在西方,英、法、德、意大利等国不少著名诗人如布莱克、华滋华斯、雪莱、艾米莉·勃朗特、叶慈、海涅、普希金等都写了不少八行体的诗篇"[②],因此,《诗的随想录——八行新诗习作150首》里的150首"八行新诗"既融合了格律诗和现代诗的所长,又借鉴了西方浪漫主义诗人创作的八行体,每首诗基本上四顿或者五顿,显得优雅别致,便于背诵、意味深长。可以说,这是赵瑞蕻对中国现代诗歌创作的尝试和贡献,对于他的尝试,王季思认为:"我一向主张新诗与旧诗的彼此靠拢,取长补短,互相吸收,因此我认为这种尝试是十分可贵的。"[③]如诗集里的《沈从文与浪漫主义》:

沈从文作品中孕育着浪漫情味,
诗的意境,独特的魅力,随处滋长;
从生活底层发掘真挚的美,
赤子之心愿人间充满崇高理想!
乡土抒情诗啊!朴素性格的光辉;
人们听见了湘西人的叹息和歌唱。
他是现代中国最后一个杰出的浪漫派,
如烛如金,煜煜照人,生命的光彩!

在这首典型的"八行体"里,诗人的作品不像传统的格律诗严格押韵,也不像现代新诗自由散漫,将优美流畅的现代语言运用到整齐的八行诗体里,每

① 叶彤:《人格的力量　宝贵的遗产》,董宁文主编:《多彩的旅程——纪念赵瑞蕻专辑》,《凤凰台报·开卷》特刊,江苏新华印刷厂2001年版,第129页。

② 赵瑞蕻:《诗的随想录——八行新诗习作150首》,南京大学出版社1995年版,第4页。

③ 王季思:《从春草池边说起》,赵瑞蕻:《离乱弦歌忆旧游——从西南联大到金色的晚秋》,文汇出版社2000年版,第425页。

行做到三顿或者四顿,使得整首诗圆融流丽,在艺术上有其独创性。可以说,这种“八行新诗”不仅凝聚了诗人的创造力,也体现了诗人的包容性,是对中国新诗格律化的创新性探索和写作实践。

作为《九叶集》[①]诗人中的一员,毕业于浙江大学外文系的唐湜被认为是九叶诗派的诗歌理论家,“在新诗史上,袁可嘉和唐湜是九叶诗派诗学理论和批评的双子巨星,面对着共同的时代所提出的诗学建设课题,他们在 1940 年代的诗论具有一致的目标指向,即‘新诗现代化’,但在建设形态上则差别明显”[②]。其实,唐湜不仅是位诗歌理论家,更是“九叶诗人”中诗歌创作最丰富、作品最多的诗人。他的诗歌创作源于 20 世纪 40 年代,1947 年出版了诗集《骚动的城》,1950 年出版诗集《飞扬的歌》,1958 年被划为右派,在颠沛困惫中坚持写诗,创作的长诗《划手周鹿之歌》被认为:“长诗的优秀之处在于,在叙述故事时它能够把牧歌的质朴单纯与传说的神秘奇幻几近完美地结合起来,从而创造出一种深沉而又透明的诗歌风格。”[③]1987 年,他的诗集《遐思:诗与美》由漓江出版社出版,这部诗集有个副标题“献给远方的友人”,这里的“友人”指的就是九叶诗人和诗友,唐湜对他们的诗路历程和诗艺探索进行了抒写,同时也对冯至、朱自清等的人生求索作了描绘。

首先,作品对“九叶诗人”的诗路历程进行抒写。在对唐湜的诗歌理论进行评价时,孙玉石说:“唐湜是有影响的诗歌评论家。他许多诗论与诗人论的文章,收于《意度集》(1950)中。他以现代主义的美学眼光,对从冯至到‘中国新诗’派的诗人唐祈、穆旦、郑敏等人的创作,进行了富有深度的把握和探讨,在推进现代主义诗潮的发展中有积极的意义。”[④]也就是说,他的诗歌批评,对“九叶诗人”的作品进行了总结和评价,也对九叶诗派的诗歌创作进行了引导

---

① 《九叶集》于 1981 年由江苏人民出版社出版,是新中国成立以来发表的第一部新诗流派选集,评论界将《九叶集》中的 9 位诗人称为“九叶诗人”,也被追认为“九叶诗派”。

② 许霆:《中国现代主义诗学论稿》,上海文化出版社 2005 年版,第 129 页。

③ 陈思和主编:《中国当代文学史教程》,复旦大学出版社 1999 年版,第 138 页。

④ 孙玉石:《20 世纪中国新诗:1937—1949》,《诗探索》1994 年第 4 期。

和修正，推动了中国现代主义诗歌的发展，而在与“九叶诗人”的长期交流交往中，他在创作实践中也对每位诗友的创作道路和写作技巧进行了叙写，如在《穆旦赞（十四行四章）》中，他写了 4 首十四行诗对穆旦诗歌的创作道路进行回顾和总结，其中的一首写道：

呵，穆旦，你自己可身经
野人山的溃败，见胡康河谷上
有无数的白骨遮蔽着丘岗，
……
你们会得到“自然的崇奉”！
把人类的一切灾难遗忘，
庄严地接受广阔的荒凉，
进入个自然的新的旅程，
一个永恒的沉默的生命！①

事实上，唐湜为纪念穆旦写下了不止 4 首十四行诗，他在 1975 年和 1987 年都写过十四行诗对诗友穆旦进行追忆和怀念。在这些诗作中，他对穆旦的现代主义诗艺给予高度评价，认为穆旦的诗歌对历史作出了深沉的反思与超越时空的观照。在这首诗中，唐湜写到了穆旦作为中国远征军翻译官入缅作战，几乎葬身于野人山，归国后写下著名的《森林之魅——祭胡康河上的白骨》，作品以自然主义风格来与战死者对话，他们的白骨上开满鲜花，化成自然而成为永恒的生命。因此，唐湜对穆旦以里克尔式的哲理，对死亡、生命和自然的诠释和领悟作了生动的揭示，这首诗将具象的物、自然与抽象的生命结合起来，还带有一定的故事性，也将诗歌的思想和丰富的情感含蓄内敛地表达出来，具有深刻的美学意蕴。在抒写同为“九叶诗人”杜运燮的创作历程时，

① 唐湜：《穆旦赞（十四行四章）——纪念他的逝世 20 周年》，杜运燮、周与良、李方、张同道、余世存编：《丰富和丰富的痛苦——穆旦逝世 20 周年纪念文集》，北京师范大学出版社 1997 年版，第 145—146 页。

他说:

呵,你远方的运燮,第一次
我翻开你的《四十首》就惊异
你那些闪光的矛盾的智慧,
你可在轻蔑着那无知的常识?
在昆明湖畔,写雄辩的诗,
你度过了多少个晦明的晨夕,
跟穆旦、郑敏们合在一起,
追随着异国的诗人们奔驰;①

1975 年,在九叶诗派还没有被追认为诗歌流派时,唐湜就给九叶诗友各写过一首十四行诗,对他们的创作成就进行歌咏,形成了十四行体的“九叶诗派史”。这首诗就是写杜运燮的,诗中对他早期的诗集《诗四十首》的思想和风格进行了总结,描绘了他在昆明与穆旦、郑敏一起进行诗歌创作的情况,特别写到他们受到外国诗歌的影响,在诗里不是直接陈述,而是采用意象来进行暗示:“追随着异国的诗人们奔驰”。这样的表达方式,与他对“新诗戏剧化”的认同和实践有着高度的关联。

其次,作品对九叶诗友的人生求索进行描绘。在某种意义上,人们对往昔的回忆或者追念,并不是要返回过去,而是更好地珍惜现实和未来。人们对于过去的各种怀旧直接影响着人们的未来,而对于未来的思考又使人们必须对怀旧的叙事负责。基于这种认识,博伊姆认为,怀旧也许会浪费时间,但是如果没有怀旧,人生活着而麻木。在唐湜的众多作品中,除了对九叶诗人的创作历程进行抒写外,他还对一些诗友进行了追忆或缅怀,将诗友或老师的人格和风范传播出去,给予人们启示与引导。如在《十四行六章:献给诗人冯至八十五寿辰》里,他写道:

① 唐湜:《遐思:诗与美——献给远方的友人》,《唐湜诗卷》,人民文学出版社 2003 年版,第 629 页。

当我还是个绿鬓的少年

我曾在梦窗下进入您的

帷幔上极乐的世界，看着

牧童的笛声涌出片白莲……①

冯至、朱自清和卞之琳等都是“九叶诗人”熟悉而尊敬的老师，也是他们共同的前辈创作者，对他们的创作或批评产生过或多或少的影响。因此，作为青年一代的诗人，他们对老师的人生探索或影响都写过纪念诗文，如郑敏在《诗歌与哲学是近邻：结构—解构诗论》里，认为冯至是促使其走上诗歌创作的“引路人”。在《十四行六章：献给诗人冯至八十五寿辰》里，唐湜也写到了作为“沉思者”的冯至早年创作的《吹箫人》和《帷幔》，以及作为意象的“笛声”和“白莲”，并由此对冯至的创作及其对歌德、里尔克的讲授进行肯定，认为冯至的诗歌充分体现了时空的辩证：“现在的我里藏着过去的我，也含着未来的我。”此外，唐湜还创作了《手——敬悼朱自清先生》，认为朱自清的“手”创作出来的作品，是他的人格乃至人生的真实写照。这首诗将朱自清的作品和他的精神结合起来，表现了他对苦难现实、社会人生的关注，以及对“人民”觉醒的期待，同样融合了过去、现在和未来的思考。因此，这些作品对诗友和老师的人生探索礼赞或描绘，充满着对表现对象的艺术与人生同一的整体性理解，而在这些诗作里，正如屠岸在《唐湜诗卷》里说的：“常常充盈着的对生活的热爱，对美好事物的向往……以及对诗友的缅怀，对幻美的追踪……发生了嬗变，进行了纯化，因而升华为欢乐、温煦、缱绻、梦幻、宏伟和壮烈！他作为美的宗教的信徒，超脱了命运赐给的苦难，实现了灵魂的飞升！”②

① 唐湜：《献给我们的诗艺大师——贺冯至先生八十五大寿》，《唐湜诗卷》，人民文学出版社2003年版，第706页。

② 屠岸：《诗坛圣火的点燃者（代序）》，《唐湜诗卷》，人民文学出版社2003年版，第2页。

第三节　知识分子的历史和境遇

1985年,年近六旬的宗璞开始创作《野葫芦引》的第一部《南渡记》。对于《野葫芦引》的创作,她在接受访谈时说过:"完成这部书,也是对历史的一个交代。最初写《南渡记》的时候,我有两年是在挣扎中度过的。一个只能向病余讨生活的人,又从无倚马之才、如椽之笔,立志写这部长篇小说《野葫芦引》,实乃不自量力,只该在挣扎中度日。"①作家在这里提到的"历史",其实就是西南联大师生南渡、东藏、西征、北归的历史,她要将这段抗战时期中国知识分子迁徙流亡的历史以及他们在抗战中的使命和责任进行史诗性的重构,再现20世纪中国知识分子的生命历程。为什么立志要写作《野葫芦引》,而直到58岁时才动笔,这其实与她的父亲冯友兰有关。1980年,在生命的最后10年,冯友兰开始撰写《中国哲学史新编》,到1990年,150余万言的7册巨著写成。可以说,在父亲的身上,她看到了中国知识分子的使命和责任,生命不息、问学不止。因此,她愿意与生命进行比拼,竭尽心力去完成书写这段"历史"的《野葫芦引》。1987年,《人民文学》第五、六期以《方壶流萤》《泪洒方壶》发表了《南渡记》第一、二章;1988年,《南渡记》单行本由人民文学出版社发行。《南渡记》的出版,得到了社会各界的好评。卞之琳认为:"就题材而论,这部小说填补了写民族解放即抗日战争小说之中的一个重要空白;就艺术而论,在新时期小说创作的繁荣当中独具特色,开出了一条小说真正创新的康庄大道的起点。"②如果说鹿桥的《未央歌》书写的西南联大是"青春未央"实录的话,那么宗璞的《南渡记》则是史诗性的建构,对抗战时期中国知识分子的命运进行了全景式的描绘。

首先,作品对西南联大史实的描述。《南渡记》虽然是《野葫芦引》的第一

① 宗璞、夏榆:《痴心肠要在葫芦里装宇宙》,《上海文学》2010年第8期。

② 卞之琳:《读宗璞〈野葫芦引〉第一卷〈南渡记〉》,《当代作家评论》1989年第5期。

部，但是为长篇巨制《野葫芦引》的史诗性建构作了重要的铺垫。因此，这部作品对西南联大的相关史实作了若干注解和说明，而对于历史事件或人物在作品中的虚构与想象，王德威曾说过："历史小说家可能运用历史上已知人物或事件的兴衰起伏作为书中的索引……使它们在时间的流逝中反映出内在经历的变化与不一致的现象。"①宗璞不是历史小说家，但是《南渡记》却是根据西南联大的史实创作的虚构性作品，也就是说，作家以西南联大的"人物或事件"作为书中的原型，对抗战时期的民族命运和个体生命进行了细腻真实的历史描绘。作品开端即写到明仑大学历史系教授孟樾和物理系教授庄卣臣参加聚餐会后的谈话，庄卣臣认为"庐山谈话会规模不小"，中心议题是对时局的分析和对策。根据《国立西南联合大学校史——一九三七至一九四六年的北大、清华、南开》记载，1937 年 7 月 9 日，蒋介石分别邀请各界知名人士在庐山举行关于国是问题的谈话会。北大、清华和南开三校校长和陈岱孙、浦薛凤、庄前鼎等教授以社会名流身份应邀参加。② 在"庐山谈话会"后，国民政府教育部决定北大、清华和南开三校南迁，于是有了中国高校壮怀激越的离乱迁徙，一大批优秀知识分子流亡到遥远的西南及其周边地区。这就是作者对卢沟桥事变发生、国民政府对日寇侵略作出反应的历史叙述。同时，作者也对抗战中的历史细节和人物心理进行了刻画。如在写到孟樾的夫人吕碧初带着孩子离开时，描述了与作为城市的北平作别的惨痛酷烈：

> 北平哭了。古老的、凝聚着中华民族文化的北平，在日寇的铁蹄下颤抖、哭泣。车站漏水，滴滴嗒嗒，从房顶接出去的一个破旧的铁皮棚不断向下滴水。眼泪从北平的每一处涌出来，滴进人心。什么时候北平能不哭啊？嵋想，也许到我们回来的时候？③

---

① ［美］王德威：《历史・小说・虚构》，《想象中国的方法：历史・小说・叙事》，百花文艺出版社 2016 年版，第 305 页。

② 西南联合大学北京校友会编：《国立西南联合大学校史——一九三七至一九四六年的北大、清华、南开》，北京大学出版社 2006 年版，第 10 页。

③ 宗璞：《南渡记》，人民文学出版社 2005 年版，第 198—199 页。

这是小说里非常难忘的历史细节:吕碧初带着孩子将踏上漫漫不可知的南渡之路,天气阴冷、人心茫然。在这里,宗璞将古老的北平视作有生命的个体,也视作国家民族的文化象征,她用拟人化的手法写到了古都北平在"颤抖、哭泣",如此触目惊心、动人心魄,让人们彻骨地感受到战争时期的"亡国之痛、离乱之苦"。可以说,这部小说较好地表现了抗战时期的历史事件和惨痛境遇,较好地反映了作品中人物的心理感受和情感变化。但是,作者对西南联大史实的描述,并非全部都是这种浸透着血泪、泣心的悲情叙述,而是格外注重情感的节制和内容的丰盈充沛。如描写滇南小城"龟回"时,小说的世界变得清新明朗、恬静自然:

> 龟回落得安静,保持着古朴的风格。这城很小,站在城中心转个圈,东西南北四座城门近在眼前……城南一个小湖,雨水盛时,大有烟波浩渺之概。几条窄街,房屋格式不一,有北方样式的小院,南方样式的二层小楼,近城还有废弃的法国洋行,俱都笼罩在四季常青的树木之中。满城漾着新鲜的绿色,连那暮霭,也染着绿意。①

小说里写到的"龟回",其实就是滇南蒙自。1938 年 5 月到 8 月,西南联大文学院和法商学院在这里组建蒙自分校。同年 6 月,年仅 10 岁的宗璞和家人在蒙自生活了两个月,这段短暂的生活并不妨碍她对蒙自的诗意性描述。在《南渡记》里,反复回旋的是战争的阴影和战争期间的各种苦痛,但是到这里,作家却以素朴典雅的文字对龟回的城市风格、街道景致、房屋样式等进行描述,尤其对龟回的绿色和绿意进行了诗意化处理,这无疑成为苦难叙述中的亮色。因此,《南渡记》对历史叙述的意义,不仅仅在于丰富人们对西南联大的历史认知,而且更重要的还在于帮助人们了解生命个体在战争期间的苦痛与记忆。

其次,作品对知识分子形象的建构。作为表现抗战时期中国知识分子心

① 宗璞:《南渡记》,人民文学出版社 2005 年版,第 220 页。

路历程的重要作品,《南渡记》描写的对象主要是明仑大学的老师和家眷,正如有评论者指出的:“这部系列长篇小说所描写的战争年代与宗璞的中短篇小说所描写的当代中国的社会生活有很大差异,但它却贯穿了宗璞小说的一贯主题,知识分子在艰难时世中的命运和抉择。”①因此,这部小说塑造了不同类型的知识分子形象,展现了他们的爱国情怀和转折时代的抉择取舍。对于知识分子在特定时期的价值,萨义德曾说过:“在民族存亡的紧要关头,知识分子为了确保社群生存所做所为具有无可估量的价值,但忠于团体的生存之战并不能因而使得知识分子失去其批判意识或减低批判意识的必要性,因为这些都该超越生存的问题。”②在小说里,宗璞将不同的知识分子放在“紧要关头”进行抉择,从抉择的过程与结局来考量知识分子的人格和力量。如北平知识分子在对是否“南渡”进行选择时,就形成 3 种不同的抉择:一是以孟樾、庄卣臣等为代表的知识分子,他们毅然决然跟随明仑大学,冒着硝烟和烽火向南迁徙;二是以吕清非老人为代表的知识分子,拒绝出任伪职,为避免辱没国家和拖累子女,选择殉国的方式结束生命;三是以凌京尧为代表的知识分子,在敌人的威逼下选择投降,与日寇合作出任伪职。因此,不同的知识分子作出的抉择,决定了他们的历史和命运,也体现了他们的精神和风骨。宗璞对不同知识分子形象的建构,表现在不同的情节构造和语言描述中,也倾注着她的精神立场和价值判断,如写到凌京尧在女儿眼中的形象:

> 他不知缩在哪个角落。忽听见鼓掌,父亲从菊花丛中,迟疑地、畏缩地出来了。他缩着肩,驼着背,和母亲一起,双双站在一个日本人前,像在忏悔,像在由那人重新证婚,像是一对被捕入笼的小老鼠!③

---

① 张志忠:《士林心史　儿女风姿——宗璞小说创作论》,《文学评论》2011 年第 6 期。

② [美]爱德华·W.萨义德:《知识分子论》,单德兴译,生活·读书·新知三联书店 2002 年版,第 39 页。

③ 宗璞:《南渡记》,人民文学出版社 2005 年版,第 259 页。

在宗璞的小说创作中,始终执着于知识分子形象的形塑或对知识分子的书写,如《红豆》中的江玫、《三生石》中的梅菩提和方知、《弦上的梦》中的慕容乐珺和梁遐、《米家山水》中的米莲予等,对知识分子的性格、情感、遭遇和命运给予关注。但是由于知识分子的思想、追求和信仰的不同,在面对社会历史的抉择时会做出不同的选择,因而表现出了不同的人格形象。《南渡记》里凌雪妍的父亲凌京尧,崇尚名士生活,是最早的话语运动参与者,他知道不能做亡国奴,但是由于性格懦弱,当家庭优裕舒适的生活被粉碎,敌人对他略施手段,他就彻底投入到敌人的怀抱。可以说,在物质诱惑面前,作为知识分子的道德情操和精神立场迅速变化,他的投敌变节,与其说是被迫,不如说是主动。因此,在宗璞笔下,凌京尧就是"被捕入笼的小老鼠",他性格懦弱、形象猥琐,与高昂民族气节、坚守爱国情怀的吕清非形成鲜明的对比,对于这种人物形象建构,韦君宜认为:"我觉得这本书里写得给人印象深的是老人吕清非和他的亲戚凌京尧教授……这个老人的风格是我们近三四十年来的作品里少有的。不是抗日作品中常见的农民英雄,得说有些特点。"①《南渡记》还塑造了年轻一代的知识分子形象,如明仑大学青年教师卫葑、李宇明等,他们参加中共地下组织或是准备奔赴延安,对革命斗争充满热情。可以说,以吕清非、孟樾、卫葑等为代表的知识分子,他们所坚持的理想和信仰,以及他们在时代转折面前的抉择,表现了中国知识分子的家国情怀、道德情操和理想人格;而以凌京尧为代表的知识分子,他的懦弱自私、贪图享乐,以及在"紧要关头"的变节,也体现了战时知识分子的一面。作品里,正是这些不同的知识分子,组合成小说里的知识分子形象,构成了抗战时期知识分子的生存状态:坚守与逃离,"为读书人立传,为一代士林竖碑,为民族大义鼓与呼"②。

再次,作品中家族关系的结构模式。在中国现代文学史上,以家族关系建构小说成为了作家的偏好,如巴金的"激流三部曲"(《家》《春》《秋》)和张爱

---

① 韦君宜:《〈南渡记〉漫谈》,《文艺报》1988 年 10 月 29 日。

② 陈乐民、资中筠:《宗璞八十记寿》,《书城》2008 年第 10 期。

玲的《金锁记》、老舍的《四世同堂》、路翎的《财主底儿女们》等，为中国现代文学的发展开辟了叙述空间和表现题材。对于家族关系的文学发生，旷新年曾说过："在现代民族国家的形成中，个人、家、国不得不成为中国现代文学的重要主题，不仅如此，它也深刻地影响了中国现代文学的语言和形式。"①也就是说，文学作品表现的对象是个人或群体，而个人在某种程度上是与家族联系在一起的，而个人又存在于民族国家的结构体系中，这样，也就决定了个人、家族和民族国家成为中国现当代文学的表现主题。宗璞的《南渡记》就是以家族关系作为小说结构模式的，对此，她在访谈时也承认："大概写长篇，我觉得用家族关系来写比较方便，在一个家族里自然就有很多关系，然后在这里头就发生了一些事。"②因此，这部小说以孟樾和吕碧初夫妇为中心，故事的主人公除他们夫妇外，还有孟樾的岳父吕清非和续弦的夫人赵莲秀、孟樾的外甥卫葑和妻子凌雪妍、孟樾的姐夫澹台勉和吕绛初，以及凌雪妍的父亲凌京尧和母亲岳蘅芬等，此外还有孟樾的孩子孟离己（峨）、孟灵己（嵋）、孟合己（小娃）和澹台勉的孩子澹台玹（玹子）、澹台玮（玮玮），以及玹子的男朋友麦保罗，还有孟樾在明仑大学的同事庄卣臣、李涟及其子女等，如此众多的人物和形象，构成了《南渡记》家族关系的结构和叙事，也对他们在抗战时期的家庭生活、人生变故和民族创伤作了描绘和揭示。如小说写到南渡前，吕清非老人的日常生活：

> 吕老太爷每天上午诵经看报……下午午睡很长，起床后的时间如果可能，就是说如果外孙可以奉陪的话，就把它都交给外孙。在城里和玮玮玩，在乡间和小娃玩。老人自己只有三个女儿，晚年能有外孙谈谈，觉得是人生第一乐事。③

① 旷新年：《个人、家族、民族国家关系的重建与现代文学的发生》，《中国现代文学研究丛刊》2006年第1期。

② 贺桂梅：《历史沧桑和作家本色——宗璞访谈》，《小说评论》2003年第5期。

③ 宗璞：《南渡记》，人民文学出版社2005年版，第9—10页。

可以看到,《南渡记》是围绕着家族关系展开叙事的,或者说家族关系成为推动小说发展的重要动力。在这部小说里,还可以将家族关系的结构进行划分:第一代即吕清非和续弦夫人;第二代即孟樾和夫人、姐姐和姐夫、朋友等;第三代即孟樾和姐夫、朋友的孩子等,而这三代人保持各自的独立性,同时彼此关联。如作品提到的吕老太爷(吕清非),在少年时中过举人,青年时参加同盟会,民国初年当选国会议员,后来与当权政府不合作,退出政坛在北平女儿家里颐养天年,每日诵经看报,吟咏弄孙自娱。但由于日寇不断入侵,又把他推向风暴的中心,最后以服药的方式壮烈殉国。宗璞以家族关系推动了小说的叙事,叙述吕清非在高门巨族中的地位、沉浮和历史,描绘了他隐退的日常生活以及辞生赴死的高洁品格。可以说,小说里无论写到祖孙间的游戏和活动,还是写到小一辈的玮玮与小娃、嵋的交游交往,都是围绕着家族关系展开的,因为在玮玮眼里,"我们是两家在一起,不是谁住在谁家。而且我的家就是嵋的家,嵋的家也是我的家"①。因此,《南渡记》里家族关系的结构模式,与巴金、张爱玲、路翎等作家的表现方式不同,他们表现的是家庭的矛盾和冲突,而宗璞表现的是家庭的温馨和和睦,因而具有典型的文学意义。

最后,作品质朴典雅的叙述语言。小说是语言的艺术,作为一种叙事文学,小说叙述要求使用的语言准确、明晰、生动、传神,形成描述逼真、内涵丰富、形象生动的审美品格。作为当代著名的小说家,宗璞曾说过:"我自己在写作时遵循两个字,一曰'诚',一曰'雅'。这是我国金代诗人元遗山的诗歌理论。郭绍虞先生将遗山论诗总结为诚乃诗之本,雅为诗之品。我以为很简略恰当……'雅'可以说是文章的艺术性。要做到这点,只有一个苦拙方法,就是改,不厌其烦地改。"②因此,在写作《南渡记》的两年多时间里,宗璞对作品进行反复修改,对语言不断完善,使语言叙述达到了炉火纯青的地步。对于她的语言叙述,老作家孙犁认为:"给我留下了三方面的印象,都很深刻。一、

① 宗璞:《南渡记》,人民文学出版社2005年版,第114—115页。

② 宗璞:《小说和我》,《文学评论》1984年第3期。

作者的深厚的文学素养；二、严紧沉潜的创作风度；三、优美的无懈可击的文学语言。”①为什么会形成如此独特的语言风格呢？这一方面与宗璞受到的中国传统文化影响有渊源；另一方面，多年从事外国文学研究的经验，使她秉承了中西文化的精神和内涵，将中国传统语言的含蓄内敛、和谐的节奏、韵律和意境，以及西方文学语言的简洁、生动和细微的心理变化融合起来，形成了质朴典雅的语言叙述。如小说第七章写到北平的气候，作者这样描述：

> 不像西南高原的气候总是温暖和熙，到十月中旬还是花繁叶茂，北平的四季是分明的，分明到使人惊异节气的准确。过了立秋，暑热纵然号称秋老虎，却必透些凉意，更让人不好对付。之后是处暑，言暑气至此而止，自然凉爽宜人。到寒露时分，阵阵秋风，染黄了满城碧树，人们便得到准备棉衣的警告。②

在一定程度上，《南渡记》虽然反映的是抗战时期或民族抗争的重要作品，但是小说没有直接描写战争和战火，更多的是写战争给人造成的心灵创伤和痛苦记忆，而在对知识分子的苦难历程进行书写的同时，作者也写到战争时期的不同侧面。如对北平气候的描写，宗璞所用的都是平实质朴的字句，但是语言简洁、生动含蓄，富有诗意和美感。在文字的组织上，多用短句，毫无滞涩之感，显得凝练、雅致；在文字的表达上，充满情趣意味，毫无违和之感，显得别致典雅。因此，《南渡记》语言质朴、典雅精致、富有意味，“为当代长篇小说之林增添了一道旖旎的风景，语言的考究和精致，为日渐浮躁、乖戾和平庸化的时代，提供了一帖镇静剂，抚慰着骚动不宁的灵魂，呼唤着一种浩然正气和源远流长的文人情怀的归来”③，由此呈现出《南渡记》在中国当代文坛上重要的价值和现实意义。

---

① 孙犁：《人的呼唤》，徐洪军编著：《宗璞研究》，河南大学出版社2017年版，第185页。

② 宗璞：《南渡记》，人民文学出版社2005年版，第241页。

③ 张志忠：《士林心史　儿女风姿——宗璞小说创作论》，《文学评论》2011年第6期。

第三章　21 世纪以来西南联大的文学书写

进入 21 世纪以来,学界对西南联大研究的全面兴盛①,也带动了以西南联大为题材的文学创作的持续全面发展。但是这一时期由于西南联大师生健在者逐年减少,西南联大师生不再成为这一时期创作主体的多数,一些西南联大师生的散文和回忆录更多是在 21 世纪以前创作或者完成,而在 21 世纪得以整理出版或公开发表的。因此,这一时期被称为西南联大文学书写的兴盛期,除散文、小说和诗歌等作品外,还出现了话剧、电影、纪录片等多种表现形式②,引起了较大的社会反响。可以说,这一时期众多作家、诗人和学者对西南联大的呈现,或者说对西南联大的想象建构较为明晰和准确,这一时期也称为自觉建构时期,他们对西南联大的历史和人事进行了描述或反思,创作出现了新的变化,一些作品被认为是纪实体小说或诗化小说,也产生了一些经典的作品,如宗璞的《东藏记》获得了中国长篇小说的最高荣誉——第六届茅盾文

---

① 根据研究者的统计,从 1980 年到 1999 年以西南联大为研究对象的文章(包括期刊论文、报纸新闻和会议综述等)共 386 篇;从 2000 年到 2017 年以西南联大为研究对象的文章有 1508 篇。具体参见白杨:《西南联大研究现状与反思》,《云南师范大学学报》(哲学社会科学版) 2018 年第 6 期。

② 由于本书仅限于小说、散文(含回忆录)和诗歌等文学体裁的讨论,因此不对话剧、纪录片和电影等进行探讨。

学奖。

20 世纪 90 年代以后,“中国散文获得了长足甚至是前所未有的发展,其最明显的标志为:散文已从文学后台跃上前台,而原来占据主角的诗歌、小说等文类已风光不在”①,一大批文化散文和学者散文的出现,推动了中国散文新的流变。在这个过程中,一批西南联大的学生,如许渊冲②、赵瑞蕻等对生命中的历史和往事进行回忆,他们又一次进入了西南联大的文化记忆中,也带着读者重温了那段温情美好的青春岁月。与此同时,无论人们承认与否,回忆录潮在世纪之交继续涌现,“历史上没有哪个阶段能像今天一样,有如此多的回忆录被经典化、市场化与普世化”③,历史学家何兆武④口述的《上学记》和哲学家任继愈⑤的《念旧企新:任继愈自述》、刘绪贻的《箫声剑影:刘绪贻口述自传》等回忆录或自传,成为读书人和知识界阅读的重要著作。

在某种程度上,历史的叙述就是建构。作为时代的亲历者和见证者,宗璞对西南联大的历史进行叙述,也对西南联大进行史诗性的建构。2019 年 2 月,《北归记》在人民文学出版社出版,意味着她对西南联大知识分子的抗争史和精神史的书写终于收官,也意味着四卷本的《野葫芦引》对西南联大的历史建构得以实现,“我们见证了当代文学史上一个奇迹的诞生,这是一部与作家的生命血肉相连、同时成长的小说,其内容更是对这个古老民族抵御外辱、自强自立的历史记述”⑥。与宗璞对西南联大的历史叙述一样,董易创作于 1987 年的《流星雨》同样保存了“史实”“史料”,只是他在对具体历史事件进行描述时,还对历史面相的丰富性和复杂性有不同程度的呈现,在这样的意义

① 王兆胜:《归位 · 蓄势 · 创新——论 21 世纪的中国散文创作》,《文艺争鸣》2010 年第 12 期。

② 许渊冲(1921—2021 年),江西南昌人,翻译家。

③ 覃琳:《当代回忆录潮的兴起及其叙事范式研究》,《思想战线》2018 年第 6 期。

④ 何兆武(1921—2021 年),湖南岳阳人,历史学家、翻译家。

⑤ 任继愈(1916—2009 年),山东平原人,字又之,哲学家、佛学家、历史学家。

⑥ 刘汀:《宗璞长篇小说〈北归记〉:古老民族的青春叙事》,《文艺报》2017 年 11 月 27 日。

上,《流星雨》为想象建构西南联大开辟了新的空间。

正如陈平原所说的:"无论任何时代,诗歌都应该是大学的精灵与魂魄,不能想象一所大学里没有诗与歌——那将是何等地枯燥乏味。"①在云南的高校中,也有诗人和诗歌节,作为驻校诗人兼特聘教授的海男,以史诗的形式完整地呈现了西南联大的历史,她将自己创作的长篇组诗《穿越西南联大挽歌》献给"第二次世界大战中的西南联大"。2017 年,海男的《梦书:西南联大》以小说的形式、诗化的语言对西南联大的历史进行了"复述",其间穿插着主人公的爱怨、青春和战争记忆,被认为"海男用诗性的语言打开了与大师学者灵魂相遇的精神通道,回到七十多年前的逃亡之旅,去寻访战争中的遗梦,而这场寻梦之旅也负载着审美自由的文化意义"②,赋予了新的形式和审美意味。

第一节　灵地缅想与心路的叙写

一、　许渊冲、赵瑞蕻的散文:灵地的缅想与民族的记忆

在《追忆逝水年华》里,普鲁斯特(Marcel Proust)写过这样一段话:

> 重现的时光远比当初的一切有意味。只有认真生活过的人,才有值得回忆的一生。回忆是另一种生活。没有值得回忆的人生,是失败的人生。而美好的,哪怕是痛苦的回忆,则保证了一个人照样活上两辈子。如果回忆变成了一部书,那就是永恒的回忆。③

普鲁斯特的这段话被许渊冲用在了《诗书人生》的序曲中,表明他对这段话的推崇,而在自己的《追忆逝水年华》(再版时更名为《逝水年华》)、《续忆

---

① 陈平原:《校园里的诗性——以北京大学为中心》,《学术月刊》2012 年第 11 期。

② 韩露:《寻访硝烟弥漫中的教育遗梦——评海男新作〈梦书:西南联大〉》,《出版参考》2017 年第 8 期。

③ [法]马赛尔·普鲁斯特:《追忆逝水年华·重现的时光》,徐和瑾、周国强译,译林出版社 1991 年版,第 134 页。

逝水年华》和《诗书人生》里，许渊冲都有对过去时光的诗意想象：西南联大的人事和昆明的风物都呈现在作品里，寄寓了他对往昔时光的珍视和向往。同样的，正是这种对消逝时光的珍视，赵瑞蕻编辑了散文集《离乱弦歌忆旧游》，作品认为回忆是温馨的，也是惆怅的，回忆不仅带来了生活乐趣和哲理沉思，还在往昔的旧事中得到重新认识和反复追索。因此，对西南联大和昆明的回忆，不仅是对逝去时光的怀念，也是对曾经生活的同学、现在散居各地的友人的怀想。

许渊冲的《追忆逝水年华》最初发表在《清华校友通讯》上，是他于1993年所写，1996年由三联书店出版，其中的不少篇章都是在当时报刊上发表过的。2003年，他在百花文艺出版社出版《诗书人生》，共收了36篇散文，其中的不少篇章在《散文月刊》和《山西文学》等刊物发表。2008年，由于在《追忆逝水年华》出版的10余年间，发生了一些人事的变化，他又补充出版了《续忆逝水年华》，在该书的《序言》里，他说："从一个人的回忆中，只要是值得回忆的，也许可以过上两辈子的生活。从一群人，尤其是一群知识分子的成长过程中，也许可以看出一个世界的演变，一个民族的发展，一个时代的洪流。"①在这3部散文集里，虽有部分散文内容有增删或者重复，但更多的内容却是不同的，正是这些散文汇聚成对西南联大人事的"永恒的回忆"，将西南联大的师友与昆明的生活集中在作者的叙述中。

首先，作品对西南联大师友的追忆。在汪曾祺、冯至、卞之琳、郑敏、宗璞等作家、诗人的回忆性散文中，都有对西南联大师友的回忆，这些回忆性散文共同建构了西南联大师生的形象，使其成为西南联大自由美好的体现。作为西南联大学生，许渊冲在不同的作品中记录了朱自清、闻一多、冯友兰、吴宓、浦江清、叶公超、钱锺书、沈从文等老师的谆谆教诲，也叙述了与杨振宁、汪曾祺、张燮等同学的交流交往。如在《沈从文与汪曾祺》中，他写第一次见到汪

① 许渊冲：《续忆逝水年华》，湖北人民出版社2008年版，第7页。

曾祺时的印象:

> 他给我的印象是一个典型的白面书生:清清秀秀,斯斯文文,穿一件干干净净的蓝布长衫,给新校舍的黑色土墙反衬得更加雅致,一看就知道是中国文学系才华横溢的未来作家。他在联大生活自由散漫,甚至吊儿郎当,高兴时上课,不高兴就睡觉,晚上泡茶馆或上图书馆,把黑夜当白天。①

20世纪中国知识分子的精神风貌不仅体现在冯至、金岳霖、陈岱孙等的作品中,也体现在西南联大学生的作品里,这些学生深受他们老师的教诲和影响。因此,许渊冲对汪曾祺的最初印象:“清清秀秀”“斯斯文文”“干干净净”,这是他的外貌,但是话锋一转,说他“自由散漫”“吊儿郎当”,这种描写实际上透露出的就是集体对西南联大的记忆:自由、自尊,这是西南联大的内在精神与知识生活的重要符码,也是留在西南联大学生间的“永恒的回忆”。对他的老师吴宓,许渊冲这样描写:

> 他的一丝不苟,首先表现在他的书法上,他写中文非常工整,从来不写草字、简字;他写英文也用毛笔,端端正正,不写斜体,例如S和P两个字母,写得非常规矩,五十年来,我一直模仿他的写法。其次,他的一丝不苟,还表现在排座位上。联大学生上课,从来没有排座次的,只有吴先生的《欧洲文学史》是例外。②

作为热心的人道主义者或者文化保守主义者,吴宓是战时昆明独特的人物之一,他的形象在温源宁、毛彦文、汪曾祺、赵瑞蕻、何兆武、刘绪贻等笔下都有生动、真实的描绘,也呈现出一定的“复杂”与“矛盾”面相,如温源宁认为他是“孤独的悲剧角色”,而毛彦文认为他有“浓厚的书生气质”,可以说,对吴宓丰富复杂而又大起大落的人生,不同的人有不同的看法。但在许渊冲的回忆中,认为吴宓“一丝不苟”,不仅表现在书法上,还表现在排座位上,而且他的

---

① 许渊冲:《诗书人生》,百花文艺出版社2003年版,第61页。

② 许渊冲:《逝水年华》,生活·读书·新知三联书店2008年版,第75页。

书法和儒家思想都深刻地影响着他的学生。因此，透过不同作家或者学者的描述，可以看到西南联大知识分子曲折而富有传奇色彩的一生，也可以领略更加真实而全面的西南联大人物风采，同时让人走进文化思考的记忆深处。

其次，作品对昆明学生生活的回忆。正如瓦尔特·本雅明（Walter Benjamin）所说："在波德莱尔那里，巴黎第一次成为抒情诗的题材。他的诗不是地方民谣；这位寓言诗人以异化了的人的目光凝视着巴黎城。这是游手好闲者的凝视。他的生活方式依然给大城市人们与日俱增的贫穷洒上一抹抚慰的光彩。"①本雅明以游手好闲者的眼光来观察城市，看到作为城市的巴黎进入波德莱尔的诗作中，而在波德莱尔的观感与体验中，都市的罪恶与现代文明的缺陷在诗作里以寓言或者象征的方式呈现，为都市的表达和想象开辟了新的领域，也寄寓着波德莱尔对都市的诗意观照。西南联大师生作为异乡的寄寓者，他们对昆明的体验和观感，以及对昆明生活的文化记忆，展现了他们对昆明这座城市的想象建构。当时，在西南联大的青年学生，除了读书、写作、打球外，有时会到滇池边的西山游玩，许渊冲写道：

> 昆明的风景名胜很多，最著名的自然是滇池之滨的西山，远远望去，像睡美人在俯视水中的倒影，令人神往……坐船从滇池到西山要走三个小时，一路上美国牧师康登拓夫妇教我们唱英文颂歌，歌词劝人不要爱尘世的浮华虚荣……吃饭时每桌三个女同学，五个男同学，歌声此起彼伏，使我觉得"此曲只应天上有"，天堂的欢乐也不过如此，反倒更留恋尘世了。②

昆明之所以吸引人，正在于它不同于北平、天津和上海的繁华与现代，它是城市与乡村生活的结合，还有城市周围的滇池、西山、大观楼等名胜古迹，这一切在历经离乱之苦的青年学生看来，是个平静读书的好地方。因此，在昆明

---

①　［德］本雅明：《发达资本主义时代的抒情诗人》，张旭东、魏文生译，生活·读书·新知三联书店1989年版，第189页。

②　许渊冲：《逝水年华》，生活·读书·新知三联书店2008年版，第66页。

的学生生活，让他觉得天堂不过如此，“更留恋尘世了”。同样的，在《如萍》《小林》《昆明寻梦》等作品中，他写到与同学去阳宗海旅行、到大观楼游玩、在翠湖茶室喝茶、昆明大戏院看电影，也写到昆明的蓝天白云、云南的鲜艳花草，以至生发“蓝天白云何处见？远在滇池洱海边”①的感叹。可以说，这种对昆明学生生活的回忆，不仅写到了青年学生明熙温暖的生活，也写到了青春洋溢的岁月，更写到了昆明的美好形象。在这样的意义上，西南联大师生对昆明的回忆，并不是“游手好闲者的凝视”，而是让曾经的美好成为“永恒的回忆”，让逝去的温暖重新浮现在眼前，让昆明的记忆转换成记忆的昆明，因而具有独特的美学价值。

最后，作品对西南联大的灵地缅想。许渊冲的《追忆逝水年华》在三联书店初版时，标题中有“从西南联大到巴黎大学”，这是他在中国和法国求学的两所大学，而在 22 篇作品里，写到西南联大的有 14 篇，写到巴黎大学的有 3 篇。根据这部散文集篇目的粗略判断，可以看到西南联大在作者心目中的位置。为什么西南联大让他念兹在兹、终生难忘？或许可从这段话中找到缘由：“联大有什么值得骄傲的？联大有精神：政治情怀、社会承担、学术抱负、远大志向。”②因此，在融合着青春想象、少年记忆和老年情怀的作品里，他对西南联大进行了诗意性的建构。当时，作为外文系学生，许渊冲在学校除专业课外，还选修了冯友兰、潘光旦、金岳霖、皮名举、浦薛凤等的课程，这对他的治学和思想有重要的影响，也对他的学术抱负和远大志向做出了指引。如在《路》中，他写道：

> 联大门口有两条路：一条是公路；一条本来不是路，因为走的人多了，慢慢成了路。现在走那条近路的人更多了，我却不喜欢走大家走的路……我过去喜欢一个人走我的路；现在也喜欢一个人走我的

---

① 许渊冲：《诗书人生》，百花文艺出版社 2003 年版，第 336 页。

② 陈平原：《绪言：炸弹下长大的中国大学》，《抗战烽火中的中国大学》，北京大学出版社 2015 年版，第 4 页。

路;将来还要一个人走自己的路。①

这是他引用在西南联大一年级时写的日记中的一段话,这段话与鲁迅在《故乡》中的那段名言极其相似。在写这段话的时候,许渊冲有18岁,当时的他充满自信、心怀宏愿,“要一个人走自己的路”。实践证明,他选择文学翻译的道路,把中国历代诗词翻译成英文和法文,又将英、法世界文学名著翻译成中文,被誉为“汉诗英译第一人”②,取得了丰硕的成果。但是,从这段话也可以看到,他的回忆不是简单地回忆过去,而是要在“补充理解”或者“征引日记”的基础上重新深化对西南联大的认识,这种认识对西南联大的缅怀具有“典型意义”,也更贴近历史语境。在《西南联大的师生》中,他记述了殷海光(殷福生)和徐高阮的思想转变,他们在校时各是右派和左派的学生代表,1949年离开中国大陆到台湾,殷海光任教于台湾大学,徐高阮到台湾“中央研究院”,“既有向左转的殷福生,又有向右转的徐高阮,所以才‘世所罕有’了”③。对于这种思想的转变,他将其归结为西南联大的“兼容并包”。因此,他在作品里重现了陈寅恪、朱自清、冯友兰等名师大家的风采,也回忆了杨振宁、王浩、汪曾祺等青年才俊的形象,用充满感情的笔触,对西南联大进行回忆,也对其走过的人生进行回望,在时空变换中勾画逝水年华,触摸灵地的缅想。

《离乱弦歌忆旧游——从西南联大到金色的晚秋》是由文汇出版社出版的回忆散文集,作者标明书的性质是“文学回忆录”,但是,由于最早的作品是写于抗战年代的《怀念英国现代派诗人燕卜荪》(当时题目是《回忆剑桥诗人燕卜荪先生》),还有写于1962年的《梅雨潭的新绿——怀念朱自清先生》。在这样的意义上,这部作品应该算是回忆散文集,收录有43篇作品和其他学

---

① 许渊冲:《逝水年华》,生活·读书·新知三联书店2008年版,第7页。

② 王辛:《敢为人先豪气在　汉诗英译第一人——著名翻译家许渊冲先生访谈(上)》,许渊冲:《续忆逝水年华》,湖北人民出版社2008年版,第242页。

③ 许渊冲:《续忆逝水年华》,湖北人民出版社2008年版,第180页。

者的7篇评论。2008年,湖北人民出版社再版,收录31篇作品(含初版30篇、新增自传1篇)。在这些作品中,文体之多样、语言之精美、内容之丰富,堪称西南联大历史和人物的"大观园"。对此,他的女儿赵衡说:"原来,在那么多年的日子里,已逾古稀之年的父亲一直在默默地回忆书写着这部他亲历过的西南联大历史。反复写,不厌其烦地写……被江南的湿冷冻裂了的手指,竟是这些用心血浇灌出的文字的代价。"①在赵瑞蕻和女儿眼里,这部书有着不可替代的意义,因为这是西南联大学子见证历史和反映西南联大精神的作品。

首先,作品对西南联大历史的叙述。科林伍德说过:"历史是通过对证据的解释来进行的:此处证据是那些被单一称为文件的事物的总称,一个文件就是存在于此时此处的事物,通过思考这种事物,历史学家就能回答他问的关于过去的问题。"②不管怎样回答这些问题,可以肯定的是,历史的本质是由解释证据组成的。然而,历史的证据是什么呢?科林伍德认为是那些事实的目击者给出的事实记录,证据由事实的目击者的叙述组成。由此可以得出结论,作为西南联大学子的赵瑞蕻就是事实的目击者,他的记录或叙述就是西南联大历史的证据。在作品里,赵瑞蕻对西南联大的历史,尤其是具体的历史细节或事实进行了忠实的陈述。如在《南岳山中,蒙自湖畔》中,他写道:

> 一九三八年一月下旬,我们大考后,提前结束一学期,就分批离开南岳,向这座住了八十天的名山,这个被称为"五岳圣地"的胜地告别了……再坐轮船到越南(那时叫安南)海防上岸,再转乘滇越火车沿红河北上,直达边境老街下车,步行越过国界,到了河口,看见了美丽的云南大地;再坐火车北行……开始另一阶段的生活了。③

---

① 赵衡:《送给在天上爸爸的礼物》(后记),赵瑞蕻:《离乱弦歌忆旧游》,湖北人民出版社2008年版,第312页。

② [英]R.G.科林伍德:《历史的观念》,尹锐、方红、任晓晋译,光明日报出版社2007年版,第10页。

③ 赵瑞蕻:《离乱弦歌忆旧游》,湖北人民出版社2008年版,第143页。

正如冯友兰在《国立西南联合大学纪念碑》中说的，这是中国历史上的第四次“南渡”。这次“南渡”的经历和观感，始终萦绕在赵瑞蕻的心头，他参与了世所罕见的知识分子或读书人的艰难跋涉，他要将挥之不去的青春历程记录下来。因此，他写到告别南岳衡山，经广州、赴香港，乘船到越南，再乘火车到蒙自的过程。这是20世纪中国知识分子的大迁徙，也是悲壮历史的大图景，他用纯真、朴实的笔墨记录下这幅生动的图景，以历史证据的方式讲述了战乱时期西南联大的迁徙流亡。在战争时期，日寇对中国的城市和乡村进行了野蛮的轰炸，给中国人民带来深重的灾难。在昆明，丧心病狂的日军也狂轰滥炸，使昆明和西南联大蒙受严重的损失。他的《当敌机空袭的时候》对敌人轰炸昆明的具体细节进行了描述：

> 四周静悄悄的，天蓝得使人感动。但是，东南方向出现了二十几架敌机，飞得不高，亮闪闪的，很清楚可看见血红的太阳旗标帜，轰隆隆地由远而近，声音那么可怕……数不清的炸弹往下掉，发出魔鬼似的凄厉的声音，大约落在东城一带，那里一阵阵巨响，尘土黑烟高扬，火光冲天……①

日军频繁轰炸昆明，致使西南联大师生都有伤亡，外文系的英籍教授吴可读（A.L.Polland Urpuhart）在躲避空袭时被汽车撞伤，治疗无效病逝。他始终支持中国抗战，生前曾表示：“伟大的中华民族之神圣抗战，一定能得到最后胜利，奠定世界之真正和平，如中国不继续抗战，则世界永无和平之日。”②在作品里，赵瑞蕻对日寇轰炸所作的记录，是事实目击者对日寇侵华暴行的揭露，也是事实目击者对西南联大真实处境的描绘。

其次，作品对西南联大精神的表现。在20世纪中华民族生死存亡的时刻，西南联大与中国人民一起承担着自己的使命，在战乱中坚持办学，在离乱

---

① 赵瑞蕻：《离乱弦歌忆旧游》，湖北人民出版社2008年版，第40页。

② 《清华名教授英人吴可读病故，在校服务十七年努力职责，生前甚同情我国对日抗战》，《云南日报》1940年10月25日。

中坚持信念,为国家和民族培养杰出人才,就像易社强说的:“实际上,西南联大真正的历史(THE HISTORY)是无法用文字书写的,而我能与诸位分享的只是一部西南联大史(a history)。在联大卓越的先贤蔡元培先生提倡的兼容并蓄之风的指引下,我期望中国朋友能借鉴联大丰富的经验与智慧为他们国家的高等教育扬帆导航。”①的确,20世纪中国的历史为中华民族留下了宝贵的精神财富,而西南联大知识分子走过的道路,以及他们在战乱中自强不息的精神,折射出可贵的西南联大精神。在作品中,赵瑞蕻将西南联大精神进行了总结和概括,他说:

> 我觉得西南联大的优点长处,也许就用“西南联大精神”这六个字眼吧,可以用下面四句话,三十二个字概括起来,这就是:一、爱国救亡,抗战必胜;二、师生情谊,教学相长;三、民主思想,自由探索;四、中华情结,世界胸怀。②

可以说,西南联大知识分子身上体现的爱国情怀、师生情谊、自由思想、世界视野,都能从赵瑞蕻和其他作家、学者的作品中看到,这是他们作为西南联大师生最为深刻的领悟与感受。因此,他写到关于闻一多的《红烛颂》、朱自清的《梅雨潭的新绿》、吴宓的《我是吴宓教授,给我开灯》、沈从文的《想念沈从文师》、许国璋的《追思旧谊》等,对一个时代鲜活的心灵进行了记录。在他眼里,这些西南联大师友的呼喊、追寻、独行、缜默,代表的是崇尚自由、勇于探索、弦歌不辍的西南联大精神。如在《追思忆旧》中,他写道:

> 那时,在寂静的南岳山间,聚集了一大批第一流的学者教授,如吴宓、叶公超、柳无忌、罗皑岚、吴达元、杨业治、朱自清、闻一多、冯友兰、罗庸、罗常培、浦江清、金岳霖、沈有鼎、刘崇鋐、钱穆以及英国诗人和文论家燕卜荪(William Empson)等等。③

---

① [美]易社强:《战争与革命中的西南联大》,饶佳荣译,九州出版社2012年版,第2页。

② 赵瑞蕻:《离乱弦歌忆旧游》,湖北人民出版社2008年版,第27页。

③ 赵瑞蕻:《离乱弦歌忆旧游》,湖北人民出版社2008年版,第155页。

正是在兵荒马乱的年代,他们在南岳山中洋溢着爱国热情,同仇敌忾,不怕艰难困苦,坚持工作和学习,取得了光辉的成就,在中国乃至世界教育史上创造了奇迹。正是这些不平凡的人做着不平凡的事,在黑暗中不低头,在愤怒中发呐喊,使得中华民族在艰难时势中奋起,抵抗日寇的侵略和屠杀,西南联大和中华民族走过了艰难而光辉的道路。

二、 浦薛凤、何兆武和任继愈等的回忆录:自由学人的心路历程

在某种意义上,普鲁斯特的巨著《追忆逝水年华》虽是小说,而实际上却可以视作独特的长篇回忆录。在世界范围内,具有现代意义的回忆录或自传是从卢梭(Jean-Jacques Rousseau)的《忏悔录》开始的,如果没有卢梭的《忏悔录》,也就没有歌德(Johann Wolfgang von Goethe)的《诗与真》、夏多勃里昂(François-René, vicomte de Chateaubriand)的《墓外回忆录》、缪塞(Alfred de Musset)的《一个世纪孩子的忏悔》等。对于回忆录,李良玉与廖久明的观点有一定的不同,他认为:"回忆录是当事人或者知情者对有关历史事实的记忆……从史料的起源上说它属于间接史料;它是作者以对有关历史事实的参与或者知情为依据的事后追忆,从史料性质的角度上看它是一种根据记忆形成的资料。"①也就是说,他认为记忆资料是其本质,而真实性不是本质。但是,西南联大学人的回忆录或者自传是带有高度真实性的,《浦薛凤回忆录》将他在 20 世纪的个人史和家国史呈现在读者面前,其中的《太虚空里一游尘》(《浦薛凤回忆录》中册)从卢沟桥事变写到他离开西南联大赴重庆出任国防最高委员会参事,对抗战期间的经历做了翔实的记载。何兆武的《上学记》虽然是读书求学的口述记录,但主要叙述的还是他在西南联大七年的老师和同学,正如他说的:"现在回想起来,我觉得最值得怀念的就是西南联大做学

---

① 李良玉:《回忆录及其对于史学研究的价值》,《社会科学研究》2004 年第 1 期。

生的那七年了,那是我一生中最惬意的一段好时光。”①在书里,他以个人的求学经历观照时代的变迁,再现了饱含着温暖幸福的读书历程。任继愈逝世后,他的《念旧企新:任继愈自述》和《自由与包容:西南联大人和事》都是由他人汇编的,书中的作品对西南联大和师友都有真实的回忆,对于人们了解任继愈和西南联大有着重要的学术价值。

浦薛凤②是研究西方近现代政治思想史的权威,他曾经创立“政治五因素论”,用于阐释和研究政治现象而著称。他的《浦薛凤回忆录》由《万里家山一梦中》《太虚空里一游尘》和《相见时难别亦难》组成,其中的《太虚空里一游尘》初版于 1979 年台湾商务印书馆,2009 年由黄山书社出版简体版。在《太虚空里一游尘》里,作者记述了随清华播迁长沙、蒙自、昆明的经历和西南联大师生在艰苦卓绝的环境中学习、工作的情况,成为了难得的历史记忆文本。

首先,作品对在云南遭遇的记述。在西南联大师生迁徙的过程中,许多作家和诗人对昆明、蒙自或者流亡的地方都是充满感激的,如汪曾祺、宗璞等将昆明视为“第二故乡”;同时,一些地方的民众也对西南联大师生给予欢迎,如湘黔滇旅行团到贵州玉屏时,由县长出具布告:

> 查临时大学近由长沙迁昆明,各大学生徒步前往……凡县内商民际此国难严重,对此振兴民族领导者——各大学生,务须爱护借重,将房屋腾让,打扫清洁,欢迎入内暂住,并予以种种之便利。③

当时,玉屏县政府将西南联大学生称作“振兴民族领导者”,对他们寄予厚望,让这些莘莘学子深受心灵的震撼。但他们到昆明和蒙自后,像萨义德说的:“流亡者存在于一种中间状态,既非完全与新环境合一,也未完全与旧环

---

① 何兆武口述,文靖执笔:《上学记》(增订本),人民文学出版社 2016 年版,第 95 页。

② 浦薛凤(1900—1997 年),江苏常熟人,字逖生,政治学家、教育家、诗人。

③ 西南联合大学北京校友会编:《国立西南联合大学校史——一九三七至一九四六年的北大、清华、南开》,北京大学出版社 2006 年版,第 20 页。

境分离，而是处于若即若离的困境。”①当面对与新环境的冲突时，浦薛凤对在蒙自时遇到的怪事写道：

> 尤足骇怪者，学校竟接到一封匿名信，署称个旧商人，洋洋数千字，自抗战说起，大意痛斥联大迁来后，百物昂贵，房租大涨无数倍，故个旧商人到蒙自竟不复无房可租……故限联大三月以内迁出，否则将从一男一女下手做起示警。此正十足表现边地民情之蛮悍。②

面对这种野蛮粗鲁的行为，对于初到边城蒙自的西南联大师生来说，这是非常难受的命运。也许正是这种“蛮悍”的边地民情让浦薛凤难以忍受，为他选择再度流亡留下了伏笔，于1939年3月离开昆明奔赴重庆。其实，当时许多教授和学生长期生活的地方，与中国西南内地差不多是两个不同的世界，西南联大师生都是接受新式教育的知识群体，他们对西方思想潮流的了解远远超过对中国内地农村的了解，而碰到这种遭遇或者如作品里所说，这是双方在文化上的相互冲突。但是，在经历一段时间的碰撞和冲突后，联大师生与云南人民的了解相互加深，彼此和谐共处。1946年5月，在三校北返复校之际，云南全省商会和昆明市商会发起，为三校撰写了《公送国立西南联合大学北归复校序》，高度评价了西南联大与云南人民的友谊，以及联大对云南的贡献。联大回复《西南联大谢启》，表达了感激和惜别之情：

> 桃潭千尺，未足喻此深情；秋水一篇，差可方兹佳制……室去临歧，难有琼瑶之报。瞻怀斯土，重晤何时？③

其次，作品对离别愁绪的叙述。抗战时期，对于历经“迁徙之苦”的西南联大师生来说，昆明既让他们感受到久违的安宁，也让他们感受到远离熟悉的

① ［美］爱德华·W.萨义德：《知识分子论》，单德兴译，生活·读书·新知三联书店2002年版，第45页。

② 浦薛凤：《浦薛凤回忆录·太虚空里一游尘》（中），黄山书社2009年版，第93页。

③ 西南联合大学北京校友会编：《国立西南联合大学校史——一九三七至一九四六年的北大、清华、南开》，北京大学出版社2006年版，第84页。

北平、天津或者故乡的惆怅。对此,萨义德曾说:“流亡是最悲惨的命运之一……因为不只意味着远离家庭和熟悉的地方,多年漫无目的的游荡,而且意味着成为永远的流浪人,永远离乡背井,一直与环境冲突,对于过去难以释怀,对于现在和未来满怀悲苦。”①正像萨义德说的,对于过去“难以释怀”的流亡者,由于远离家庭和熟悉的地方,因而会产生离愁别绪。在作品里,浦薛凤不止一次写到对北平清华园的眷恋:

> 楼下尝有胡琴唱青衣者。时或一轮明月,照映南湖,万道银蛇,荡漾不定,岸边树叶筛透月色,益觉景象如画。此际闻青衣拉唱,想起清华园中事。思绪如潮,汹涌无已。胡琴声调实含凄凉怨慕之意。②

在西南边地蒙自,由于远离战火硝烟、枪林弹雨的战场,在平静安宁的环境里生活,应该是惬意、闲适的。尽管蒙自的气候、饮食和文化与北平、天津等地有较大的差异,但还能与熟悉的同事和来自各地的学生在一起,然而对于作者来说,间或的明月水色,都会唤起他对清华园的留恋,在异乡的土地上得不到精神的慰藉和依恋。待到蒙自分校撤销,联大师生返回昆明,这里由于与北平相似,作者应该能看到昆明与北平的“重合”了,但在作者眼里,昆明终究不是熟悉的北平,因此他写道:

> 咖啡馆中尝开京戏唱片,以娱顾客。每过门口,辄听见醉酒、做官、捉放诸片,声声刺我心弦。天涯地角,何处处迫我思念旧都耶!③

作者14岁考取清华学校,与闻一多、罗隆基等是同班同学,1928年回到清华任教,在北平生活了多年。在他的心里,北平始终是心灵的港湾,但是战争迫使他走上流亡之路,在昆明工作和生活,由于与家人两地分离和自己对过

① [美]爱德华·W.萨义德:《知识分子论》,单德兴译,生活·读书·新知三联书店2002年版,第44页。

② 浦薛凤:《浦薛凤回忆录·太虚空里一游尘》(中),黄山书社2009年版,第99页。

③ 浦薛凤:《浦薛凤回忆录·太虚空里一游尘》(中),黄山书社2009年版,第102页。

去的生活难以释怀,使他充满了寂寞的心情,也对北平充满了痛苦的思念。因此,浦薛凤的叙述虽然平实纯朴而又富于情趣,但是作品里弥漫着浓郁的悲愁离绪,也萦绕着他对清华园的眷恋。对于这本书,他的儿女评价说:“在战乱时空下的所见所感所思,也是父亲为他所经历的大时代留下的见证。”①

在一定程度上,历史学家何兆武的《上学记》可以被视为“口述史”或“人生史”的回忆录,凝聚了 20 世纪中国知识分子的个人命运。2006 年,三联书店初版;2016 年,人民文学出版社出版增订版。据英国口述史学家保尔·汤普逊(Paul Thompson)说:“口述史的最丰富的可能性就在于一种更有社会意识的、更民主的历史学的发展之中……口述史的优点并不是他必然需要这样或那样的政治立场,而是使得历史学家意识到他们的活动不可避免地是在一个社会脉络之中并伴随着政治含义而被从事的。”②也就是说,口述史体现的思想更有价值和意义,而不是其中的人物和故事。但是,如果没有人物和故事的出现,思想又何以体现呢? 因此,作为个人的回忆录,《上学记》较为完整地体现了 20 世纪中国知识分子的思想和精神。

首先,作品对西南联大人物的臧否。作为口述历史的回忆录,何兆武的《上学记》是研究 20 世纪中国文学史、思想史和文化史,尤其是西南联大历史不可多得的重要资料。20 世纪中国现代史上的众多人物,如闻一多、张奚若、雷海宗、冯友兰、金岳霖、曾昭抡和殷海光、王浩等,一一出现在他的作品里。对于这些人物,他做出了自己的评价,正如陈彦说的:“我感兴趣的是由不同评价中体现出来的性情态度与价值选择,而这些差异是怎样丰富了西南联大的精神传统。”③他在西南联大读过 4 个系(土木、历史、哲学、外文),度过了 7 年的时光,由于母亲病危和内战爆发,他没有完成研究生学业。在这 7 年里,

① 浦丽琳、浦大祥:《代序》,浦薛凤:《浦薛凤回忆录·万里家山一梦中》(上),黄山书社 2009 年版,第 3 页。

② [英]保尔·汤普逊:《过去的声音——口述史》,覃方明、渠东、张旅平译,辽宁教育出版社 2000 年版,第 2 页。

③ 陈彦:《两种“上学记”》,《读书》2006 年第 12 期。

他不断调整读书方向,听过很多老师的课程和讲座,因此对他们有很深的理解和认识,也在口述中将自己的真实感受和印象表达出来,如他对历史系教授雷海宗的评价:

> 在我的印象中,雷先生不但博学,而且记忆力非常了不起。上课没有底稿,也从来没带过任何一个纸片,可是一提起历史上的某某人哪一年生、哪一年死,或者某件事发生在哪一年,他全都是脱口而出,简直是神奇。①

《上学记》初版时,何兆武时年85岁,这时的他早已过了"七十而从心所欲"的年纪,因此,他对这些老师的评价,不是率性而为,而是求真不苟,把自己的观感和体验蕴含其中。作者对雷海宗钦佩不已,认为雷先生是"历史系里的哲学家",注重宏观的历史理论,而且有自己的历史哲学;而对吴晗的评价,他提到"做二房东""让全班不及格"和"《朱元璋传》的写作意图"等,认为清华给吴晗立像不太适宜。可以说,他这种爱憎分明的观点,饱含着古稀之年的坚定判断,蕴含着作者的立场和风范。这本口述回忆录,有学者评价说:"这样的回忆,比常规意义上的只提供重要史料梳理历史脉络的回忆录,对读者的当下阅读,更具一种过来人现身说法的况味。"②

其次,作品对西南联大精神的呈现。《上学记》不是一般意义上的口述史,通篇充满粉饰、吹嘘甚至自我神话,而是以对历史负责的态度,真实地表现历史。因此,作者注重对历史细节的描绘,以事件或人物来呈现西南联大精神。如在说到《国立西南联合大学校史》时,他直言不讳地认为:

> 比如有一本《西南联大校史》,北大出版社的,最后的修订我也参与了,可那本书我也不大满意。因为它都是资料数字,虽然也有用,但毕竟是死的,而真正的历史是要把人的精神写出来。③

---

① 何兆武口述,文靖执笔:《上学记》(增订本),人民文学出版社2016年版,第148页。

② 张学义:《〈上学记〉:棱角分明求真不苟》,《博览全书》2010年第10期。

③ 何兆武口述,文靖执笔:《上学记》(增订本),人民文学出版社2016年版,第194页。

《国立西南联合大学校史》1996年由北大出版社初版，2006年由北大出版社出版修订版，对于参与修订的何兆武来说，应该敝帚自珍，但他觉得“不大满意”，没有“把人的精神写出来”。由此看到，在作品中他不仅叙述了西南联大人物的精神，也说到了西南联大的精神。如说到闻一多的热情、雷海宗的博学、金岳霖的敏锐、曾昭抡的个性、殷海光的健谈以及王浩的聪颖时，他说到的不只是人们耳熟能详的学者，而是将他们活生生地呈现在读者面前，为人们重构了20世纪知识分子的生存和学术环境。在谈到西南联大时，他说道：

> 学生的素质当然也重要，联大学生水平的确不错，但更重要的还是学术气氛……我以为，一个所谓好的体制应该是最大限度地允许人的自由。没有求知的自由，没有思想的自由，没有个性的发展，就没有个人的创造力，而个人的独创能力实际上才是真正的第一生产力。①

对于何兆武这样的知识分子，他们的人生经历和心路历程决定了自己的睿智和博学，他们执着地追求国家富强和相信普遍真理，真诚地相信未来会更加幸福和美好。因此，他们以自己的亲身经历或者不幸遭遇告诉人们，“没有求知的自由，没有思想的自由，没有个性的发展”，个人的创造力会受到影响。在他们心目中，西南联大就是思想和学术自由的典范，也正如易社强说的：“在中国自由讲学的历史上，西南联大既是其成就的高峰，又是它急剧衰落的预兆。”②在联大，学生可以逃课、凑学分，也可以聆听窗外的风声，还可以在茶馆里吹牛，联大的包容和气度、老师的雅量和风范……让学生感受到自由的力量，亲历自由的氛围，享受“谁也不怕谁”的日子。

曾在西南联大求学的任继愈，他去世后于2011年汇辑出版的《念旧企新：任继愈自述》，按照童年、少年与青年、求学、生活经历、师友忆往、学术主张等

---

① 何兆武口述，文靖执笔：《上学记》（增订本），人民文学出版社2016年版，第97页。

② ［美］易社强：《战争与革命中的西南联大》，饶佳荣译，九州出版社2012年版，第316页。

顺序,对学术生平和往事进行了回忆。2017年汇辑出版的《自由与包容:西南联大人和事》,收录20篇回忆性散文,其中有8篇与《念旧企新》重复。在这些作品中,既有谈人的,如《贺麟先生》《吴宓先生》《刘文典先生》《钱穆先生》《郑昕先生》《我钦敬的陈岱孙先生》《大师云集的时代》等;也有记事的,如《抗日战争时期的北京大学》《抗战时期西南联大散记》《西南联大课余学术报告会》《汤用彤先生和他的治学方法》《忆金岳霖先生的一堂教学和两则轶事》等。正如作者所说,西南联大这段经历,在他人生中占有十分重要的位置。因此,在作品中,他不仅对西南联大的人和事进行怀念和总结,也对当代中国高等教育进行了理性反思。

首先,作品对大学师长的怀念。在《念旧企新》和《自由与包容:西南联大人和事》中,任继愈谈得最多、写得最好的是西南联大的老师,对于这段与老师、同学学习的校园生活,他怀有特殊的感情,在生前写有多篇文章,都是在追忆、怀念西南联大这所充满传奇色彩的大学。正如他自己说的:“我感谢这个环境,深厚虽清苦,但人事问题少,民主空气较浓,国民党政治干扰少。”①在现代大学里,师生永远是主体,他们相互在一起构成了校园里最美丽的风景。当年的流亡生活,如今的个人回忆,他将自己的青春生活与传道授业的老师融合在一起,构建了西南联大的校园主体。如他写到陈岱孙讲课:

> 陈先生讲课认真,以身作则,给同学做出榜样,同学们听课从未敢迟到。个别同学去迟了,不好意思进教室,就站在教室窗外听讲。好在西南联大的新建校舍有门窗而无玻璃。昆明气候温和,无狂风暴雨,有似热带雨林气候,阵雨过后,雨过天晴也无须玻璃挡风遮雨。②

若不是著名学者所写,人们甚至无法相信,学生迟到会不好意思进教室,

① 任继愈:《原版自序》,《念旧企新:任继愈自述》,人民日报出版社2011年版,第1—2页。

② 任继愈:《自由与包容:西南联大人和事》,江西教育出版社2017年版,第178页。

而站在教室外听课。从某种程度上说,不是学生不敢,而是对老师的尊崇。作为西南联大的知名教授,陈岱孙一丝不苟的精神、严谨治学的态度、深邃精深的学识和谦和的为人处世,“品重士林,行不言之教,影响深远,为同行钦仰”①,体现了一代宗师的人格和风范。在回忆他在北大文科研究所做研究生时的老师罗常培时,他写道:

> 写联大的历史,经常提到联大师生面临物价飞涨的局面,不得不在校外兼职,以贴补生活,这是实情。却也有一些教授靠那点固定收入,不兼职,专心做学问……有时收到一笔稿费,罗先生总忘不了邀几位同学一同到附近北方人开的小馆子吃一顿北方饭,中文系以外,罗先生忘不了也邀我参加。②

罗常培是西南联大中文系教授,也是北大文科研究所的导师,面对战争时期的困窘和清苦,他同样面对,但是他没有在校外兼职,而是安贫乐道。作者在这里以小见大,写到了罗常培的精神和品格,同样让人印象深刻。可以说,在这些怀念西南联大师长的作品里,作者写作思路清晰、内涵深刻,对被称为“乱世中的奇迹,学术自由的殿堂”的西南联大进行了回忆,同时也对20世纪中国知识分子的心路历程进行了书写。

其次,作品对高等教育的反思。在中国高等教育史上,西南联大是作为镜像存在的,西南联大的存在和发展、实践和理念,对于当代中国高等教育有重要的启示和借鉴。正如人们看到的,西南联大坚持的民主科学传统、学术自由风气、大师如云盛况和异彩纷呈的文化生活等,都在中国高等教育史上留下了深刻的印迹。在一定意义上,历史素有鉴往知来的传统,任继愈对西南联大的回忆或建构,不单纯是为了纪念或者缅怀西南联大,而是对西南联大精神的赓续和传承,这种传承更多地体现在他对当代中国高等教育的反思上,如他在作品里所说:

---

① 任继愈:《自由与包容:西南联大人和事》,江西教育出版社2017年版,第181页。
② 任继愈:《自由与包容:西南联大人和事》,江西教育出版社2017年版,第190页。

第一流的大学,教学与科研并重,两者相辅相成互相促进。西南联大不仅做到了,而且这两方面都处于各个学术领域的前沿。当时选送出国的留学生,到了国外也是尖子,这说明西南联大早已与国外一流大学接轨。①

2015年,国家决定统筹推进世界一流大学和一流学科建设,这对于推动当代中国高等教育发展和实现教育现代化有着重要的意义,也是推动中国高等教育与国外接轨、实现中国高等教育强国的重要举措。在任继愈的叙述中,西南联大以自由宽容、博大深宏的学风在80年前就实现与国外一流大学的接轨,这对于今天的一流大学建设是有借鉴作用的。因此,作者对西南联大成就的阐释,以及其对"教学与科研并重"的强调,其实也是对当代中国高等教育该有的反思。在《我心中的西南联大》中,他认为:

当年的西南联大师生人人关心国家命运,抗战必胜,日寇必败,已成为联大师生的共识。"五四"精神不仅在抗战时期的西南联大发挥了积极作用,今天的实现科学发展观、发扬民主,也是中华民族为之奋斗的总课题。②

如今,西南联大早已不复存在,但是西南联大的精神是常青的,在实现中华民族伟大复兴的进程中,中国高等教育的发展不仅需要借鉴国外一流大学的建设经验,也需要继承中国高等教育的本土实践,以实现中国高等教育的内涵式发展。因此,任继愈以西南联大作为镜像,对当代中国高等教育的反思,寓意深刻,也反映了作者对家国天下事的关注。在另外的意义上,作者对西南联大历史或精神的总结,也不能简单归结为忆旧情怀,而是对西南联大精神的传承,就像宗璞所说的:"西南联大这所学校虽然已不复存在,但它的精神不会消失,总会在别的学校得到体现,在众多知识分子、文化人身上延续。对此

① 任继愈:《自由与包容:西南联大人和事》,江西教育出版社2017年版,第45页。
② 任继愈:《自由与包容:西南联大人和事》,江西教育出版社2017年版,第64页。

我深信不疑。”[①]可以说，任继愈的作品内容翔实、生动感人、文采斐然，对于人们了解西南联大、认识西南联大，有着重要的作用。

2013年，商务印书馆出版“碎金文丛”，第一辑收有陈达[②]的《浪迹十年之联大琐记》、第三辑收有陈岱孙[③]的《往事偶记》，都是对西南联大往事的回忆。对于为什么取名“碎金”，出版说明里说：“文丛取名‘碎金’，意在辑零碎而显真知……丛书所录，非为诸名家正襟危坐写就的学术著作，而是其随性或点滴积累的小品文章。”[④]文丛里的作品有笔记体日记、口述自传和随笔、散文等，以“辑零碎而显真知”的方式，对中国现代学术名家的问学历程进行了展示。陈达的《联大琐记》叙述了告别清华园，辗转到云南主持西南联大社会学系的生活实录，书里不仅讲到作者在西南联大的生活与研究，也对昆明、蒙自与呈贡的生活作了细致的观察，书写了艰难岁月中的弦歌不辍与烽火连天中的风土民情。对于这本书，“由于陈达时任联大社会学系主任，故其对联大的记录更为平实，也有更多社科学者角度的观察。在这些日记中被当作‘研究素材’记录下的零星片段，在今日看来，不仅具有珍贵的史料价值，亦可追索一个学者的学问轨迹”[⑤]。陈岱孙的《往事偶记》以严谨的行文，满怀温情地回忆了其青年问学、归国治学的经历，以及与梅贻琦、叶企孙、金岳霖、周培源、张奚若等诸位好友往来的散文；同时，他以一个学者的眼光，对教授治校、蒙自分校和西南联大的校舍等进行回忆，其中的客观描述与理性观察，表现了西南联大知识分子的独特风采。刘昀认为：“陈先生修辞朴素平实，虽字斟句酌而无矫饰之感，看似淡淡如水，实则饱含真情。文如其人。君子之风，温润如

---

① 宗璞：《关于国立西南联合大学》（序二），任继愈：《自由与包容：西南联大人和事》，江西教育出版社2017年版，第15页。

② 陈达（1892—1975年），浙江余杭人，又名邦达，字通夫，社会学家，现代中国人口学的开拓者。

③ 陈岱孙（1900—1997年），福建闽侯人，原名陈总，经济学家、教育家。

④ 陈达：《浪迹十年之联大琐记》，商务印书馆2013年版，出版说明。

⑤ 倪咏娟：《于碎金中寻求学问之道》，《光明日报》2014年4月18日。

玉。”①可以说,陈达和陈岱孙的作品,以求学、治学的经历为主线,对人生中的黄金岁月进行了美好的回忆,作品中表现的感情之深切、逻辑之严密、史实之精确,值得读者反复进行阅读和回味。

第二节 史诗性建构与历史反思

一、 宗璞的《东藏记》《西征记》《北归记》:战乱的呈现与情怀的展示

对西南联大历史和20世纪中国知识分子命运进行史诗性的建构,是宗璞的宏伟愿景,也是对历史的交代。作者想写出父兄那一代知识分子的历史,而历史的叙述就是建构,也就是说,历史在本质上是记忆。对此,柯林伍德说过:“如果一个事件或事物的状态要被历史地认知,首先必须有人熟悉它;然后他必须记住它;然后他必须把他对它的记忆以可以理解的语言陈述给他人;最后这个他人必须接受这个陈述为真实。”②在30多年的艰难创作中,宗璞始终没有放弃《野葫芦引》的思索和创作,坚持在疾病中将四卷本长篇巨著完成。这与她的人生经历、家庭环境和个人记忆有关,由于熟悉西南联大的历史,也希望西南联大的历史不被埋没,她用“可以理解的语言陈述给”别人,实现了对20世纪中国知识分子的全景式描绘。因此,正如有的学者所说的:“如果说《南渡记》饱含初尝抛别北平的忧伤,《东藏记》侧重偏安昆明的世情与浪漫的话,《西征记 》则直接描写了抗日正面战场的悲壮与豪情。”③那么,《北归记》则叙述了北归的青年人的选择和爱情。由此,读者看到了抗战时期知识分子

---

① 刘昀:《编后记》,陈岱孙:《往事偶记》,商务印书馆2016年版,第237页。

② [英]R.G.科林伍德:《历史的观念》,尹锐、方红、任晓晋译,光明日报出版社2007年版,第182页。

③ 付艳霞:《兵戈沸处同国忧——评宗璞的〈西征记〉》,《文艺理论与批评》2009年第3期。

的生活际遇，也看到了跌宕风云中的社会变迁，更看到了西南联大的历史记忆，“应该说，包括《北归记》在内的《野葫芦引》四大卷，是当代文坛的重要收获”①。

首先，作品刻画多样化的人格。在某种程度上，《野葫芦引》的人物塑造是最为形象和丰富的，也是最为成功的，如贯穿作品始终的孟樾、吕碧初、卫葑和孟灵己、孟合子等，以及《南渡记》的吕清非、《东藏记》的凌雪妍、《西征记》的澹台玮、《北归记》的孟灵己等，都给读者留下了非常深刻的印象。对于宗璞在作品里的人物塑造，评论者说：“她所擅长的依然是塑造人物，勾勒人物性格的新变化，描摹大背景中的世情。”②然而，在这些丰富多彩的人物身上，显现出了不同的人格，作者对此进行了多样化的呈现。作品中的明仑大学教授孟樾，坚守了中国知识分子的高尚人格，在战争中忧国忧民、沉潜学术、痴心教学、关心别人，以自己的良知和勇武引导青年学生成长，如作品里写到他在躲避空袭、跑警报时的教学：

> 随着警报声响，明仑大学的师生都向郊外走去。他们都可谓训练有素，不少人提着马扎，到城外好继续上课。一个小山头两边的坡上，很快成为两个课堂，一边是历史系孟樾讲授宋史……孟樾讲过了宋朝积贫积弱的原因，讲过了诸多仁人志士的正气。现在讲到学术思想的发展，讲到周濂溪的《太极图说》。③

在战争期间，他将自己的教学与民族的命运联系在一起，在教学中讲正气、讲气节、讲思想，让学生从中感受中国历史的博大、深沉，也让学生明晓中国传统知识分子的名节、操守。可以说，他的正直、沉稳、谦和、担当，体现了20世纪中国知识分子的高尚人格和道德情操。与孟樾相比，年轻的一代同样

① 孟繁华：《被塑造的历史与当下——近期长篇小说的讲述方式与姿态》，《当代文坛》2018年第2期。

② 付艳霞：《兵戈沸处同国忧——评宗璞的〈西征记〉》，《文艺理论与批评》2009年第3期。

③ 宗璞：《东藏记——野葫芦引全集》，人民文学出版社2005年版，第63页。

不逊色,他们有强烈的爱国热忱和责任意识,宁愿中断学业,也要参加战地服务,或者走上战场,如澹台玮和孟灵己、李之薇,都不在征调之列,但他们毅然走上战场和前线。因此,孟灵己告别在昆明的父母,来到滇西前线的伤兵医院,她在滇西大反攻前给男友庄无因写信说:

> 我现在是在战争的边缘,正在一点点走进去。我们凭信念而来,为了保卫自己的国土,不受敌人的蹂躏,为了消灭法西斯,实现人类的自由平等,为了正义,为了要达到这些光辉的词语,必须走过一个沾满鲜血的通道,我并不怕。①

在残酷的战争面前,平时文柔的女孩子没有丝毫的畏惧和退缩,而是为了自由和正义,勇敢地走上前线。在奔赴战场时的意外掉队,让她领略九死一生的经历,使她领受人生的启蒙和成长,也感受到人与人之间的温情和美好。作为通讯兵走上战场的澹台玮,在收复腾冲的巷战中负伤,最终为报效祖国献出了年轻宝贵的生命。这些年轻人都是战争年代的无名英雄,他们为了抵抗侵略、投笔从戎,经历了血与火的考验,体现了年轻一代知识分子不畏牺牲、保家卫国的热情和使命。与此相反,作品里还写到虚伪下流、拈花惹草的明仑大学教师钱明经,迂腐庸俗、尖酸刻薄的尤甲仁夫妇以及阴险狠毒、唯利是图的吕香阁等,他们表现了知识分子、庸俗女性贪婪和丑陋的一面,也显现出卑劣、无耻的人格。因此,尽管他们人格不同,但是“这些人物与中国波澜壮阔的现代历史有关,与中华民族仁人志士的家国情怀有关,是他们在国破家亡的时代,共同书写了一个民族浩歌般的抗争史和精神史”②。

其次,作品描述青年人的成长。在《野葫芦引》中,宗璞写到了一批充满青春活力的青年人,如孟离已、孟灵己、孟合己、澹台玮、澹台弦(弦子)、庄无采、庄无因等,他们在少年或青年时离开北平,在颠沛流离中经历着成长、经受

① 宗璞:《西征记》,人民文学出版社 2009 年版,第 87 页。

② 孟繁华:《被塑造的历史与当下——近期长篇小说的讲述方式与姿态》,《当代文坛》2018 年第 2 期。

着考验，等再回到北平时，年轻一代成为了时代的主角，他们相继迎来了自己的爱情，也做出了不同的选择。正如曾镇南说的："小说笔墨投入最多的是孩子们和年轻人的世界，展开了一个个关于青春的美丽，成长的困惑，纯真的友谊，朦胧的爱情等等的生活故事……玹子由高傲任性、从不关注他人的公主变成了降心静气、勇于担当的侠女。"①《野葫芦引》以孟家为中心写到了明仑大学师生的聚合离散，也写到了青年人在战乱中的成长。其中的《西征记》写的是明仑大学学生投笔从戎、共赴国难的壮举。当面对日寇入侵、抵御外侮的艰难时刻，青年一代没有做"没有骨头的男人"（Men Without Chests）②，没有选择逃避、逃跑或者躲在校园中或家中祈祷，而是敢于奋起拿起武器投入战斗，以坚毅果敢的决心去迎接牺牲。如作品写到澹台玮报名参军时说：

> 去军队服役，玮并不是突然想到的。这些年不断有人离开学校，去战地服务，或去延安。他越来越觉得救亡的职责是在所有的中国人身上，他也要分担……他不止一次想到高黎贡山和怒江，还想到高山树顶上和江水翻腾的波浪上闪动着的月光。他已经是个大人了，他应该在这次战争中尽自己的一份力量，哪怕是血和肉。③

正因为他"是个大人了"，让他觉得自己不能在战争中袖手旁观，他要在战争中尽自己的力量。这种单纯质朴的想法，没有豪言壮语，代表的是年轻一代知识分子的责任和义务，身为明仑大学学生的澹台玮和孟灵己、李之薇勇敢地走上了滇西战场，他们被分配到中国远征军部队和伤兵医院，承担起中国人民奋起抗敌的英勇使命。因此，如果说《南渡记》是以童年视角展开叙述的话，那么到《东藏记》《西征记》和《北归记》则以青年的视角展开叙述，对20世

---

① 曾镇南：《描绘生活长河的宏伟画卷——第六届茅盾文学奖获奖作品巡礼》，《当代文坛》2005年第4期。

② 在范克勒韦尔德的《战争的文化》中，"没有骨头的男人"指的是没有战争文化，甚至可能鄙视战争文化，无论怎样挑衅他们，都不肯奋起保卫自己和国家的男人。具体参见［以］马丁·范克勒韦尔德：《战争的文化》，李阳译，生活·读书·新知三联书店2010年版，第379页。

③ 宗璞：《西征记》，人民文学出版社2009年版，第5—6页。

纪中国知识分子的抗争历史进行波澜壮阔的书写。正是通过这种视角转换以及发生在这些青年人身上的各种故事,作品完整地勾勒出青年一代的成长,这种成长不仅意味着年龄的增长,也意味着思想意识的成熟,更意味着责任的担当和领受。

再次,作品对战争的历史呈现。在《野葫芦引》中,《东藏记》获得了第六届茅盾文学奖,被认为是四卷本中最为厚重的一部,但是与《西征记》和《北归记》相比,《东藏记》应该不是艺术成就最高的作品。在四部作品中,《南渡记》和《东藏记》写的是明仑大学知识分子的日常生活,而《西征记》写的则是滇西大反攻的全景,《北归记》写的则是北返后国家和个人的命运。事实上,正是出于对战争的集中呈现和理解,《西征记》成为了四部作品中艺术成就最高的长篇小说。

新时期以来,对中国远征军的书写重新浮出历史地表,较早的作品有邓贤的《大国之魂》、方知今的《中国远征军——血战滇缅印纪实》、张廷竹的《黑太阳》《落日困惑》和周梅森的《冷血》等作品,对中国远征军的历史、文化和人性进行了呈现和反思。但是,宗璞的《西征记》将"平民风格与古典情怀"融合起来,不执着于暴力美学的呈现,而是着眼于普通民众的个体际遇以及"在面对战争、灾难和死亡时的自觉内向的精神诉求","这种精神诉求不仅冲淡了战争的残酷营造了'诗意氛围',而且拓宽了战争文学的审美维度,消解了仇恨和死亡竞相出境的暴力美学"①。在《西征记》中,作品以澹台玮和孟灵己的军旅生活为主线,不仅写到了孟弗之、江昉等明仑大学的老师,也写到了高明全、彭田立、老战、陈大富、福留、阿露等军民,还写到了谢夫、布林顿、本杰明·潘恩等外国友人。在这些群雕式的人物中,他们大多默默无名,但在民族危难时刻却挺身而出,在修筑滇缅公路的群山间、在与敌人奋战的战场上、在救死扶伤的医院里,他们英勇拼搏、视死如归。如写到福留在攻打北斋公房时牺

---

① 张志忠、李坤、张细珍:《长篇小说〈西征记〉笔谈》,《中国现代文学研究丛刊》2011年第7期。

牲，作者以“小草”的倾诉来隐喻无名英雄的死亡：

福留也在注视着那片草地。一阵风过，传来轻柔的声音：我是怒江边的一棵草，我是龙川江边的一棵草，我是上绮罗村的一棵草。①

这种对战争死亡的描述或者倾诉，带着温婉的沉痛感，但也表现出对无名牺牲者的祭奠和悲悯。如果说宗璞对战争的呈现仅停留在对生命、个体和情感的表达，那么《西征记》算不上是一部独特的战争小说。在这部小说里，宗璞还写到了自己并不擅长的炮火硝烟、浴血奋战的战争场景：

突然，我军从高地两边开炮，炮弹一个个炸开，很快压制住了敌人炮火。现在正是吹冲锋号的时间……可是没有号声了，号手已经牺牲。不多时，号声响了，断断续续，不很熟练。士兵们踏着伙伴的尸体，又向前冲，两边小路也有人冲上来。敌人又开炮了，因为伤亡太大，我军停止了攻击。②

在高黎贡山脚下的腾冲县城，敌人阻止了远征军前进的步伐。在向敌人驻守的高地发起攻击时，中国军队遭受了巨大的牺牲，很多士兵死在战场上，凸显出战争的悲壮和残酷。可以说，宗璞在作品里既展现了滇西大反攻的硝烟战火，也写到了昂扬悲壮的情感记忆，“艺术地再现了中国抗日战争中的‘滇西大反攻’这一重大的复杂历史事件”③。

再其次，作品对家国情怀的展示。正如林则徐在诗里说的：“苟利国家生死以，岂因祸福避趋之？”中国古代知识分子都有浓郁的家国情怀，这种情怀在不同的时代以集体无意识植根于中国知识分子心中，影响了一代又一代的中国知识分子。宗璞的《野葫芦引》从知识分子南渡写到抗战胜利北归复校，全景式地描述了抗战时期知识分子的命运，而作品中的知识分子南渡“一方面意味着历史的悲情宿命，另一方面也承担着在危机时刻召唤反抗国族悲剧

① 宗璞：《西征记》，人民文学出版社2009年版，第181—182页。

② 宗璞：《西征记》，人民文学出版社2009年版，第129页。

③ 李杰俊：《结构与战争》，《文艺争鸣》2012年第1期。

命运的精神力量之使命,暗含着家国复兴、文明复归的期待"①。抗战时期西南联大知识分子或中国知识分子的南渡是中国历史上的第四次南渡,而前三次南渡都不能北返,充满了悲怆和屈辱的历史。因此,南渡的知识分子在流亡中企望为抗战建国作出自己的贡献,同时寻找家国复兴的精神。如《东藏记》写到孟弗之在演讲会上勉励学生:

> 如果我们的文化不断绝,我们就不会灭亡。从这个意义上讲,读书也是救国。抗战需要许多实际工作,如果不想再读书,认真地做救亡工作,那也是很重要的。我觉得去延安也是可以的,建国的道路是可以探讨的。②

由于怀有强烈的家国情怀,孟樾在边地昆明思考着个人和国家的命运,他希望年轻的学生安心读书,传承中国传统文化,为抗战建国作出自己的努力。因此,他一方面积极撰写中国历史(《中国史探》),另一方面在课堂或演讲中引导年轻学生,让他们对国家有感情、有作为。可以说,这种拳拳之心让读者印象深刻,也对他持有的家国情怀充满敬意。相应地,这种浓郁的家国情怀也得到青年一代的继承和发展。在《北归记》里,身处动荡年代的年轻知识分子,他们没有放弃对国家和社会的责任,有的选择走上革命道路,有的准备出国留学,有的要到边疆参加考察,有的要到台湾教学。但是,他们对祖国的眷恋不改、情感依旧:

> 路灯很暗淡,远处又是几声炮响。各人心中有的是期待,有的是惶恐不安,有的是听天由命。无论怎样想,每个人都舍不得这一片精神的沃土,感到深深的依恋。③

可以说,《野葫芦引》书写了不同时代知识分子的家国情怀,从吕清非老

① 陈庆妃:《"南渡"文学叙事的三种范式——由〈野葫芦引〉〈巨流河〉〈桑青与桃红〉谈起》,《文学评论》2018 年第 4 期。

② 宗璞:《东藏记——野葫芦引全集》,人民文学出版社 2005 年版,第 161 页。

③ 宗璞:《北归记》,人民文学出版社 2019 年版,第 276 页。

人的杀身成仁到孟弗之的学术救国，再到澹台玮的为国捐躯以及严颖书加入地下组织，不同的知识分子在抗战期间做出了不同的选择，在不同的岗位上践行了家国情怀，他们自强不息、顽强拼搏、砥砺前行的精神，成为了抗战时期中国知识分子的精神体现，也呈现了20世纪中国知识分子的精神风貌，“从知识分子投身革命救亡到建立独立的民族国家的历史过程中，寻找民族复兴的精神力量，具有崇高、恢弘的史诗性品格”①。

最后，作品对情节结构的建树。《野葫芦引》的四部作品按照《南渡记》《东藏记》《西征记》《北归记》的顺序进行写作与出版，对于这部近百万字的巨著，正如众多评论者反复强调的，四部长篇小说既独立成篇，而叙述又有始有终，可以视作形成系列的整体，生动地刻画了20世纪中国知识分子的人格操守和情感世界。因此，《野葫芦引》从宏观上来说，结构严谨合度，语言优美蕴藉，情节暗设玄机，人物形象丰富，认为其将“一代知识分子的飘蓬历程与苦难生活得以呈现，也完成了作者书写西南联大师生在逆境中弦歌不辍、在国难前坚忍不拔精神的心愿”②。在30年的时间里，宗璞没有丝毫的倦怠，始终致力于西南联大的历史和人事的书写，对20世纪中国知识分子的文化记忆进行了史诗性建构。从《南渡记》到《北归记》，在地理空间上实现了北平—昆明—北平的时空转换，在精神空间上则实现了年轻人的成熟和成长。在某种程度上，就其内在逻辑来说，《野葫芦引》的结构清晰完整；就其历史逻辑来说，《野葫芦引》与西南联大的历史发展相吻合。更为重要的是，这部作品不是对历史事实的简单重现，而是将西南联大的历史构筑在战时生活中，使得作品平和细腻、细节真实、场景鲜活，正如亨利·詹姆斯（Henry James）说的：“一

① 陈庆妃：《“南渡”文学叙事的三种范式——由〈野葫芦引〉〈巨流河〉〈桑青与桃红〉谈起》，《文学评论》2018年第4期。

② 施新佳：《“南渡”忧思与家国怀想——抗战时期校园知识分子的精神言说》，《青海社会科学》2016年第6期。

部小说之所以存在,其唯一的理由就是它确实试图表现生活。”①在四部作品里,宗璞对战争时期的社会生活进行了呈现,《南渡记》写的是亡国之痛,《东藏记》写了离乱之苦,《西征记》写的是战争之殇,《北归记》写了爱情之美。可以看到,作品以“东南西北”来统摄西南联大师生的战时生活,《南渡记》和《东藏记》的日常生活,《西征记》的战争生活,都得到较好的表现。如《东藏记》的第八章开头写道:

> 岁月流逝,自从迁滇的外省人对昆明的蓝天第一次感到惊诧,已经好几年过去了。这些年里许多人死,许多人生,只有蓝天依旧,蓝得宁静,蓝得光亮,凝视着它就会觉得自己也融进了那无边的蓝中……在这样的天空下,在祖国的大地上,人们和各样的不幸、灾难和灾祸搏斗着,继续生活,继续成长,一代接着一代。②

《野葫芦引》是对西南联大历史的叙述,作品从知识分子南渡写起,写到明仑大学南迁,由于战火步步逼近,明仑大学再次西迁,李之芹在火车上死去,到昆明依然不能保持安宁,遭受了敌机的轰炸,师生不得不疏散郊外,凌雪妍溺水而亡……这就是战乱中的中国,也是历史中的中国,宗璞写出了生活的无情和残酷,但她没有绝望,内心充满关怀,觉得应该“继续生活,继续成长”。按照福斯特(Edward Morgan Forster)的说法,小说“有时过于强调情节,也会使人物的性格难以表现,或者使人物在命运的安排下显得无所作为,从而令读者怀疑其真实性”③。因此,他认为小说要么以情节构建为主,要么以人物塑造为核心。那么,宗璞的《野葫芦引》如何呢? 她的作品不是以情节取胜的小说,但是对于她这样的作家来说,若认为作品主要在于塑造鲜明的人物形象,那么认识是有偏颇的。事实上,在《野葫芦引》中,宗璞对情节的构造同样出

① [美]亨利·詹姆斯:《小说的艺术》,朱雯、乔佖、朱乃长等译,上海译文出版社 2001 年版,第 5 页。

② 宗璞:《东藏记——野葫芦引全集》,人民文学出版社 2005 年版,第 288 页。

③ [英]E.M.福斯特:《小说面面观》,苏炳文译,花城出版社 1984 年版,第 81—82 页。

色,她在《南渡记》和《东藏记》中,为《西征记》和《北归记》的情节展开作了提前预设,也在《西征记》中对《北归记》作了预设。如作品里弦子和卫葑的爱情,起源于《东藏记》里阿难对弦子的第一次微笑,而到《北归记》里,卫葑将他们婚礼的地点选择在颐和园扇面殿。这种爱情的结合是有因果关系的,正因为有了阿难的出生,弦子对阿难的照顾,才有了他们之间的爱情。同样,《西征记》里冷若安与孟灵己在高黎贡山打郎镇的相识,为《北归记》里的滑冰、唱歌、读书和诗歌朗诵会作了铺垫。对于《野葫芦引》这样的鸿篇巨制来说,情节结构的展开与人物形象的塑造同等重要,而且宗璞较好地做到两者的融合,而不是情节与人物的"两败俱伤"。对此,贺绍俊在评价《野葫芦引》时说:"随着一部又一部作品的完成,仿佛就像在徐徐展开一幅历史长卷,人物形象越来越清晰丰满,作者的思绪也越来越深厚……因此人们认为宗璞写出了中国现代知识分子的精神史。"①

二、 董易的《流星群》:斗争/自由的反思和审视

在谈到文学与历史时,赵园说过这样一段话:"文学叙事与史学叙事,无非面对同一世界的不同态度,对于同一过程的不同想象方式与叙述策略。"②相较于史学,文学的表达更富有生气,或者说更具"革命性",更有"突破"的可能性。对于西南联大存在的党派之争和地下党的活动,董易③的遗作《流星群》以亲身的经历和体验,对西南联大师生的生活和地下党的真实故事进行了描写,重点写到了当时的学生运动和校园生活,以及地下党员的奋斗和牺牲。在作品中,许多小说人物都有原型或者就直接是真实姓名,如地下党员陶思懿的原型是陈琏(蒋介石侍从室主任陈布雷的幼女)、参加三青团的中文系

① 贺绍俊:《归来收获的是爱情——读宗璞的〈北归记〉》,《人民文学》2017年第12期。

② 赵园:《想象与叙述》,北京师范大学出版社2015年版,第288页。

③ 董易(1919—2003年),满族,北京人,在西南联大读书期间,坚持从事党的地下工作,"群社"发起人之一。

学生原型是汪曾祺,其他的人物有曾昭抡、吴宓、查良钊、潘光旦、魏建功等。因此,《流星群》虽然不是口述自传、回忆录,但是可以视作纪实小说,具有重要的“史实”“史料”价值。对于小说中的主要人物及其活动,董易揭示了一些被忘却、被忽略的历史生活,而这些历史生活由于传统的文学叙事,没有机会展现在相关的作品中,作者以对历史生活的反思和审视,强化了西南联大历史的广阔性与丰富性,“而写成的一部生命的遗作,一部史诗般的青春之歌”①。

首先,作品对西南联大党派之争的呈现。在抗战时期的西南联大校园,活跃着一大批青年学生和地下党员,他们对艰苦卓绝的革命充满着激情,有理想、有抱负,同时又拥有不同的个性和真实的人格。这些青年学生和地下党员组建了学生社团——群社,出版《群声》墙报、组织教授演讲、公演话剧……使校园活动开展得有声有色。但是,“抗战时期,中国国民党在大学普设党部,将党的组织触角全面深入高等教育界。与此同时,中国共产党也在高校里建立了自己的地下组织。战时大学校园遂成为国共两党进行组织较量的一个重要舞台”②。在这样的背景下,西南联大的进步青年和地下党员不得不面对与国民党、三青团的斗争,如写到国共两党对学生自治会领导权的争夺时,作品写到他们的交锋:

> 学生自治会的代表大会开过了,在竞选上,以群社的彻底失败告终。群社发动站在自己一边的代表“言必信,行必果”,完全按照双方一致同意经过协商好了的名单进行无记名投票……群社当选的只有干事会副主席李刚一名,其余都是国民党、三青团方面的人。民先队员、群社积极分子,当场傻了眼!③

在中国当代文学史上,与国共两党斗争有关的小说作品,由于受到叙述者

---

① 陈骏涛:《值得记取,也值得尊崇的纪念——读董易长篇小说〈流星群〉有感》,《中国新闻出版报》2006年3月23日。

② 王奇生:《战时大学校园中的国民党:以西南联大为中心》,《历史研究》2006年第4期。

③ 董易:《流星群·青春的脚步》(第一部),云南人民出版社2006年版,第223页。

主观建构和意识形态的影响，对其丰富性表现不够，特别是“十七年文学”，对历史面貌的复杂性认识不足，表现手法单一、内容较为生硬；到新时期，由于政治目的论的反弹，又陷入历史虚无主义的桎梏。在董易的作品里，“随着革命理想蜕变为教条，当‘文革’集中暴露出人性的扭曲异化，这‘历史’也就走到了尽头”①，因此，他在写作时试图在《流星群》里如实地反映西南联大校园里的国共两党之争，既写到斗争的失败，也写到革命的成功。这是其他的作品里很难看到的，正是因为经历了不同寻常的失败与革命成功的喜悦，作者晚年在回顾走过的生命历程，用心费时地写下这部带有沧桑与感悟的小说，也尽力去使这段历史赋予新的意义②。在这样的维度上，作品面对的历史或者说作者想要叙述的历史，在一定程度上超越了既有的文学史和革命文艺传统，对具体的历史事件和历史事实作出了客观、有见地的文学叙事。

其次，作品对西南联大地下党员的刻画。在一定程度上，《流星群》主要是围绕着主人公温海绵（化名温以宁）展开叙述的，其他的地下党员还有许行之、伍达三（化名伍大卫）、王民权、李刚、陶思懿、杨芳草等，构成了作品里不同的人物形象。作为青年学生中具有典型意义的地下党员，温海绵充满热情、信念坚定，还有一些不切实际的理想，但是他富有同情心和牺牲精神，在复杂的斗争环境中，他似乎不太适应，甚至一度迷茫，然而这位年轻的地下党员（16岁时加入中国共产党）执着地走下去，坚决服从党的决定，疏散到云南边远民族地区，“真正是充满着青春的理想和激情，以自己的生命投入到抗日救亡的民族解放大潮之中。他们一方面要与日伪周旋抗争，另一方面还要经受得住那些‘左’得可爱又可憎的，来自同一营垒的‘同志’的误解和伤害，甚至

① 冯象：《没有人知道，也没有人尊崇的纪念》，《书城》2004年第6期。

② 据作者的夫人陈士修在《流星群》后记里说，董易1983年在中国社会科学院文学所主动提出离休，就是想写这段毕生难以忘怀的历史。具体参见董易：《流星群·走彝方》（第二部），云南人民出版社2006年版，第402页。

是无端的迫害”①,最后惨遭敌人杀害,献出了宝贵的生命。与此同时,作品还写到了与温海绵一起奉命到滇南勐赫井的伍大卫,他从容不迫、经验丰富、果敢决断,作品里描述说:

温以宁虽然开始打心眼儿佩服伍达三的精明、干练、沉着,不再觉得他那神出鬼没的行动有点儿“故作神秘”,并且集中注意力倾听着他的叙述,但是对他们要去的那个遥远的地方,那个地方的人和事,还是不能理解,还是感到前途茫茫。②

正是在“瘴疠之乡”,他们克服了各种苦难,以教学为掩护,执行党的“长期埋伏,待机而动”的任务,在勐赫井中学一面教书育人,培育和发展了当地的第一批党员,开辟了新的革命据点。在温以宁牺牲后,伍大卫带领部分勐赫井中学的学生上山不断发动游击战斗,坚持到解放大军南下,配合解放了滇南。在除奸反霸斗争中,伍大卫率领队伍将勐赫井土司孟希仁处决,为温海绵报了仇。此外,作品还写到了正直、诚实的联大地下党负责人刘山,由于受到政治牵连不得不离开西南联大;写到有革命热情、个性鲜明的地下党员李刚,他因为不满官僚主义、教条主义而起草“十人意见书”,受到排挤和打压。在刻画这些地下党员形象时,董易并没有像传统的革命文学一样,坚持将他们塑造成“高大全”的英雄人物,而是或多或少地将他们的缺陷和不足如实地描绘出来,读起来觉得真实可信,也突破了以往革命文学的叙事传统。

最后,作品对个体和人性的反思。正如人们看到的一样,《流星群》是有象征意义的,流星成群,可以知道无名的牺牲者实在很多。历史上有过太多的流星以至流星群,但是真正记录下来的不多,用流星来比喻现实的人。实际上,《流星群》面对的同样是历史,但是董易不想再建构意识形态化的历史,他要超越既有的传统,表现历史生活的复杂性和丰富性,因此,“作者不但说出

① 陈骏涛:《值得记取,也值得尊崇的纪念——读董易长篇小说〈流星群〉有感》,《中国新闻出版报》2006 年 3 月 23 日。

② 董易:《流星群·走彝方》(第二部),云南人民出版社 2006 年版,第 4 页。

了他的故事(联大校史因此越发引人入胜),而且尤为难能可贵的是,他的故事和顾准的笔记一样……为我们展示了一个充满着‘有个性的个人’即自由人格的光辉的思想境界”①。在《青春的脚步》里,小说除描述地下党与国民党、三青团的斗争外,还写到了地下党内部的斗争,而这种斗争又往往与人物的关系交织在一起,作品中由“十人意见书”引发的“十君子事件”正是这种斗争和冲突的激烈反映,而作者正是通过这些复杂斗争揭示了青年学生和地下党员对人生的信仰和思想境界,也写到他们的理想:

现在,温海绵脑门子上冒了汗。他有些窘迫。从原来想讲的“人”的伟大涵义转到抗日救亡的现实课题上,要绕多少个圈子,到底怎么入情入理地在逻辑上连贯起来,对这些工人子弟有声有色地进行启蒙啊。②

如同其他抗战题材的作品一样,《流星群》也写到了“启蒙与救亡”的主题,但是这里描述的是宝多猪毛厂的工人进行识字教育,在教学中温海绵首先强调的就是“人”,“做一个真正的人”,希望以“有声有色”的方式对工人进行识字教育。作品在对“救亡与启蒙”进行描述的同时,还对“人”的个性和尊严进行艺术描写,强调对个体的尊重和理解,以及对人的自由和人格的反思,凸显了作者的人本主义思想。因此,作者在写到国民党政要的女儿陶思懿时,将其塑造成平时认真研读党的理论书籍,绝对服从党的纪律的党员,但是却“变成了一个抽象的人,一个丝毫没有自主意识的党的驯服工具”③。可以说,由于对集体无条件的盲从和对作为个体的人性、尊严的漠视,造成人的蜕变与异化。作品里对个体的“人”和人性的反思,在其他的作品中是很罕见的,也是难能可贵的。作者对这种人性和人格的反思,正如他的老朋友冯契在写给他的信里说的:“在中国近代,真正能培养成真实的独立人格的时期和地点却也

① 冯象:《没有人知道,也没有人尊崇的纪念》,《书城》2004年第6期。
② 董易:《流星群·青春的脚步》(第一部),云南人民出版社2006年版,第2页。
③ 董易:《流星群·青春的脚步》(第一部),云南人民出版社2006年版,第2页。

不多。戊戌时期的湖南时务学堂……四十年代昆明,这些大概是比较利于性格形成的环境。所以,在我看来,西南联大时期的昆明青年是很值得一写的。那是一个青年人敢于藐视权威,虽经历苦难、彷徨而满怀信心、激情的时代。"①由此不难看到,西南联大对董易的培养以及当时青年学生的理想,促生了他的思考和审视。因而在《流星群》里,他对这些有着缺陷的青年学生和地下党员,始终认为他们对革命有着坚贞的理想、信念,在最为艰苦的时代迸发出革命的热情,像流星一样照耀着苦难的中国。

第三节 诗性传奇的历史"复述"

一、海男的《穿越西南联大挽歌》:寻访西南联大的教育遗梦

在西南联大的文学书写中,如果说按照文学体裁进行细分的话,应该可以分为诗歌中的西南联大、小说中的西南联大和散文中的西南联大等表现形式,这些不同的文学体裁都可以对西南联大进行想象建构,但是它们共同面对的或者说无法绕开的还是西南联大的历史与人事。在这样的意义上,西南联大的历史与人事就是西南联大文学书写的基础,而将历史与文学作品勾连在一起的是人。因此,德国哲学家卡西尔(Ernst Cassirer)说:"在伟大的历史和艺术作品中,我们开始在这种普通人的面具后面看见真实的、有个性的人的面貌。为了发现这种人,我们必须求助于伟大的历史学家或伟大的诗人。"②但是西南联大的历史与人事,也就是西南联大师生曾经活动的经历或者往事,需要求助于历史学家和诗人来表现。当代著名诗人海男③的《穿越西南联大挽

① 冯契:《冯契致友人书》,上海中西哲学与文化比较研究会编:《时代与思潮——中西文化与20世纪中国哲学》,学林出版社1998年版,第149页。

② [德]恩斯特·卡西尔:《人论》,甘阳译,上海译文出版社1985年版,第262页。

③ 海男(1962—),云南永胜人,原名苏丽华,作家、诗人,女性主义作家代表人之一。

歌》“用长篇诗歌的形式来纪录联大的历史、追思联大以及联大人的人文追求，海男是第一个，《穿越西南联大挽歌》是第一本”①。这本诗集以南渡的西南联大师生作为叙述对象，将他们南渡前的生活、南渡的遭遇、在昆明的大师传说、“跑警报”以及中国远征军入缅作战等进行书写，完整地表现了西南联大的历史或在诗歌中再现了慷慨激越的“南渡北归”。

首先，作品对西南联大师生生活的歌咏。作为一名诗人，海男近年来俨然是位云南大地的歌者，她的《献给独克宗古城的十四行诗》《漫歌滇池的十四行诗》《滇池传》等作品，以史诗性的品格对众山之上的香格里拉、昆明和滇池等云南的风情和文化进行表现，实现了对云南大地的诗意化表现。2014 年 10 月，她加入以联大师范学院为基础建立的云南师范大学，于是，对西南联大的创作成为她的使命和责任所在。她在作品里说：

> 我尝试着以 70 多年前的逃亡之路开始，去叙述这个战事的遗梦：梦，以箱子里拎着的书文开始，从北大、清华、南开三所大学汇集而来的大迁徙，史称世界教育史上的万里长征。这一幕长征之旅以一个北大女学生的语境，开始了叙述。②

正如作品说的，这部诗集以北大女学生的视角或者说口吻，用长篇组诗的形式对西南联大师生的生活进行了全面展示，也对 20 世纪中国知识分子的大迁徙进行了歌咏。因此，这部作品为西南联大迁徙流亡的现场提供了鲜活的“抒情”文本，而这种抒情就像王德威说的，“‘抒情’不是别的，就是一种‘有情’的历史，就是文学，就是诗”③，作者对刚毅坚卓的西南联大的历史进行了复述，重现联大师生笳吹弦诵的生活与往事。如《在满天的露水和皓月下读书》里，诗人写道：

---

① 马绍玺：《西南联大诗性传奇的书写》，《云南日报》2016 年 2 月 5 日。

② 海男：《穿越西南联大挽歌》，云南人民出版社 2015 年版，第 193 页。

③ ［美］王德威：《抒情传统与中国现代化：在北大的八堂课》，生活・读书・新知三联书店 2010 年版，第 65 页。

虽然警报声一阵阵地在长沙上空轰鸣
我们仍然在潜心读书。战事之外
在一道道的高山江流阻隔之中
我们在“风雨如晦,鸡鸣不已”的南岳山脚下的
文学院朗读书文。满天的露水和皓月
照耀着我们……在这些战火升起的幕帐之下①

这是战乱时期中国土地上奇特而富有深意的场景:“在满天的露水和皓月下”,来自全国各地的青年学子耳边响起防空警报的轰鸣,但是他们却在“潜心读书”。在这里,海男用诗人的表现方式来书写“风雨如晦,鸡鸣不已”的生活场景,而且用诗意的、纯净的语言来进行象征性的描绘,这种对西南联大师生生活的表现,蕴含了诗人对西南联大传奇经历的深沉敬意,也带有浓郁的人文情怀。在《警报声下,梅贻琦在疏通混乱的人群》里,她对梅贻琦的从容和勇气进行歌咏:

战争时期,在昆明的警报声中可以看见助人者
也可以看见苟生者,每一个无常的生命
都在战乱中获得尊严也获得了生的可能性
而在这里,这一条条由一个人开辟出的路
是由死向生的路,是众生奔向光明的路②

在某种程度上,“跑警报”经过了穆旦、汪曾祺、赵瑞蕻、宗璞等作家和诗人的反复书写,已经与西南联大的战时生活联系在一起,成为展现战时笼罩昆明的日常惊险传奇。在作品中,海男对“跑警报”的描述,记录了西南联大师生在警报声中奔跑的情景和风度,也展现了西南联大师生对生存与光明的追寻。在这些充满日常生活细节的实录中,虽然充满着苦难的情调,但也体现诗人对战时人生和社会的哲理性思考,赋予了“跑警报”以重要的意义。

---

① 海男:《穿越西南联大挽歌》,云南人民出版社2015年版,第10页。
② 海男:《穿越西南联大挽歌》,云南人民出版社2015年版,第99页。

其次,作品对西南联大大师风范的呈现。80 多年前,“西南联大学者立足于国家和民族的长远利益,自觉地承担起学术创造和文化传承的使命,他们用思想和智慧的结晶谱写了浓墨重彩的华章,奠定了他们在中国现代学术史上的重要地位”①,在他们身上,体现了 20 世纪中国知识分子的理想、信念和情怀,也体现了西南联大师生的人格、精神和风范。因此,海男对西南联大师生群体进行了描绘,使得《穿越西南联大挽歌》成为西南联大师生的“传奇史记”。作品对生活于西南联大的张伯苓、蒋梦麟、梅贻琦、唐兰、刘文典、闻一多、浦江清、朱自清、沈从文、陈寅恪、钱穆、周培源等名家大师的风范进行了呈现,对他们的学问和人生进行礼赞。如在《沈从文是我们文学院的老师》里:

他的目光清澈而虔诚,他用目光与每个同学
交流着。他讲课的声音很温柔
他平静地讲述,更多时候显得自言自语
宛如他故乡的那片小小的竹林里
一群鸟在春天落地飞翔的拍翅声
我自己非常喜欢,我也能感受到
在这些自由自在的拍翅声中
文学对于我们的身心滋养②

事实上,无论是从审美,还是表现形式、主体观照,用诗歌来对西南联大的历史和人事进行叙事,是有一定难度的,但在作品里,海男较好地将叙事与抒情结合起来,这首写作沈从文的诗歌就是典范。作品对沈从文承担的课程“各体文习作”“创作实习”和“中国小说史”的教学现场进行描绘,但又不是枯燥的事实陈述,而是引入 T.S.艾略特(Thomas Stearns Eliot)的“客观对应物”(objective correlative)理论:“用艺术形式表现情感的惟一方法是寻找一个‘客观对应物’;换句话说,是用一系列实物、场景,一连串事件来表现某种特

① 杨绍军:《西南联大与抗战时期学术发展》,《学术探索》2017 年第 1 期。

② 海男:《穿越西南联大挽歌》,云南人民出版社 2015 年版,第 80 页。

定的情感;要做到最终形式必然是感觉经验的外部事实一旦出现,便能唤起那种情感。”①在艾略特眼里,“客观对应物”是内心情感与外界事物转化或者激发的源泉。因此,海男在这首诗歌里找到相应的“客观对应物”:“小小的竹林”“一群鸟”……这些与情感有关的实物、场景,凝聚了诗人对作为老师的沈从文的肯定和称颂,他在教室里的平静讲解让文学院学生深受教益,“文学对于我们的身心滋养”。由此可以看到,诗人在作品里引入了“客观对应物”,将实物、场景或一连串的事件作为意象和意象群来描述,超越了一些诗人的“直线运动”或者平行思维,凝聚着诗人对西南联大名家的感念,也对描述的对象进行了称赞,让人们感受到“有情”的西南联大教师和有温度的西南联大,带来了难得的审美愉悦。在其他的作品中,诗人也对西南联大的这些知识精英和他们的传奇故事作了精彩的叙事与抒情。

最后,作品对西南联大教育的诗性思考。毕生致力于西南联大研究的易社强在《战争与革命中的西南联大》中说:“对这所大学了解越深,我越意识到,联大人的思想与性情具有无与伦比的人性魅力。因为联大自身的价值,也因为它可以丰富人们对中国制度史的认识,所以值得一探究竟。”②在西南联大,其一流的师资队伍、现代大学制度的构建、超前的办学理念和办学思想等,都对当代中国的一流大学建设有着重要的启示和借鉴。在《穿越西南联大挽歌》的后记里,作者将人生的教育分为3个阶段:母亲的胎教、儿童到少年的教育、大学教育,不同的阶段对于人生的成长都有着不同的意义,而对西南联大的教育梦进行诗性的叙事,其间就有诗人对西南联大教育的思考,这种思考正如评论者所说:“经由对教育和教育的重要性的思考,进而转为替中国教育史上最杰出的学校写作诗性传记,才是《穿越西南联大挽歌》这部长诗集的生命核心;海男在诗歌里真正倾诉的,也正是她所体验到的西南联大这所伟大的

---

① [英]艾略特:《艾略特诗学文集》,王恩衷编译,国际文化出版公司1989年版,第13页。

② [美]易社强:《战争与革命中的西南联大》,饶佳荣译,九州出版社2012年版,第323页。

学校所诠释的教育的本质与精髓”①。那么,在作品里诗人如何对教育和教育的重要性进行叙事呢? 在作品的题名中显现的“挽歌”,其实就是诗人对西南联大的历史和中国高等教育史上的西南联大进行的缅怀和追思,她以文学院学生的视角,重返抗战时期的西南联大,记录下了个体的心灵史以及西南联大的教育梦:

联大梦,就是“刚毅坚卓”的校训
就是一代又一代绵延不尽的教育之梦想
永恒的西南联大之梦
像一团云,就在我眼前变幻
你就是我年华中的繁花凋零又再生
你就是在春夏和秋冬中传来的一场又一场朗读
你就是云端上飞的天鹅,森林中变换无穷的孔雀
所以,我爱你,永远爱你②

作为一个观者,海男在诗歌里透过对西南联大师生的迁徙、流亡以及在低矮的教室里的苦读、教师的言行举止,再现了西南联大复杂的“面相”,艺术地把握历史中的西南联大和办学思想。可以说,海男以诗人的身姿穿越了西南联大的历史硝烟,不仅栩栩如生地复活了西南联大教育的现实场景,而且与西南联大知识分子在诗歌的风景里相遇,将西南联大的教育梦作了充分的阐释,也凝聚着她对教育和教育重要性的思考,使《穿越西南联大挽歌》成为“一首茫茫世景中为风雅而歌的瑰丽颂诗”③。

二、 海男的《梦书:西南联大》:诗意的人文历史的展示

作为新时期以来具有影响力的女性作家,海男的创作以女性视角或者女

① 马绍玺:《西南联大诗性传奇的书写》,《云南日报》2016 年 2 月 5 日。
② 海男:《穿越西南联大挽歌》,云南人民出版社 2015 年版,第 151 页。
③ 王新:《茫茫世景中的风雅颂诗——评海男长诗〈穿越西南联大挽歌〉》,《东吴学术》2015 年第 5 期。

性经验来建构小说的叙事，始终执着于女性的生存境遇、爱情生活和情感体验等的描写，“以敏锐的视角发掘出女性生存的真实处境，用诗性的语言为女性的成长做传，记录了女性在漫长的历史暗夜中所遭遇的灵与肉的困顿与冲突，并用喑哑的声音为在男权社会中进行痛苦挣扎与突围的女性呼号”①。因此，正如海男所承认的，在本质上她还是一位诗人，由此也决定了她的小说特色——诗化小说。在众多的小说中，她用诗歌的方式组织叙事，用诗化的语言进行叙述，不凸显小说的情节和结构，而是以松散的结构或者意象的重复、个性化的辞藻，以及联想、暗示、反复等手段，营造小说的诗歌意境，充满着浓郁的诗意色彩。2017 年，海男出版了精心打磨的诗化小说：《梦书：西南联大》，对西南联大青年学子与名家大师相遇在南渡之路上的往事，抗战期间敌人给个人和国家带来的劫难，联大青年学子投身缅北战场的故事进行了叙述。由于《梦书：西南联大》同样以北大女生苏修的视角展开叙述，也以西南联大的历史人事作为叙述对象。因此，《梦书：西南联大》与《穿越西南联大挽歌》形成了互文性关系，彼此回应和阐释，也形成了海男独特的西南联大的文学书写，在中国当代文坛上有重要的现实意义和文学价值。

首先，作品叙述联大衍生出的故事。正如海男在《自序：一个人的追思录》里说的：“《梦书：西南联大》所叙述的均是从联大历史中衍生出来的故事。西南联大不仅造就了教育的梦想……我在书中写到了他们的爱情和磨难，同时写到了他们年轻的生命相融于时间历程中的个人进行曲。”②的确，西南联大的历史是由无数的事件、细节和人物聚合而成的，也存在着总体和局部、整体与个体的关系。在有限的作品叙述中，不可能穷尽所有的事件、细节和人物，只能对特定的事件和特殊的人物进行关注，着眼于“大历史”或者“个人史”的描绘。因而，海男将西南联大历史的具体事实进行了个人化的想象建

① 梁小娟：《女性的妖娆与华丽蜕变——海男长篇小说中的女性成长叙事》，《小说评论》2011 年第 6 期。

② 海男：《梦书：西南联大》，安徽文艺出版社 2017 年版，第 3 页。

构，将衍生出来的系列故事在作品里进行叙述。在作品里，海男将湘黔滇旅行团旅途见闻、蒙自碧色寨之行、缅北战事社会调查、野人山中国远征军撤退……以及穿插在其中的“我”与周穆、吴槿之与乔尼、周梅花和依恩的爱情故事，完整地建构了西南联大的历史和人事。如作品写到湘黔滇旅行团在长途跋涉途中的调查：

> 走访就是了解一户户家庭中去；走访就是去了解一亩地收多少小米、大米；走访就是去了解一户人家有多少只水牛、有多少只鸡鸭；走访就是去体恤民情并感知土地与人的血脉关系。走访让我们进一步地了解祖国大地的贫瘠和荒凉。①

在湘黔滇旅行团3000里的行程中，产生了诸如穆旦的《三千里步行》、刘兆吉的《西南采风录》等文学和调查作品。在海男的作品里，写到了闻一多带领学生由书斋走向社会，寻访沿途走过的村落小镇，对社会、历史和文化进行调查，使得联大青年学子对祖国的贫瘠和荒凉有真切的体验。按照萨义德的解释，知识分子若要像真正的流亡者那样具有边缘性，就要有不同寻常的回应，而在海男的作品里，西南联大知识分子的迁徙流亡，也对社会做出了回应，这种回应就是对走过的祖国河山进行了解和认识，以切身的真实体验引发了青年学子对于国家、民族未来的诸多思考，在旅行中完成了思想的嬗变。如在写到野人山撤退时，海男写到了中国远征军遭遇的饥饿、瘴气、蚊虫和可怖的死亡，在远征军走过的地方和漫长的热带雨林中，留下了成堆的白骨，成为中国远征军的“缅北之殇”。可以说，这部作品开始于“梦”，也终结于“梦”，作者的努力不在于建构结构严谨、情节清晰的西南联大历史和故事，而是将与西南联大历史有关的故事衍生出来，在时间和历史的梦幻书写中，借助于穿着蓝布花裙的女学生的视域，去重构特定时空中西南联大的教育史传奇。

其次，作品描述探索生命的实践。在某种程度上，《梦书：西南联大》与

① 海男：《梦书：西南联大》，安徽文艺出版社2017年版，第34页。

《穿越西南联大挽歌》都是教育题材的作品或者说文学中的教育叙事,作品对西南联大的教育思想和教学实践的记述较为生动、翔实,也重现了鲜活、古朴的教育场景。对于教育,存在主义哲学家雅思贝尔斯说过:“所谓教育,不过是人对人的主体间灵肉交流活动(尤其是老一代对年轻一代),包括知识内容的传授、生命内涵的领悟、意志行为的规范,并通过文化传递功能,将文化遗产教给年轻一代,使他们自由地生成,并启迪其自由天性。”①因此,教育的过程就是要让受教育者学会成长、发扬天性,而实践在教育的过程中具有重要的基础作用。在作品中,海男叙述了联大的青年学子在从北到南、再从东到西的流亡之途中,与教师的形影相随、相濡以沫,他们从乡村走到小镇再到县城,就在教育者身边,他们所接受的不仅是“生命内涵的领悟”,还有长途跋涉的“意志行为的规范”。当这些青年学子越过群山和河流抵达昆明,犹如飞鸟振翅、圣树蜕皮,坚强的生命意志得以确立,在面对共赴国难还是留守学习时,以投身战争的行为实现了对于生与死的实践或探索,也就成为了联大青年学子的选择:

> 人是靠生命中顿然出现的玄机来改变命运的,我看到了中国远征军们年轻的面孔,他们的年龄跟我们类似,也有一些娃娃脸,看上去就是十四五岁的模样。我看到了脚穿草鞋的远征军,在那一时刻,他们脚上穿的草鞋突然震撼了我,我盯着那一双双操练中的脚,我又想起来我们南渡而下时脚上走出来的一个个大水泡……他走近我说道:“苏修,如果我像他们一样去从军,你会等我回来吗?”②

在血与火的时代,“如有硝烟,必有勇气”,西南联大的青年学子周穆、周梅花等毅然走上战场,去寻求国家、民族的自由与独立,去实践生存与死亡的考验,他们追随中国远征军入缅作战。其后,苏修紧跟恋人周穆的步伐到缅北

---

① [德]雅思贝尔斯:《什么是教育》,邹进译,生活·读书·新知三联书店 1991 年版,第 3 页。

② 海男:《梦书:西南联大》,安徽文艺出版社 2017 年版,第 100 页。

进行战事社会调查，在救护站参与护理工作，企望在缅北能与周穆、周梅花和她的母亲相遇，然而在经历漫长而痛苦的等待后，她收到来自缅北战场的白色阵亡书，恋人周穆在野人山撤离时为国殉难。可以说，海男在作品中对特殊事件和特定人物的刻画，将西南联大历史的多重"面相"揭示出来，对西南联大青年学子敢于担当、勇于赴死的实践作了阐释，也对西南联大的教育思想和教育理念作了绝佳的注解。在战争的阴霾和死亡的面前，他们用实际行动践行了"一个民族已经起来"。

最后，作品打破时空场景的转换叙述。作为虚构与想象的产物，海男在《梦书：西南联大》的叙述中打破了传统小说的时间和空间的限制，小说的叙述时间不与故事时间同步，而小说的空间也在叙述中不断进行转换。正如她在作品里说的："时间就是追思，在这点上，小说的虚构帮助我在流动的时间中追思着过去的时间。触碰时间，宛如在峡谷中触摸到了一块稳定不变的巨石，你看着它貌似不变，其实它已在我们冥睡或者远离它时演变了无数次。"①正因为对时间的灵活运用，使得作品里存在着叙述时间和故事发生时间，老年苏修的叙述在作品里任意出现，打破了叙述时间的限制，实现了青年视角与老年叙述的自由转换，如作品里写道：

> 时辰已到，这是一个严肃的时刻，他终于穿上了军装……作为中国远征军年轻的翻译，他同我认识的诗人穆旦等西南联大的从军者们不久将赴缅甸。时辰已到，我陪同他报了名又送他前往北校厂中国远征军的临时军训部，这个地方如今已矗立起无数高楼大厦，人心是没有尽头的，在我活下来的七十多年时间里，我跟随着我亲爱的祖国历尽了无数的时间变迁……②

这是作为叙述者的"我"（苏修）以青年视角展开的叙述，她的恋人周穆报名参加了中国远征军，到昆明北校厂临时军训部进行军训，然而作者的叙述几

---

① 海男：《梦书：西南联大》，安徽文艺出版社 2017 年版，第 100 页。
② 海男：《梦书：西南联大》，安徽文艺出版社 2017 年版，第 113—114 页。

乎没有转换或者过渡,直接切换到老年视角的叙述,说到在恋人殉国后的70多年里人生的遭遇。正因为有了这种时间的自由转换,也就有了空间的转换,海男的叙述空间彼时还在缅北的原始森林中,此时就叙述到昆明的西南联大校舍。可以说,《梦书:西南联大》的叙述没有时间和空间的限制,有时时间是停滞的,有时空间是激变的,这种叙述方式为这部诗化小说的阅读提供了多种可能性,也为这部小说的解读提供了多种途径。因此,评论者认为:"我们跟随海男漫游式的叙述去寻找梦的轨迹,在她营造的跳跃式的时空里,感受个体存在的体验。海男用诗性的语言打开了与大师学者灵魂相遇的精神通道,回到七十多年前的逃亡之旅,去寻访战争中的遗梦,而这场寻梦之旅也负载着审美自由的文化意义。"①

2011年,岳南出版了《南渡北归》三部曲,包括《南渡》《北归》《离别》,《南渡北归》对包括西南联大、中央研究院历史语言研究所、同济大学和中国营造学社等高校和研究机构内迁、北归的历程和政见不同的离别作了全面叙述,对20世纪中国知识分子如胡适、傅斯年、陈寅恪、梁思成、李济、曾昭抡、闻一多、钱锺书等的生活、学术、精神和追求等作了较为全面的展示,同时对这些知识分子的精神和风采作了充分描绘,被称为"首部全景再现中国最后一批大师群体命运剧烈变迁的史诗巨著"②。在作品中,西南联大的历史和人物成为岳南叙述和刻画的主要内容,他们的学术追求和人生境遇也成为作者打动读者的亮点。为创作这部作品,作者在搜集了国内外研究资料、相关文献的基础上,还对湖南、云南、四川等地进行了实地调查,取得了丰富的文献资料。应该说,这部作品对20世纪中国知识分子的命运和遭遇所作的描绘有极其可贵之处,其中的一些反思清醒深刻,让人印象充分,但是这部作品对于具体历史

① 韩露:《寻访硝烟弥漫中的教育遗梦——评海男新作〈梦书:西南联大〉》,《出版参考》2017年第8期。

② 岳南:《南渡北归:南渡》,湖南文艺出版社2011年版,封底。

细节的描绘和先入为主的主观情绪的表达，也使这部作品遭受知识界的批评①，甚至被冠以“恶评如潮”，因此，作者不得不在2015年对其进行修订，再次出版增订本。其他的作品，如章玉政的《狂人刘文典：远去的国学大师及其时代》，对刘文典的生平、学术成就、逸事等进行了搜集整理，同时对其在西南联大期间与陈寅恪、闻一多等的交集作了描绘，塑造了特立独行、有棱有角的刘文典形象。可以说，这些不同的作品都对西南联大的历史和人物进行了刻画和描绘，为众多读者了解和认识西南联大、领略西南联大知识分子的人格和精神作出了重要的贡献。

① 如王克明在《〈南渡北归〉的虚构和谎话——关于冯友兰的几个史实》中，认为岳南在描写20世纪中国知识分子的经历中，通过虚构编写和曲解贬损，将冯友兰塑造成反面角色，对其任意改动史实的做法提出批评。其他的学者如止庵也认为作者写作的题材、立意都不错，但表达方式失之轻浮。

第四章　西南联大文学书写的发展变迁

从西南联大诞生到21世纪,在80多年的时间里,西南联大被不同时代的作家、诗人和学者反复叙述,呈现出了不同的表现形式,也传达了时空转换、历史物象、家国情怀、战争记忆等不同主题的变迁发展。可以说,在中国现代史上,“有太多与联大相关的鲜活的物事,可以使历史完全转化为传奇。不止中国大陆,还有台湾地区,欧洲和美国,数千名男女校友的言行将成为联大精神长存的证明”①。在暂存的8年多时间里,西南联大在艰苦的环境下,坚持独立自由的思想,坚守通才教育的理念,为中华民族的神圣抗战和国家、民族的独立、自由作出了重要的贡献。在众多的文学作品中,不同的作家对烽火连天、遍地弦歌的现实和家国情怀、历史记忆的叙事都有不同程度的表现和反映,形成了中国文学史上独特的西南联大的文学书写,也产生了具有较高审美价值和思想内涵的文学作品。

在80多年的历程中,不同的作家、诗人对北平、天津和昆明、蒙自等地的叙述,如实地表现了生活空间的转换,由北平、天津等地飘蓬南渡,经长沙、南岳衡山再到昆明、蒙自等地,如宗璞《南渡记》以卫葑和凌雪妍在北平的婚礼

① [美]易社强:《战争与革命中的西南联大》,饶佳荣译,九州出版社2012年版,第323页。

展开气势恢宏的叙述，到《北归记》以孟樾在北平明仑大学的家宴结束。由此不难看到，四卷本的长篇小说《野葫芦引》似乎从开端到结束都在北平，但是其间经历了时间和空间的不同转换，"从'南渡'到'北归'，在物理空间上完成了一次大循环，在精神空间里则迎来一个大丰收的季节"①。与《野葫芦引》的时空转换不同，海男的《梦书：西南联大》则超越了一维的和顺序性的时空转换，作品写到了主人公苏修在陆地上奔跑、在群山间奔逃……但是时空的组合结构却发生了显著的变化，作品中的人物或者叙述者的意识活动不仅再现了西南联大青年学生对于生与死的实践，而且在时空交错的结构中实现了人生的价值和奋斗意义。

在艰难困苦的战争时期，西南联大师生面对国家和民族的生存危机，"他们几乎是本能地站在国家和民族的立场上，并为此发声"②，他们在不同的作品里诠释了西南联大知识分子的精神和品格，也叙写了20世纪中国知识分子的南渡历程。在不同的历史时期，西南联大师生创作的流亡记、旅寓记和考察记、复员记，记述了他们在流亡途中的生活经历以及苦难遭遇，也描写了战争记忆中的现实社会图景，陈达的《浪迹十年》写到了他在西南联大的生活和研究，也写到了战争时期烽火连天的风土民情；穆旦的《三千里步行》描述了远距离迁徙的真实感受，也对流离失所的难民形象进行了刻画……这些作品都再现了中国社会的现实，也表达了中国知识分子深沉的家国情怀。可以说，这些作品饱含着作者作为个体对国家、民族的关切，蕴含着不竭的抗争精神和忧患意识，也激发着不同时代的人们不断奋勇努力。

在20世纪的中国，抗日战争改变了中国历史的进程，也对中国人民产生了重要的影响。对于经历这场战争或是没有经历这场战争的作家来说，他们都试图用不同的作品重新唤起人们对战争的记忆或者反思，"在抗日战争已经结束了这么多年后的今天，假如我们仅仅因为自己最后取得了战争的胜利，

① 贺绍俊：《归来收获的是爱情——读宗璞的〈北归记〉》，《人民文学》2017年第12期。

② 汤哲声：《中国现代通俗文学的抗战叙述和家国情怀》，《社会科学》2015年第4期。

就感到一种由衷的喜悦,而不去反思战争,反思人类的灾难……实际上等于肯定了战争”[①]。因此,对于西南联大的书写,有关战争或战争记忆显然是无法回避的重要内容,如宗璞的《西征记》再现了滇西抗战的全过程,写到了明仑大学学生投笔从戎、共赴国难的壮举;海男的《梦书:西南联大》叙述了缅北战场的战事和中国远征军;穆旦和杜运燮等在诗作里描述了作为场景的“野人山”,这些作品都写到了悲壮的战争,也表现了战争的个人记忆,同时也对作为集体记忆的战争进行了反思,再现了战争中人的生命历程和现实处境。

第一节　时空转换

在一定意义上,世界上的任何事物都处在时间的某一点和空间的某一位置上,“在文学中的艺术时空体里,空间和时间标志融合在一个被认识了的具体的整体中。时间在这里被浓缩、凝聚,变成艺术上可见的东西;空间则趋向紧张,被卷入时间、情节、历史的运动之中”[②]。可以说,文学作品表现的世界,是由时间和空间来决定的,时间的度量展现在空间里,空间的理解需要时间来衡量。在传统的观念中,时间和空间被认为是“空间上的相邻性,时间上的连续性”[③],这也是书写历史或者说作品叙事的结构方式,反映在具体的文学作品中则是空间的移动或者说“空间上的相邻性”,而时间则是有序的或者说“时间上的连续性”。这种进化的观念和连续性学说,呈现了从一个空间位置到另一个空间位置、从一个时间到另一个时间的逐渐过渡。在这种传统观念的支配下,文学作品中的时空转换就表现为从一个地方到另外一个地方、从一个时间点到另外一个时间点,最终“形成了艺术时空体”。不难发现,在80余

---

① 王富仁:《战争记忆与战争文学》,《河北学刊》2005年第5期。

② [苏]巴赫金:《小说的时间形式和时空体形式——历史诗学概述》,钱中文主编:《小说理论》,白春仁、晓河译,河北教育出版社1988年版,第275页。

③ [美]海登·怀特:《启蒙时期的非理性和历史认识问题》,《话语的转义——文化批评文集》,董立河译,大象出版社2011年版,第147页。

年的西南联大书写中，不同的作家、诗人或者学者在文学作品中展开叙事时，都是在特定的时空结构中对西南联大的历史和人事进行了书写、呈现，也因此建构和表达了不同的时空转换。

一、 生活空间的转换

对于空间，米歇尔·福柯（Michel Foucault）曾说过："我们所居住的空间，把我们从自身中抽出，我们生命、时代与历史的融蚀均在其中发生，这个紧抓着我们的空间，本身也是异质的。换句话说，我们并非生活在一个我们得以安置个体与事物的虚空（void）中，我们并非生活在一个被光线变幻之阴影渲染的虚空中，而是生活在一组关系中，这些关系描绘了不同的基地，而它们不能彼此化约，更绝对不能相互叠合。"[①]也就是说，空间是由诸多的异质关系组合而成的，有"生命、时代与历史"的融合，也有不同的相互关系，共同构成了不同的组合和关系。因此，时间的变动或者空间的位移，就会伴随着相应的"个体和事物"的变化，这就为历史的书写或者作品的叙事提供了不同的景观与场域。

首先，由北平、天津等地到昆明、蒙自等地的空间转换。在卢沟桥事变时，"北平清华、北大的二年级学生正和其他高校学生在西苑兵营接受集中军事训练，事变发生，形势紧急，军训提前结束"[②]。7 月 9 日，蒋介石分别邀请北大、清华和南开的校长蒋梦麟[③]、梅贻琦、张伯苓和知名的专家学者到江西庐山参加关于国是问题的谈话会。据蒋梦麟回忆：

> 战神降临北平时，我正在庐山。当时蒋委员长在这华中避暑胜地召集了一群知识分子商讨军国大事，有一天午后，天空万里无云，

① ［法］米歇尔·福柯：《不同空间的正文与上下文》，包亚明主编：《后现代性与地理学的政治》，上海教育出版社 2001 年版，第 21 页。

② 西南联合大学北京校友会编：《国立西南联合大学校史——一九三七至一九四六年的北大、清华、南开》，北京大学出版社 2006 年版，第 10 页。

③ 蒋梦麟（1886—1964 年），浙江余姚人，字兆贤，号孟邻，中国教育家。

树影疏疏落落地点缀着绿油油的草地……一面眺望着窗外一棵枝叶扶疏的大树,一面谛听着枝头知了的唱和。忽然中央日报程社长沧波来敲门。告诉我日军在前一晚对卢沟桥发动攻击的消息,我从床上跳起来追问详情,但是他所知也很有限。①

这是蒋梦麟回忆录《西潮》里记述的时空场景,也是西南联大师生回忆录中对卢沟桥事变时因应的空间描绘之一,其时的蒋梦麟身在庐山,他所关心的还是北平发生的事端,期望对北平战事和北大有所了解,但是“所知也很有限”。这部回忆录在战时的昆明完成,最初为英文稿,1957 年在中国台湾出版中文版。在回忆录中,他对西南联大的组织和发展作了真实而深入的叙述,也对庐山、长沙、昆明等地时空转换中的日常生活琐事进行了详尽的描述。因此,对于离乱迁徙的生活,他在回忆录里有时发出思古之幽情,有时将动人的身边琐事,叙述得历历如画、宛若昨日,他在作品里寄希望于读者的,是从不同的时空转换中“希望读者多少能从作者所记述的身边琐事中,发现重大史实的意义”②,以正视战争时期的飘蓬南渡和不平凡的流亡生活。可以看到,在蒋梦麟的回忆中,故事的发生地是在庐山,但他念兹在兹的还是发生在北平的卢沟桥事变。那么,事变发生时的北平究竟是怎样的现实状况呢?朱自清在作品里曾提到:

这是炮声,一下一下响的是咱们的,两下两下响的是他们的。可是敌人怎么就能够打到西苑或南苑呢?谁都在闷葫芦里!一会儿警察挨家通知,叫塞严了窗户跟门儿什么的,还得准备些土,拌上尿跟葱,说是夜里敌人的飞机许来放毒气。我们不相信敌人敢在北平城里放毒气。但是仆人们照着警察吩咐的办了。③

---

① 蒋梦麟:《西潮与新潮——蒋梦麟回忆录》,东方出版社 2006 年版,第 235—236 页。

② 蒋梦麟:《英文版序》,《西潮与新潮——蒋梦麟回忆录》,东方出版社 2006 年版,第 6 页。

③ 朱自清:《北平沦陷那一天》,《中学生战时半月刊》第 5 期,1939 年 7 月 5 日。

此时在清华任教的朱自清，没有用任何富有感性色彩的语言去描述发生在古都北平的战事，而是用平凡朴实的语言向读者传达了自己和北平人民在战时的焦虑和不安，也让读者看到了战时北平所遭受的蹂躏和折磨。可以说，这种从未尝试过的体验是如此的刻骨铭心、记忆深刻，让作者的叙述充满着无奈与惶惑。在一定程度上，“战争作为一种生活的非常态，提供了一个特殊的机缘，不仅让人们重新体验事物，也让人更深地体验了世界”①。确实如此，作为叙述者的朱自清由于经历了这场特殊的战争体验，他对北平的生活记忆凝聚在“沦陷那一天”，真实地记录了战时处境和北平人民的心理体验，也由此在作品里将北平发生的战事叙述出来。这种对北平的叙述，无论是在蒋梦麟的《西潮》和朱自清的《北平沦陷那一天》里，还是在沈从文的《忆北平》和海男的《穿越西南联大挽歌》里，都写到战争爆发前北平的雍容、闲适、平静。但由于战端突发，彻底打乱了他们的日常生活，知识分子和青年学生踏上了流亡的旅途。因此，这些作家、诗人和学者对北平和天津等地生活空间的表达与建构，将作品中人物的生活隐含在“生命、时代与历史”中进行叙写，让他们感受到战争的残酷，也体验到了不寻常的战时生活，同时对作为生活空间的北平、天津等地的人事与物象进行了叙写。

由于战火的持续燃烧，使得无数的知识分子离开了熟悉的生活空间，不得不走向飘蓬南渡的征程。“生活空间的置换，使得那些曾经被作家们忽略了的或者刻意遗忘了的生命和生活凸现出来，并在他们的生命中留了下丰富的印记。”②在艰难的流亡和旅途中，他们将“南渡”的生活经历写在了各种流亡记、旅寓记、考察记和回忆录中，也将他们的遭遇和痛苦写进了小说、散文和诗歌里，而这一切都是在“南渡”的生活空间里发生的。西南联大学生钱

---

① 徐迎新、张瑞瑞、吴洋洋：《抗战散文述论》，《辽宁师范大学学报》（社会科学版）2015 年第 6 期。

② 段美乔：《抗战时期的文人迁移与文学流变——以抗战时期大西南文学活动为中心》，未刊稿，第 19 页。

能欣的《西南三千五百里》完整地记录了湘黔滇旅行团的3500多里步行,写到了他们从长沙出发,经益阳、常德、沅陵、镇远、贵阳、安顺、平彝(今云南富源)、曲靖、马龙、杨林到昆明的跋涉旅程。如在《往沅陵的道中》,他写道:

公路愈来愈曲折,两旁峭壁矗立,眼界顿时缩小了,概见上面是天,下面是道,左右前后都是山,丛丛密密的树林,绿荫深处,曲径崎岖,这里自然便是强人出没之地了。①

作为湘黔滇旅行团的成员,钱能欣将68天的所见所闻都记载下来,到昆明后整理成书,于1939年6月在香港的商务印书馆出版。这本书对湘、黔、滇少数民族的民风民俗、历史情感和生活环境等作了生动形象的记录,让人们看到了旅途的艰辛,也看到了内地的民生,更看到了流亡者在战时的独特生活和生命体验。但是,作者在叙述长途跋涉的所见所闻时,是用空间转换来主导其叙事的,甚至标题就是"益阳道上""初入黔境""从清镇到平坝""易隆·杨林·大板桥"……正是这种空间转换或者位置移动,一方面使得作者得到了从未有过的体验,另一方面也让他开阔了生活视野。因此,他在作品里揭示了西南的隐秘和真象,也呈现了西南地区的历史和民俗。

对于历尽艰辛的"南渡"知识分子来说,到达地处边陲的昆明和蒙自等地,虽然远离异乡,但是却让他们从流亡的焦虑与煎熬中感到轻松,重新回到了久违的宁静和安定。在西南边地的生活空间里,"彼时彼地,他们参与了史上罕有的知识分子跋涉之举,彰显了战乱时期读书人的坚毅情怀与人格尊严;此时此地,他们聚焦'南渡'生活,观照曾经的校园往事与心路历程,留存文化学人激扬壮阔的精神风范"②。因此,不同的作家、诗人都写到了昆明翠湖、西山和滇池,蒙自南湖、歌胪士洋行和碧色寨等,这些秀美的风景

① 钱能欣:《西南三千五百里》,商务印书馆1940年版,第17页。

② 施新佳:《"南渡"忧思与家国怀想——抗战时期校园知识分子的精神言说》,《青海社会科学》2016年第6期。

和其他无名的山水都成为他们关注的重点，如宗璞在回忆蒙自的日常生活时说道：

园中林木幽深，植物品种繁多，都长得极茂盛而热烈，使我们这些北方孩子瞠目结舌。记得有一段路全为蔷薇花遮蔽，大学生坐在花丛里看书。花丛暂时隔开了战火。几个水池子，印象中阴沉可怖，深不可测。总觉得会有妖物从水中钻出。①

在辗转流亡、旅寓异乡的过程中，西南联大师生感受到了不同空间里的生活，这些也在他们的生命里留下了深刻的观感。因此，西南联大师生和其他的写作者都写到了“南渡”生活和客居的日常琐事，以此呈现对不同空间转换的表达和建构。不同的作家和作品都写到了战时的北平、天津，写到“南渡”途中的长沙、南岳衡山和常德、沅陵、贵阳等地，也写到了西南边陲的昆明、蒙自等地。这种对不同空间转换的述说，使他们真实地记录下了战争时期的中国，也叙写了西南地区的民俗和山水。可以说，他们在作品中对西南联大的历史和人事所进行的描述和书写，将不同的人物历史和故事情节在不同的生活空间里重构或表达，也在作品中实现了对文学中西南联大的想象建构。

其次，由昆明、蒙自等地到其他位置的空间转换。抗战结束，北大、清华和南开北归复校，正如研究者指出的：“抗日战争、解放战争后，知识分子们离开了漂泊的南方，日后行走大陆、台湾，甚至海外时，这段‘南渡’的经历仍然萦绕于心，难以挥去。”②确实如此，“南渡”的经历和生活成为了不同的作家、诗人和学者书写西南联大的重要源泉。在艰苦的抗战时期，迁徙南渡的西南联大师生不过是异乡的“过客”，战后他们离开昆明星散到海内外各地，但是依

---

① 宗璞：《梦回蒙自》，《野葫芦须——宗璞散文全编（1951—2001）》，北京出版社 2003 年版，第 62 页。

② 施新佳：《“南渡”忧思与家国怀想——抗战时期校园知识分子的精神言说》，《青海社会科学》2016 年第 6 期。

然对“南渡”的生活感念不已,甚至发出“梦魂不到关山难”的感喟①。1996 年 7 月,在南京大学任教的赵瑞蕻回忆在蒙自时的穆旦:

> 这会儿,放在我书桌上面的是一张五十八年前的旧相片——是的,为了写这篇回忆录,我今儿一早就特地从一本照相本上取下这张相片来——我怀着深挚怀念的心情仔细地看了又看,我的思绪飞往一九三八年五月云南蒙自城外南湖湖畔了。这是那时我们西南联大蒙自分校文学院二十几个喜爱诗歌的同学所组织的“南湖诗社”中十三个成员的合影。②

其时,梅雨时节的南京,赵瑞蕻的思绪再次回到特殊的战争年代,回到魂牵梦萦的西南联大,回到“蒙自城外南湖”,他写下了对西南联大师友的回忆。在这篇为纪念诗友穆旦逝世 20 周年而写的《南岳山中,蒙自湖畔——怀念穆旦,并忆西南联大》中,他回忆了 50 多年前穆旦和自己在南湖诗社的创作:《我看》《园》和《永嘉籀园之梦》,引用穆旦的“青草样的忧郁,红花样的青春”来描述他们在滇南蒙自的生活和师生间的交流交往,以寄托对不幸过早离世的诗友的深沉哀思。同时,作品还写到了在南岳衡山、昆明等不同的生活空间里发生的往事:在南岳,燕卜荪写下著名的长诗《南岳之秋》、冯友兰写成《新理学》……在蒙自,闻一多和陈寅恪等住在歌胪士洋行、陈梦家和赵萝蕤住在“听风楼”……不难发现,无论时光如何变迁、环境怎样变化,在不同生活空间里的西南联大往事总是那样的清晰纯净、感人至深。可以说,这篇作品里许多具体化和形象化的描述,主要是通过空间转换来实现的,这种空间转换从作者

---

① 1968 年,殷海光在给学生卢鸿材的信中说:“在昆明西南联合大学的岁月里,和我心灵契合的老师及同学随时可以碰见。在学校附近文林街一带茶店里,在郊外滇池旁,在山坡松柏林中,常常可以看到我们的踪迹,常常可以听到我们谈东说西。现在,我回忆起来,总觉得‘梦魂不到关山难’! 内心说不出的想念。”具体参见殷海光:《致卢鸿材》(1968 年 8 月 18 日),卢苍编:《殷海光书信集》,台北桂冠图书公司 1988 年版,第 266 页。

② 赵瑞蕻:《离乱弦歌忆旧游——从西南联大到金色的晚秋》,文汇出版社 2000 年版,第 118 页。

所在的南京追忆到往昔的南岳衡山、蒙自和昆明，以不同空间里的往事勾连起作者对西南联大师友的追忆，从而通过空间转换完成了对往事的回忆。

1998 年 3 月，在沈从文逝世 10 周年时，他又写下《想念沈从文师》，在文末还附录了悼念沈从文的“八行新诗”——《他寂寞，但不孤单》：

一九四九年八月，我上北京看望先生，
感到异常，他怎么显得那样憔悴！
如今我不忍重提这件往事——
寂寞的庭中，他送我五本书，流着泪……
然而，沈先生是坦荡的，坚强的！
从此在新的领域中探寻另一种美；
卓越的贡献足以使中华自豪，
他不孤单，人间重现了光辉！①

1984 年 8 月，赵瑞蕻到香港中文大学参加学术交流，有人问起他的老师沈从文近况，这是他在《想念沈从文师》里的最初叙述。这篇作品由港中大雅礼宾馆门外扶桑树的高大、茂盛和花朵的鲜艳、绚丽说起，将他们师生间的交往一一道来：在昆明西南联大初次相见，数次到北京探望老师，1987 年给吉首大学和沈从文研究学术座谈会回信……在《诗刊》上发表 6 首悼念沈从文的诗作。在他写的 6 首悼亡诗中，《他寂寞，但不孤单》就是其中的一首，诗作叙述了作者到北京看望沈从文，老师送给他 5 本书：《边城》《湘行散记》《春灯集》《如蕤集》和《烛虚》，其时沈从文的生活处境发生了根本性的转变，但是他没有放弃自我追求，转而从事中国古代服饰的研究，作出了卓越的贡献，“重现了光辉”。可以说，他的《想念沈从文师》从香港写起，再写到昆明、北京和南京的往事，一一再现他们师生的多次相见和交流交往，作品采用蒙太奇的表现手法，将不同时空里师生的交往详细地描绘出来，同样是以空间的转换来完

① 赵瑞蕻：《离乱弦歌忆旧游——从西南联大到金色的晚秋》，文汇出版社 2000 年版，第 99 页。

成对沈从文的缅怀和追念。因此,这篇作品从香江岸边写到高原边地,从烟雨江南写到古都北京,不同的生活空间见证了师生的真挚情谊,也显现了联大师生的真挚情谊。

与赵瑞蕻在南京写西南联大往事不同,何炳棣①晚年在美国南加州将自己在国内和海外的生命历程“原原本本、坦诚无忌、不亢不卑地忆述出来”②,于2003年7月写成《读史阅世六十年》,2004年由香港商务印书馆出版,2005年在广西师范大学出版社出版简体版,对生平“读史阅世”的学思历程进行了回顾,也对西南联大的人物和往事进行了叙说,成为中国现代学术史和教育史上杰出的回忆录。在作品里,他写到了雷海宗在西南联大讲授《西洋中古史》《西洋近代史》等课程:

> 这些西史的课都是雷先生的专长,战乱中完全错过是我终身憾事之一。北平清华二、三年级时课外虽不无向雷师请教的机会,但使我受益最多的是在昆明联大期间与他的经常接触和专业内外的交谈。③

1945年8月,何炳棣搭乘飞机离开昆明,经印度赴美国哥伦比亚大学留学,获得博士学位后长期从事中国史的研究,成为西方学界公认的中国史研究重要学者之一。他在回忆录里以自己的亲历、亲见、亲闻、亲感,对清华和西南联大时期的师友进行了回忆。在《读史阅世六十年》里有对雷海宗的专忆,讲述了雷海宗的渊博学识、高尚人格和治学风范,读起来形象生动、历历如新。何炳棣自称一生深受雷先生的影响“至深且巨”,充满了对老师的无限景仰和绵延深情。但是,他的回忆没有始终停留在昆明的西南联大,而是写到了1960年他将自己的著述寄给在天津南开大学的雷海宗,两年半后才收到老师的回信。1965年,何炳棣为纪念去世的雷海宗,建议将芝加哥大学的史学讲

① 何炳棣(1917—2012年),原籍浙江金华,生于天津,史学家。

② 何炳棣:《读史阅世六十年》,广西师范大学出版社2005年版,第1页。

③ 何炳棣:《读史阅世六十年》,广西师范大学出版社2005年版,第115页。

座命名为 James Westfall Thompson，而 Thompson 是雷海宗在芝加哥大学留学时最重要的老师。可以看到，他对西南联大师友的回忆，以及对他们的客观评价，充满着学者的真诚和挚感，让人感慨不已。在“读史阅世”的 60 年间，他在清华园度过了“天堂”①般的生活，也在北平的燕京大学主修清史，再到昆明的西南联大担任助教，继而远赴海外求学治学，起初执教于芝加哥大学，再到洛杉矶加州大学尔湾分校。在《读史阅世六十年》中，作者的叙述始终在生活时空的统摄下，描述发生在不同空间里的生活与往事，以及与西南联大师友的交往交流，以纯真的情怀和忠实的记忆重新唤起人们对西南联大的集体记忆。

实际上，在 80 余年的西南联大的书写中，早期的写作者都是西南联大的师生，他们在战乱中“南渡”，抗战胜利北返，无论是留在中国大陆，还是远赴海外，在回忆旅寓西南边地的生活时，都会写到昆明和蒙自等地；后期的写作者有的不是西南联大的师生，但是他们在作品中也会写到蒙自和昆明的西南联大往事。同时，这些作家、诗人写到西南联大在长沙、昆明、蒙自等地时，也会写到战争胜利后的其他地方，如宗璞写到北京、钱穆写到香港和台湾、许渊冲写到巴黎、海男写到野人山……由此不难看到，不同的作家、诗人对西南联大的想象建构，都是在昆明、蒙自和其他的具体生活空间里展开的，由此形成了蔚为壮观的西南联大记忆，如冯至的《昆明往事》、冯友兰的《三松堂自序》、汪曾祺的系列作品和宗璞的《南渡记》《西征记》和《北归记》、董易的《流星群》、鹿桥的《未央歌》和杜运燮、郑敏的诗作等，都写到战时的昆明和其他的生活空间，也写到北京、重庆、台北和南京等地，对不同生活空间转换的叙写，实现了对西南联大的历史和人事的重构，也在生活空间的转换中成就了数量众多的文学作品、传奇的西南联大。

再次，作为“双城”的北平与昆明记忆的空间转换。1988 年 7 月，作家宗

---

① 何炳棣在回忆清华大学的学习时说过：“如果我今生曾进过‘天堂’，那‘天堂’只可能是1934—1937 年间的清华园……我最好的年华是在清华这人间‘伊甸园’里度过的。”参见何炳棣：《读史阅世六十年》，广西师范大学出版社 2005 年版，第 91 页。

璞在接受访问时说:“当时把这长篇的书名拟作《双城鸿雪记》,后来觉得‘双城’、‘鸿雪’都用得俗了,便改为《野葫芦引》。”①显然,这里的“双城”指的就是北平和昆明。在宗璞的《野葫芦引》系列长篇中,如果说《南渡记》和《东藏记》写的是北平、昆明的话,那么《北归记》写的则主要是北平,《西征记》写的则是滇西大反攻。因此,《野葫芦引》主要是围绕着北平和昆明的明仑大学师生展开叙述的,作品里有战争时期的迁徙流亡、生离死别,也有知识分子的爱国情怀、学术志业,还有北平和昆明的空间描绘:

> 什刹海黄昏的风送来清爽,但是会贤堂门前高悬的日本旗令人窒息。在什刹海边上不管哪个方向都很容易看到那红红的大圆点。它把施黛的远山、披云的弯月、澄明的湖水和高高低低的房屋都染上了一层血痕……行人在这影子里缓慢地走着,表面上是维持着北平人的习惯,但心里感到的沉重,不是悠闲。②

这段对北平什刹海的描述,将风景和心境融合在一起,使得空间描绘流畅新颖。在日本侵略者占领下的北平,什刹海的风景隐映在沥血的痛苦中,人们的心情格外沉痛,而这种对沉痛的感悟只有历史的亲历者才能叙写,读来也让人觉得心情沉重。不难发现,这种对北平的描述不仅仅是作家语言的流畅表达,更重要的是作家对周遭世界的审美感知,她将空间的描绘与创作主体的体验结合起来,将北平人的亡国之痛表现得淋漓尽致、刻骨铭心。

作为故事的背景或发生地,北平和昆明“双城”不仅出现在宗璞的作品里,在其他作家的作品里也不断出现。关于这种北平和昆明的怀旧,正如赵静蓉指出的:“怀旧最基本的导向是人类与美好过去的联系,而在现代性的视域下,这一过去不仅指称时间维度上的旧日时光、失落了的传统或遥远的历史,

① 施叔青:《又古典又现代——与大陆女作家宗璞对话》,《人民文学》1988年第10期。在《南渡记》的后记里,宗璞也写道:“当时为这部小说拟名为《双城鸿雪记》,不少朋友不喜此名,因改为《野葫芦引》。”参见《南渡记》,人民文学出版社2005年版,第268页。

② 宗璞:《南渡记》,人民文学出版社2005年版,第268页。

还指称空间维度上被疏远的家园、故土……在这个由时间、空间和认同所构成的三维世界中，怀旧始终保持着对过去的基本诉求。”①在时间的维度上，过去不仅意味着逝去的时光，而且意味着经历的轨迹；在空间的维度上，怀旧意味着过去生活过的地方，也意味着拥有的过去与现在的位置。抗战时期，大批知识分子和文化教育机构内迁，使得昆明成为了战争时期重要的文化中心。其时，南渡的知识分子到达昆明，将熟悉的北平与昆明进行比较，惊喜地发现昆明与记忆中的“北平”在某种程度上有一定的重合甚至相似。如钱能欣在《西南三千五百里》中就认为：

> “云南如华北”，我们一入胜境关，看见大片平地，大片豆麦，大片阳光，便有这个印象，在途中尽量幻想昆明，是怎样美丽的一个城市，可是昆明的美丽还是出乎我们意料。一楼一阁，以及小胡同里的矮矮的墙门，都叫我们怀念故都。城西有翠湖，大可数百亩，中间有堤有“半岛”，四周树木益茂，傍晚阳光倾斜，清风徐来，远望圆通山上的方亭正如在北海望景山。②

“南渡自应思往事，北归端恐待来生”，在风雨飘摇的时代，部分南渡的知识分子或者学人对“北归”充满着悲观，也对战争前景并不乐观。从北到南的流亡，让他们饱尝战争的亡国之痛、离乱之苦，因此，他们安顿下来回想北平的生活，过去的悠闲、平静与现在的流寓、偏安比较，于是将北平的怀旧引向对昆明的观感，而昆明的风物景致在某种程度上与北平何其相似。这种对昆明的体验或感悟与其说是对昆明的印象，不如说是对北平过去生活的怀旧，“但这怀旧的背后所蕴含的不仅是对往日北平生活的追怀，还有对北平未来命运的忧虑”③。可以说，这种对北平的追怀或者说对北平命运的担忧，一方面舒缓

---

① 赵静蓉：《怀旧：永恒的文化乡愁》，商务印书馆 2009 年版，第 5—6 页。

② 钱能欣：《西南三千五百里》，商务印书馆 1940 年版，第 104—105 页。

③ 明飞龙：《抗战时期沈从文、冯至的文学创作与“风景昆明”》，《江西社会科学》2014 年第 11 期。

了他们离乱南渡的焦虑;另一方面又激发起他们对国家命运的沉思。然而到战争结束,他们回到北平时又对昆明的生活产生记忆,如沈从文在北平时就写道:

> 北平入秋的阳光,事实上也就可教育人。从明朗阳光和澄蓝天空中,使我温习起住过十年的昆明景象。这时节的云南,风雨季大致已经成为过去,阳光同样如此温暖美好,继而继续下去,却是一切有生机的草木无形死去。①

对于抗战时期旅寓昆明的知识分子来说,昆明的自然景观和人文景观给他们留下了难忘的印象。战争期间,沈从文在昆明城里和呈贡乡间都居住过。此前,他的生活着落不定,但在云南时节,尽管物资匮乏,但他有固定的教职,远离战争威胁,他对自己的文学才华和创作成就,充满着期许、愿景。在这篇作品里,他回忆在昆明的生活,也格外想念昆明气候的"温暖美好",寄托了他自己对昆明、云南这个"异乡"的真实情感。除这篇作品外,他的《怀昆明》《忆呈贡和华侨同学》《过节和观灯》以及诗歌《想昆明》等,还有汪曾祺的《昆明的雨》《翠湖心影》《昆明的吃食》等,赵瑞蕻的《怀念英国现代派诗人燕卜荪先生》《当敌机空袭的时候》等,冯至的《昆明往事》都写到了记忆中的昆明或是北平。因此,在不同作家和作品里有时会写到北平,有时会写到昆明,有时"双城"都会写到。可以说,不同的作家、诗人在南渡、北归的旅途中获得了不同的生存体验,将生命的历程写在了不同的作品里,其间出现了北平、昆明的"双城"记忆或者主要写北平、昆明的空间转换,由此形成对北平、昆明的建构与想象,也将北平和昆明的风情、人事和景致进行表达,在对"双城"记忆的"诗意美学的创造中达到了一种生命的回归与超越"②,造就了富有情感与美学追求的艺术作品。

---

① 沈从文:《云南看云集》,人民文学出版社 2017 年版,第 137—138 页。

② 张永杰:《文学书写中的故乡记忆——以汪曾祺笔下的昆明为中心》,《云南社会科学》2006 年第 2 期。

二、 文学时间的转换

实际上,时间不仅是文学的重要结构方式,也是文学创作的永恒主题。人类对时间观念的认识,经历了从神话到现实、从古典到现代、从幼稚到成熟的漫长变迁,时间在本质上也呈现出主体/客体、内在/外在、有限/无限等多重的悖论。在此意义上,文学时间的分类可以多样化,但在对具体作品进行研究时,可以将其分为两类:一类是历史时间,这是以事物的客观存在和人类感知经验为基础的时间;另一类是叙事时间,这是作家为叙事需要或者美学追求,运用各种艺术手段处理、编排的时间。由此可见,前者是客观存在的;而后者则是艺术创造的,它们之间在遵循现实时间的前提下,有着一定的区别。因而,对于历史时间,布罗代尔说过:"它首先关心的似乎一直是凭借一个珍贵的、精微的、复杂的坐标——时间——来解释人和社会。时间坐标……没有它,无论过去还是现在的社会和个人都不能恢复生活的面貌和热情。"①在历史叙事中,布罗代尔将历史时间进一步细化为地理时间、社会时间和个人时间;或者说,根据历史时间一层一层地剖析人的性格和社会的变化。但是,文学作品的时间不是如实地表现本质的时间(历史时间),而是蕴含着作家的日常经验和生命体验、生活感知和美学创造,体现着作家的艺术追求和主观构造,用于作品叙事或者编排时间(叙事时间),"虽然文学世界有其独有的时间,但这种独立性是相对的,它不可能完全脱离客观时间而存在,必须以客观时间为再现对象"②。因此,文学作品的想象建构,必须以现实时间作为参照,以反映社会现实为任务。在80多年的书写中,不同的作家、诗人对西南联大的想象建构,他们既注重历史时间的呈现,也注重叙事时间的表达,或者将历史时间与叙事时间灵活运用,创造了独特的西南联大世界和特定的"艺术时

---

① ［法］费尔南·布罗代尔:《论历史》,刘北成、周立红译,北京大学出版社2008年版,第21页。

② 孙丙堂、袁蓉:《文学中的时间》,《重庆邮电大学学报》(社会科学版)2015年第6期。

空体”。

首先,历史时间的呈现。作为历史而存在的西南联大,已经成为了不限于西南联大师生共同想象和记忆的对象,甚或在某种程度上形成了集体记忆。这种集体记忆由于存在于历史当中,因而离不开历史的叙述和建构。对于集体记忆,法国社会学家莫里斯·哈布瓦赫(Maurice Halbwachs)说过:“在集体记忆中,一般而言,总会有一些十分突出的特殊人物、年代和特殊时期。”①由此,集体记忆的展开,需要不同的作家、诗人在文学作品中进行表达和建构,这样就需要借助于历史时间,将历史时间定位在历史时空中,对具体的历史人物、事件和“特殊时期”展开叙事。在西南联大的书写中,不同的作家、作品对人物形象的建构或情节结构的编排,都是放在具体的现实时间中描绘的,如赵瑞蕻在《一九四〇年春:昆明一画像——赠诗人穆旦》中写道:

那么,先翻翻今儿的报纸吧:
昨天下午两点五十五分钟,敌机袭滇——
青青的麦穗儿受了重伤,三十九架,
沿着滇越铁路,盲目投弹;
啊!我们亲切的南湖,尤加利树,
树上栖着,飞着灰白色的鹭鸶,
蒙自,那可爱的小城又遭殃!②

抗战时期,日本侵略者不论征战地区是否具有军事价值和战略意义,都对人口相对集中的地区进行狂轰滥炸,企图摧毁中华民族的奋勇抵抗。当时,敌人的首要目标是战时的陪都——重庆,但由于重庆雾多,不是时刻都可以进行轰炸,而阳光灿烂的昆明就成为敌人轰炸的重要目标。因此,在西南联大师生

① [法]莫里斯·哈布瓦赫:《论集体记忆》,毕然、郭金华译,上海世纪出版集团、上海人民出版社2002年版,第58—59页。

② 赵瑞蕻:《一九四〇年春:昆明一画像——赠诗人穆旦》,杜运燮、张同道编选:《西南联大现代诗钞》,中国文学出版社1997年版,第412—413页。

读书教学的过程中，跑警报和躲避空袭就成为日常生活。赵瑞蕻的作品就写到了敌人的疯狂轰炸，时间是1940年某天的“两点五十五分”，39架敌机沿着滇越铁路北上，对蒙自、昆明等地进行轰炸，到达昆明的时间是“下午三点又三刻钟”，这些时间都是作品中的表达时间。显然，这些具体到几点几分的时间是叙事时间，但其中的“1940年”则是历史时间。根据作者记述，这首诗“1940年春初稿于昆明西南联大，1942年冬订正于重庆中央大学”①；同时，日寇自1938年9月到1941年8月“飞虎队”（美国志愿航空队）来华参战前，正是昆明和蒙自等地被日军频繁轰炸的时间。由此不难判断，这首诗里的“1940年”是历史时间。作者在诗歌里以自己的笔触记录下了日寇的暴行，敌军在昆明肆无忌惮地轰炸，制造了血腥的场景，整个昆明在燃烧、颤抖、流血……这样的作品“让你思考战争，思考战争对人的影响，让你深刻体验到战争的巨大影响力，让你加深对世界的认知，对人生的感受，对人类命运的思考”②，以及作品里表现的战时日常生活、人物的不幸遭遇和事件的发展变化等，都在历史时空里得到具体的细节呈现。在这种时空架构中，历史时间始终统领着生活空间和叙事时间，历史时间是1940年，生活空间则聚焦于蒙自、昆明和防空洞，叙事时间有“中午十二点十分又三分钟”“下午两点五十五分”等，完整地构成了这首诗歌的时间表达与空间叙述。

在西南联大的文学书写中，由于“回忆录写作能够在一定程度上起到见证历史的作用。所以，作者在撰写回忆录时往往具有一种强烈的历史责任感”③，正是基于这种强烈的责任感，很多回忆录都将真实性或者说现实性作为回忆录的写作追求，作者也会强调回忆录的真实性和可靠性，以此对历史进行还原。作为历史的见证者，蒋梦麟在《西潮》的前言里写道：

---

① 赵瑞蕻：《一九四〇年春：昆明一画像——赠诗人穆旦》，杜运燮、张同道编选：《西南联大现代诗钞》，中国文学出版社1997年版，第418页。

② 王富仁：《战争记忆与战争文学》，《河北学刊》2005年第5期。

③ 徐洪军：《八十年代作家回忆录的分类——以〈新文学史料〉为中心》，《中国现代文学研究丛刊》2018年第3期。

当我开始写《西潮》的故事时,载运军火的卡车正从缅甸源源驶抵昆明,以“飞虎队”闻名于世的美国志愿航空队战斗机在我们头上轧轧掠过。发国难财的商人和以“带黄鱼”起家的卡车司机徜徉街头,口袋里装满了钞票。物价则一日三跳,有如脱缰的野马。①

作为回忆录,《西潮》是蒋梦麟在昆明利用躲警报的间隙写出来的,对于为什么要用英文写作初稿?他说由于躲警报不是在郊外,就是在防空洞里,书写中文需要郑重其事,而英文则可以自左至右像画曲线一样;若不是抗战期间躲警报,他不可能有时间、有闲情写成回忆录。在这本回忆录里,他将自己的亲身经历、所见所闻据实加以记录,同时对所处的时代有敏锐而深入的观察。在《西潮》写作的1943年,蒋梦麟时任西南联大常委、北京大学校长,对于当时昆明的物价和滇缅公路的走私等情况是有资格作证的,他“在场”目睹了周边发生的一切。因此,纵观全书,作者除以历史时间来驾驭历史事件外,还以满腔的热忱、沉着的智慧、宏阔的视野,用优美抒情的文字将历史时空的生存世相鲜活地描绘出来,使其提供的不仅仅是历史现象,还有个人的文化情怀,以及对战乱时代的观察和审视。

同样,在陈岱孙的回忆录《往事偶记》中,他用平实的文笔记录了生平求学、治学的经历,以及与梅贻琦、张奚若等诸位西南联大同行的交流交往。2016年,该书在商务印书馆出版时注明是“随笔集”,但是可以看到,“回忆录的真实度,不仅决定了该回忆录史料价值之高低,而且是反映回忆者思想、理论、修养、记忆水平和道德、风度的试金石”②。作为知名的学者,陈岱孙治学严谨、诚实笃信、行事低调,他在写作这些“随笔”时是抱着对历史负责的态度撰写的。因此,他关注历史中的人和事时,凭借理性、智慧和严谨对往事据实记录。在这样的意义上,该书不应该是“随笔集”,而是回忆录,正如编后记所

---

① 蒋梦麟:《西潮与新潮——蒋梦麟回忆录》,东方出版社2006年版,第9页。

② 洪小夏:《对金门战斗“三不打”的质疑与考证——兼论回忆录的史料价值及其考辨》,《近代史研究》2002年第3期。

说："陈先生为文严谨，记忆力超强，所著文章，一字一句，皆为信史。"[①]这本回忆录共收录了23篇文章，除《绥北道上》写于1930年代外，其余都是作者晚年的作品，而所记所忆的都是前半生的往事。同时，由于回忆录的作用在于还原历史、反映时代特征和个人情况，回忆者的回忆就成为了"复原历史"的重要资料，如陈岱孙在回忆同事沈同时说：

> 1939年到1942年间，日寇对昆明空袭频繁，不少民房遭到炸毁。为了解决教职员居住问题，清华大学在1942年把原计划租为开办而由于设备不齐而一时办不起来的航空研究所用的北门街唐家花园……沈同先生和我搬进了这个戏台宿舍，他一人住在楼下一小包厢内。我和李继侗、朱自清、陈福田、金岳霖四先生则住在楼上正对着戏台的大包厢内。[②]

可以看到，这就是战争时期昆明的居住环境，一流的生物学家、文学家、哲学家和经济学家居住在一起，他们在特定的历史时间和生活空间里，维系着战时的生活状态。这里提到的"1939年""1942年"同样是历史时间，作者通过这样的历史时间，将回忆的生活具体化、形象化，换言之，也就是依靠具体的历史时间，才能细致入微地表现历史时空中的人事。在《往事偶记》中，作者正是基于历史时间的呈现，将回忆的往事既富有生活气息又不失温情地表现出来，体现了作者出色的叙述能力和表达技巧。

可以说，除了诗歌和散文外，在宗璞的《野葫芦引》系列小说、董易的《流星群》、海男的《梦书：西南联大》等以虚构性为主的小说中，同样是以历史时间的呈现来展开叙事的，只不过在小说叙事中有时增加了时空颠倒、交叉融合等现代艺术的结构方式，为书写西南联大的小说叙事增添了愉悦的审美体验。

其次，叙事时间的表达。在一定程度上，叙事作品中的时间和空间是不可

---

① 陈岱孙：《往事偶记》，商务印书馆2016年版，第237页。
② 陈岱孙：《往事偶记》，商务印书馆2016年版，第204—205页。

分割的,对于叙事作品中的时间,马大康认为:“时间的历史化,时间与人的现实活动相结合,时间与生产、变革等社会实践相集合,为时间的‘虚化’准备了前提条件……因为一旦时间与社会实践相结合,时间的社会价值和意义就更为凸显了,它的抽象化、统一化也就逐渐成为社会的共同需要,势在必行。”①也就是说,时间的历史化使其获得了自身的价值和意义,而时间的“虚化”则使时间获得了相对的独立性,成为可控制、可叠加、可变化的写作对象。可以说,这种对时间的认知,突破了以往一维的或者有序的时间观念,而在具体的文学作品中,时间就成为可以自由组合、编排调整的时间。在这样的意义上,叙事时间的真正意义得以凸显,写作者在作品中可以自由编排,对时间进行灵活的表达或重构,如海男在《梦书:西南联大》里就写道:

尽管如此,在联大的校园里,我看见的你,是一个用尽全身心抵抗着人生挫败的勇士;是一个倾尽身体之灵翼飞翔在人类史记中的吟唱者……而今天的我,在老态龙钟中仍然听见了你从联大走来的脚步声,你踏着生命的残露步步朝前走,而你生命的那口气,仍然盘踞在古老的史学之渊薮,它们使你脚步下旋起的那一片片金色的银杏树叶,仿佛古老时间的书笺,昭示着人类真理。②

在某种程度上,小说是时间的艺术,既要反映历史和现实、生命和生存,也需要在作品里设置相应的时间呈现或时间表达。相对于日常流逝的、客观的历史时间,叙事时间则是可编排、可组合的主观时间。在《梦书:西南联大》的叙述中,作者以第一人称首先描述了著名的陈寅恪教授,写到他的辗转求学、学识建树、风范人格。此后,作为叙述者的“我”出现在作品里,作者在作品里设置的叙事时间转换是跳跃的、不连贯的,不是按照事物发展依次展开或者时间的延续进行。海男在作品里一开始讲述的是“过去的我”,马上就跳跃到“今天的我”,这种可控制或者说可组合的时间表达,就是典型的叙事时间的

① 马大康:《拯救时间:叙事时间的出场》,《文艺理论研究》2009年第3期。

② 海男:《梦书:西南联大》,安徽文艺出版社2017年版,第154页。

表达方式。与此同时,这种时间的表达没有明确的时间标度,时间在这里被"虚化"了,也正是由于时间的"虚化",使得作者能够自由地对时间进行剪辑、编排,将过去和现在巧妙地融合在一起。因此,对"我"来说,时间不是变化延续的缓慢过程,而是自我存在的背景和标识。或者说,时间不再以纪年纪月的方式呈现,而是被作者浓缩成"我"的体验和感悟,清晰地表达"我"对陈寅恪教授的敬意和景仰。由此不难看到,这种超越历史时间的表达赋予作品以无穷的艺术感染和表达效果。

从本质上来说,时间对于小说是外在的,也是内在的,但由于有了叙事时间,"摆脱了传统小说对自然时间的依附与限制,过去、现在、将来的时序互相倒置彼此渗透,使叙述时间获得了技术上的空前自由"①,也正因为如此,叙事时间可以消除过去、现在与未来的界限,让创作者把过去、现在与未来的时间流转进行置换,并在一定的时空中重新定义过去、现在与未来。其实,这种对时间的设置,在中国古代文学中就存在。在中国古代诗歌创作中,诗人对时间的表达是非常敏感的,诸如春花秋实、朝夕往还、青丝暮发……都是对时间流逝的感悟和表达,作品里充满着对人生无常或者时间无情的喟叹,而中国现代诗人对时间的表达,虽然没有古代诗人那样敏感细腻,但是同样对时间有自己的呈现方式。如穆旦在作品里写道:

那刻骨的饥饿,那山洪的冲击,
那毒虫的啮咬和痛楚的夜晚,
你们受不了要向人讲述,
如今却是欣欣的林木把一切遗忘。
过去的是你们对死的抗争,
你们死去为了要活的人们的生存,
那白热的纷争还没有停止,

① 向荣:《延续与断裂:探索中的小说时间意识——兼论小说时间意识的现代涵义》,《当代文坛》1991 年第 6 期。

你们却在森林的周期内,不再听闻。①

在中国现代诗歌史上,穆旦是位真正的战争诗人,他不仅在战争中投笔从戎成为远征军,而且还写下了士兵、战场、牺牲、祭奠等战争诗歌。在名作《森林之魅——祭胡康河上的白骨》中,情节构造是由作为历史记忆的载体——"森林"和"人"的对话展开的,虽然人物与情节都比较单纯,但是诗作的内涵却无比丰富。在作品里,诗人将集美丽与邪恶、温柔与恐怖于一身的"森林"作为客观对应物来看待,诗作里的林木和森林像城市、乡村和纪念碑等"记忆场"一样,既承载着人物深重的时间记忆,更承载着民族的集体记忆。可以看到,这首诗里的叙事时间是非常明显的,"过去"和"如今"不是按照时间顺序或者叙述先后确定的,而是灵活地安排在作品里,这种对叙事时间的自由安排与灵活处理,体现了叙事时间表达的自由度与灵活性。但是,这种对叙事时间的呈现并没有使这首诗歌的审美意蕴降低,反而得到极大增强:对牺牲的远征军将士的歌颂、对历史的冷静思考都融入到这首诗歌里,使其成为了中国现代诗歌史上的"冠冕之作"。

在不同的文学作品里,回忆不仅意味着怀旧与眷恋,更意味着过去与现在的关联,诚如评论家所说:"在怀旧文学中,人不仅眷恋往昔的事物,更眷恋过去的生命,因此,过去对于人有着重要的价值。这种价值是情感的和人性的,也即审美的,它不必经过思索,人在直觉中就认可它,追寻它,钟情于它,以至流连忘返。"②在西南联大的文学书写中,对西南联大和西南联大的人事进行回忆的作品非常丰富,不同的作家在作品里对西南联大和人事进行回忆,是带着多种情感和理智的。在情感上,他们回忆往昔的岁月,其间有生命和生活的踪迹;在理智上,他们回忆过去的生活,里面有艰辛和痛苦的体验。因此,这种回忆性的文学交织着时间/价值、过去/现在的复杂结构,而在具体的文学作品

---

① 穆旦:《穆旦诗文集·诗》,人民文学出版社2006年版,第149页。

② 马大康:《反抗时间:文学与怀旧》,《文学评论》2009年第1期。

中，则体现出当下生命向过去的回溯，同时又是当下生命向将来的延续。1988年5月，汪曾祺在《星斗其文，赤子其人》里写道：

> 沈先生对我这个学生是很喜欢的。为了躲避日本飞机空袭，他们全家有一阵住在呈贡新街，后迁跑马山桃源新村，沈先生有课时进城住两三天。他进城时，我都去看他，交稿子，看他收藏的宝贝，借书……有一次，晚上，我喝得烂醉，坐在路边，沈先生到一处演讲回来，以为是一个难民，生了病，走近看看，是我！他和两个同学把我扶到他住处，灌了好些酽茶，我才醒过来。①

作为沈从文的弟子，汪曾祺与沈从文有着深厚的师生情谊，他们互相仰慕和欣赏②。无论是作为西南联大的学生，还是作为文学创作的传人，汪曾祺对沈从文都是理解和认同的。他写过至少18篇有关沈从文的论述，如《沈从文和他的〈边城〉》《沈从文的寂寞》《沈从文先生在西南联大》《一个爱国的作家》《沈从文转业之谜》《梦见沈从文先生》等。在文学创作上，他深受沈从文的影响，但他走出了沈从文的影响，在当代文学史上有着特殊的地位。因此，他们的关系非同一般，超出了寻常的师生感情。1988年5月10日，沈从文在北京病逝，汪曾祺写下《星斗其文，赤子其人》来缅怀沈从文的一生，表达了对老师的追念。在这篇散文里，也许是出于痛苦和伤感，他的回忆似乎有些混乱，一开始写沈先生的民族，再写到1946年他在上海被沈先生骂，写到沈先生的创作和他写给老师的诗歌……里面的时间顺序看起来颠三倒四的，而在情感上他一直试图用平和的语调来叙述，不时加上一些掩饰。可以看到，这篇作品的叙述不是单纯地对生活和生命的回忆，严格遵循过去、现在的时间线索来展开的，而是灵活地运用叙事时间的表达，将过去和现在进行颠倒、组合，深情地表达了对老师的追忆和缅怀。可以说，这种怀旧是充满情感和人性的，也是

---

① 汪曾祺：《汪曾祺全集》（四），北京师范大学出版社1998年版，第256—257页。

② 林斤澜在《汪曾祺全集》的前言里提到，沈从文在昆明推荐汪曾祺时说："他写得比我好。"这是沈从文对汪曾祺的认可和评价。

沉稳和审美的,因为作品将人与人、人与生命的认同和理解都倾注其间,充满了温情、理解和关切。

再次,历史时间与叙事时间的转换。文学作品是在特定的时空结构中展开的,作家可以在时间转换与空间位移中,重新定义“过去”与“自我”,在文学作品中自由切换、编排。在古代中国,文学家特别重视历史时间,“西汉司马迁的《史记》是中国最早的通史,也是最大的‘史叙事’的典范作品,它影响了小说的表现方式,叙事依托于历史,小说以真实的历史时间,实有的历史事件和真实的历史人物作为叙事时间和描述对象”①。由于受到司马迁《史记》的叙事影响,中国传统小说历来重视历史时间,将“历史性”作为小说叙事的最高追求,这不仅在《三国演义》《水浒传》等章回体小说中体现得非常明显,在中国现代作家的作品中也同样如此,如《骆驼祥子》《四世同堂》等。可以看到,这些小说以“真实的历史时间”为轴心,辅之以一定的历史事件和历史人物,共同交织推动着故事情节的演进。实际上,这种传统的时间意识一直延续到20世纪80年代的文学创作,“现代意义上的时间意识与中国当代小说真正的历史性相遇,大约始于八十年代中期。一九八五年,陈村发表了《一天》。文学批评最初对这篇小说在语言形式上的实验性给予了较多的关注和认同,而忽略了小说主题中蕴涵着的时间意识”②。因此,这一时期以陈村、苏童和格非等为代表的一批作家并不止在形式主义方面取得突破,还在于他们将小说从一维的、线性的时间模式中解脱出来,采用叙事时间的方式,在作品的叙述中时间顺序不再按照历史时间来建构,而是以人物的意识活动或者故事情节的编排来呈现或表达。其后,更多的作家运用现代的艺术思维将历史时间与叙事时间结合起来,采用非线性的、立体的时间建构,将历史时间与叙事时间进行转换,突破了传统小说的时间模式,以及故事情节的因果关系,将时间

① 张世君:《古典小说叙事的时空意识》,《暨南学报》(哲学社会科学版)1999年第1期。

② 向荣:《延续与断裂:探索中的小说时间意识——兼论小说时间意识的现代涵义》,《当代文坛》1991年第6期。

的多层次变化和自由转换表现出来。在宗璞的《野葫芦引》系列作品里,4 部小说基本上都以历史时间作为线索,全面刻画了明仑大学师生从卢沟桥事变到国共内战结束的知识分子生活史,但是在具体的作品中,作者以信件或者日记等形式,将时间颠倒或者改变时序,插入作品中进行叙述。如在《西征记》里,澹台玮的军中日记写道:

殷大士,你真勇敢。我想没有一个女孩子会像你这么做。可是没有用,这是战争。我除了奔赴前线不能考虑别的事。真的,你为什么不从军?我写日记给你看吧。也许过些时,你会又突然出现在我眼前。

看见你是前天的事。①

1942 年 4 月,日本军队从缅甸进攻云南,中日军队在怒江边形成对峙;次年 3 月,中国军队在滇西发起驱除敌寇的反攻。《西征记》写到了明仑大学学生投笔从戎,澹台玮、孟灵己、李之薇、冷若安等青年学生走上战场、共赴国难,参与滇西大反攻的英雄壮举。宗璞在《西征记》的第一章和第二章中间插入了澹台玮的军中日记,而在第一章和第二章的叙述里,作者基本上以历史时间作为叙事的主线,但在澹台玮的军中日记中,作者的叙事则采取主观性的回忆、想象和希冀,让澹台玮在信件中写出来,将过去("前天的事")和现在("出现在我眼前")交织在一起。在这里,时间是可重叠、可融合的,既可以向前又可以倒流,让故事中人物的体验与想象回到过去,又返回现在,在不同的时间差异中体味着作品中人物的心境。由此不难发现,宗璞在作品中将历史时间和叙事时间进行自由转换,作品中的时间既可以按照时间顺序展开,也可以按照叙事时间进行讲述,将历史时间和叙事时间进行切换。应该看到,宗璞试图在作品中将时间的差异进行对比并表达出来,这种对于时间的建构充分传达了故事中人物的体验和感受,也反映了战乱年代知识分子的生存和生活。

---

① 宗璞:《西征记》,人民文学出版社 2009 年版,第 41 页。

在西南联大的文学书写中,许多作家和作品都在时间表达或呈现上自由地运用了历史时间和叙事时间,尝试在作品中灵活地转换或自由运用,以达到艺术时空体的审美效果。在作家的笔下,他们依照叙事的需要将时间倒置、时间叠加、时间虚化等,采取多种形式对西南联大的历史和人事进行叙述,同时也对故事情节、叙事节奏等进行编排,“通过起伏不定的美感令读者心中充满惊奇、新颖和希望”①。正因为对过去生活的怀旧,也是对西南联大生活的展现,王佐良在《怀燕卜荪先生》里写道:

> 他来到一个正在抗日的战火里燃烧着的中国……那时候,由于正在迁移途中,学校里一本像样的外国书也没有,也没有专职的打字员,编选外国文学教材的苦难是难以想象的。燕卜荪却一言不发,拿了复写纸……
>
> 后来的年代里,每逢我自己在教学工作里遇到苦难,感到疲惫,一想起他在南岳的情形,我就觉得没有什么可说的了——他的行为成了我衡量自己工作态度的一种尺度。②

作为新批评的理论家,燕卜荪是西方世界为数不多的与中国现代文学发生有着重要交集的著名诗人,他在西南联大期间,开启了王佐良、许国璋、李赋宁、杨周翰等学者和诗人穆旦、杜运燮、郑敏等的国际视野,深刻影响了中国外语学界和中国现代主义诗歌的创作。20 世纪 80 年代,王佐良在回忆西南联大学习生活时,数次写到了燕卜荪对他的英国文学研究和创作的影响③。在《怀燕卜荪先生》里,作为叙述者的他采用历史时间和叙事时间对燕卜荪进行了回忆,在作品的开头,他说看到了燕卜荪的近照,再用倒叙的手法写到了燕卜荪在 1937 年到中国时的印象,写到了燕卜荪和西南联大师生在南岳衡山、

① [英]E.M.福斯特:《小说面面观》,苏炳文译,花城出版社 1984 年版,第 148 页。

② 王佐良:《怀燕卜荪先生》,《带一门学问回中国·英国文学的信史王佐良卷》,天津人民出版社 2009 年版,第 239—240 页。

③ 除《怀燕卜荪先生》外,他在《谈穆旦的诗》《文学的伦敦,生活的伦敦》《〈英国浪漫主义诗歌史〉序》等作品里数次谈到燕卜荪。

昆明的教学活动，这种叙事将现在与过去联结起来，隐含着作者对西南联大生活的体验和观感。这实际上是作者运用叙事时间和历史时间的差异和转换，采用了非线性的、立体的时间回忆西南联大的生活。因此，在过去与现在的对比中，燕卜荪的执着和精神体现出来，也将师生间的情感和尊崇映射出来。可以说，在汪曾祺、许渊冲、李赋宁、赵瑞蕻、何兆武等的写作或回忆中，都不同程度地运用了历史时间和叙事时间的转换，他们自觉或不自觉地运用倒叙、插叙等叙事手法，将过去和现在关联起来，依靠自己的记忆实现了故事或情节的发展，而在这个过程中，历史时间和叙事时间的转换就成为推动叙事发展的主要动力。

此外，西南联大的文学书写还体现在创作主体身份的转换。这种转换大致可以归结为由作家、诗人向学者的转换，如闻一多、朱自清、陈梦家等，他们早期都是新月派著名诗人或是知名的散文家，在西南联大期间成为著名的学者；同时经由南渡北归的磨砺，一些西南联大学生成为作家、诗人，如穆旦、汪曾祺、郑敏、杜运燮、王佐良、马识途等；在中华人民共和国成立后，一些著名的诗人、作家又成为著名的学者，如沈从文、王佐良、赵瑞蕻、许渊冲等。可以说，由于时空转换和创作主体身份的变化，西南联大师生在生存和生活中，逐渐形成了不同的人生形象，如沈从文一生经历了作为文学家的沈从文到思想家的沈从文，再到实践者的沈从文，“贯穿起这三种形象，大致可以描画出沈从文这样一个比较特殊的人、比较特殊的知识分子，在二十世纪中国巨大变动时代里的人生轨迹”①。其实，沈从文不过是西南联大师生的缩影，在他们的身上，人们可以认识到 20 世纪的西南联大知识分子，也可以认识到 20 世纪的中国知识分子。

① 张新颖：《沈从文精读》，复旦大学出版社 2005 年版，第 2 页。

第二节 历史物象

在某种程度上,文学写作与历史叙事是无法分割的,文学作品强调虚构性,历史著作强调真实性,但这不妨碍历史是文学的基础,正如徐岱、范昀说的:“文学的书写,难以离开对历史的关照,离开了历史之维,文学的超越亦无从谈起。任何文学的优秀,都从现实感中获得,任何文学的伟大,都从历史感中诞生。”①在这样的意义上,文学写作与历史叙事是相辅相成、互为表里的。在历史的维度上,文学来源于现实生活而高于生活,确保文学作品的真实性;在文学的维度上,历史提供叙事时间和生活背景,确保文学作品的艺术真实。因此,对于承载文学建构想象的西南联大,或者维系集体记忆的“记忆场”②,不同的作家、诗人和学者对西南联大的书写,既要考虑历史的真实,也要照顾艺术的真实。那么,如何做到文学与历史的融合,做到艺术性与真实性的平衡,就成为中国作家、诗人和学者建构想象西南联大不得不面对的问题。自西南联大诞生以来,联大作为“历史的存在”或者“记忆场”,被赋予了不同的历史想象和形象建构,不同的作家、诗人和学者通过历史记忆和客观物象的描绘,将主观性的记忆与客观性的物象结合起来,寄托了作者的审美理想、审美意趣和审美创造,产出了一批兼具真实性与艺术性的文学作品,形成了西南联大文学书写的独特的叙事学、形象学意义。

---

① 徐岱、范昀:《文学书写与历史记忆——当代中国小说个案批评三例》,《浙江大学学报》(人文社会科学版)2007 年第 3 期。

② 法国学者皮埃尔·诺拉(Pierre Nora)在其著作《记忆所系之处》中提出“记忆场”的范畴,“用不同于纪年式的方法来研究法国的国民感情,即通过对凝聚了法兰西集体记忆的各类‘记忆之场’的分析,来勾勒出一幅法兰西象征物的俯视网”,这里的所谓“记忆场”,可能是某个地理场所,或是某个历史人物、某个物体等等。参见皮埃尔·诺拉编:《记忆所系之处》,戴丽君译,行人文化实验室 2012 年版。

一、 历史记忆的书写

对于西南联大,无论是作为个人记忆,还是作为集体记忆,都无法摆脱历史记忆这一重要的基础。在 80 余年的历程中,众多的小说、诗歌、自传和回忆录的不断涌现,呈现和建构了西南联大的历史记忆。借助于这些作家、诗人的作品,人们理解和认识了西南联大,也对 20 世纪知识分子的生命、生存给予无限的同情和理解。但是,这些作品是如何被叙述或书写的,又是如何建构和想象西南联大的,不同的作家、诗人以个人性的历史记忆对此进行了描绘和再现。在历史记忆的场域,"过去往往将记忆作为历史的对置概念,认为历史是客观的、科学的、可靠的、不变的,而记忆则是主观的、感性的、多变的"①,因此,人们更多关心的是历史的"客观""真实"。但是应该看到,由于叙述者受到传统文化、人物事件、叙事立场、个人经历和知识结构的影响,历史记忆没有绝然的黑白二元划分,而是在不同的程度上揭示了西南联大的某些面相或者某个方面。在这样的意义上,不同的作家、诗人对西南联大的历史记忆,将使西南联大的复杂面相得以清晰、真实的言说和建构。

首先,对历史事件的书写。正因为文学与历史的渊源,文学在本质上是反映历史和历史事件的,而对于历史事件,海登·怀特说过:"读者之所以熟悉了事件,并不仅仅是因为他了解了更多有关它们的信息,而且也因为他明确了数据何以与一种可理解的完整过程的像标(icon)相符合,这种可理解的完整过程就是读者所熟悉的、作为其文化天赋一部分的情节结构。"②也就是说,在阅读叙述者有关历史事件的叙事中,读者逐渐认识到了阅读文本的情节结构,对历史事件的陌生感和神秘性逐渐云消雾散,从而了解和理解历史事件的真实面貌。因此,他认为历史是发生在过去的事件,可以通过文字或符号得以再

① 王晓葵:《"记忆"研究的可能性》,《学术月刊》2012 年第 7 期。

② [美]海登·怀特:《作为文学制品的历史文本》,《话语的转义——文化批评文集》,董立河译,大象出版社 2011 年版,第 94 页。

现或表现的事件,必须被建构和叙述。作为“记忆场”的西南联大,与20世纪中国历史上的一些重要事件密切相连,如卢沟桥事变、内地高校西迁、驼峰航线、中国远征军等,因而在不同的作家和作品中都写到了这些历史事件。在《南渡记》里,宗璞写到卢沟桥事变时的孟家:

> 整个中午孟家的电话频繁,客人不断。中午二时许澹台勉来接吕老太爷,说日方要我方上午十一时撤离卢沟桥,我方当然不答应,又打起来了。他很兴奋,说只要打,就有希望,怕的是不打。老太爷说过几天虽然还要来,那“还我河山”大图章必须带着,好不时修改。①

可以说,卢沟桥的枪炮声引燃中华民族的神圣抗战,将中国历史推到一个新的时期,也由此拉开了中华民族全民抵抗、争取独立自由的帷幕。当时,由于卢沟桥守军不断撤退,北平朝不保夕,成为亡国奴的惨痛笼罩在北平人的心头。对于这段童年的历史记忆,宗璞有着切身的亡国屈辱与痛苦记忆。因此,她在创作《野葫芦引》时,将卢沟桥事变作为整部小说叙述的起点,这不仅在某种意义上决定了这部小说的史诗性品格和叙事主题,也将事关中华民族命运的历史时刻或历史事件刻印在了中国文学的画廊中。而对于《南渡记》的历史书写,陈乐民和资中筠认为:“它是一部以小说形式写的‘史’,把那个民族命运系于一线的时期的知识分子的风貌和心态表现出来了。她似乎认可了这种看法,以为,一部文学作品的价值正在于它表现了历史性的东西。”②在这部作品里,宗璞无意铺陈卢沟桥事变的发展过程,以及中日军队的战端详情。由此,《南渡记》的叙述没有波澜壮阔的场面和浴血奋战的场景,作者选取了巨变与转折时代中的个体——孟家(家族)的日常生活展开,同时以孟家的家族成员在时代巨变中的表现作为线索,铺陈规模宏大的历史叙事。如引文里写到的吕清非老太爷,他早年参加辛亥革命,致力于推动中华民族的独立和富

---

① 宗璞:《南渡记》,人民文学出版社2005年版,第18页。

② 陈乐民、资中筠:《细哉文心——读宗璞〈南渡记〉》,《读书》1990年第7期。

强,晚年遇到日寇发动全面侵华战争,当听到中国军队的枪炮声,他感到格外振奋,仿佛看到了民族的新生和希望。可以说,这种通过个人或者家族成员的体验与外部世界建立起了联系,将个体命运与民族存亡关联在一起,巧妙地实现了对大时代和卢沟桥事件的呈现,“这是对《红楼梦》等中国古典小说艺术的成功借鉴”①。

1946 年 5 月 4 日,在《国立西南联合大学纪念碑》的背面收集到 832 位西南联大从军的学生名单,但是这份名单却不完整,有些从军者的名字未能出现在纪念碑上②。对此,2006 年修订出版的《国立西南联合大学校史——一九三七至一九四六年的北大、清华、南开》给予订正,认为西南联大从军者超过 1100 人,约战全校总人数的 14%③。在西南联大暂存的 8 年多时间里,联大掀起了 4 次从军热潮,其中 3 次都有学生加入中国远征军。因此,中国远征军中活跃着西南联大从军者的身影,他们有的在战场上英勇杀敌,有的为国捐躯(如缪弘等),有的凯旋,书写了知识青年保家卫国的壮丽人生,也为西南联大增添了无限的荣光。在 1942 年到 1945 年间,中国远征军入缅作战成为了 1840 年以来首次扬威异域的壮举,远征军以昂扬的斗志和赴死的决心取得了悲壮的胜利。作为历史事件的中国远征军,“在作家们笔下,一个被蹂躏、被践踏、被迫反抗的悲壮民族及为之牺牲的英雄群体浮出历史地表”④。在西南联大的文学书写中,不同的作家、诗人也写到了中国远征军入缅作战,写到了昂扬悲壮的战斗和对生命的深切哀痛,也写到了异域群山的迷漫和原始森林的阴郁,形成了具有异域色彩的作品。如海男《穿越西南联大挽歌》的第四章

---

① 金梅、宗璞:《一腔浩气吁苍穹》,《文学自由谈》1991 年第 1 期。

② 据李方训在《纪念抗战胜利五十周年,不忘西南联大从军壮士》里说:“联大从军人数不止 834(其中曾仲端和王福振出现两次)人,学生固未列全,教职工更未计入,但说‘联大从军壮士逾千’,则是完全可以的。”参见《西南联大北京校友会简讯》第 18 期,1995 年 10 月。

③ 西南联合大学北京校友会编:《国立西南联合大学校史——一九三七至一九四六年的北大、清华、南开》,北京大学出版社 2006 年版,第 61 页。

④ 陈桃霞:《20 世纪以来中国文学中的南洋书写》,武汉大学博士学位论文,2013 年,第 252—253 页。

《西南联大学子赴国难之前线》就有9首诗,其中的一首写道:

天幕中出现了中国远征军,这是一只出现
在夜幕最黑的热谷中的军队,他们抵达之地
已被掀起第二次世界大战的前幕,来自日本军国主义的
战刀挑开了漆黑之幕,战争是用锋刃掠开后的舞台
每次战争都与掠夺和侵略有关
因此,战争就是毁灭,在毁灭和进攻中
将有更多人死于子弹的穿越①

在灾难深重的岁月,西南联大的莘莘学子为了保卫祖国的神圣土地,为了捍卫中华民族的尊严,他们毅然决然地踏上异国的土地,有的甚至献出了自己年轻的生命,与祖国民众共同谱写了可歌可泣的壮烈篇章。对于中国远征军的书写,西南联大的诗人穆旦写下了《森林之魅——祭胡康河上的白骨》和《阻滞的路》,杜运燮也写下了《给永远留在野人山的战士》等作品,对悲壮的历史和残酷的战争作了思考,也书写了个体的生命和生存。但正如研究者所说:"对于历史的书写是文学的永恒主题之一,这是文学对消逝的历史的一种深刻缅怀与永恒追忆。"②在这样的意义上,历史和历史事件并非"可理解"的、冰冷的文字符号,而是充满着具象的生命和人性的良知,更应该有对人的存在的记录。因此,在中国远征军的历史成为故事或传奇的时候,云南诗人海男试图用中国远征军的书写唤起民族的历史记忆,写到了40万中国将士前赴后继到达缅甸战场,与凶残的敌人在异域进行了殊死的搏斗,这场战争让无数的年轻人埋骨荒山和阴郁的莽林,他们用生命和死亡捍卫了民族的独立和国家的尊严。诗人用这种充满血泪的描述表达了对中国远征军的敬意,也对西南联大学子无畏的豪情感到激奋。

---

① 海男:《穿越西南联大挽歌》,云南人民出版社2015年版,第54—55页。

② 周会凌:《于民间大地慨然挽歌——论迟子建长篇小说创作》,《海南大学学报》(人文社会科学版)2012年第3期。

其次,对历史人物的回忆。在一定的意义上,作为本体论的历史似乎是模糊不清、凌乱散漫的历史遗存物,其完整性和客观性无法自我呈现,“不论是以还原历史为宗旨的历史研究,还是以虚拟想象为特征的历史题材文学叙事,都是一种带有强烈主观性的话语叙述”①,也就是说,人们对历史的再现或者表现都是基于一定的现实功用的主观性建构,对历史事件和历史人物进行想象和叙说。但是应该看到,人作为社会历史活动的主体,其不仅是历史研究的重要内容,也是历史记忆的重要构成。在西南联大的文学书写中,作家和作品的叙事重点不在于复原当时人物的历史记忆,而是呈现西南联大师生的风采、精神和品格,通过“历史人物的在场描述”,将史实与想象、真实与虚构的人物融合在一起,让人们感受到20世纪中国知识分子的精神、使命和人格。对于西南联大的人物,易社强曾说过:“在西南联大,为了尊贵的遗产和共同的使命,中国最优秀的一批学者流亡到遥远的边城及其周边地带。对这所大学了解越深,我越意识到,联大人的思想与性情具有无与伦比的人性魅力。”②在这些优秀的学者当中,英国诗人威廉·燕卜荪非常典型,他对中国外语界的影响广泛而深远,在艰苦卓绝的战争年代,他从遥远的国度来到中国,与西南联大师生患难与共、九死一生,为我国的高等教育发展作出了积极的贡献。多年以后,作为弟子的王佐良在《怀燕卜荪先生》里深情地回忆:

> 燕卜荪一年后走了,但是他关于英国现代诗的讲授撒下了种子。当时西南联大文学院的讲坛上,多的是有成就有影响的学者和作家,包括几个通过研究法国和德国文学也对欧洲现代派诗有兴趣、甚至本人也写现代诗的人,但是带来英国现代诗的新风的主要是燕卜荪。一个出现在中国校园中的英国现代诗人本身就是任何书本所不能代

---

① 刘传霞:《论现代文学叙事中的女性历史人物》,《江淮论坛》2005年第4期。

② [美]易社强:《战争与革命中的西南联大》,饶佳荣译,九州出版社2012年版,第2页。

替的影响。①

作为20世纪最著名的英国文学批评家之一,燕卜荪的中国经历平添了他的传奇色彩。他的弟子对其传奇色彩或者轶闻趣事的书写非常多,如许渊冲、李赋宁、杨周翰、周珏良、许国璋等,都不止一次地写到了他。这些作品都是他们对燕卜荪的建构,凸显了他的才情、创作和社会影响。在当时的西南联大,"燕卜荪置身在中国年轻的'学术名流'当中,不仅播下了西方文学批评和现代诗歌的种子,还深刻影响了他们的治学风格和学术生涯"②,而这些年轻的"学术名流"后来大多成为了中国外语学界的翘楚,穆旦、郑敏、杜运燮和袁可嘉等则成为中国现代派著名诗人、西方文论家。在王佐良的作品里,他提到燕卜荪在西南联大的时间是"一年后",实际上燕卜荪于1937年8月到达北平,但是没有在北平停留,而是与他的老师瑞恰慈南下香港,在香港转乘飞机到湖南长沙在临大汇合,再到南岳衡山、蒙自和昆明,于1939年8月离开中国。在中国期间,他的教学研究不仅对中国的青年学生产生了巨大的影响,也对西南联大研究法国和德国文学的学者产生了影响。可以说,王佐良对燕卜荪的工作给予了讴歌式的赞美,同时反映了燕卜荪的卓越与不凡。

同时可以看到,在对西南联大历史人物进行叙述和建构时,也并非清一色的赞美或歌颂,在一些作品当中,有叙述者对历史人物进行了实事求是的叙述,如《上学记》和《箫声剑影:刘绪贻口述自传》等。2006年8月,由何兆武口述、文靖执笔的《上学记》在生活·读书·新知三联书店发行初版,先后获得了华语图书传媒大奖(2006年度历史传记书)和第三届国家图书馆文津图书奖(2008年),引起了读者的广泛共鸣;2016年3月,人民文学出版社出版增订版。对于初版和增订版的区别,执笔者文靖说:"此次修订,加了些注释,

① 王佐良:《怀燕卜荪先生》,《带一门学问回中国·英国文学的信史王佐良卷》,天津人民出版社2009年版,第241页。

② 曹莉:《置身名流:燕卜荪对中国现代派诗歌和诗论的影响》,《外国文学》2018年第6期。

并且尽量保留口语。”[①]但将两个版本进行逐一比对，会发现有细微的差异，这种差异的背后或许就是增订版更换出版社的主要原因。[②] 对于出现这种差异，何兆武在增订版前言里说：“我想有一点是要特别加以说明的。回忆录不是学术著作，也不可以以学术著作视之，读者切不可用所要求于学术著作的，来要求个人的回忆录。学术著作要有严格的客观依据，绝不能只根据作者个人的主观印象。而个人的回忆录则恰好相反，它所根据的全然是个人主观的印象和感受。”[③]何兆武在这里想强调的是，回忆录忠实于回忆者的感受和印象，但这并不妨碍历史事实的真伪，因为历史的真相取决于学者的研究能力和材料掌握的程度，回忆录应该如实地记录下当时的感受和印象。因此，他不为尊者讳、不为贤者讳，在回忆录中真实地记录下当时的感受和批评。如他谈到对吴晗的感受和印象时，他说：

> 大凡在危急的情况下，很能看出一个人的修养。比如梅校长，那时候五十好几了，可是顶有绅士风度，平时总穿得很整齐，永远拿一把张伯伦式的弯把雨伞，走起路来非常稳重。甚至跑警报的时候，周围人群乱哄哄的，他还是不失仪容，安步当车慢慢地走，同时疏导学生。可是吴晗不这样……有一次拉紧急警报，我看见他连滚带爬地在山坡上跑，一副惊慌失措的样子，面色都变了，让我觉得太有失一个学者的风度。[④]

《上学记》作为“主观的印象和感受”的回忆性作品，其不仅真实地记录了

---

① 何兆武口述，文靖执笔：《上学记》（增订本），人民文学出版社 2016 年版，第 294 页。

② 《上学记》出版后，其间不断加印，被读者阅读和刊物摘引，但也有读者有不同的意见，如单纯的《又见冯友兰——读何兆武〈上学记〉中“冯友兰先生”之笔记历史》（《中国图书评论》2006 年第 11 期）、李真的《给大师泼脏水的口述臆想历史——读何兆武〈上学记〉》（《粤海风》2009 年第 3 期）和桑叶的《读〈上学记〉有感——从姚从吾想到冯友兰》（《书屋》2009 年第 6 期）等，认为对冯友兰和姚从吾等的印象“不佳”。因此，在增订版中，除增加注释外，也对部分内容作了修改。

③ 何兆武口述，文靖执笔：《上学记》（增订本），人民文学出版社 2016 年版，第 1—2 页。

④ 何兆武口述，文靖执笔：《上学记》（增订本），人民文学出版社 2016 年版，第 153 页。

何兆武读书上学的生活,更重要的是还记录了20世纪三四十年代知识分子的心路历程。在回忆录中,何兆武对自由和幸福的追求、向往,以及对历史和现实的反思,乃至追忆过去但不美化和矫饰的立场,都给读者留下了非常深刻的印象。因此,他在作品里谈到了读书、自由和幸福、年轻人的成长、历史和哲学……但更多的是回忆"先生"和"同窗",也就是他在西南联大的老师和同学,他以历史学家的本真和哲学家的睿智,淡然洒脱、风趣理智地对过去时代的人和事进行了臧否。如在追忆西南联大的生活,说到日本飞机轰炸昆明时跑警报的梅贻琦和吴晗,他用"安步当车"和"连滚带爬"作了对比,个人的修养、气度和境界完全不同,面对突发事情时的行为、态度和举止就不同。因此,何兆武将西南联大日常生活中的"跑警报"作为了历史人物胸襟、气度的试金石,同时也以"一件小事"表达了自己的态度和立场。在这样的意义上,叙述者说的似乎是历史细节或轶闻趣事,但透过这些历史细节和所谓琐事,让读者充分认识到历史人物的个性和品格,也对历史人物的生活和命运有着深刻的理解和认识。

再次,对现实生活的呈现。抗战时期,以北大、清华和南开等高校为代表的大批知识分子的"南渡",一方面让他们从书斋走向社会,另一方面让他们从内地走向边地。可以说,这种流亡"即使不是真正的移民或放逐,仍可能具有移民或放逐者的思维方式,面对阻碍却依然去想象、探索,总是能离开中央集权的权威,走向边缘——在边缘你可以看到一些事物,而这些是足迹从未越过传统与舒适范围的心灵通常所失去的"①,大批的知识分子从"书斋"走向现实的流亡,将生活空间由内地转换到边地,这不仅是生存的历练,也是难得的生活体验,"走了许多路,过了许多桥,睡了许多床"②。正是这种生活和环境的变迁,让他们在"三千里步行"中看到了"中国内地的真

① [美]爱德华·W.萨义德:《知识分子论》,单德兴译,生活·读书·新知三联书店2002年版,第57页。

② 沈从文:《云南看云集》,人民文学出版社2017年版,第7页。

相”，也看到了“边地的风景”，成为他们终生难忘的历史记忆。因此，在西南联大的书写中，无论是作为“南渡”的参与者和见证者，还是依靠文献史料和口传历史的知悉者和书写者，他们都写到了西南联大的南渡北归，也写到了外来知识分子对边地和异域的体验。如西南联大中文系教授浦江清的《西行日记》，记录了他在抗战时期从沦陷区上海回到昆明西南联大的经历，他在日记里写道：

> 午后四时许，要越过警戒线。吴君先上岸，徐行去设法，而藏船于芦苇中（余等之船乃一捉鱼船）。久待吴君不至而有一人来，穿蓑衣笠帽立岸上，谓余舟人曰：可前。遂前。至桥下，桥下有木桩三，加铁丝其上。舟人遂前拔一桩，桥上望风者有四五人之多，船疾摇而过，舟人又回舟将桩放好，以石敲下之，此时间不容发，倘我为日哨兵窥见，侪皆无死所矣。空气甚紧张，祝君尤惊恐。①

卢沟桥事变后，当时在清华任教的浦江清到上海，再由上海到达南岳衡山，后随联大师生到昆明。1940 年，他休假期间取道安南（今越南）、经香港到上海探亲，不料假期将满时，安南被日军占领，回滇路途断绝。其时，由于大片国土沦丧，他决心独自上路，冒险穿越日军的封锁线，经浙赣路返回西南联大，等他到达安徽屯溪时，听到江西上饶、鹰潭等地失守，他只得绕道福建、江西、广东、广西和贵州回到昆明。浦江清的《西行日记》以自己的切身经历，真实地记录了他行程 8000 余里的跋山涉水、行旅风雨。当时，由于交通线路阻断，饮食住宿困难，途中多次患病，有时还得冒着生命危险，偷越敌人的封锁线，其间经历的艰难险阻，都是常人难以想象的，但是，作为知识分子的他将生死置之度外，以所具有的坚毅、勇敢和执着向西，越过关山阻隔，虽九死而不悔，践履联大教职。因此，《西行日记》虽然为个人日记，却是一段生动形象的“抗战

---

① 浦江清：《清华园日记　西行日记》（增补本），生活·读书·新知三联书店 1987 年版，第 141 页。

史”,也是一部极其宝贵的“指南录”①。

抗战全面爆发,地处“边缘地带”的西南边地成为了现代中国的心脏和命脉所在。大批文化工作者和科技工作者由沿海、内地城市来到西南,他们的到来促进了西南边地旅行记、考察记的勃兴,也将遥远的西南边地纳入到“现代中国”的视野,正如段从学说的:“抗战时期的新文学通过对‘大西南’的发现和书写,意识到了‘国家’的存在,从而让自身真正成为了民族国家的‘现代文学’。”②1943 年,南开边疆人文研究室的邢公畹和黎国彬受石佛(今云南石屏到勐海)铁路筹备委员会的委托,到云南红河上游少数民族地区进行社会调查,后来他写到自己所看到和接触的西南边地:

> 红河谷地是亚热带气候,山高林密,人烟稀少,许多地方的土著居民寿数都不高。贫穷、疾病流行,加以所谓的“瘴气”,使得有的村寨男子平均年龄只有三十五六岁,女子寿数高的也不过半百。元江一带民间有谚语说:“元江河底,干柴白米,有命来吃,无命来死。”我一入谷地,就被疟疾所缠,终日不能离奎宁。③

1943 年 2 月 16 日,邢公畹离开昆明,踏上了他一生中最重要的红河之旅,对红河上游少数民族的历史文化、语言文字和风俗风貌作了 5 个月的实地调查。此次红河之行,诞生了两部重要的著作:一是语言学专著《红河上游傣雅语》(1989),二是《红河之月》(1957);前者对新平漠沙的傣雅语语音系统、民间故事和传说、歌谣等作了记录,同时结合 1982 年的实地调查作了对比和分析;后者是文学作品,将历史与文学融合起来,对变动中的边地社会景象作

---

① 南宋爱国将领文天祥在其诗集《指南录》里有绝句《扬子江》:“几日随风北海游,回从扬子大江头。臣心一片磁针石,不指南方不罢休!”诗里用“南方”指代南宋王朝,用“指南”喻示忠于南宋、誓死南归。具体参见文天祥:《指南录》(注释本),吴海发校注,黑龙江人民出版社 1993 年版。

② 段从学:《“边地书写”与“边地中国”的现代性问题——以抗战时期的“大西南”为例》,《西南民族大学学报》(人文社会科学版)2019 年第 2 期。

③ 邢公畹:《抗战时期的南开大学边疆人文研究室——兼忆关心边疆人文研究的几位师友》,南开大学校史研究室编:《联大岁月与边疆人文》,南开大学出版社 2004 年版,第 376 页。

了描述和刻画，成为了邢公畹“写作于政权交替前夕的作品，既传达出变革前夜的历史信息，一定程度上又保留着‘他者’的声音，显得更加难得可贵”①。对于“南渡”的作家和学者来说，他们基本都生活在昆明，很少有机会到云南的少数民族地区，即使像曾昭抡、罗常培、费孝通、钱穆、陶云逵等学者，也就到云南石林、大理、滇缅边境等地做短期的“游历”，对西南边地缺乏深入全面系统的调查。但是邢公畹在云南新平漠沙、元江天宝山等地作长时间的实地调查，对西南边地生活的恐怖与战栗有深切的感受，也毫无遮蔽或歪曲地书写了地理和自然的真实状况。因此，40 年后他回忆南开大学边疆人文研究室的师友，再次写到了红河谷地的社会现实：贫穷疾病、烟毒瘴气、兵匪酷吏，残忍的压榨欺骗和种种蛮荒，使边地人民深受其害，经受着惨无人道的苦难、屈辱。可以说，他的描述和书写再现了 20 世纪 40 年代西南边地的社会现实，这些描述不是短暂的观感或者“游记”，也不是主观的建构和想象，而是来自于作者的亲历、亲见、亲感、亲闻，融合着个人的体验和边地民族的历史，具有重要的文学价值。

二、　客观物象的再现

在某种程度上，文学创作中的主观意识和客观物象常常融合在一起，如果将二者割裂开来，单纯表现主观意识或是客观物象，文学作品的审美内涵和情感意味会有一定的缺憾。因此，优秀的文学作品都是将主观意识和客观物象结合在一起的，如沈从文的《边城》和《长河》、废名的《桥》和《竹林的故事》、郁达夫的《春风沉醉的晚上》、汪曾祺的《鸡鸭名家》和《大淖记事》等，这些作品的作者都有深厚的主观情感，同时拥有抒情的写法，因而都是富有诗意和韵味的优秀作品。在西南联大的文学书写中，西南联大作为历史的“记忆场”，不同的作家、诗人和学者对其进行想象建构时，离不开对客观物象的展示。因

① 段凌宇：《民族志与现代文学的复调叙事——论邢公畹 1940 年代的“故事采集者日记”》，《现代中文学刊》2015 年第 2 期。

此,可以看到在作品里,“物象不仅作为叙事者的观察对象或是作为人物描写的环境背景,还承担着叙事的功能。”①也就是说,物象不仅仅依托于时间和空间而存在,在某种程度上也承载着叙事的完整性和真实性,推动着故事情节的发展和转承起合,使得叙事更为流畅和新颖。可以说,对西南联大的历史记忆离不开物象的书写,而物象作为客观的存在可以表现或再现历史记忆。

首先,对自然物象的表现。在现代中国作家中,张爱玲对自然物象的繁复运用是首屈一指的。夏志清就认为张爱玲的“小说里的人物虽然住在都市,但是他们仍旧看得见太阳,能够被风吹着,被雨淋着……张爱玲的世界里的恋人总喜欢抬头望月亮——寒冷的、光明的、朦胧的、同情的、伤感的、或者仁慈而带着冷笑的月亮。月亮这个象征,功用繁多,差不多每种意义都可以表示”②。在一定意义上说,作家对自然物象的创造和表现,确实有赖于夏志清所说的“视觉想象力”,但是也需要作家对事物的仔细观察、敏锐捕捉和深刻洞悉。因此,自然物象在作品中承担着重要的作用,其一方面表现人物主体对自然物象的欣赏与关注,另一方面表现人物主体对自然物象的体验与感悟,以及由此获得的生命和生存的升华。在西南联大的书写中,不同的作家、诗人都有对自然物象的描绘和表达,他们用自然物象参与想象建构了西南联大的历史记忆,也赋予西南联大人事独特的形象学意义。如在获得第六届茅盾文学奖的《东藏记》中,宗璞写到了昆明的自然风物:

> 昆明四季如春,植物茂盛,各种花常年不断。窄窄的街道随着地势高低起伏,两旁人家小院里总有一两株花木,不用主人精心照管,自己活得光彩照人。有些花劲势更足,莫名其妙地伸展上房,在那儿仰望蓝天白云,像是要和它们汇合在一起。③

---

① 秦雅萌:《“物象之内”:论40年代汪曾祺的故乡书写》,《中国现代文学研究丛刊》2018年第5期。

② [美]夏志清:《中国现代小说史》,刘绍铭等译,复旦大学出版社2005年版,第259页。

③ 宗璞:《东藏记》,人民文学出版社2005年版,第3页。

作为《野葫芦引》系列小说展开叙事的重要空间，昆明是作为北平的“他者”而出现的，宗璞在作品里对昆明自然物象的描写，唯有鹿桥的《未央歌》堪可比拟。由此不难发现，《野葫芦引》对昆明自然物象的描绘超过了北平和其他任何空间，作者借助于自然物象的描写呈现了昆明的生活和习俗。在她的叙述中，既有外在的、客观性的自然风物，也有内在的、主观性的情感表达，正是通过对物象的表现，宗璞在虚构与想象的真实之间完成了对故事情节的推进，也在这种抒情性的表达中构建起了具有丰富意蕴的审美空间。因此，在《东藏记》里，这些看似平常简略的物象描写，不仅将昆明的主要特征概括出来，而且蕴含着作家对昆明的体验和感悟。

如果说，张爱玲是20世纪40年代对自然物象在作品中运用得最为成功的作家的话，那么到20世纪80年代，对自然物象运用得最为娴熟和得心应手的，无疑是汪曾祺。他在自然物象的运用上极具特色和个性风格，正如研究者说的：“周作人、废名、沈从文等现代作家都对大自然迷恋至深，创作出了大量充满山野之趣和自然之魂的文学作品，他们的写作趣味或多或少地影响了汪曾祺，使他自觉不自觉地接过了隐逸文学的大旗，热情讴歌自然界的山山水水、一草一木，醉心于大自然的活泼诗意，为浮躁的现代人寻找失落已久的精神家园。”①在20世纪80年代的创作中，汪曾祺的散文写到了山水天地、草木虫鱼、瓜果食物，涉及范围之广、内容之丰、文字之活，都是极为罕见的。其中，他以昆明和西南联大为背景的散文，数量众多，精彩纷呈，如在《翠湖心影》里写道：

> 翠湖这个名字取得好！湖不大，也不小，正合适。小了，不够一游；太大了，游起来怪累。湖的周围和湖中都有堤。堤边密密地栽着树。树都很高大。主要的是垂柳。“秋尽江南草未凋”，昆明的树好像到了冬天也还是绿的。尤其是雨季，翠湖的柳树真是绿得好像要

① 许海丽：《从汪曾祺的“自然”书写看其“隐逸”》，《山东社会科学》2018年第4期。

滴下来。湖水极清。①

汪曾祺在昆明生活了7年(1939—1946年),昆明之于汪曾祺,就像高邮和北京一样,成为他的“故乡书写”的第3个地方,但在这3个地方中,对昆明或者说云南的作品是最丰富的,在总量上超过了写高邮的作品。在这些“故乡书写”的作品中,自然物象不仅承载了空间描写的作用,也蕴含着作者的主观情感和客观描绘。如在《翠湖心影》里,他写到了“昆明的眼睛”翠湖,与杭州西湖、济南大明湖、扬州瘦西湖不一样,翠湖的位置在昆明中心,这种对地理位置的描述,仿佛像照片一样固定在读者的印象中;而翠湖的主要特征是“绿”,为了使读者能记住翠湖的颜色,多次强调周边的树也是“绿”的。可以看到,他在作品里灵动地将“湖”“堤”“树”等自然物象都罗列出来,但在这些物象之间并不显得繁复,而是有条不紊地显现自然物象的具体可感的特征。由此,作者对翠湖的呈现,既有外在的地理空间描写,也有内在的具体特征的刻画;同时,借助于自然物象的描绘,他想表达的是对昆明的眷恋和怀想。因此,作者在这里将“翠湖”作为历史“记忆场”,在历史/当下、故乡/异乡、主观/客观间表现了过去的生活,也将“怀想”和“眷恋”的情感表现出来,继而在作品中用独特的抒情方式表达出来。这是汪曾祺自然物象书写的意义之所在,也在一定程度上体现了他的散文风格与气度。

在西南联大的文学书写中,不止小说和散文有对自然物象的表现,在诗歌中也有对自然物象的呈现。传统的诗学理论认为,诗歌创作依赖于人类世界的万物,囊括了人类的精神世界和非人类的自然万物。因此,诗人的审美感受、生活经验、生命感悟与自然物象会产生一定程度的交融,这样诗歌得以诞生。“在这个过程中,诗人与物象的存在之境(文化语境与物象世界)既是一种生命的共存关系,又是一种多维的交错空间。在某种意义上,物象就是诗人

---

① 汪曾祺:《汪曾祺全集》(三),北京师范大学出版社1998年版,第362页。

思维的一种显现，诗人也是物象的一种生命依托。”①也就是说，自然物象通过诗人创造得以建构和表达，而诗人的思维与诗歌的价值也同时得以呈现。在20世纪40年代，拥有丰富生活经验的杜运燮不仅创作了《滇缅公路》《草鞋兵》等名作，还写下了《井》《树》《月》《山》等诗歌，为中国现代物象诗增添了新的诗思与意境。如在《园》中，他写道：

我站在桥上
看不尽的流水
固然看不见桥下的涟漪……
毋须说到前线烟火
我们这里也天天有飞机
绿叶也终于成为泥土
……
园中有鸟，如同有铁丝网的战壕
飞鸟惊喜，如同子弹来去
明净的水流过黑土、白石的桥根
最后应该有一个阳光的园林……②

在战争年代，杜运燮思考着国家和民族的前途命运，也在思考着新诗现代化的问题。作为自觉的现代主义者，他“从里尔克那里学习到书写物象诗（咏物诗），并对这些物象进行沉静的观察，细致地刻画出这些物象的特性，并通过巧妙的象征，提升至哲理的层次”③，这些物象诗将个人抒情与具体物象结合起来，在诗艺上写得含蓄精炼，较好地发挥了创作主体的形象思维能力，做

---

① 王巨川、高云球：《文化语境与诗人思维——兼谈物象的踪迹与当代历史物象诗创作》，《文艺评论》2015年第9期。

② 杜运燮：《园》，杜运燮、张同道编选：《西南联大现代诗钞》，中国文学出版社1997年版，第198—199页。

③ ［马］许文荣：《早发的现代叶子——马来亚现代派诗人杜运燮与其1940年代的诗》，《世界华文文学论坛》2018年第1期。

到了哲理性与思辨性的完整统一。《园》写于1940年,属于杜运燮最早创作的作品之一,他当时在西南联大校园学习,然而诗人的天性使他对身外世界同样充满关注,于是不动声色地对具体的物象进行书写。在这首诗里,他写的是“园”,看似用物来喻人,作品里也有客观对应物,用“绿叶”和“苞蕾”进行了大跨度的比拟,在一定程度上显示了诗人奇特的想象和敏锐的观察,但是诗人并没有放弃对现实的关照,作品里还写到“飞机”“子弹”,回到了对现实的关照。可以说,在这样的作品里作者不是为表现物象而书写物象,而是渗透了作者的思考,既有现世关怀,又有借物抒情。虽然,这首诗在诗艺上有一定的不足,如频繁跳跃的视点和主题表达不清等问题,但是应该看到,正是这种对物象的书写和表现,见证了诗人的成长轨迹和“早发的现代叶子”。

其次,对野人山的表现。西南联大的文学书写,在一定意义上是关于历史、记忆与生命、生存的书写,其中有关野人山、胡康河谷、滇缅公路,以及中国远征军在缅北的大撤退,在不同的文学作品中都有表现和记述。野人山,这座被称为“魔鬼居住的地方”,因为穆旦创作的《森林之魅——祭胡康河上的白骨》而闻名遐迩。1936年,童振藻在《野人山考》里说:“山野人野,而景物亦野,是宇宙间荒怪异境之一。吾辈文人好奇,虽身不能至而心向往之矣。”①他对野人山的山脉形胜、气候物产、民族风俗和交通状况等进行详述,以证实野人山属于中国的领土。1942年5月,中国远征军第五军及其他零散部队,在缅北撤退途中被迫进入野人山,无数中国远征军将士赍志而殁,魂留异域,成为了中国抗战史上的惨痛记忆。而对于中国远征军或者野人山的书写,目前所见最早的文学作品是穆旦的《苦难的旅程——遥寄生者和纪念死者》,于1943年5月30日发表在昆明的《春秋导报》上;其后,有孙克刚的《缅甸荡寇志》、黄仁宇的《缅北之战》等作品,这些都是国内较早写到中国远征军或野人山战事的作品。1945年9月,写下了《森林之魅——祭胡康河上的白骨》的穆

① 童振藻:《野人山考》,《禹贡》第6卷第2期,1936年。

旦——这个野人山撤退中被炮弹、热带蚊虫和疾病威胁的剩余者，以宏大深沉的情感对野人山群山间远征军将士的死亡献上了“祭歌”。对同一座野人山的表现，杜运燮写下了名作《给永远留在野人山的战士》：

所以你们的脚步一直在林中
徘徊；不论是毒热的白色火轮
烤炙，不尽的雨水，江河一般
驰骋于荒莽的丛山丛林中间。
沿路你们的身体仍旧
以最有耐心的姿势躺着，凝望
茫茫的绿色，与曾经煮过的马肉
芭蕉根的临时锅灶不再冒烟……①

作为惨痛战争的亲历者、见证者，穆旦的“野人山经历”，让他写下了散文《苦难的旅程——遥寄生者和纪念死者》以及诗作《阻滞的路》《森林之魅——祭胡康河上的白骨》等，对野人山中的疾病、饥饿与死亡有真实的表现，雨季的野人山成为了人间地狱，白骨、洪水和“绿色的毒”布满沿路，这些作品有着独特的亲历性、彻骨感和“在场”性，在戏剧化的对话中显得清醒而克制。与穆旦不一样，杜运燮以中国驻印军的身份到达缅甸、印度等地，但是他没有参加震惊中外的野人山撤退，这并没有影响他参与野人山的建构。杜运燮的《给永远留在野人山的战士》作于 1944 年 2 月的印度，这篇作品以第二人称的口吻，讲述了中国远征军将士的英勇、正义和凯旋。然而，正如易彬指出的“同一座‘野人山’，被赋予了不同的情感内涵和价值归宿”②，穆旦的诗歌着眼于“白骨”，而杜运燮的作品着眼于“战士”，同样写的都是“人”，却有着显

① 杜运燮：《给永远留在野人山的战士》，杜运燮、张同道编选：《西南联大现代诗钞》，中国文学出版社 1997 年版，第 256 页。

② 易彬：《从“野人山”到“森林之魅”——穆旦精神历程（1942—1945）考察》，《中国现代文学研究丛刊》2005 年第 3 期。

著的差异,前者面对的是生命个体的死亡,体现悲悯的情怀;后者面对的是凯旋的想象,体现非本质化的胜利。因此,同样是对野人山的表现,其间体现出"在场"和"不在场"的区别。在这样的意义上,不能苛求所有的作者都要做出本质化的描述,也不在乎对某个作品一定做出价值性判断,但是对于野人山的表现,因为有西南联大师生的参与,对这段历史的珍视、表达和建构才显示出真正的历史意义。

对于野人山的表现,若非穆旦、杜运燮和其他经历者的回忆或表达,或许后来的书写者志不在此。若从重构历史或者反思历史来说,中国远征军的"野人山经历"是惨痛的记忆,也是失败的教训,最终无数的远征军将士永远留在异国的土地上,"战争只不过是为达到目的而使用的一种手段,是一种通过杀死敌人、击伤敌人丧失战斗力,从而服务于一个集团的利益的行动——如果说非常残酷,却是理性的"①,但是在实际上,任何论断和叙述都不能超越历史事实。事实上,野人山作为抗战时期重要的历史空间,里面有着战争的残酷、恐怖和殊死的搏斗,尽管随着时间的流逝,历史的重构未必足够清澈、明晰,但在文学叙述中却呈现出新的动态。近年来,对野人山和中国远征军的书写始终颇为壮观,如邱对的《中国远征军》、金满的《远征·流在缅北的血》、赵陨雨的《铁血远征军》、海男的《中国远征军第一次出缅记》等,这些作品表现了"对英雄的呼唤、对现代军人的颂扬、对理想主义、信仰的高歌等等,都使它们充满了民族主义情感"②。但是在海男的写作中,她在表现野人山时,也将亲历者的诗人穆旦写在了作品里:

野人山,每个进入野人山的中国远征军

都被蚂蟥们吮吸过血肉之躯,因为五月之雨季

---

① [以]马丁·范克勒韦尔德:《战争的文化》,李阳译,生活·读书·新知三联书店2010年版,第414页。

② 陈桃霞:《论抗战视野下的中国远征军书写》,《河南师范大学学报》(哲学社会科学版)2014年第6期。

是蚂蟥们在原始森林猖獗挡道的时刻
再就是蚂蚁，很多士兵被饥饿折磨而昏倒时
也往往是蚂蚁蜂拥而上的时刻
……
肉身，只留下了成堆的白骨
野人山，中国远征军的野人山
诗人穆旦的野人山，是我诗篇中最忧伤的①

1942 年 5 月到 8 月，中国远征军穿越地狱般的野人山，到达印度阿萨姆雷多（Ledo），结束了这段难以忘却的苦难之旅。在胡康河谷，穆旦亲眼看见了战友的死亡，根据这段“野人山经历”写下了散文和诗歌作品。70 多年后，为创作野人山、中国远征军和入缅作战作了大量的资料准备和情绪酝酿，海男写出了《中国远征军第一次出缅记》（2013）、《穿越西南联大挽歌》、《野人山 · 转世录》（2018）等作品，表达了对抗战老兵的敬意、对历史记忆的修复、对坚韧生命的敬畏。因此，作者在这些作品里想要表达的不仅仅在于铭记历史，更在于反思历史，以及对个体生命的敬畏。在《穿越西南联大挽歌》里，至少有 6 首诗作里写到了穆旦，其间还引用穆旦的野人山“祭歌”。可以看到，海男在作品里的这种表达，一方面说明“野人山经历”对穆旦诗歌创作的影响；另一方面再次肯定了穆旦的野人山作品在中国现代文学史上的经典性和重要性。而对于海男来说，其对“野兽们出没的野人山”的再现，使得一度中断的野人山作品得以延续，同时在中国当代诗歌写作里写到了异域的野人山，重新唤起了人们的“野人山”记忆。

在全面抗战爆发前，基于民族主义者的立场，童振藻在《野人山考》里翔实考证了野人山的隶属问题，认为属于中国领土，而不是缅甸领土，但由于历史原因，现在的野人山属于缅甸。因此，作为客观物象的蛮荒之地——野人山

① 海男：《穿越西南联大挽歌》，云南人民出版社 2015 年版，第 62 页。

曾反复地在中国现代和当代的文学作品中出现。因其位于缅北,具有异域色彩,也由于中国远征军中的西南联大师生,使得西南联大与野人山形成交集,成为了西南联大文学书写的表现内容。事实上,除了海男的《穿越西南联大挽歌》外,在《梦书:西南联大》里也写到了野人山,但是作品的着力点不在于刻画血淋淋的殊死搏斗或是对死亡的体验、沉思,而是试图重新寻找民族的记忆,强调对个体生命的珍视,因而这种对历史、战争的深刻思考,推进了战争的历史化书写,丰富了文学创作中的历史与文学的融合。

第三节　家国情怀

在中国古代的社会发展中,“家国同构”的超稳定关系结构是其重要的特征,传统的社会共同体是由个人、家庭到国家,再推及天下,正如孟子所说的:“天下之本在国,国之本在家,家之本在身。”①由此不难看到,中国古代的社会关系结构是家国一体的,“中国人在这种社会结构、生活方式、情感认知的状态下形成了中国式的‘家国情怀’,即个体对其所生活的家庭、家族以及邦国共同体的认同、维护,表现为情感和理智上热爱共同体,自觉承担共同体责任”②。因此,在中国古代文学作品中,有大量描写家国情怀的作品,如王翰的《凉州词》、高适的《燕歌行》、苏轼的《念奴娇 · 赤壁怀古》、张养浩的《山坡羊 · 潼关怀古》等,以及林则徐的“苟利国家生死以,岂因祸福避趋之”、谭嗣同的“我自横刀向天笑,去留肝胆两昆仑”等,这些诗词都表现了对国家、民族、历史的责任,阐明了对家国关系、家国意识、家国情感的认知、理解和领悟。可以说,家国情怀成为了中国知识分子的集体无意识,也成为了中国知识分子的精神力量。在对西南联大的想象建构中,作为知识分子的作家、诗人以人物

---

① 孟子:《孟子 · 离娄上》,朱熹著,欧阳玄主编:《四书集注(文白对照版)》,海南出版社1992年版,第373页。

② 张倩:《“家国情怀”的逻辑基础和价值内涵》,《人文杂志》2017年第6期。

形象的塑造、语言对话的表达、旅途见闻的所见所感……在他们的历史记忆、现实思考和观念情感写作中，蕴含了深挚的家国情怀，创造出了一大批独具特色的艺术作品，这些作品展现了前所未见的生活图景，也反映了 20 世纪中国知识分子的家国情怀。

一、 家国意识的呈现

"家国天下"的意识是中华民族长期存在的观念基础，"这一思想的形成，不仅与传统的道德观念有关，也与古代中国的地理环境以及独特的生产方式有关，是历史发展的逻辑使然"①，也就是说，"家国天下"的意识是建立在道德观念、地理环境和生产方式上的，受这种家国意识的影响，个人属于家庭，再延伸到社会和国家。可以说，"家国天下"的传统意识作为中国优秀文化的内涵，对中国知识分子产生了深远的影响。对于中国人而言，每个人都置身于某个家庭，家庭让其有归属感和庇护感，"而源自国家的认同，给家庭认同提供支撑，产生自我接纳，形成了家国紧密同构的社会：有国才有家，而家庭又是社会的基本细胞"②。同时，中国传统文化与思想意识有密切的联系，有其稳定的发展环境和现实基础，这些都体现了家国意识在中国有持久的生命力和影响力。因此，在西南联大的文学书写中，不同的作家和诗人写到了家、家族和民族、国家，特别是在中华民族面临生死存亡的抗战时期，家和家族意识、民族和国家意识被彻底激发出来，催生了反抗侵略与赢得胜利的精神力量。

首先，"家"（家族）的想象建构。作为社会的基础和生产单元，家在中国社会中具有重要的作用。在学者的眼中，家"历来是一个文化承载的民族意象，也是原始情感最早期的依托。对'家'的意象的建构和解读，是解读作者

① 金香花：《"家国天下"观念的历史形成及其现代意义》，《光明日报》2019 年 10 月 28 日。

② 刘军、柯玉萍：《家国观念与中国传统文化的创造性转化和创新性发展》，《云南民族大学学报》（哲学社会科学版）2015 年第 6 期。

风格的一种利刃。小家为‘家’,大家为‘国’。家是国的元素,国是家的根基”①。然而,作为“元素”和“根基”的家庭,在一定意义上都是属于某个家族的,而家族同样是中国传统社会结构的单元,具有凝聚家庭和社会的中介功能,也是较为集中、典型地展示人生与命运的历史舞台。在新时期以来的文学创作中,莫言的《红高粱》、霍达的《穆斯林的葬礼》、刘震云的《故乡天下黄花》、陈忠实的《白鹿原》、张炜的《家族》等家族小说,其显著的特点就是将个人命运放在家族生活中进行展开,同时将家族生活放在民族命运中进行揭示,实现了个人、家族和民族、国家命运的融合。对于家族小说,研究者认为:“家族小说是当代人对家族祖辈或家族史的追溯,并通过个体、家族、国家相互映射的关系,进行民族国家历史的想象”②。如果按照这个界定来讨论西南联大主题的作品,显而易见,宗璞的《野葫芦引》应该属于“家族小说”,这部小说以孟家(吕家)作为整部小说展开叙事的核心空间,而主人公孟樾和吕碧初则是这个核心空间的原点,由此延伸展开形成了整部小说的叙事结构网络,将抗日战争时期和抗战胜利北返的各种人物、历史与事件,乃至日常生活都有序地编织架构起来。如在《南渡记》里,对作为家的“方壶”进行描述:

屋内很静。悬着浅黄色纱窗的小门厅十分舒适宜人。通过道的门楣悬着一个精致小匾,用古拙的大篆书写“方壶”二字,据考证,这是这座房屋原址的名字。不远处的校长住宅,名为“圆甑”。孟樾每次回家,一跨进大门,便有一种安全感。他知道,总有一张娴静温柔的笑脸和天真的、稚气的叫“爹爹”的声音在等着他。③

在某种程度上,家族是社会的缩影,也是维系社会关系的纽带,承载着历史的变迁和社会生活的变化;同时,应该看到家和家族成员的相互关系,不仅

---

① 林莺:《张爱玲小说“家”意象及心理机制解读》,《浙江社会科学》2010年第2期。

② 吴世奇、程亚兰:《当代家族小说的历史叙事》,《云南师范大学学报》(哲学社会科学版)2019年第1期。

③ 宗璞:《南渡记》,人民文学出版社2005年版,第4—5页。

有血缘关系,也有亲情的关系。因此,家族为成员提供了情感的庇护和精神的摇篮。但在中国现代文学史上,知识分子为追求个性解放与社会解放的双重目标而对封建家族发起了反抗,视家庭和家族为剥夺个人幸福与自由的"地狱"和"囚笼",对以封建礼教和专制为代表的旧家庭作出了最强烈的批判和谴责,控诉了封建旧家庭对青年的压制和迫害,几乎无视家庭的亲情和温暖。"直到 20 世纪 80 年代末,90 年代初,随着中国社会文化的转型,家族史与革命史作为民族历史的重要组成出现在新历史小说与家族小说中,并以其所达到的思想深度与艺术创新成为世纪末文坛上丰硕的创作成果。"①与新历史小说对历史的解构、对社会和意义的消解不同,作为家族小说的《野葫芦引》是以尊重历史和还原历史为目的而进行的创作,宗璞用孟家或吕氏家族建构了宏大磅礴的叙事,将战争中人的生活、命运与国家的历史融合起来,营造出了真实的历史氛围。由于是家族小说,《南渡记》开篇就写到了"方壶",这是孟樾和吕碧初的家,也是他们在明仑大学的居所,作者对"方壶"的位置、门窗作了描述,还写到了家的安全感,重要的还有家人。对于孟樾来说,"方壶"既可以接纳家人,也可以容纳天下事。作品里对家的这种想象建构,是宗璞有意描述的,她想以个体的家以及危难中的家来反映国家、民族的生存和生活。因此,这种对家的具象性描绘打开了人物、命运和历史的大门,是富有丰富内涵和审美意蕴的。

在人类历史上,家的出现意味着文明的进化,其承载着人类的历史和变迁,也为家国情怀构筑了追忆的精神家园。因此,"'家国情怀'这一概念源自人们对'家''国'的情怀理解和理论阐释,反映了在特定历史背景下,家国变迁对个人遭际和群体情感心境的影响"②,这种情怀饱含着对家的依恋和国的关爱,也成为创作主体对家和国的理解、体悟和领受。在汪曾祺的乡土叙事

① 曹书文:《论中国 20 世纪 90 年代的家族小说》,《云南社会科学》2006 年第 1 期。

② 徐国亮、刘松:《三层四维:家国情怀的文化结构探析》,《四川大学学报》(哲学社会科学版)2018 年第 6 期。

中,他写到了昆明、北京和故乡高邮,将这些地方的民俗风情以文字的形式保存下来,构建了他的"记忆场"。正是在对故乡、昆明和北京的记忆性作品里,他写到了故乡的"家":

我的家庭是一个旧式的地主家庭。房屋、家具、习俗,都很旧。整座住宅,只有一处叫做"花厅"的三大间是明亮的,因为朝南的一溜大窗户是安玻璃的。其余的屋子的窗格上都糊的是白纸。一直到我读高中时,晚上有的屋里点的还是豆油灯。这在全城(除了乡下)大概找不到几家。①

对于汪曾祺来说,高邮是他的故乡,而云南由于西南联大的缘故成为了他的"第二故乡"。因此,他对故乡的主观建构和审美观照,使他创作了大量的回忆性作品,如《故乡的食物》《昆明的雨》《淡淡秋光》《昆明菜》等。在这些作品中,他不仅对故乡的风物进行描写,也对现代文明与传统社会作了思考,进而建构了家的形象。在《自报家门》中,他说到了祖父的八股文写得很好,父亲则多才多艺,祖父和父亲对他的文学创作和审美意识产生了影响;而出身于旧式家庭所受的传统教育,则使他较早地意识到将现代创作与传统文化结合起来。可以看到,他笔下的家与张爱玲的家是不同的:张爱玲作品里的家与创作主体有明显的疏离感,作品里的家是缺失的,格调沉郁;而汪曾祺作品里的家与创作主体呈现出亲密性,作品里的家充满温馨,情感真挚。由此,在生命与家庭的关系中,汪曾祺的创作再次证明了"家庭提供场所、链锁、基础,为心灵的平静提供一个避难所——这就是安全"②,让创作主体从旧式的家庭中感受到心灵的温暖,也激起读者对家庭的认同,滋生对家庭的安全感。在这样的意义上,汪曾祺对家的想象建构,或他对昆明和西南联大的反复书写,在一定程度上推动了人们对家庭的"皈依",同时对国家、民族的感情提供了最好

---

① 汪曾祺:《汪曾祺全集》(三),北京师范大学出版社 1998 年版,第 282 页。

② [英]托马斯·摩尔:《心灵书:重建你的精神家园》,刘德军译,海南出版社、三环出版社 2001 年版,第 123 页。

的注解。

不难发现，由于抗战时期大规模的知识分子南渡，使得他们背井离乡、流离失所，一路上冒着敌人的炮火踏上流亡的道路，颠沛流离到达西南边陲昆明。飘蓬南渡的异乡生活，激起了不少的知识分子对家的眷恋和想念，并在作品里表现出来，如杜运燮的《乡愁》、周定一的《南湖短歌》等，还有邢公畹的《红河之月》、沈从文的《水云》等，都写到了记忆中的家或熟悉的生活。可以说，这些作品在个体感知与家国情怀之间关联起来，实现了对家和家族的想象建构，也显现了时代中的个体感知和群体情感。

其次，家国意识的刻画。中国传统社会"家国同构"的思想观念影响深远，在人们的认识中，国家和民族意识是做人的大节，品格和操守是做人的底线。作为"五四"运动的先驱者，周作人在散文创作、理论研究和作品翻译上都作出了卓越的贡献，王福湘认为："周作人无疑是中国现代最杰出的散文家之一，对于他在散文理论与创作上的成就和贡献，周作人的同时代人和后来的研究者是一致公认的，当年胡适、郁达夫、阿英等人的评论至今还有相当的权威性。"①但是，周作人在抗战期间背叛国家和民族，公开走上附逆的道路，成为了20世纪中国知识分子的"逆子贰臣"，也成为有学识、有才情，却无人格、无操守的典型。因此，对于中国知识分子来说，将家、家族和民族、国家的命运紧密地联系在一起，这是传统知识分子"修身、齐家、治国、平天下"的人生理想。换句话说，就是国家、民族的命运是与个人、家庭的命运紧密关联的，有国才有家。在西南联大的文学书写中，不同的作家、诗人都对家国意识进行了不同程度的刻画，对个人体验与民族命运作出了全面的诠释，丰富了中国现当代文学的画廊。

其时，日本侵略者挑起的全面战争，激起了中国青年的爱国情绪，他们目睹敌人对国家的践踏和轻侮、民族的流离与屈辱，都想投入到抗战救国的行列

① 王福湘：《关于周作人研究的几个问题》，《中国现代文学研究丛刊》1996年第1期。

中去,迫切希望勇敢地走上前线战斗、拯救家国危亡,以体现中国青年的价值和作为国民的责任。与此同时,抗日战争让"中华民族被迫中断了寻求自我现代化的历史进程,被迫卷入了另一种现代性的历史旋涡之中,那就是民族的自由、独立与解放"①。在对西南联大的书写中,不同的作家、诗人都有强烈的家国认同,对中华民族追求独立、自由的抗战进行了描写和刻画。

可以看到,数千年来存在的"家国同构"的社会模式是以儒家文化为基础的,秉持这种文化思想的知识分子所拥有的人生理想,也体现了"家"与"国"的同构性,"一寸丹心图报国,两行清泪为思亲"。对此,钱穆曾说过:"有家而有国,次亦是人文化成。中国俗语连称国家,因是化家成国,家国一体,故得连称。也如身家连称。有如民族,有了家便成族,族与族相处,便成一大群体,称之曰民族。"②由此可见,家、家族和民族、国家在一定程度上都是一体的,具有同质性,这种"家国同构"的社会模式对家国意识有着深远的影响。在西南联大的文学书写中,不同的作家、诗人利用丰富的想象和多样化的表达,呈现了不同的个人命运和家国意识。如在宗璞的《东藏记》里,吕碧初在昆明给已经殉国的父亲吕清非写信,信里说:

> 我教育孩子们要不断吹出新时调。新时调不是趋时,而是新的自己。无论怎样的艰难,逃难、轰炸、疾病……我们都会战胜,然后脱出一个新的自己。
>
> 腊梅林是炸不倒的,我对腊梅林充满了敬意,也对我们自己满怀敬意。
>
> 我们——中国人!我们是中国人!③

面对强敌入侵、国破家亡的现实,每个中国人与生俱来的使命感和责任

① 李祖德:《小说、战争与历史——有关"抗战小说"中的个人、家族与民族国家》,《文艺理论与批评》2005年第4期。

② 钱穆:《晚学盲言》,广西师范大学出版社2004年版,第57页。

③ 宗璞:《东藏记》,人民文学出版社2005年版,第45页。

感，让他们不愿意当亡国奴，而以满腔的悲愤和热情去报效祖国，期望赶走在祖国土地上的侵略者，让民族和国家走向独立与自由。宗璞在《野葫芦引》里对抗战历史的书写，更多的在于重新还原历史，刻画20世纪知识分子的家国意识。因此，《东藏记》里的吕碧初，作为受过教育的知识女性，在战乱中带着孩子辗转南渡，其间经历被盗、疾病，同行的孩子李之芹病死在异国的土地上，但是她克服千辛万苦，带着自己的孩子和孟樾同事的夫人、孩子，与丈夫在滇南小城龟回相聚。当她们全家随学校再到昆明，由于敌人飞机狂轰滥炸，不得不住到有腊梅林的祠堂里，在得知父亲吕清非殉国，她在沉痛悲戚之余，给不在人世的父亲写信。这封信的写作，一方面以信的形式寄托对父亲的无尽哀思；另一方面想向父亲倾诉南渡的感悟。可以看到，无论家庭、国家遭受怎样的困厄、痛苦，但是内心的信念没有沉坠、脱逃，而是对国家和民族始终充满信心，企望以民族的阵痛和家庭的苦难，“脱出一个新的自己”，用不屈的坚守和精神的力量，赢得抗日战争的胜利，再造独立、自由、幸福的国家。

在其他作家、诗人的作品中，都能看到他们对身处战争时期知识分子家国意识的刻画，如穆旦在《赞美》里对“一个民族已经起来”的深沉歌咏，郑敏在《噢，中国》里对国家“觉醒”的期望……所有这些都代表了中国现代诗人对家国意识的呈现；而在钱穆的《八十忆双亲　师友杂忆》和冯友兰的《三松堂自序》等作品里，他们真实地记录下了西南联大师生的家国意识，将个人同国家、民族的命运始终相连，对国家、民族的文化充满信心，也对抗战的胜利充满着期待。

二、 爱国情怀的书写

在中华民族发展史上，涌现出了许多惊天地、泣鬼神的爱国人物，他们彰显了中华民族的人格与操守，正如研究者所说：“中华民族的文明发展史，既是践行‘家齐、国治、天下平’的历史，也是抗击外来侵略、反对民族分裂、争取民主平等的斗争史。”①尤其是近现代以来,面对民族危机和国家存亡的现实,广大爱国志士为维护祖国统一、争取国家独立、振兴中华民族作出了重大的贡献。在中国现当代文学作品中,关注祖国命运、反映民众疾苦的作品成为了不同时代文学创作的主流,作品里流露出来的爱国情怀和人文精神感染、激励着不同时代的人们,在中国现当代文学史上有重要的历史价值和现实意义。在这些洋溢着爱国情怀的作品中,不同的作家、诗人和学者将个体的生命价值与国家的前途命运紧密融合在一起,肩负起时代的历史使命和强烈的社会责任,谱写了爱国主义的华章,塑造了英雄主义的画卷。西南联大的文学书写,由于当时国家、民族处在抵抗侵略、捍卫独立的时代,因而对于爱国情怀的书写,既是中国作家、诗人继承和发扬爱国主义的传统,又是表现家国情怀的重要方式。

首先,使命责任的担当。在战争与和平年代,作家、诗人承担的使命、责任是不同的。在战争年代,作家作为历史的见证者、参与者,需要他们为民族的独立、自由而战,“如果说,抗战史料以一种‘刚性’记录这段历史,那么抗战文艺则以‘刚性’与‘柔性’并举复活这一段历史。各种文艺形式在抗战中起到了不可替代的宣传、教育与鼓动作用,成为文艺战线上的抗日战争。”②抗战时期,萧红的《生死场》和端木蕻良的《科尔沁旗草原》等作品写到了日本侵略者对东北土地的蹂躏和践踏;而老舍的《四世同堂》和巴金的《寒夜》等作品则刻画了国家危难中家庭的悲欢和毁灭。可以说,这些小说作为抗战时期反映社会生活的重要作品,使得作家不再致力于个人情感的表达,而是着眼于表现抗战的现实。这些作品对于鼓舞中华民族的神圣抗战,乃至世界反法西斯战争的胜利起到了重要的作用。因此,战争时期的小说以“在场”的书写描写了中

① 徐国亮、刘松:《三层四维:家国情怀的文化结构探析》,《四川大学学报》(哲学社会科学版)2018 年第 6 期。

② 吴玉杰:《抗战小说:民族“生死场”的原生备忘》,《辽宁大学学报》(哲学社会科学版)2015 年第 5 期。

华民族对日本侵略者的抵抗，讲述了中华儿女前赴后继、无畏牺牲的抗日故事。新时期以来，众多的作家、诗人延续了对抗日战争的书写，对战争历史、个人命运、家国情怀等进行深入刻画，优秀的作品不断涌现，“展现出一种多层次的结构和意蕴，体现出这些小说的作者对历史、战争和人以及小说艺术的多方位思考和探索”①。如宗璞的《野葫芦引》，作品以对20世纪中国知识分子的形象塑造而受到研究者和读者的广泛赞誉，她在作品里塑造了以吕清非、孟樾和澹台玮等为代表的老中青三代知识分子，对他们在民族生死场上使命责任的担当做了细腻、深入的描写：

> 近来我常想到中国的出路问题，战胜强敌，是眼前的使命。从长远来看，中国唯一的出路是现代化，我们受列强欺凌，是因为我们生产落后，经济落后。和列强相比，我们好比是乡下人，列强好比是城里人。我们要变乡下人为城里人，变落后为先进，就必须实现现代化。这就需要大家尽伦尽责，贡献聪明才智，贡献学得的知识技能。②

“天下兴亡，匹夫有责”，这句源自顾炎武《日知录·正始》里“保天下者，匹夫之贱，与有责焉耳矣”的话，被梁启超概括为“天下兴亡，匹夫有责”，其所蕴含的责任意识和担当精神，激发了无数中国仁人志士的爱国情怀，促使他们为国家、民族作出不懈的奋斗和自我牺牲。抗日战争的全面爆发，中国被迫中断了现代化的进程，转而寻求民族、国家的独立与自由。在这个过程中，“知识分子显然是要在最能被听到的地方发表自己的意见，而且要能影响正在进行的实际过程，比方说，和平和正义的事业”③，也就是说，对于抗战时期的中国知识分子来说，面对民众的企盼和民族的解放，他们需要自由地结合正在进

---

① 李祖德：《小说、战争与历史——有关“抗战小说”中的个人、家族与民族国家》，《文艺理论与批评》2005年第4期

② 宗璞：《东藏记》，人民文学出版社2005年版，第161页。

③ ［美］爱德华·W.萨义德：《知识分子论》，单德兴译，生活·读书·新知三联书店2002年版，第85页。

行的民族战争发出自己的声音,而不是袖手旁观、远离现实。因此,宗璞《野葫芦引》里塑造的三代知识分子,他们有着不同的性格特点和精神风貌,但是他们都有共同的意识——使命和责任的担当,他们愿意在民族濒临危难的时刻勇敢地站出来,即使殉国或牺牲也在所不惜。作为中年知识分子的代表,孟樾随明仑大学师生南渡,身处恶劣的环境中依然心系国家和民族,为民族的自由与独立作贡献。他在对毕业学生的演讲中,要求学生读书救国、尽职尽伦,“尽伦就是作为国家民族的一分子所应该做到的,尽职就是你的职业要求你做到的”①。不难看到,在战争期间孟樾除了教书、写书外,他还用演讲的方式对青年人寄予厚望,希望他们“尽伦尽职”,为抗战的胜利和民族的解放贡献聪明才智。可以说,孟樾继承和弘扬中国知识分子的爱国传统,也体现他的拳拳之心与爱国情怀,对国家和民族的正义事业作出自己的回答。

事实上,作为民族精神代言人的知识分子与国家、民族的命运是休戚与共的,知识分子历来有强烈的家国情怀,“面对内忧外患的中国,游者无论行走于国内还是海外,其所闻所见总能激起内心深挚的家国情怀。这一家国情怀继承和发扬了‘天下兴亡,匹夫有责’的爱国传统,蕴含着现代民族国家意识”②。在战争期间,南渡知识分子由平津等地流亡到内陆边远地区,他们行走在中国的土地上,“所闻所见”不仅增加了他们的生活体验,也极大地改变了他们的人生观念,先后写出了大量的流亡记、旅寓记、考察记和复员记等,这些旅行记真实地记录了知识分子的流亡生活,让他们看到了战时艰难的社会民生,也看到了西南边地的民俗风情。因此,有着强烈使命感的现代知识分子迫切地想要表达他们的“所闻所见”,以自己的记录和理解对抗战的现实进行描述。如钱能欣在《西南三千五百里》写道:

> 平彝人患大脖子病(学名瘿袋,俗称喉瘤)的很多,尤其是在妇女间最为流行。据大夫说,原因是这里的盐和水中缺乏碘的缘故。

---

① 宗璞:《东藏记》,人民文学出版社2005年版,第161页。

② 陈邑华:《现代游记的家国情怀》,《浙江大学学报》(人文社会科学版)2019年第2期。

云南的岩盐里缺乏碘的成分，而劳工阶级和贫穷的人家日常吃的菜又很坏，辣椒和韭菜之类，不够营养，因此大脖子病往往在贫苦人中发生；在情形相同的他省也是如此。①

在艰难流亡和迁徙过程中，很多现代知识分子离开了熟悉的城市和生活，第一次深入到内地农村，接触到崇山峻岭和森林深处的各族人民，了解到底层民众的艰辛和苦难。不同的作家、诗人和学者目睹了农村生活的偏陋、赤贫，也亲身体会到民众生活的艰辛、痛苦，内地农村的现实和困难赤裸裸地呈现在他们的面前，促使他们将目光投向惨淡的现实。因此，作为知识分子的他们，保有的家国情怀和使命担当，使他们真实地记录下看到的现实生活，“在特定的历史时期，肩负着现实的、时代的、民族的使命应运而生的，它关注的是百姓的安危、国家的存亡、民族的命运”②，而这种对祖国的“认识”或者“自我”的审视，不仅促使他们对国家、民族的存亡、命运进行深入思考，也引发更多读者的关注和重视。可以说，钱能欣在作品里对平彝（今云南富源）妇女大脖子病的描述，既是边地云南的现实，也是其他省都有的情况。由于生活赤贫和营养缺乏，边地人民生活的苦难与艰难，让他们认识到国家的富强、民族的生存和社会的建设，激发起人们抗争的使命和民族抗战的激情。在这样的意义上，钱能欣和其他作家的旅行记不同于传统的游记，作品里承载着深挚的家国情怀，以及知识分子的使命和责任担当。

其次，民族国家的认同。在经典名著《想象的共同体》中，安德森讨论了欧洲和其他国家民族意识和国家观念的起源，认为生产体系和生产关系（资本主义）、传播科技（印刷品）和人类语言宿命的多样性的重合，促成了民族意识和国家观念的诞生。③ 也就是说，作为“想象的共同体”的民族和国家观念

① 钱能欣：《西南三千五百里》，商务印书馆 1940 年版，第 93 页。

② 徐迎新、张瑞瑞、吴洋洋：《抗战散文述论》，《辽宁师范大学学报》（社会科学版）2015 年第 6 期。

③ ［美］本尼迪克特·安德森：《想象的共同体：民族主义的起源与散布》，吴叡人译，上海人民出版社 2003 年版，第 51 页。

是在共同的时空体意识、语言和事件的重合中逐渐形成和发展起来的。但是,由于中国是多样性与同一性的统一,“中国近代向民族国家的转化、民族国家意识的萌生,一方面是出于应对外部挑战的结果,体现了近代民族国家体系对体系单元的塑造;另一方面这种转变并非完全都是外部冲击的结果,中国传统的国家身份和内涵并没有完全被丢弃,中国的民族国家塑造过程没有完全按照西方的模式进行,最终偏离了西方‘经典’的民族国家形成路径”①。但是由于抗日战争全面爆发,中国人民的民族意识被彻底激发出来,无论是作为个人、家庭,还是社会、团体,都被整合进了“中华民族”这个命运共同体,人们的民族意识和国家观念第一次被唤醒,成就了“中华民族”的集体情感和整体意识。在这样的背景下,抗战时期高涨的民族国家意识在不同作家、诗人的作品里表现出来,不仅增强了中国人民的民族认同,也凝聚了中华民族的共同体意识。因此,在西南联大的文学书写中,不管是在当时还是后来,都有对抗战时期民族国家意识的反映。如任继愈在回忆西南联大时期的生活时说过:

> 建设国家,首先要爱这个国家,必须是关心民族国家命运的爱国者。联大师生有不同的政治立场,有“左”的,也有右的,中间群众也占了很大的比例。他们政治立场虽有分歧,但共同的信念都是爱国、保卫国家、抵抗外来侵略者、争取民族独立。这种情况与当时抗战时期的总形势和中华民族的历史使命是一致的。②

在一定程度上,某个民族国家的主权、领土受到外来民族的损害或者侵略时,民族国家的国民会放弃内部矛盾,转而寻求民族团结,以抵抗外来的侵略或者损害。抗战时期的中国,日本的全面侵略和国土不断沦陷,让不愿意成为亡国奴的中华儿女增强了对国家和民族的认同,“中华民族”的观念成为主流的民族国家意识。因此,所有关心民族和国家命运的中国人民,形成了空前高

---

① 但兴悟:《“天下兴亡,匹夫有责”的再诠释与中国近代民族国家意识的生成》,《世界经济与政治》2006 年第 10 期。

② 任继愈:《自由与包容:西南联大人和事》,江西教育出版社 2017 年版,第 118 页。

涨的爱国热情，对抵抗敌人的侵略采取一致的行动。在当时，“抗日民族统一战线”的形成正是中华民族因应民族抗战和历史使命的成果，面对中华民族的生死存亡，中华儿女勠力同心、共同抗敌。在任继愈的回忆里，当时联大师生有不同的政治立场和文化价值观念，但是“共同的信念都是爱国、保卫国家、抵抗外来侵略者、争取民族独立”，这种思想意识不仅体现在联大师生的具体行动上，他们以学术救国、投笔从戎等多种形式对国家、民族的抗战提供支持，而且体现在他们毕生的事业追求中，如“两弹一星”功勋人物和获得国家最高科学技术奖的联大师生。可以说，正是西南联大师生这种热爱祖国、勇于实践、敢于担当的民族国家意识，使他们成为了20世纪中国知识分子的楷模，也成为20世纪中华民族赢得独立、尊严的基础和根本。

面对山河破碎的现实，西南联大师生在践行自身使命的同时，也在建构着民族国家的认同。按照旷新年的说法，“中国现代文学在中国现代民族国家的创造和建构中发生了重要的作用。与此同时，中国现代文学在主题内容和表达形式上都发生了深刻的、根本的变化”①。在中国现代民族国家的建构中，尤其是全面抗战时期，中国现代作家、诗人的创作成为了反映民族国家认同的重要窗口，他们在作品里表现的民族国家认同代表了这一时期中国民族国家认同的普遍状况。老舍的《四世同堂》原本没有民族国家意识的书写，更多的是对于家和家族的意识表现，“但北平和中国其它城市与地域的次第沦陷，侵略者占领时间的漫长，家族与民族接连不断的灾难……促使他们睁开了民族之眼，历史辩证法使得帝国主义侵略战争的历史之恶，被动地唤醒、延伸了北平市民的时空意识和世界，进而催生出家国同构的民族共同体思想认识”②。同样地，作为中国新诗现代化的旗手、充满爱国热情和血性的青年诗人，穆旦不仅亲赴印缅抗日战场，而且写出了建构民族国家意识的诗篇。如在

---

① 旷新年：《民族国家想象与中国现代文学》，《文学评论》2003年第1期。

② 逄增玉、逄乔：《时空意识与老派市民家国观念的更生和嬗变——以老舍小说〈四世同堂〉为中心》，《社会科学》2018年第3期。

传播甚广的《赞美》里,他写道:

一样的是这悠久的年代的风,
一样的是从这倾圮的屋檐下散开的
无尽的呻吟和寒冷,
……
当我走过,站在路上踟蹰,
我踟蹰着为了多年耻辱的历史
仍在这广大的山河中等待,
等待着,我们无言的痛苦是太多了,
然而一个民族已经起来,
然而一个民族已经起来。①

中国现代意义上的民族国家意识,是在鸦片战争以后的内忧外患中逐步发展起来的,"中华民国的建立,以及军阀纷争、深重外患、党派冲突导致的局势动荡加速了中国现代民族国家意识的觉醒。但纵观这一时期的民族国家意识,因没有亡国灭种危机的直接刺激,尚处于发酵状态"②。到抗日战争时期,面对生死存亡的现实,中国的现代民族国家意识才被彻底唤醒,成为了全民族的高度自觉。因此,对于当时或者后来的作家、诗人来说,被唤醒的民族国家意识不仅在当时的社会空间里广泛存在,而且注定会成为文学作品表现的重要内容。创作于1941年的《赞美》,是穆旦作品里入选各种选本最多的诗歌之一,其以深沉的情感、质朴的意象、新颖的表达,对贫穷而苦难的中国人民进行了"赞美",他们耕作/劳动、希望/失望、饥饿/忍耐、无尽的呻吟/无言的痛苦,以及作品里反复出现的"一个民族已经起来",都深深地表现出作者对民族国家的情感。可以看到,穆旦由对代表性形象——农民的关注,进而对整体性的民族、国家的苦难发出自己的思考,这在穆旦的作品中是非常罕见的。对

① 穆旦:《穆旦诗文集·诗》,人民文学出版社2006年版,第70页。
② 范庆超:《抗战家书的民族国家意识》,《青海民族研究》2018年第4期。

此，易彬认为："在我看来，穆旦这样的写作者也具有'恢弘、坚韧的心灵和对本国人民的伟大的爱'，他（们）'眷恋'这种郁积的词语和意象，并且'透过这种极度的匮乏'的现实看到了一个民族生命力之所在。"①

第四节　战争记忆

20世纪三四十年代的抗日战争是中国现代史上的重大事件，已经成为20世纪中国历史和集体记忆的重要内容。对于抗日战争的记忆，自"九一八"事变以来就有战争的记忆，到抗战取得胜利后中国的政治、经济和文化也多有战争的记忆建构。可以说，战争记忆不仅关乎过去，也关乎当下的理解与反思，更影响着未来的想象建构，而在"过去与未来之间"，汉娜·阿伦特（Hannah Arendt）说过："我们处在忘记过去的危险中，而且这样一种遗忘，更别说忘却的内容本身，意味着我们丧失了自身的一个向度，一个在人类存在方面纵深的向度。因为记忆和纵深是同一的，或者说，除非经由记忆之路，人不能达到纵深。"②可以说，无论是描述战争中个人自我的经历，或是集体记忆的呈现，面对抗日战争的历史记忆，中国文学始终承担着战争记忆的建构。在抗战期间，中国作家就以艰苦悲壮的战争为背景，先后写出《生死场》《四世同堂》《倾城之恋》《滇缅公路》《森林之魅——祭胡康河上的白骨》等优秀的作品；到20世纪五六十年代，中国文坛出现《苦菜花》《铁道游击队》《烈火金刚》《战斗的青春》等表现抗战的小说；新时期以来，《长城万里图》《战争和人》《国殇》《历史的天空》等作品的出现，将抗战记忆推向新的阶段。在一定程度上，这些中国文学作品对于塑造国家认同、凝聚民族精神、重塑历史记忆产生了重要的作

① 易彬：《赞美：在命运和历史的慨叹中——论穆旦写作（1938—1941）的一个侧面》，《中国现代文学研究丛刊》2006年第5期。

② ［美］汉娜·阿伦特：《过去与未来之间》，王寅丽、张立立译，译林出版社2011年版，第89页。

用。在西南联大的文学书写中,战争亲历者、受害者的人生经历,或是没有经历战争的作家、诗人对战争进行的反思和感悟,都将“过去”与“现在”连接起来,“经由记忆之路”,用文学强化了人类对战争的记忆和书写。

一、 战乱现实的书写

对于抗日战争的记忆,郑毅认为:“中国作为日本侵略战争的最大受害国,抗战记忆中浓厚的受害者意识始终是中国社会战争记忆的主体,战胜国的荣耀历史记忆很长一段时间处于从属和边缘的地位。受害者意识与战胜国历史记忆的完整性,不仅对中国社会的战争记忆重构具有重要意义,对东亚社会而言同样具有积极的现实意义。”①确实如此,由于战争记忆的建构主体不同,随着政治情势的变化、发展,不同的时代有不同的战争记忆。1931 年 9 月 18 日,日本侵略者占领中国东北,中华民族奋起抵抗,开始了长达 14 年的中日民族战争,这一时期的战争记忆以国民政府作为主导者、推动者,民间社会也积极响应,为广泛动员民族抗战、捍卫民族尊严、赢得国家独立起到了重要的作用。新中国成立后,中国社会还没有完全对战争记忆和受害者意识进行清理,就被卷入朝鲜战争,直到“文革”结束以后,对抗日战争的记忆才逐渐回到正常的轨道上来,不仅有官方的记忆,也有民间的记忆,还有个人的记忆,形成了良性的互动关系,这一时期的战争记忆为探明历史真相、固化战争情节、促进世界和平发挥了重要的作用。但是,正如王成在探讨冲绳作家目取真俊的创作时提出的“战争的记忆也会随着白骨的风化而消失吗”②?如果作家、诗人不能通过文学作品来沉淀、固化战争,就不能对战争的历史和记忆进行还原。因此,在对西南联大进行书写的过程中,可以看到中国作家、诗人对战乱现实的描绘和书写。

首先,关于作家的个体记忆。在某种意义上,记忆的真正主体是个人,也

---

① 郑毅:《中韩日“战争记忆”的差异与历史认识重构》,《日本学刊》2016 年第 3 期。

② 王成:《战争的记忆与叙述》,《读书》2005 年第 3 期。

就是说，战争记忆建构的主体也是个体，而战争记忆不会凭空存在的，需要以一定的形式或载体保存下来，在这个过程中，个体起到了相当重要的作用。法国著名历史学家皮埃尔·诺拉（Pierre Nora）说过："记忆既是集体的、多元的，又是个体化的。"①可以说，正是依赖于个体的人，这些个体将战争期间所经历的人和事记录下来，表现了对战争的独特体验和感受。与此同时，个体作为群体成员参与各种形式的活动，诸如文学创作，他们进行"及时性"和"在场"的书写或是将过去熟悉的时空场景、具体的人事活动描述出来，也在一定程度上避免了集体记忆的同质化、刻板化，让个体记忆以鲜活生动的形式得以存续和承传。在对抗日战争的记忆建构中，作为经历者的个体的遭遇与观感不同，也就形成不同的战争记忆，他们在文学作品中表现出来，产生了个性各异的抗日回忆录、抗战诗歌和散文，这些作品里也许有相同或者相似的经历、观感，但它们以文学的形式将集体记忆固化和传承。由此不难看到，"个体记忆既受制于又不等同于集体记忆和公共记忆……惟其有不同的理解和感知、不同的情感和意义，才能在集体与社会的框架中继续保持记忆的质感、多样性、鲜活性，才使记忆不至于变成僵化、刻板、抽象的符号"②。因此，对于同一个历史事件或时空场景，抗战时期的亲历者、受害者在作品里描述下来，将战争记忆以文本形式留存。如赵瑞蕻在《当敌机空袭的时候》中写他和杨苡一起"跑警报"：

我俩走走跑跑，出了城门后，就听见第二次警报响了，赶快奔到离城较远的一条大堤上，旁边正好有一个土沟，三四尺深，敌机来时，可跳下躲躲。接着，城楼上挂起了三个灯笼，紧急警报猛然强烈地拉响了。我们跳进长满杂草的沟里，静静地望着……我们看见敌机俯冲下来，投弹了，数不清的炸弹往下掉，发出魔鬼似的凄厉的声音，大

① ［法］皮埃尔·诺拉主编：《记忆之场：法国国民意识的文化社会史》，黄艳红等译，南京大学出版社 2017 年版，第 6 页。

② 李里峰：《个体记忆何以可能：建构论之反思》，《江海学刊》2012 年第 4 期。

约落在东城一带，那里一阵阵巨响，尘土黑烟高扬，火光冲天……①

抗日战争作为日本法西斯发动的全面侵华战争，对中国人民乃至世界人民造成了深重的灾难。日本侵略者先占领中国东北，再制造事端，占领华北，不断屠杀平民、毁坏家园、掠夺财富，制造了南京大屠杀等惨绝人寰的历史灾难，使得中华民族遭受了巨大的生命和财产损失。因此，抗日战争的历史，既是中华民族的耻辱历史，也是中国人民的抗争历史，正如研究者所说："抗日战争的目标乃追寻和平，抗战记忆表面而言是关于战争的记忆，其实质是关于和平的记忆，战争与和平本即共存。"②中华民族为走向民族独立、追求和平，在抗战中留下了宝贵的精神财富，也留下丰富的战争记忆。对于如何呈现这段历史灾难和战争记忆，兴起于20世纪80年代的新历史主义者认为，只有通过预设的文本才能接近历史。③ 也就是说，人们需要以文字作为载体形成文本，才能触摸过去、认识历史，也才能重构真实的战争历史和战争记忆。在战争记忆中，显然有了亲历者的记忆和叙述，才有一定形式的个体记忆。作为战争的亲历者，赵瑞蕻回忆了昆明"跑警报"的经历：从防空警报拉响，他和朋友一起走出居所，沿途看到跑警报的昆明市民和联大师生，民众非常痛恨日本侵略者无情地蹂躏中国的土地、财产，造成昆明市民的死伤。在作品里，赵瑞蕻通过"跑警报"的描述，对日本飞机对昆明的空袭进行叙述，以"发出魔鬼似的凄厉的声音"展示侵略者的狂轰滥炸，以及对生命的肆意践踏。可以说，作品真实地记录战争时期"跑警报"的原始场景，对昆明被轰炸的历史进行了文本建构，以文本为媒介呈现了过去发生的事情，重构了抗战时期昆明的生活和战争记忆，而这种对记忆的建构是由个体或者亲历者完成的。

对于抗战记忆，有直接或间接的区别，直接的记忆来源于亲历者的回忆和

---

① 赵瑞蕻：《离乱弦歌忆旧游》，湖北人民出版社2008年版，第40页。

② 郭辉：《抗战记忆的建构及其价值》，《兰州学刊》2020年第2期。

③ [美]弗雷德里克·詹姆逊：《政治无意识：作为社会象征行为的叙事》，王逢振、陈永国译，中国社会科学出版社1999年版，第70页。

书写，间接的记忆则来源于历史书写或是创作者的主观建构。因此，无论是直接的记忆或是间接的记忆，都需要以一定的文本作为媒介出现。在以西南联大为主题的书写中，作为亲历者的回忆除赵瑞蕻的《离乱弦歌忆旧游》外，还有钱穆《八十忆双亲　师友杂忆》、蒋梦麟《西潮》、冯至《昆明往事》、浦江清《西行日记》、钱能欣《西南三千五百里》、李广田《西行记》等，都在不同的时代对抗战时期的社会生活、人生际遇进行了记录和回忆，这些作品在一定程度上"复活历史"或者建构了战争记忆。但是，"中国抗日战争留下了相当宝贵的历史记忆，当然不仅是屈辱的记忆，更多的属于中华民族奋起抗争的记忆。并且随着时代变化，抗日战争记忆被不断发掘，并被赋予越发丰富的意义，记忆往往随现实场景需要而激活并呈现"①。21 世纪以来，诗人海男不断调动文学想象呈现个体的战争记忆，对西南联大的历史进行复述，也对联大师生在炮火中的南渡、在风雨飘摇中的探索、在警报声中的成长……这些与战争相关的内容进行了想象书写，也写出了主观建构的战争记忆。如中国远征军在缅甸的对敌：

他们也许就是相互的敌人。这些遭遇使两个国家的将士
在河的北岸相遇，他们用刺刀机遇，用猩红奔溅的热血相遇
用捍卫和践踏来相遇。几十次的遭遇战争中倒下去了又一批人
彪关河战役使中国远征军挫败了日军的骄气，有 500 多日军
倒了下去。这次战役捕获到了日军的军用地图，这摊开的
地图上的侵略符号，仿佛想一口气吞噬热气腾腾的美食
这就是战争的潜符号。只有在这个云南的初秋，我领略了
战争②

在一定程度上，战争记忆经过抗战时期作家的阐释和表达，再经过战后不同时代作家的想象建构，历史内涵和形式意味越来越丰富，对于促进国家认

① 郭辉：《抗战记忆的建构及其价值》，《兰州学刊》2020 年第 2 期。
② 海男：《穿越西南联大挽歌》，云南人民出版社 2015 年版，第 165 页。

同、塑造民族形象、推动和平友好等都发挥了重要的作用。然而,“从远古至今,战争还催生了数量多得令人无法想象的诗歌。无论是高雅的、粗俗的,还是雅俗共赏的”①,但是抗战时期的诗歌,不外乎三类:一是鼓励和号召人们参战的,如卞之琳《地方武装的新战士》和田间《假如我们不去打战》等;二是庆祝战争胜利的,如穆旦《给战士——欧战胜利日》等;三是哀叹战争的痛苦和悲壮的,如杜运燮《林中鬼夜哭》和罗寄一《在中国的冬夜里》等。在这些作品里,中国现代主义诗人与古今中外的诗人一样,对战争的纷争、痛苦、死亡、悲伤、欢呼、哀怨都有不同程度的表现,形成了创伤记忆或者复兴记忆。在海男的《穿越西南联大挽歌》中,她以个体记忆的视角,对战争中的苦难和体验进行了重构,再现了中国远征军在异域的殊死搏斗和惨烈牺牲。因此,她试图重新进入历史,对诸如黄仁宇《缅北之战》和穆旦《森林之魅——祭胡康河上的白骨》都没有提到的“彪关河战役”②进行了书写,对“彪关河战役”的战斗情形、历史意义进行了呈现与反思。可以说,海男将文学与历史再度融合起来,再现了战争的记忆,从而以文学作品的形式记录了“彪关河战役”,阐明了此次战役的过程和内容,实现了文学对历史事件的再现,也重构了中国远征军征战史和战争记忆。

其次,关于作品的集体记忆。保罗·康纳顿(Paul Connerton)在《社会如何记忆》中指出:“一个群体通过各种仪式塑造的共同记忆,不仅是每一个群体成员的私人记忆相加的产物,更是属于这个群体自身的。”③在他看来,集体记忆不是群体成员“集合起来的记忆”,而是个人和群体的“集体的记忆”。实

---

① [以]马丁·范克勒韦尔德:《战争的文化》,李阳译,生活·读书·新知三联书店2010年版,第198页。

② 1942年3月,日军第55师团从仰光北上,向东吁不断突进,中国远征军第5军200师主力为掩护英缅军队北撤,在彪关河大桥北端设伏,待日军过了大桥后,远征军官兵将大桥炸毁。日军遭到中国军队的猛烈攻击,大部被歼,沉重打击了日军的嚣张气焰。此次战役被称为“彪关河战役”。

③ [美]保罗·康纳顿:《社会如何记忆》,纳日碧力戈译,上海人民出版社2000年版,第8页。

际上，抗日战争作为中华民族的深重灾难和集体记忆，不同时代的作家、诗人通过不同的方式和途径来进行呈现，将个人或群体成员的记忆聚合起来，也就在一定程度上形成集体记忆。在另外的意义上，记忆不是对过去的刻意恢复，而是对过去历史的建构。在这种建构中，不同的作家、诗人对抗日战争的历史事件和历史人物进行多维度、多层面的阐释和呈现，最终形成中华民族的集体记忆。对于西南联大的知识分子来说，他们在抗战胜利后的生活中不断去书写、反思和重构抗日战争，不仅仅在于建构中华民族的集体记忆，还在于重构人类的历史记忆。因此，他们写作的目的，是要通过文学作品告诉人们：经历抗日战争的中华民族都有自己的记忆，但只有人们从个体的记忆中找到集体的记忆或者群体责任时，才能避免类似抗日战争的悲剧或灾难。1994 年，何兆武在回忆西南联大的师友时，谈到自己的职业选择和毕生志业时说：

> 由幼年到青年时期，正值从“九一八”“一二·八”“七七”事变到第二次世界大战烽火连天的岁月，人类的命运、历史的前途等问题深深吸引了自己，所以终于选择了历史作为专业。不久又对理论感到兴趣，觉得凡是没有上升到理论高度的，就不能称为学问；于是可走的路似乎就只有两条，一是理论的历史，二是历史的理论。①

在一定程度上，集体记忆是以个体化的方式存在的，也就是说，通过个体的表述或者记忆传达，才能不断重构或者建构集体记忆。与此同时，“集体记忆是极为重要的，只有成为一种共识性的集体记忆，人类才能以史为鉴，避免重蹈覆辙。但集体记忆也是一个不断建构的过程，而不是一种既定不变的存在”②。因此，集体记忆的重构或者建构，需要在一定范围内的时空里得到群体的认同和支持。抗日战争的记忆，最初更多是国耻记忆或者说创伤记忆，日

---

① 何兆武：《联大师友杂记》，《思想的苇草：历史与人生的叩问》，北京师范大学出版社 2011 年版，第 7 页。

② 洪治纲：《集体记忆的重构与现代性的反思——以〈南京大屠杀〉〈金陵十三钗〉和〈南京安魂曲〉为例》，《中国现代文学研究丛刊》2012 年第 10 期。

本侵略者给中华民族造成的灾难是民族性的,这种集体记忆不仅存在于抗日战争时期,在战后依然被不断建构和重构;与国耻记忆相伴的是抗争记忆,中华民族在战争中奋起、团结、抗争,战胜了日本侵略者的杀戮和压迫,书写了中华民族的抗争历史;抗日战争的胜利铸就了荣耀记忆或者复兴记忆,抗日战争的胜利成为中华民族复兴的转折点,保存了作为战胜国的荣耀记忆。可以说,这些集体记忆应该成为抗日战争的完整的历史记忆。抗战时期正是生逢乱世、国破家亡的时刻,作为战争亲历者的何兆武无法像和平时期的知识青年一样,对自己的专业、兴趣和毕生志业做自由或者任意选择,而是着重考虑"人类的命运、历史的前途"等重大现实问题,最终选择了从事"理论的历史与历史的理论"研究。在他的身上,鲜明地体现了动荡时代知识青年的抉择,不同的个体面对具体的历史情境和时局变化,作出了专业或职业的选择。这种选择不一定是受到战乱的影响,但肯定与战乱的时局有关,也与抗战时期的集体记忆有关。因此,作为个体的记忆书写,何兆武的战争记忆成为形塑集体记忆的个体书写,承载着20世纪90年代中华民族对集体记忆的理解和阐释,在个体记忆与集体记忆之间形成了良好的互动,成为抵抗集体遗忘的重要作品。

面对沉重的抗战集体记忆,作为个体的战争记忆建构者,作家、诗人如何将个体记忆聚合成为"共识性的集体记忆",这是需要考虑的重要问题。如果在文学作品里仅仅将抗日战争视为纪念性的事件,显然消弭其应有的历史意义;如果将抗日战争视为荣耀性的记忆,过度强调对英雄人物或战争胜利的赞颂,只会徒增民族之间的敌视和仇恨。在这样的意义上,不同的中国作家、诗人都需要贡献自己的智慧和勇气,"个体既能作为群体成员参加各种仪式性活动,使集体记忆得以生成和维系;又会在具体的时间和空间中形成更为具象、更富质感的个体记忆"①。也就是说,战争记忆的产生和建构应该以个体记忆为基础,又必然受制于集体记忆,而集体记忆在一定程度上制约着个体记

① 李里峰:《个体记忆何以可能:建构论之反思》,《江海学刊》2012年第4期。

忆,“在具体的时间和空间中”塑造着集体记忆。因此,在个体记忆与集体记忆中间,并无绝然的二分关系,而是在于良好的互动。作为战争的亲历者,对于如何将个人记忆与集体记忆聚合在一起,或者如何在文学作品里呈现历史记忆,宗璞在谈到《野葫芦引》的创作时说:“我并不研究历史,我和历史一起长大,虽然懵懂,也知道些边边角角,对弄清事实也许会有一点帮助。这是我的责任,这不是个人的事情,是对历史负责。”①对于抗战的历史呈现或者言说,无论在抗战时期,还是改革开放以来,都是中国作家、诗人关注的重点内容。在对战争记忆的建构中,作为主体的他们尊重客观化的历史,同时在作为载体的作品里呈现他们的理解、认知和叙事立场,因此,他们的写作与极端个人化的历史言说是有区别的②,如宗璞开始创作于20世纪80年代的《野葫芦引》,本身就彰显20世纪三四十年代的“共识性的集体记忆”,对抗战期间中国知识分子的离乱迁徙以及中国远征军的英勇抗战作了生动形象的真实描绘,再现了抗战时期中华民族的集体记忆。可以说,《野葫芦引》无论是规模的宏大磅礴、内涵的丰富完整,还是深刻的思想意识、崇高的艺术风格,都具有史诗性的品格。对于宗璞来说,从《南渡记》发表的1987年到《北归记》发表的2017年,“似乎是作者与读者默默许下了一个30年的约定,终于,我们等到了这部巨著的最终篇章。可以说,我们见证了当代文学史上一个奇迹的诞生,这是一部与作家的生命血肉相连、同时成长的小说,其内容更是对这个古老民族抵御外辱、自强自立的历史记述”③。也就是说,作家的创作与创作主体的成长是相辅相成的。

---

① 李杨:《宗璞希望写的历史向真实靠近》,《文汇报》2011年8月9日。

② 如莫言的《红高粱》,作品讲述的是抗日战争的故事,但是由于作者站在民间立场上对民间世界进行书写,“在这个意义上也可以说这部小说讲述的其实并非是历史战争,而是作家在民间话语空间里的某种寄托”。具体参见陈思和主编:《中国当代文学史教程》,复旦大学出版社1999年版,第318—319页。

③ 刘汀:《宗璞长篇小说〈北归记〉:古老民族的青春叙事》,《文艺报》2017年11月27日。

二、 战争历史的反思

如果没有抗日战争的全面爆发,也就没有北大、清华和南开三校的西迁,更没有西南联大的存在。对此,易社强(John Israel)说过:“联大历时九年(1937—1946),与第二次中日战争(1937—1945)——在中国被称为‘抗日战争’——基本重合。”①在8年多的时间里,西南联大师生经历了大规模的南渡,饱受战争威胁和敌机轰炸,忍受着战争灾难和苦痛,但是他们在民族生死存亡的时刻与全国人民一起,投入到民族独立与解放的事业中,为争取抗日战争胜利贡献了全部的力量。当时,西南联大虽然地处抗战大后方,但是西南联大的命运是与抗日战争紧密相连的,这场战争对西南联大和中国高等教育事业乃至中国社会发展都有着深远的影响。因此,在西南联大的文学书写中,不同的作家、诗人和学者写到了战争、战争记忆,也写到了历史、战时人物。在这些作品中,创作者没有刻意渲染战争的屈辱和痛苦的记忆,而是关注和关心人类的命运,对战争期间的生命意识和人性意识进行了互文性表达,作出了理性的审视和反思,诚如王富仁所说:“真正具有人类意识和终极关怀的作家,对于这些矛盾和仇怨,不应当使其继续积累、增加和传递下去,而应当以一个作家的良知和责任感,在战争文学创作中努力增加民族与民族间的相互理解与同情,努力弥合人与人之间、民族与民族之间、国家与国家之间的沟壑和创伤。”②可以说,不同的作家、诗人和学者在对西南联大的想象建构中,在作品里对战争进行了反思,也对人性进行了认知,引导人类走向和平与和解。

首先,关于作品对战争的反思。在某种意义上,战争是人类自身的灾难,无论对于战胜者还是失败者来说,战争留给他们的都是灾难和痛苦。在抗日战争与世界反法西斯战争中失败的日本,对于战争没有正确的认知,也没有正确的历史观,习惯以受害者自居,殊不知侵略者是真正的加害者,日本对入侵

---

① [美]易社强:《战争与革命中的西南联大》,饶佳荣译,九州出版社2012年版,第3页。

② 王富仁:《战争记忆与战争文学》,《河北学刊》2005年第5期。

的亚洲各国人民施以蹂躏和迫害,对亚洲各国人民造成了深重的灾难。但是,“战争文学离不开战争,但战争文学不能仅仅是对战争历史的摹写,它更应当是作家从战争整体的反思,而不是对战争中任何一方或是某个历史事件的是与非的反思”①。在西南联大的文学书写中,有很多的作品都写到了战争,如宗璞的《野葫芦引》、海男的《梦书:西南联大》、董易的《流星群》等小说和杜运燮的《滇缅之路》、穆旦的《防空洞里的抒情诗》和《森林之魅——祭胡康河上的白骨》、叶华的《迎敌》等,他们不仅写到了具体的战事,对中国人民和军队的奋起抵抗进行了歌颂,同时这些作品也对战争进行了深刻的反思,对战争的苦难或民族精神进行了思考。如在穆旦的《赞美》中,他对民族精神进行深刻反思,认为中华民族背负“耻辱的历史”“无言的痛苦”,希望人们知耻后勇、振作奋起,作品反思的意味极为浓郁。在《给战士——欧战胜利日》里,穆旦写道:

有了自己的笑,有了志愿的死,
多么久了我们只是在梦想,
如今一切终于在我们手中,
有这么一天,不必再乞求,
为爱情生活,大家都放心,
大家的血里复旋起古代的英灵,
这是真正的力,为我们取得,
不可屈辱的,如今得到证明,
在坦途前进,每一步都是欢欣。②

在中国现代主义诗人中,穆旦以战争为题材的诗歌在他的创作中占据着重要位置,这一方面与他的战争经历有关,另一方面与他对战争的独特思考和体验有关。《抗战诗录》是他于 1945 年前后创作的系列组诗,主要有《退伍》

---

① 王富仁:《战争记忆与战争文学》,《河北学刊》2005 年第 5 期。
② 穆旦:《穆旦诗文集 · 诗》,人民文学出版社 2006 年版,第 127 页。

《旗》《野外演习》《农民兵》《反攻基地》和《轰炸东京》等。但是,穆旦《抗战诗录》里面的诗歌与当时流行的抗战诗歌明显不同,其他诗歌主要在于歌颂抗战中涌现出来的英雄人物、谴责侵略者的暴行或者抒发对未来美好生活的向往。在《抗战诗录》里,穆旦不再单纯对战争的正义或者非正义进行表达,而是对战争本身进行了深刻的反思。1945 年 5 月 9 日,他创作完成了《给战士——欧战胜利日》,这首诗对欧洲战场的胜利进行了呈现,但是诗人并没有停留在战争的层面进行描绘,而是对战争进行深刻反思:战争的胜利,让人们“不必做牛,做马”,在无尽的牺牲和死亡后,赢得了自由和新生。可以说,正是因为遭受“野人山撤退”,对战争有着“惧怕”和抵抗的诗人,在民族战争即将胜利时,表明了自己的立场和态度,对战争的胜利感到振奋和鼓舞。

作为民族灾难和历史悲剧,抗日战争在中国人民内心深处留下了难以愈合的创伤和无法忘却的记忆。如何铭记这段惨痛的战争历史,是延续民族仇恨还是汲取经验教训,对于有良知和社会责任感的当代作家、诗人来说,这是面临的首要问题。在一定程度上,抗日战争的记忆不仅仅是中华民族的灾难记忆,更应该是中日民族乃至整个人类共同的历史记忆,“直面历史,寻找真实历史记忆的目的,不是为了铭记仇恨,是为了坚守今天和未来的和平,重视历史记忆研究的目的和现实意义也就在于此”①。因此,在西南联大的文学书写中,一些作家、诗人不再为描写战争而书写战争,而是通过对战争期间的具体描绘或者以战争作为现实背景,书写中华民族的时代命运和抵抗精神,同时也对民族性格和民族文化进行反思。如任继愈在回忆西南联大的人与事时,其不仅仅在于感念旧情,还有对中国文化、教育的反思:

> 当时我们是在闻一多先生的率领下,步行从长沙迁往昆明的,行程 1300 多公里。沿途我看到底层的老百姓在那么贫困、艰苦的条件下还在默默无闻地支持抗战,我就觉得这是中华民族的力量所在、精

① 郑毅:《中韩日“战争记忆”的差异与历史认识重构》,《日本学刊》2016 年第 3 期。

神所在、希望所在。我就决定要研究中国传统文化，要以此为终生的事业。①

对于中国人来说，抗战的记忆是不会被人们遗忘的，因为战后不同时期的记忆：由个体记忆到集体记忆，或者由创伤记忆到复兴记忆，中国人民已经形成了较为一致的集体记忆，这种记忆让人们认识到战争的残酷和罪恶，也让人们认识到和平的美好和幸福，建构了中国人民对抗战共同的历史记忆。相对于集体的中国人，个体“作为这个记忆共同体的成员，每个人都有保存记忆的责任，这不是要求每一个人都记住全部，但是为了保存记忆的生机，个体必须承担最低限度的记忆责任”②，也就是说，在对抗战记忆的建构中，个体在抗拒遗忘和建构记忆中负有道德责任。因此，作为抗日战争和西南联大的亲历者、见证者，任继愈在回忆西南联大的人和事时，他对南渡时期加入湘黔滇旅行团，徒步从长沙到昆明的艰苦生活有清晰的记忆，然而他的记忆不是刻意再现战争时期的迁徙之苦，而是通过他的特殊体验和观感，对中华民族的文化和教育进行总结、反思，认为中华民族不可战胜的根本，在于中华民族有自强不息的优良传统，其中的关键在于中国文化。可以说，战争时期的苦难经历经过经年的思考和岁月积淀，产生了将过去与未来勾连起来的思考，这些思考通过回忆或者文字的形式表达出来，其间不单有战争的反思，还有文化和教育的反思，让中华民族能更好地认识自我、把握自我、创造自我。

其次，关于作品对人性的关注。在 20 世纪的中国历史进程中，战争成为了不同时代的主题，“从军阀混战到北伐战争，从抗日战争到国内战争，加上后来的抗美援朝战争”③，绵延不绝的战争，让 20 世纪的中国人民饱受摧残和伤害。但在持续的战争年代，中国的文学家却没有贡献出伟大的战争文学作品。相同时期，在苏联的社会主义文学中，诞生如《静静的顿河》《这里的黎明

---

① 任继愈：《自由与包容：西南联大人和事》，江西教育出版社 2017 年版，第 127 页。

② 王楠：《叙述的伦理——如何叙述南京大屠杀历史记忆》，《江海学刊》2018 年第 6 期。

③ 王富仁：《战争记忆与战争文学》，《河北学刊》2005 年第 5 期。

静悄悄》等世界名著。在这些苏联的作品中,作家对战争环境的描写、人物命运的变化和丰富人性的展示,让人们对战争有所思考、对世界的认知不断加深,更对生命意识和人类命运有深切的感知。在西方文学作品中,也出现《永别了,武器》《西线无战事》《铁皮鼓》等杰出作品。这些作品以人为本,对人的生存意义、人性的关注和生命意识的思考,使这些作品成为20世纪战争文学的巨著。因此,对比国外反映战争的文学作品,反观中国的战争文学,由于作家注重对英雄人物或者说主要人物的形象塑造,在文学作品中忽视普通人物的命运和作用,也就缺乏相应的生命意识和人性关注。在西南联大的文学书写中,宗璞的《西征记》对战争的集中呈现和展示,成为《野葫芦引》长篇系列里艺术成就最高的作品。正如王春林评论时说的:"既然是一部带有全景意味的表现中国人民抗战精神的长篇小说,那么,宗璞的艺术着眼点就不能仅仅局限于作为知识分子的主人公玮和嵋的身上,这就是说,在把具体的艺术聚焦点集中到玮和嵋身上的同时,作家还应该较为充分地展开对于社会各阶层参与抗战状况的艺术性描写。"①确实,在《西征记》里,宗璞除了对玮和嵋的成长经历和形象塑造进行着力外,更为重要的是对一些普通民众进行了描绘,如福留、苦留和阿露等普通人物,也被纳入到艺术形象的创造中,令人印象深刻。如作品里写到福留时,作家以对话的方式让福留自述:

> 福留说:"我爬过很深的山洞,几次掉进洞里又爬出来;又钻过几个山洞,其中一个特别长,几乎钻不出来。可是我没有死,我经过枪弹的包围,踩着地雷,可它没有炸,又爬过山涧,钻过山洞,找到了那洞口。"
>
> "听着,福留,你做了很了不起的事。"玮说,"人们会记住你。"②

一般来说,在世界战争史上,决定双方胜负的是领袖人物或者军事首领,

---

① 王春林:《一部感人肺腑、荡气回肠的精神史诗——评宗璞长篇小说〈西征记〉》,《扬子江评论》2010年第1期。

② 宗璞:《西征记》,人民文学出版社2009年版,第127—128页。

他们成为战事的关键因素，在众多的历史著作和文学作品中，占据显要位置的同样是英雄人物，英雄人物和著名军事将领是战争的决定者或者推动者。

因此，在历史学家和文学家笔下，普通士兵和平民百姓是次要的人物，不可能成为表现的主要对象，但是，在宗璞的《西征记》里，她不仅对主人公玮和嵋有相当出色的描绘，而且对福留、苦留等普通民众塑造得极为出色，将这些普通人的人性之善、人性之美表达出来。作品里的福留作为滇西山区的普通民众，他的父母被日本人强迫修工事，修好工事后被日本人处决，他成为孤儿。在中国远征军滇西大反攻中，他无家可归，和军队在一起，在攻打高黎贡山敌人的碉堡时英勇牺牲。可以说，正是因为有了像福留这样的普通民众的无畏牺牲，才有了滇西大反攻的惨胜，也才有中华民族抗日战争的伟大胜利。在这些普通民众的身上，凝聚着中华民族的精神和品格，他们不畏牺牲、顽强抵抗，为国家和民族竭尽全力，他们也应该是英雄，也值得称颂。针对宗璞这种对普通人物形象的塑造，评论者认为“作家的艺术关注视野既投射到了如同严亮祖这样的国民党高级军官身上，也投射到了如同瓷里土司、马福土司这样的地方土司身上，更投射到了如同福留、苦留，如同阿露、老战这样的普通民众身上”①，表达了对普通民众和个体生命的重视，也表现了对人性的关注。

实际上，无论在什么时代和什么地方，战争都是文学表现的重要主题。在中外文学史上，有些作家在主观上憎恶战争，有些作家则善于描写战争。但是，战争的恐怖会使许多人经历过则幡然醒悟，在他们的心灵中留下终生的创伤；没有经历过战争的作家，也能从战争对社会的严重摧残中感知。在某种意义上，“战争是人类社会的一种特殊现象——是人与人的相互残杀，是反人性的，是人类社会的怪物”②。因此，对战争的思考，也就是对人类和人性的思考；对战争的描绘，也就是对人类和人性的描绘。在抗日战争中，作为抵抗者

① 王春林：《一部感人肺腑、荡气回肠的精神史诗——评宗璞长篇小说〈西征记〉》，《扬子江评论》2010年第1期。

② 黄修己：《对“战争文学”的反思》，《河北学刊》2005年第5期。

的中华民族，为什么同仇敌忾、戮力杀敌？为什么“地不分南北，人不分老幼”顽强抵抗，这就需要作家去揭示中华民族的人性之光、人性之善。而作家的使命，就像威廉·福克纳（William Faulkner）说的：“人类之所以永生，不仅仅因为他是各种动物中惟一能够永不疲倦地说话，而是因为他有思想，有一种怜悯人、能作出牺牲、能忍耐的精神。诗人和作家的责任就是要去描写这些东西。”①在西南联大的文学书写中，无论是杜运燮在《滇缅公路》中对滇西各族人民修筑公路的歌颂，还是陈达在《浪迹十年》中对长沙人力车夫的担忧，都体现了作家的人文关怀和悲悯之心。2017 年，海男在《梦书：西南联大》里写到主人公苏修和马锅头任小二在缅甸曼德勒的初次相逢，但是让苏修没有想到的是，他们在很短的时间里再次相逢：

> 这是我未曾意料到的一场相遇，在缅北的一座被群山包围的小镇上，我们幸运地遇到了来自中国云南高黎贡山脚下的马锅头任小二，很快就得到了他的支持，就这样，我们从它的马队中挑选了两匹高大的骏马……任小二笑了，随后又严肃认真地说道：“妹子，我们都是中国人，日本人就要打到我们的故乡了，这两匹马就作为是我捐献给中国远征军的交通工具，遇到危难时，就请它们为你们服务吧。”②

战争是人类毁灭性的灾难，是人类活动中最残酷、最悲壮的行为。如果一个作家、诗人不能用文学作品来对战争中的人类和人性进行观照，反而在作品中刻意渲染民族仇杀和战争罪行，这样的作品是没有实际价值的。真正有良知、有担当的作家和诗人，他们应该自觉关心、关注人类和人性，在文学作品中呈现出来，这才是作家、诗人的天职和使命。在这样的意义上，海男对战争的认知或者说人性的关注，立足于对战争中人性的开掘与表现。《梦书：西南联

---

① ［美］威廉·福克纳：《威廉·福克纳诺贝尔奖获奖演说》，顾飞荣、曹新宇、施桂珍编著：《诺贝尔奖获奖者演说名篇》，世界图书出版公司 2002 年版，第 67 页。

② 海男：《梦书：西南联大》，安徽文艺出版社 2017 年版，第 204—205 页。

大》里的马锅头任小二，看似与苏修毫不经意的相遇，却使他进入作品的叙述，而他对中国远征军的“捐献”，充分体现任小二身上的品质，以及人性的美好与崇高。因此，作品写到苏修撤退回国，与任小二在高黎贡山下再次相遇，任小二又给予苏修帮助。可以说，在残酷的战争中，人性与人情、善良与美好都会经历考验，但是海男对马锅头任小二的描绘，发掘出普通人的人性之善，尽显了作家对人性的关注和重视。

第五章　西南联大文学书写的价值和意义

2017年1月24日,李克强总理在考察西南联大旧址时指出:“在极端艰难困苦中弦歌不辍,大师辈出,赓续了我们民族的文化血脉,保存了知识和文明的火种。这不仅是中国教育史上的奇迹,也是世界教育史上的奇迹……在国家民族最危亡的时刻,联大师生展现了我们民族最宝贵的品格,传承了民族精神和血脉,这都是我们今天最宝贵的财富。”①在强敌入侵、风雨如晦的战争年代,西南联大为中华民族培养了一大批重要的人才,这些人才在抗战时期和中华人民共和国成立后都在不同岗位上发挥了积极的作用。实践证明,西南联大创造了中国高等教育史上的办学奇迹,而所谓的奇迹,无非就是对稀见事物的称谓,但奇迹的出现也不是偶然,是20世纪中国知识分子的使命和情怀使然。因此,不同的作家、诗人和学者以西南联大为主题,建构了西南联大的文学书写。在他们的文学书写里,西南联大以不同的形象出现,其间经历了不同阶段的发展和不同内容的呈现,再现了西南联大的复杂性和多面性,也对西南联大的历史、人事和记忆做了充分的发掘和描绘,赋予了西南联大以主题学的重要意义。

---

① 杨芳:《李克强“回”到西南联大:保存了知识和文明的火种》,人民网,http://politics.people.com.cn/n1/2017/0125/c1001-29049508.html。

在 80 多年的西南联大的文学书写中,不同的作家、诗人试图还原或者重现西南联大迁徙离乱的历史,将西南联大师生飘蓬南渡、驻足衡山湘水、笳吹弦诵在昆明、驱除仇寇复校的不同阶段做了历史再现,“痛南渡,辞宫阙。驻衡湘,又离别。更长征,经河泽。望中原,遍洒血。抵绝徼,继讲说。诗书弃,犹有舌。尽笳吹,情弥切。千秋耻,终已雪。”①正如冯友兰阐述的,西南联大谱写了中华民族壮丽激越的悲歌。可以看到,由全面抗战而诞生的西南联大在抗战胜利后结束自己的历史使命,但在暂存的 8 年多时间里,联大因其特殊性和传奇性,成为了众多作家、诗人,甚至学者着力表现的对象或是讲述不同故事的重要源泉,再现了波澜壮阔的往事,也描绘了 20 世纪中国知识分子的精神和品格,将西南联大的精神予以充分揭示。

在一定程度上,西南联大的文学书写不仅体现了历史与现代的交融互动,还体现了个人情怀与集体记忆的想象建构,西南联大“意义怎么估计也不过分——保存学术实力,赓续文化命脉,培养急需人才,开拓内陆空间,更重要的是,表达了一种民族精神以及抗战必胜的坚强信念”②。可以说,不同的作家、诗人和学者通过自己独特的文学创造和努力为西南联大的想象建构作出了新的可能。无论是身在海外的中国作家,还是生活在中国大陆的诗人,他们的作品将西南联大的历史与人事进行了再现和重构,使得西南联大的书写超越了时空、超越了地域而获得相应的文化意义,让西南联大的文学书写成为了独特的文化现象。

作为镜像的西南联大是历史的存在,也承载着历史的建构和叙述,“任何历史研究或评价都是为了寻求对象的当代意义,历史价值通过当代人的阐释

---

① 西南联合大学北京校友会编:《国立西南联合大学校史——一九三七至一九四六年的北大、清华、南开》,北京大学出版社 2006 年版,第 74 页。

② 陈平原:《绪言:炸弹下长大的中国大学》,《抗战烽火中的中国大学》,北京大学出版社 2015 年版,第 6 页。

而获得重新定位,并对当代人的存在产生影响”①。也就是说,以西南联大作为表现的对象,将西南联大在抗战时期的生存、抗争和发展的历史与人事进行描写、刻画,诞生了一批载入史册的文学作品。因此,西南联大作为抗日战争时期的特殊产物,在中国高等教育发展史上具有重要的意义,但是,今天若试图重建西南联大或者恢复西南联大,人为地制造西南联大神话,这是不可取的,也是不现实的。在西南联大的文学书写中,一些作家对西南联大的追忆或缅怀,一些作家对西南联大的困惑与怨怼,都会让人们看到真实的、具象的西南联大。在众声喧哗的时代,单凭情感而不依靠理智,对西南联大高唱颂歌或者特立独行,不能给予客观、公正的审视,无助于推动西南联大的研究和书写,也不利于再现本质的、历史的西南联大。

第一节 历史价值

1946 年,胡适在西南联大九周年校庆纪念会上说:“这段光荣的历史,不但是联大值得纪念,在世界教育史上也值得纪念。”②在抗战烽火中,西南联大师生经历大规模的长途跋涉,饱受惨无人道的轰炸,苦熬战时的饥饿贫困,但是他们没有被困难所压垮,而是在逆境中得到生存和发展。在 8 年多的时间里,西南联大师生在战争中经受着各种各样的考验,他们用自己的勤劳、智慧和力量,编织了多姿多彩的生命历程。因此,西南联大的历史,是中华民族反抗侵略、走向独立的历史,也是 20 世纪中国知识分子的心灵史和奋斗史,在自力更生、艰苦奋斗的基础上,他们展现了刚毅坚卓、弦歌不辍的西南联大精神。

① 吕钦文:《把历史价值转换为当代意义——〈惯性的终结:鲁迅文化选择的历史价值〉述评》,《文艺争鸣》2000 年第 3 期。

② 《梅贻琦、黄子坚、胡适在联大校庆九周年纪念会上的讲话摘要》,西南联合大学北京校友会编:《笳吹弦诵在春城——回忆西南联大》,云南人民出版社、北京大学出版社 1986 年版,第 514 页。

西南联大在抗日战争时期的历史发展，反映了西南联大师生在争取民族独立、自由的道路上的坚忍不拔的奋斗，表明了中华民族有自立于世界民族之林的精神和品质。

首先，再现波澜壮阔的西南联大历史。诞生于战争期间的西南联大，让北大、清华和南开三校师生离开北平、天津等地迁徙南渡，先到长沙、衡山再到边陲昆明、蒙自，他们跨越千山万水的跋涉，还要躲避日军的轰炸封锁，但是他们没有畏惧和退缩，而是坚持到抗战胜利，振奋了西南联大师生和中华民族的信心。因此，众多的作家在小说中再现了西南联大的历史和生活。在这些作品中，他们采用不同的叙事视角，一方面再现了西南联大历史的"真实"，另一方面从集体记忆中形成了独特的虚构想象，建构了鲜明的西南联大形象。鹿桥的《未央歌》以西南联大和昆明作为写作背景，对西南联大美丽的、理想的、永恒的生活加以呈现，重现了西南联大唯美的、浪漫的、自由的学生生活，正如研究者认为的，《未央歌》"写的是抗战时期一九四〇年至一九四三年，在昆明西南联合大学念书的一群学生的生活"①。可以说，《未央歌》着墨的重点并不在于慷慨激昂的抗战情绪的表达，或者说抗战艰苦生存的写实，而是用心用情写出了西南联大的生活和历史。如作品里写到西南联大师生在战争时期遇到的"跑警报"：

> 这天警报发出时正是上午九点多钟的光景，是大家早饭时候，吓得多少人饭也不敢吃，东西也不及拿，慌慌地彼此拖拉着跑。一路上皆是行色仓惶，扶老携幼的百姓，尘土带起多高，个个面目愁苦不堪，看去煞是可怜。②

在艰苦的战争时期，"跑警报"成为了西南联大师生日常生活的重要内容，也成为以西南联大为对象的小说中表现的历史现实。在"跑警报"的过程

---

① 杨照：《青春如斯的有情世界》（导读序），鹿桥：《未央歌》，台湾商务印书馆股份有限公司2018年版，第2页。

② 鹿桥：《未央歌》，台湾商务印书馆股份有限公司2018年版，第16—17页。

中,有的仓皇出逃,有的从容不迫,西南联大师生或以读书教学,或以闲聊讨论度过“跑警报”的时间,在他们熟悉了日寇的轰炸后,显得从容应对,不再仓皇失措。因此,敌人的频繁轰炸不但没有吓倒西南联大的师生,反而使他们更加清醒的认识到读书治学的重要性,产生了更加强烈的抗战到底的信心和勇气,表现了西南联大师生坚忍不拔的意志和品质。可以说,《未央歌》虽然是以“情调和风格”见长的作品,但是写作的还是西南联大的历史和生活,对西南联大和昆明市民“跑警报”的情景进行了描绘,让读者看到了战争时期的日常生活和现实图景。

在其他的文学作品中,同样有对西南联大历史的描述和记载。在作品里,无论是事后回忆,还是当时记录或是虚构想象,西南联大的历史在不同作家、诗人的笔下都呈现出波澜壮阔的面貌,对于当代读者触摸历史,回到现场,具有重要的现实价值。如社会学家陈达在《浪迹十年》里记录了抗战时期的经历,写到在迁徙过程中不辞辛苦、栉风沐雨的生活,也写到艰难跋涉中见闻的生死:

> 友好即约余沿车站散步,并述两日前敌机轰炸车站事,某君曰:“当时敌机下弹两枚,我见黑物,慢慢自机身下坠。站边有一家正办喜事,新郎新娘俱被炸死。”车站未被炸,但近旁民房中弹者甚多。余见一坑,深约一丈,圆径逾二丈,是余第一次看见炸弹的破坏工作。①

1945 年 8 月,作为学者的陈达将他的笔记整理成《浪迹十年》出版,将其分成《行旅记闻》和《联大琐记》。前者是他在广东、福建和泰国、苏联等地社会调查和旅行的记录;后者讲述他自北平到长沙,再到昆明的经历和工作情况。因此,《浪迹十年》全面记录了当时的社会生活和历史场景,是当代读者深入了解抗战时期历史和社会学研究的重要文献。对于作品,吕文浩认为:

① 陈达:《浪迹十年之联大琐记》,商务印书馆 2013 年版,第 15 页。

“它比传统笔记高明的地方在于，它是以社会学眼光观察、记述和解释的，科学性和可信度远非前者可比。”①因而《浪迹十年》对于现实的关注和历史事实的描述，都体现了学者的严谨和理性，对流亡途中的所见所闻有真实的记录，也再现了西南联大师生流亡迁徙的现实处境。

此外，在钱能欣的《西南三千五百里》、刘兆吉的《西南采风录》和余道南的《三校西迁日记》、吴征镒的《长征日记——由长沙到昆明》等作品中，都写到了“湘黔滇旅行团”。这个由 11 位教师和 200 多位学生组成的旅行团，他们翻过雪峰山、武陵山、乌蒙山等山岭，跨过湘江、沅水、盘江等河流，沿途经过西苗、木老、侗家等少数民族地区，感知各少数民族的风情民俗，也目睹了他们生活的贫寒苦痛，其间可谓备尝艰辛。但是，正是“湘黔滇旅行团”的“三千五百里”长征，让“这群青年再也不会觉得祖国和人民是遥不可及的抽象概念了。在这六十八天里，他们经过了中国二十八个省中的三个省，深刻地认识到祖国幅员之辽阔，并意识到中国现代的沿海城市与落后的内陆地区在时间、空间和思想观念上存在着惊人的差距”②。因此，这种经历既是历史事实，也是文学对象，更是精神体现，不同的创作者在作品里都真实地描述了 20 世纪中国知识分子在战争时期的生命历程。这种长途跋涉的磨砺，不仅使西南联大的学生增长了见识，也磨炼了他们的意志，更增强了他们对生活的理解和苦难中国的认识，对他们的成长产生了难以磨灭的影响。到抗战胜利，一批联大毕业生远赴海外留学，虽百折而不悔，取得学位毅然回到祖国参加新中国的建设。因此，在这些知识青年的作品中，作者的描述清新生动，极具现实性，不仅清晰地记录了“湘黔滇旅行团”离乱西迁的壮举，而且再现了西南联大波澜壮阔的历史。

其次，深刻表现 20 世纪中国知识分子的风貌。在一定程度上，西南联大

① 吕文浩：《〈浪迹十年〉：社会学家陈达的笔记体著述》，《团结报》2017 年 7 月 20 日。

② ［美］易社强：《战争与革命中的西南联大》，饶佳荣译，九州出版社 2012 年版，第 47—48 页。

的知识分子是20世纪中国知识分子的缩影,“在国家面临危亡的历史时刻,那些教授身上表现出的吃苦耐劳、团结合作精神,实为中国现代知识分子的楷模”①。在西南联大知识分子身上,体现了20世纪中国知识分子的学术抱负、社会责任、家国情怀和远大志向,他们埋首学术、潜心育人,笃定心志、共赴国难,为民族文化复兴和高等教育发展作出了不朽的贡献。在特殊的战争年代,一大批中国最优秀的知识分子汇聚在昆明的西南联大,他们在不同的研究领域取得了卓越的成就②,成为了20世纪中国知识分子学术报国的典范。宗璞的《野葫芦引》是20世纪中国知识分子在国破家亡的时刻,坚守节操、不辱使命的精神写照,作品集中对20世纪的中国知识分子进行了全面刻画,塑造了吕清非、孟樾、澹台玮等三代知识分子的形象,他们在战争期间与国家和民族生死与共、肝胆相照,展现了中国知识分子的气节和操守。如作品里写到孟樾对中国历史和传统文化的认识:

> 弗之笑道,“只是这枪口是向内的。我们真的秘密武器是中华民族不屈不挠的精神。只管向前,永不停止,御外侮,克强敌,不断奋斗,是我们的历史。《易经》上乾、坤两卦的象传,有两句话:天行健君子以自强不息;地势坤君子以厚德载物。这是对乾、坤两卦的一种解说词,也是古人的人格理想。君子要像天一样永远向前行走,像地一样承载一切、包容一切。”③

作为20世纪三四十年代自由主义知识分子的代表,孟樾一方面保留着中国传统知识分子坚贞诚信的品格,另一方面以更加积极的态度应对国难,以强烈的责任感和爱国实践,坚定国民抵抗日本侵略者的信心。在他看来,只要中华文化不亡,国家就不会灭亡。因此,中国知识分子的责任和使命,就是在民族危亡的时刻,为祖国培养新生力量,传承民族优秀文化。可以说,对于这位

---

① 谢泳:《西南联大与中国现代知识分子》,福建教育出版社2009年版,第4页。
② 参见杨绍军:《西南联大与抗战时期学术发展》,《学术探索》2017年第1期。
③ 宗璞:《东藏记》,人民文学出版社2005年版,第23页。

研究中国历史的知识分子，宗璞以深沉、内敛、含蓄的笔法，对孟樾的家国情怀和社会责任予以揭示，将知识分子的精神和品格刻画出来。同时，在《西征记》里，“宗璞用力最多，读后给读者留下印象最深的两位人物形象，还是同时作为小说艺术聚焦点存在的主人公玮和嵋”①。作为明仑大学的青年学生，澹台玮本可以留在学校里继续读书，但是“This is your war”（这是你的战争）的呼唤，促使年轻的知识分子无法回避，老师萧先生和深爱他的殷大士的阻拦都没能阻止他投笔从戎、报效祖国的步伐，他毅然决然地踏上抵抗侵略的前线，最终献出年轻的宝贵生命。在《野葫芦引》里，宗璞塑造了众多的知识分子形象，这些人物形象生动、性格鲜明，在他们身上映现了20世纪中国知识分子的生命和生活，以及爱国情怀——在各自的工作和岗位上以不同的形式报效祖国，体现了作者对知识分子在民族危难之际所扮演角色的深沉思考和宏观审视，因而这部作品享有“史诗性”的声誉。

众所周知，中国新文学起源于现代大学。同样，西南联大与中国现当代文学发展有着重要的关系。对此，谢泳曾经说过：“西南联大在中国现代史上的意义正在被越来越多的人所认识，同样她对中国现当代文学的贡献也将受到客观而公正的评价。”②西南联大对中国现当代文学的贡献，主要体现在汪曾祺、穆旦、郑敏和杜运燮等的创作上，他们的作品证明了西南联大是中国现当代作家、诗人的摇篮，也是中国现当代文学发展的重要基地。其中，汪曾祺对西南联大知识分子和昆明生活的反复追忆，将20世纪中国知识分子的书写带到新的高度，也将西南联大知识分子形象留在中国当代文学的形象谱系中。对西南联大知识分子的描绘，汪曾祺始于《沈从文和他的〈边城〉》（1980），到《梦见了沈从文先生》（1997）结束。如在《金岳霖先生》里，他写道：

西南联大有许多很有趣的教授，金岳霖先生是其中的一位。金

① 王春林：《一部感人肺腑、荡气回肠的精神史诗——评宗璞长篇小说〈西征记〉》，《扬子江评论》2010年第1期。

② 谢泳：《西南联大与中国现代知识分子》，福建教育出版社2009年版，第88页。

先生是我的老师沈从文先生的好朋友。沈先生当面和背后都称他为“老金”。大概时常来往的熟朋友都这样称呼他。关于金先生的事，有一些是沈先生告诉我的。①

1980年，作为老作家的汪曾祺“复出”，此后，他创作的许多作品都是对西南联大知识分子学院生活和精神风貌的摹写。在这些作品中，西南联大的老师和同学在他的散文里反复出现，如他对老师沈从文先生的回忆，粗略统计有18篇，是最多的、也是最重要的，“80—90年代汪曾祺不断回忆沈从文，并非实用主义的借鉴或挟师自重，而是一个作家对另一个作家由衷的赞叹和朴素的感恩”②。由此不难看到，汪曾祺与作为知识分子的沈从文的关系非同一般，他们相知甚久，感情深厚，亦师亦友，成为20世纪中国知识分子交流交往的美谈。同时，在西南联大的知识分子中，让汪曾祺感念不已的不止沈从文，还有闻一多、金岳霖等，他们不仅成为汪曾祺创作的重要源泉，而且对汪曾祺的生活也产生了深远影响。汪曾祺画画、吃酒、品茗、听戏和创作，乃至“名士风范”，都有西南联大知识分子的身影。

此外，在冯至的《昆明往事》、陈岱孙的《往事偶记》、钱穆的《师友杂忆》、赵瑞蕻的《离乱弦歌忆旧游》、许渊冲的《追忆逝水年华》、何兆武的《上学记》、刘绪贻的《箫声剑影：刘绪贻口述自传》、任继愈的《自由与包容：西南联大人和事》和海男的《穿越西南联大挽歌》等作品中，都有西南联大知识分子的书写或刻画，真实地记录了20世纪中国知识分子的生活感悟、心灵体验和生命历程。这些作品以追忆的方式再现了民族记忆，也将作者自身或者他人的风采描绘出来，让读者肃然起敬，成为“有情怀”的追忆性作品。

再次，想象建构西南联大精神和品格。不可否认，西南联大精神是在严酷的战争环境下多重矛盾和冲突中不断产生和延续的，也正是多重的矛盾和冲突使其得以不断突显，成为了中国的“教育之镜”。可以说，不论是“刚毅坚

---

① 汪曾祺：《汪曾祺全集》（四），北京师范大学出版社1998年版，第143页。

② 郜元宝：《汪曾祺论》，《文艺争鸣》2009年第8期。

卓”“弦歌不辍”，或是“爱国民主”“科学人文”，还是“自由独立”“兼并包容”等抽象的价值理念都不足以完全表达西南联大的精神和品格，正如研究者所说：“联大学人在怀想西南联大时，往往是通过联大教授的个人风格和逸闻趣事来展现其性格，进而升华为联大精神的，这也是联大精神与教授群体文化性格存在内在关联的一个佐证。”①确实如此，西南联大教授群体作为高等教育的倡导者、实践者，他们所秉持的教育理念和价值追求对西南联大在战争时期的弦歌不辍起到了重要的作用。因此，不同的写作者对西南联大精神和风格的想象建构，都是以西南联大知识分子或者说各位教授的日常生活、逸闻趣事来展现的。如翻译家许渊冲对闻一多讲唐诗的回忆：

> 听闻先生讲唐诗是六十年前的往事，当时没有作笔记，现在恐怕记得不准确了，仿佛是闻先生说的：五言绝句是唐诗中的精品，二十个字就是二十个仙人，容不得一个滥竽充数的，看看《登鹳雀楼》，就可以知道此言不假，到了今天，如果要用自由诗来表现唐诗的宏伟气魄，那就要找特技演员来做替身了。②

在民族生死危亡的时刻，西南联大知识分子对国家和民族的前途、命运充满关注和忧虑，他们都背负着家国之恨、离乱之苦，离开沦陷区到边地云南，因而都有高度的行动自觉，联大的教师以教书育人为己任，积极为国家培养人才；联大的学生刻苦钻研，以便更好为国家服务。在他们的身上，传统知识分子的使命意识和责任意识表现得淋漓尽致，他们没有逃避现实或者沉湎于故纸堆，而是着力进行文化抗战、学术报国，如新月派著名诗人闻一多就从早期的唯美主义者转变为心忧国家的现实主义者，在对传统诗学的反思中提出了新的见解，认为“五言绝句是唐诗中的精品”。正是在对中国传统诗学进行反思后，他转而认同诗歌的社会功能，抛弃过去“唯美化”的艺术追求，期待更多的“时代的鼓手”出现。由此不难看到，在闻一多这样的知识分子身上，不仅

---

① 施要威：《西南联大教授群体的文化性格与联大精神》，《高等教育研究》2017 年第 3 期。

② 许渊冲：《续忆逝水年华》，湖北人民出版社 2008 年版，第 134 页。

有求真求实的精神，而且还有强烈的自我批判精神。

正如任继愈在《自由与包容：西南联大人和事》里所深刻揭示的，“自由与包容”不仅体现了西南联大的精神，同样体现了西南联大的品格。由北大、清华和南开联合组成的西南联大，三校各具特色，也有不同的传统和风格，但是与同期组成的西北联大①相比，西南联大在自由与包容的精神下仍然弦歌不辍，坚持与抗战相始终。可以说，自由与包容是西南联大成功的重要因素和历史经验。对此，冯友兰在《国立西南联合大学纪念碑》里写道：“同无妨异，异不害同，五色交辉，相得益彰；八音合奏，终和且平。”②这种自由和包容的氛围，让西南联大个性相异的教师和谐相处、共克时艰，对于他们的学生同样产生了深远的影响。作为学生的何兆武在晚年回忆西南联大的同窗时说：

> 殷福生研究生没念完就从军了。战后我听说，他接了陶希圣的手，任《中央日报》主笔或代总主笔。那就相当于我们《人民日报》的总编了，不但是笔杆子，还是理论家。可出人意料的是，殷福生到了台湾以后改名叫“殷海光”，走的却是胡适那条路，反对国民党，成了自由主义的一面旗帜，是台湾青年知识分子的精神导师。③

在西南联大期间，殷海光是金岳霖的学生，无论是在自由主义因素的承袭、逻辑和经验哲学的秉授，还是在独立进取风范的陶冶和理想道德人格的成就上，金岳霖都对殷海光产生了极为深刻的影响。在20世纪五六十年代的台湾，殷海光是最有影响的知识分子，他反抗专制统治，追求民主自由，致力思想启蒙，成为当时台湾知识界的一面旗帜，“由于他的思想著作具有强烈的启蒙

---

① 1937年9月10日，国民政府教育部令：“以北平大学、北平师范大学、北洋工学院和北平研究院为基干，设立西安临时大学。”1938年4月3日，国立西安临时大学改名国立西北联合大学，在陕西汉中；1939年8月，西北联大解体，不复存在。参见张在军：《西北联大》，金城出版社2017年版。

② 北京大学、清华大学、南开大学、云南师范大学编：《国立西南联合大学史料》（总览卷），云南教育出版社1998年版，第284页。

③ 何兆武口述，文靖执笔：《上学记》（增订本），人民文学出版社2016年版，第223页。

涵意，也因为他个人突出表现了读书人对抗统治者的凛凛风骨，殷先生赢得了许多人的尊敬”①。可以说，殷海光在西南联大秉承金岳霖的自由主义思想，同时由于其强烈的道德热情和深切的现实关怀，使他毕生为自由主义理想奋斗，彰显了中国知识分子的独立品格。正是通过金岳霖及其弟子殷海光等的努力，20世纪中国知识分子所醉心的自由主义理想，才能够维系下来。在这样的意义上说，西南联大知识分子的自由和包容具有重要的意义。

在以西南联大为主题的文学作品中，对西南联大精神和品格所进行的想象建构非常丰富，无论是汪曾祺的《西南联大中文系》《吴雨僧先生二三事》等散文，还是宗璞的《南渡记》《东藏记》等小说，以及岳南的《南渡北归》、章玉政的《狂人刘文典：远去的国学大师及其时代》等纪实性作品，都对西南联大师生身处逆境而弦歌不辍，坚忍不拔而济世救国的情怀作了不同的描写，全面刻画了西南联大知识分子的精神和品格。

第二节　文化意义

在谈到对西南联大的研究时，易社强说过：“1973年，我被西南联大壮怀激烈的故事所吸引，开始研究这所大学。在西南联大……对这所大学了解越深，我越意识到，联大人的思想与性情具有无与伦比的人性魅力。”②对于研究者和读者来说，西南联大既是历史故事，也是文化氛围，更是精神传承，在中国现代史、文化史和思想史上占有重要的位置。如今，西南联大已经成为历史的背影，但自其诞生以来的80多年间，西南联大知识分子以坚毅人格担当历史使命，以家国情怀托举民族复兴的伟大壮举，感染了不同时代的知识分子，成为了独特的西南联大现象。这种现象不仅推动了海内外的西南联大热，也促

① 钱永祥：《从殷海光先生的思想特色谈自由主义的政治性格》，张斌峰、王中江编：《西方现代自由与中国古典传统》，湖北人民出版社2000年版，第16—17页。

② ［美］易社强：《战争与革命中的西南联大》，饶佳荣译，九州出版社2012年版，第3页。

生了知识界的“西南联大神话”。

首先,建构西南联大的文化形象。在对西南联大进行书写的过程中,不同时代的作家、诗人建构了两个“西南联大”形象:一个是作为抗战时期著名高校的西南联大;另一个是文化意义上的西南联大。作为后者的西南联大是怎样被建构的,或者是如何建构的,这是值得讨论的问题。事实上,西南联大自诞生以来,就成为了西南联大师生和后来的作家、诗人心中的精神净土,见诸文学书写,则是西南联大的艺术化与西南联大形象的审美化。在对西南联大的书写中,西南联大是中国现代大学的高峰,也是中国现代思想、教育和文化的象征,更是知识分子自由精神之所在。对此,陈平原说过:“没能像西南联大等中国大学那样,不但未被战火摧毁,还在发展壮大的同时,催生出中国美好的‘故事’与‘传说’。”①确实,西南联大作为众多知识分子汇聚的高校,构成了战时知识分子文化精神活动的场所。来自北大、清华和南开的专家学者在西南联大的教学科研,不仅仅是他们的职业行为,与职业行为有关的其他文化活动,同样构成了文化意义上的西南联大。浦薛凤在谈到好友钱端升的战时生活时说:

> 端升极有学问,中英文俱佳……近来与我谈话,总是提到积极乐观。其诚挚态度颇有古人风。予谓希望是希望,推测是推测,一基情感,一本理智。若以希望攙入推测之中,尤其是故意为之,此乃对外或对民众宣传。非智识领袖关起门来讨论研究,或知己朋友彻底交换之应有态度,伊亦无辞驳我。但所谓与其烦闷痛苦,不如达观壮气,则寓有健全人生哲学在焉。②

可以说,在“连天烽火”的现实处境中,西南联大坚持“笳吹弦诵在春城”,这是西南联大知识分子对抗厄运、坚定胜利的坚强信念。他们飘蓬南渡、离乱

① 陈平原:《绪言:炸弹下长大的中国大学》,《抗战烽火中的中国大学》,北京大学出版社2015年版,第5页。

② 浦薛凤:《浦薛凤回忆录·太虚空里一游尘》(中),黄山书社2009年版,第172页。

迁徙,使他们对国家的情形有较真切的了解,同时知识分子秉持的家国情怀让他们对战时生活充满乐观。在昆明,这些现代知识分子读书教学、撰写论著、兴办刊物、写诗唱酬、品茗听戏等,使边城昆明成为了抗战时期重要的文化重镇。在艰苦的战争岁月,西南联大知识分子除应对频繁的轰炸外,还要面对物质生活的匮乏,但是他们将人生忧患与文化生活结合起来,引领和活跃了战时昆明的文坛和文化活动。①

在一定意义上,作为地理和文化意义上的边城昆明,是经过明初的大规模移民逐步发展起来的,到抗战全面爆发前虽有一定程度的兴盛,但尚未真正"内地化","即由独立隔离状态转变为与内地完全一致而成为中国不可分的一部之局面"②,但是西南联大师生的到来,彻底改变了昆明的文化地位和文化氛围,昆明的风景名胜、民风民俗和社会现实成为西南联大师生抒写的重要内容,"文学中的昆明"呼之欲出。其中,蒋梦麟写于昆明的回忆录《西潮》,用敏锐的观察、优美的文字对昆明的自然气候作了生动的描述:

> 昆明的气候非常理想,它位于半热带,海拔约六千呎,整个城市有点像避暑胜地。但是因为它的面积不大,居民并不认为它是避暑胜地。昆明四季如春,夏季多雨,阵雨刚好冲散夏日的炎暑。其他季节多半有温熙的阳光照耀着农作密茂的田野。③

抗战全面爆发,中国知识界的大批精英随西南联大来到昆明,对昆明社会风气的转变,学术文化的提倡,自由精神的弘扬,起到了重要的推动作用。在某种程度上,作为地域环境的昆明与西南联大密切关联,"对地域性来说,文

① 西南联大有众多的社团、壁报、读书会、讨论会等,他们开展政治、学术、文艺、体育、社会服务等各种活动,抒发爱国热情,交流思想观点,发挥兴趣特长,提高文化素养,锻炼活动能力。如 1939 年 8 月 16 日,曹禺担任联大剧团的导演,孙毓棠任舞台监督,闻一多任服装、布景设计,在新滇大戏院演出《雷雨》,引起昆明轰动。具体参见西南联合大学北京校友会编:《国立西南联合大学校史——一九三七至一九四六年的北大、清华、南开》,北京大学出版社 2006 年版,第 335—336 页。

② 陈友松:《云南教育感言》,《云南日报》1944 年 8 月 14 日。

③ 蒋梦麟:《西潮与新潮——蒋梦麟回忆录》,东方出版社 2006 年版,第 256 页。

学与文化虽然同根而生,但它们之间的差别是深刻而巨大的,然而两者之间,又存在着巨大而深刻的相互关联"①。作为地域的昆明来说,虽然"文学中的昆明"与昆明独特的自然地理环境关联,但是书写昆明的主体却是西南联大师生,他们依赖于生活的体验感悟或者作家的艺术特质,创作了众多的文学作品,建构了昆明的城市形象。在这样的意义上,他们对昆明的文学创作或西南联大师生的文学活动,同样彰显了文化意义上的西南联大。

显然,作为文化空间或地域环境的昆明与西南联大师生的文学书写交织融合,一方面推动了"文学中的昆明"的发展,另一方面建构了西南联大的文化形象。蒋梦麟、沈从文、费孝通、冯至、汪曾祺等在西南联大的生活经历,让他们写下《战时之昆明》《昆明冬景》《在滇池东岸看西山》《一个消逝了的山村》等作品,展示了战时文化中心的昆明。但是,在西南联大知识分子和其他作家、诗人的笔下,西南联大是自由幸福的乐土,师生相濡以沫、平等相待,展现了师生生活的和谐美好。因此,何兆武在《上学记》里动情地说:

> 现在回想起来,我觉得最值得怀念的就是西南联大做学生的那七年了,那是我一生中最惬意的一段好时光。②

从某种意义上说,战时生活是艰难的,也是痛苦的,应该是暗淡的生活和阴郁的文字描述,但是西南联大的战时生活有其丰富性,西南联大师生的生活自信明亮,何兆武的叙述以自由真切的感悟进入后来者的审美视域,成为西南联大文化形象的缩影。在这个充满自由的世界里,不仅有刚毅坚卓、弦歌不辍的精神,还有自由幸福、如沐春风的时光。因此,《上学记》作为20世纪知识分子的心灵史,似乎是讲述作者学生时期的往事,却蕴含着作者对美好岁月的守望。作品里审美化和艺术化的表现,不仅是饱经沧桑的作者的真情流露,更是对西南联大文化形象的理性建构。

---

① 刘勇、李春雨:《京派及地域文学的文化意义》,《陕西师范大学学报》(哲学社会科学版)2010年第5期。

② 何兆武口述,文靖执笔:《上学记》(增订本),人民文学出版社2016年版,第95页。

其次，产生独特的西南联大情结。西南联大作为抗战时期中国文化和教育的重要代表，许多当代作家、诗人对其进行想象建构。在他们的文学作品中，西南联大不仅仅是故事的发生地或者叙述背景，更逐渐演变为文化和教育的象征，成为意蕴丰富的文化符号，因而具有了独特的艺术魅力。正如陈平原所说："'西南联大'之成为热门话题，是最近这十几年的事。最早描述联大生活的书，当属 1946 年西南联大学生出版社刊印的《联大八年》，此后的四十年，几乎没有什么动静。"[①]这种状况持续到 20 世纪 80 年代中期，研究西南联大的著作和反映西南联大的作品不断出现，推动了中国知识界的"大学想象"和"大学叙事"，相应地，西南联大的历史和人事成为了中国学者和知识界的"历史记忆"。对于知识界和教育界来说，人们研究、追忆、纪念西南联大，形成了群体"强烈而无意识的行为"，在某种程度上也就产生了西南联大情结，人们将西南联大视为通才教育的中心、学术报国的典范、理想主义的摇篮、自由思想的象征……凡此种种，对西南联大的历史事实、人物轶事、精神文化等竞相述说，将西南联大的传奇性和浪漫性、民间性和现代性演绎得淋漓尽致，产生了蔚为大观的文学、戏剧和影视作品。可以说，这种集体无意识的行为，再次证明了西南联大情结的存在，也反映在诸多作家、诗人的文学作品中。如当代社会学家刘绪贻在他的自传里说道：

> 人世间有很多事情是很不容易说清楚的。从学习和生活的条件来说，西南联合大学和清华园不能比拟。但是我却认为，我在西南联大度过的两年半，无论是从毕业收获或精神境界来看，都比在清华园更值得，更有意义，更让人留恋。[②]

对于西南联大的追忆，可以是师生之情、同窗之谊，也可以是学校所在、校园生活，这些都是时空变换的个人记忆，但正是这些富有个性色彩的记忆，将

---

① 陈平原：《抗战烽火中的中国大学》，北京大学出版社 2015 年版，第 167 页。

② 刘绪贻口述，余坦坦整理：《箫声剑影：刘绪贻口述自传》，广西师范大学出版社 2010 年版，第 120 页。

青春想象、漂泊生活、离乱弦歌、师生情谊融合杂糅在一起,变成了集体的西南联大情结。因此,西南联大作为刘绪贻的母校,他在西南联大的时间虽然不长,但是联大的老师、同窗,蒙自的咖啡,昆明的山水、呈贡的实地调查……这些西南联大的符号和元素构成了刘绪贻的学生生活,深深地留在他的记忆深处、情感当中,也构成了他的西南联大情结。在对西南联大的追忆中,西南联大被赋予了不同的内涵,超越了寻常的母校意义,从而具有了不同于寻常的艺术魅力,对经历过的西南联大师生或者没有经历战争风雨的民众都产生了强烈的吸引力。

抗战时期,西南联大以壮怀激越的长征拉开帷幕,在昆明坚持数年的刚毅坚卓,最终胜利北归复校。这无疑具有传奇的色彩和颜料,为不同的后来者进行书写提供了素材和源泉,"在抗日战争的硝烟中诞生在大西南的国立西南联合大学(简称西南联大),一共才生存 8 年,宛然'昙花一现',转瞬之间,已成为历史的陈迹。但是它的流风余韵迄未衰歇,它的魅力仍在吸引着千万颗心。现在仍有不少大学生一谈起西南联大,就油然生出一种景仰向往之情"①。不难看出,无论是老师辈的陈达《浪迹十年》、钱穆《师友杂忆》、陈岱孙《往事偶记》、冯友兰《三松堂自序》等,还是学生辈的许渊冲《追忆逝水年华》、赵瑞蕻《离乱弦歌忆旧游》、何炳棣《读史阅世六十年》、何兆武《上学记》等,都可以视作西南联大的"历史记忆"。他们作为西南联大知识分子,在一定程度上毫无疑义地拥有西南联大情结。到 21 世纪,西南联大校友的作家、诗人和学者陆续故去,更为年轻的作家、诗人参与到西南联大"历史记忆"的书写中来,他们同样拥有西南联大情结。如诗人海男创作的《穿越西南联大挽歌》,用抒情史诗完整地表现了西南联大的传奇经历。她用诗人的敏感与激情在作品里写道:

啊,西南联大,在 1939 年 4 月的西南联大校舍落成记中

---

① 刘祚昌:《西南联大忆旧——兼论"西南联大精神"》,《学术界》2000 年第 1 期。

充满着多少辛酸的回忆。啊，这回忆像白发转黑
我披着我的长发飘飘在1938年4月迎来了
我们的西南联大。我的目光晶莹中有泪水
它曾经使我南渡而下，遇见了人生中的大江大河
而如今，我们又迎来了我们的西南联大①

十多年来，西南联大无论是在影视剧和纪录片的拍摄中，还是在文学创作中都成为文化热点，考察这些不同的文本，对于触摸历史、走进联大，揭示叙事与想象的关系，探讨西南联大情结，以及个人与集体、国家的关系都有重要的意义。作为抗战时期的高校，西南联大"既是世界教育史上一段异彩纷呈的华章，也是中华民族复兴路上一座昂然屹立的丰碑，讲述如此波澜壮阔的故事，确实需要兼及'历史、传说与精神'"②。可以说，西南联大承载的不仅是一段波澜壮阔的历史，更是中华民族奋斗精神的重要体现。因此，不同的书写者对西南联大的讲述，会采用不同的叙事视角。在《穿越西南联大挽歌》里，诗人以一个北大女生的视角，对飘蓬南渡、共赴国难、大师传说、跑警报、中国远征军入缅等进行讲述，试图对西南联大的往事进行全景式的展示，以抒情诗的形式创造了人类教育史上的史诗传说。这种对西南联大的讲述，与其说是对中国高等教育大迁徙的艺术表现，毋宁说是对西南联大知识分子的生命吟诵，同样是体现西南联大情结的重要文本。

再次，形成特定的"西南联大现象"。在当代，无论人们承认与否，"西南联大现象"是个不争的事实。对于什么是"西南联大现象"，研究者认为："所谓的'西南联大现象'，可以概括为：在社会环境极为恶劣、物质极度匮乏的条件下，西南联大聚集和造就了一大批学术精英，对社会产生巨大影响的现象。"③在西南联大解散后，联大的师生分布在世界各地，其中有国际知名的学

---

① 海男：《穿越西南联大挽歌》，云南人民出版社2015年版，第37页。
② 陈平原：《抗战烽火中的中国大学》，北京大学出版社2015年版，第15页。
③ 求索：《"西南联大现象"似成绝唱》，《宁波广播电视大学学报》2013年第2期。

者和许多为人类社会作出积极贡献的优秀人才。可供参考的数字是:1948 年中央研究院建立院士制度,首届院士 81 人中曾在西南联大任教者 27 人,占院士总数的 1/3;1955 年中国科学院开始评选学部委员(1994 年改称院士),首届学部委员、哲学社会科学学部委员 61 人中有西南联大师生 11 人,数理化学部委员 48 人中有西南联大师生 27 人,生物地学学部 84 人中有西南联大师生 13 人,技术科学学部 40 人中有西南联大师生 8 人。① 不难发现,在历史与时代的生成空间里,西南联大造就了一大批杰出的人才,可以说是"一代之盛事,旷百世而难遇"。在数十年的时间里,"西南联大现象"受到中国教育界和科技界的广泛关注,许多专家、学者试图对西南联大为什么能汇聚和造就一大批社会精英进行了各种回答。在其中,作为西南联大历史的见证者、实践者的陈岱孙的回答较具代表性,他说:

> 我们不得不把这归功于同学的求知愿望和教职员的敬业精神。而这二者实植根于以爱国主义为动力的双方共同信念和责任感。其一,为联大师生对抗战必胜的信念……其次,是联大师生对国家和民族前途所具有的责任感。②

历史已经证明,西南联大在其存在的 8 年多时间里,不仅在西南边地弦歌不辍,而且在极端艰苦的条件下培养了一大批国内外知名的专家学者和众多建设国家需要的优秀人才。可以说,对"西南联大现象"的探寻,不仅在教育界得到积极回应,而且在科技界也引发了著名的"钱学森之问"③。陈岱孙在《往事偶记》里将西南联大的人才培养归结为:一是抗战必胜的信念;二是联

---

① 西南联合大学北京校友会编:《国立西南联合大学校史——一九三七至一九四六年的北大、清华、南开》,北京大学出版社 2006 年版,第 2 页。

② 陈岱孙:《往事偶记》,商务印书馆 2016 年版,第 108—109 页。

③ 2005 年 7 月 29 日,时任国务院总理温家宝看望住院的钱学森,钱学森进言:"现在中国没有完全发展起来,一个重要原因就是没有一所大学能够按照培养科学技术发明创造人才的模式去办学,没有自己独特的创新的东西,老是'冒'不出杰出人才。这是很大的问题。"后来将"为什么我们的学校总是培养不出杰出的人才"称为"钱学森之问"。

大师生的责任感。这种总结和概括,是对西南联大师生在抗战期间敬业、求知精神的高度凝练,也是作为联大人的陈岱孙对20世纪中国知识分子奋斗、求索的人生的真实体悟。因为,他们心系国运、固守寒窗,在战争的风雨和现实的动荡中取得了辉煌的成就,使西南联大成为中国教育史上的璀璨明珠。

西南联大成为文学书写的传奇,其受人称道的还不只在于其拥有许多大师,更在于其培养了众多的大师。西南联大培养出来的杰出人才不胜枚举,如获得诺贝尔物理学奖的杨振宁、李政道,“两弹元勋”邓稼先,核武器专家朱光亚,半导体专家黄昆,气象学家叶笃正,历史学家何炳棣、刘广京,语言学家张琨、马学良,作家汪曾祺,诗人穆旦、郑敏等。除了培养人才,朱光亚说过:“西南联大师生在科学研究工作上也作出了令人瞩目的成绩,在国内外各类学术期刊上发表论文数百篇,出版了若干有影响的学术专著,而且师生们还结合抗战的需要和社会需要,进行工程技术和其他应用学科的研究,取得了不少成果,为抗战和国家发展作出了贡献。”①因此,在人才培养、科学研究和社会服务上,西南联大都作出了卓越的贡献,成为20世纪中国高校的典范。

20世纪80年代以来,中国作家、学者的回忆录、散文、诗歌和小说里都写到了西南联大的人才培养、科学研究和社会服务,给读者带来相当大的震撼。其中,如沈从文对汪曾祺的文学教育、金岳霖对殷海光的逻辑传授、郑敏对冯至诗歌的领悟……其间不仅有师生情谊,更有传统意味,他们将现代大学的人才培养与传统教学的私塾相授结合在一起,培养出国家需要的杰出人才。1988年,汪曾祺在回忆西南联大中文系时说过:

> 我要不是读了西南联大,也许不会成为一个作家。至少不会成为一个像现在这样的作家。我也许会成为一个画家。如果考不取联大,我准备考当时也在昆明的国立艺专。②

---

① 北京大学、清华大学、南开大学、云南师范大学编:《国立西南联合大学史料》(总览卷),云南教育出版社1998年版,第2页。

② 汪曾祺:《汪曾祺全集》(四),北京师范大学出版社1998年版,第359页。

在西南联大校园,汪曾祺受到中西方文化的熏陶,同时自觉地将传统文化和现代思想、方法结合起来,这为他在抗战时期和新时期的文学创作提供了“文化意义”和“现代思想”。到新时期,汪曾祺写下众多追忆西南联大的散文,回忆联大师友、自由气息、学院生活……这些作品的语言、结构、叙事都给当代文坛带来新的影响和意义,使他成为中国当代文坛上具有特殊地位的作家。作为 20 世纪 40 年代在西南联大崭露头角的汪曾祺,直到 20 世纪 80 年代才重返文坛,他的散文、小说创作不仅具有形式革命的意义,更具有观念革命的意义,而他对西南联大的追忆、写作,其实来源于深切的联大情结以及联大对他的影响。

对于历史记忆,皮埃尔·诺拉说过:“记忆所系之处属于两种领域,一方面引人入胜,一方面也造成复杂性:看似简单却又暧昧不明,看似自然天成却又有人工成分,看似能够以感知的经验立即感受,却又属于极度抽象的建构。”①作为“记忆场”的西南联大,成为了联大人的情感寄托,也成为非联大人的向往之地,他们在一定程度上共同铸造了西南联大情结。但是,这种情结既是物质存在的西南联大,也有象征层面的西南联大,更有功能性质的西南联大和文化意义的西南联大。因此,在联大人和非联大人的笔下或者心中,西南联大是乱世中的奇迹,也是学术自由的殿堂,值得书写和想象建构。

① [法]皮埃尔·诺拉编:《记忆所系之处》,戴丽君译,行人文化实验室 2012 年版,第 26—27 页。

结　　语

1995 年 6 月，陈岱孙在为《国立西南联合大学校史》写序时指出："身处逆境而正义必胜的信念永不动摇；对国家民族前途所具有的高度责任感，曾启发和支撑了抗日战争期间西南联大师生们对敬业、求知的追求。这种精神在任何时代都是可贵的，是特别值得纪念的。"①如今，80 多年过去了，西南联大作为特殊时代的历史产物，在其存在的 8 年多时间里，为中国乃至世界培养了一大批的杰出人才，成为了 20 世纪中国高等教育发展的历史奇迹。在某种程度上，历史造就了一个"前无古人、后无来者"的西南联大，但是，西南联大毕竟已经属于逝去的年代，我们对西南联大的缅怀或者说追忆，需要坚持的是西南联大的精神，而不是企图重建或者神话西南联大。

在 80 多年的时间里，西南联大被反复叙述，在不同时代的作家和作品中得以呈现，其间经历了被发现、被叙述的过程，是个层出不穷、常说常新的话题，经过了西南联大书写的萌发期、勃发期和兴盛期。可以说，80 多年来的西南联大的文学书写蕴含着丰富的主题和内涵，从李广田、浦江清、穆旦、陈达、钱能欣等作品里离乱迁徙的体验，到宗璞、鹿桥、董易、海男等笔下弦歌不辍的书写，再到曾昭抡、罗常培、费孝通、邢公畹等散文游记对边地形象的塑造，以

① 西南联合大学北京校友会编：《国立西南联合大学校史——一九三七至一九四六年的北大、清华、南开》，北京大学出版社 2006 年版，第 2 页。

及作为书写者和被书写者的家国情怀、战争记忆、师生情谊的具体展示。可以说,西南联大的历史和人物形象显现出复杂的世相,这些书写再现了流亡、战争、革命和理想、信念、使命的图景,在历史与现代的交融互动中,不同的作家、诗人和学者的作品对西南联大进行了全面的诠释和展现,催生出了具有思想性、艺术性和时代性的文学作品,为中国现当代文学的发展作出了重要的贡献。

首先,西南联大的文学书写丰富和拓展了20世纪中国知识分子的心路历程。在众多表现西南联大的文学作品中,知识分子在不同时代的作品里都成为了主角,对他们个体和群体的心路历程作了多维度、全方位的呈现和展示。可以说,80多年来的西南联大的文学书写,很多的作品以自传体或者自叙传的形式对西南联大的历史和人事进行了回忆和追忆,如冯友兰《三松堂自序》、钱穆《师友杂忆》、刘培育主编《金岳霖的回忆与回忆金岳霖》、何兆武《上学记》、许渊冲《追忆逝水年华》、赵瑞蕻《离乱弦歌忆旧游》、刘绪贻《箫声剑影:刘绪贻口述自传》等作品,关注的都是20世纪中国的知识分子和经历的社会变迁,以及在不同时代的现实遭遇。从中不难看到,他们对知识学问的追求、奋勇拼搏的精神和使命责任的担当,以及在抗战时期的理想、信念和追求、向往,成为了20世纪中国知识分子的典范。在其他的虚构性作品中,如宗璞的《野葫芦引》系列长篇、鹿桥的《未央歌》、董易的《流星群》、海男的《梦书:西南联大》、岳南的《南渡北归》等作品中,对年轻知识分子和老一辈知识分子形象所做的塑造,对中国知识分子在抗战时期的坚韧和乐观、牺牲和救亡,以及对民族国家的建构、民族振兴的期望、学术报国的实践、求知探索的努力作了全景式的描绘,谱写了20世纪中国知识分子的心路历程。

其次,西南联大的文学书写洋溢和充满了现代主义与现实主义的多重色彩。20世纪以来的中国文学总体呈现出现实主义和现代主义的双峰并峙,西南联大的书写也同样如此。在西南联大校园,以冯至、卞之琳、穆旦、郑敏、杜运燮、赵瑞蕻和周定一等为代表的西南联大诗人群,他们对战争时代国家、民族的生存关怀和个体生命的体验、感悟，以及对战争、死亡的呈现和生命、自然的沉思，表现出了强烈的现代意识。此外，他们在诗作里对意象的经营和语言的革新、探索，推动了中国现代主义诗歌的发展，形成了20世纪中国现代主义诗歌的高峰。在80多年来的西南联大书写中，现实主义写作绵延不绝，宗璞的《野葫芦引》、董易的《流星群》和岳南的《南渡北归》等，都遵循现实主义写作传统，注重历史细节的刻画，塑造了众多形象丰富的典型人物，如《野葫芦引》里的孟樾和孟灵己、《流星群》里的温海绵、《未央歌》里的小童和蔺燕梅等，都是作者着力塑造的主要人物。此外，这些作品中除了现代主义和现实主义写作外，还有浪漫主义的呈现，如海男《穿越西南联大挽歌》和《梦书：西南联大》中对中国远征军的叙述，由于野人山撤退、缅北丛林等异域场景的出现，显现出传奇、浪漫、感伤的色彩。

再次，西南联大的文学书写融合和聚集了传统与现代的深刻思考。中国现当代文学的发展与传统文化有着密切的联系，在西南联大的书写中，许多作家、诗人和学者由于深受传统文化的影响，具有强烈的家国情怀和使命意识，他们不仅在自己的书写和回忆中体现了抗战救国的使命意识，也在创作的人物身上倾注现世人生的关怀以及“理解之同情”。如冯友兰、曾昭抡、邢公畹、任继愈等在作品里对国家、民族的忧患意识和底层民众的关注，继承了中国传统知识分子“哀民生之多艰”的民本情怀，而在曾昭抡、罗常培、费孝通、钱能欣等的游记中，他们对自然山水、民俗风情的展示，同样可以看到古代游记文学的影响。在另外的层面上，西南联大作为重要的历史事件或者文化符码，对理解现代化进程中国家、民族与个人的关系，以及现代的思想意识有着重要的意义。因此，在沈从文、宗璞、海男、董易、浦薛凤、汪曾祺等的作品中，他们以现代人的思想意识，思考生命与本体的困惑、聚焦外在与内心的冲突，思考人与社会、人与人之间的关系，对西南联大历史的丰富性和复杂性进行了充分揭示，同时鹿桥、汪曾祺、穆旦、赵瑞蕻、杜运燮、周定一等作家、诗人和学者吸收了新的文学观念和新的艺术表现、语言技巧、形式探索，对他们的作品进行了现代性的艺术表达,突破了传统的窠臼,树立了新的范式。

最后,西南联大的文学书写混合着完美甚至理想的故事呈现和某些有争议的情节描绘。众多以西南联大为题材或者以西南联大为背景的书写中,并非都像鹿桥《未央歌》里呈现的“青春未央”,西南联大被描绘成青春诗意般的美好校园和世界、现实社会中的理想乌托邦①,也并非像海男《梦书:西南联大》里表现的“教育遗梦”,西南联大被叙述成造就教育梦想的理想之地、青年学子探索生命意义的灵魂驿站和名家大师在西南高原的传奇交响舞台,以及如赵瑞蕻、许渊冲、宗璞、汪曾祺、冯至、浦江清等作家、诗人和学者想象建构的西南联大,其间充满着苦难、悲壮、理想、信仰的多重镜像。实际上,西南联大作为战争时期的高等学府,其具有典型性、代表性,同时在某种程度上还映照了20世纪中国知识分子的生命历程,但是西南联大也有多重的世相和复杂的人事。如浦薛凤回忆录里有对云南不良陋习的描述,何兆武《上学记》里对西南联大学人的评价曾一度引发论争。可以说,西南联大被以不同的视角和叙事模式进行想象建构,也在一定程度上显现了复杂的、丰富的西南联大。

总之,西南联大的文学书写是文学与历史的融合互动,其间有飘蓬南渡、离乱迁徙、弦歌不辍、边地形象、家国情怀、战争记忆、师生情谊、使命责任的表达,也有浪漫性、传奇性和民间性、现代性的勾连。在不同的时代,中国现当代作家对西南联大的书写,使得这所具有传奇性或者被神话的高等学府成为了中国历史上的“另类”大学,也必将以“镜像”的方式作为中国高等教育发展的参照物存在。在灾难深重的岁月,西南联大师生以生命践行的内地之旅成就他们体验自由或独立、高贵或卑微、牺牲或苟全的生命历程;在边地云南,他们为了文化传承、人才培养和文化复兴的使命,在象牙塔里弦歌不辍、箭吹弦诵,

① 如西南联大学生熊德基就认为:西南联大“绝不是如小说《未央歌》所反映的那种安乐窝或世外桃源。虽然小说中描绘的昆明风土人情,有其符合真实之处,但书中的人物在联大师生中只能代表极少数,并不具有典型意义。这部小说曾在台湾和海外青年学生中风靡一时,实际上没有写出那个时代的真实情况”。具体参见熊德基:《我在联大从事党的地下工作的回忆》,《云南文史资料选辑》第34辑,云南人民出版社1988年版,第364—365页。

描绘了20世纪中国历史上最为悲壮的现实图景。在今天,西南联大知识分子和非西南联大作家、诗人对西南联大的书写已经成为了可贵的文化遗产。一代又一代的作家、诗人和学者对西南联大的想象建构,是为了将中华民族在艰难困苦时刻体现出来的民族精神、高尚思想和人格风范传承下来。因此,"想了解联大的渊源,我们至少得回溯到一去不复返的19世纪;想认识联大的遗产,我们得穿越20世纪90年代,进入未知的将来;想体会联大的历史意义,我们得超越中国的疆界,探讨更深广的跨文化问题"①。在某种意义上,西南联大不是神话,西南联大又是神话。任何试图重建西南联大或者恢复西南联大的想法,显然是在用心谋划可笑的事件。西南联大作为特殊时代的产物,没有可复制性,也没有批量生产的可能。然而,在一个民族需要精神的时代,西南联大不应该被遗忘;在一个民族需要奋进的时代,西南联大仍需要被铭记。在今天,西南联大不可能提供解决中国高等教育发展的所有答案,也不可能回答中国社会发展中的诸多问题,但是,西南联大给予当代社会诸多的影响和启示,需要引起人们更多的关注和重视。因而对于西南联大的书写,不论以何种形式和方式,都将会在中国的土地上延续和承传。

① [美]易社强:《战争与革命中的西南联大》,饶佳荣译,九州出版社2012年版,第323页。

参考文献

（一）文学作品

艾芜:《艾芜文集》(第1卷),四川人民出版社1981年版。

北京大学校友联络处编:《笳吹弦诵情弥切——国立西南联合大学五十周年纪念文集》,中国文史出版社1988年版。

陈达:《浪迹十年之联大琐记》,商务印书馆2013年版。

陈岱孙:《往事偶记》,商务印书馆2016年版。

董宁文主编:《多彩的旅程——纪念赵瑞蕻专辑》,《凤凰台报·开卷》特刊,江苏新华印刷厂2001年版。

董易:《流星群》,云南人民出版社2006年版。

杜运燮、张同道编选:《西南联大现代诗钞》,中国文学出版社1997年版。

杜运燮:《杜运燮六十年诗选》,人民文学出版社2000年版。

杜运燮:《晓东街》,《自由论坛·星期增刊》第24期,1945年4月21日。

费孝通:《费孝通文化随笔》,群言出版社2000年版。

冯姚平选编:《冯至美诗美文》,东方出版社2005年版。

冯友兰:《三松堂自序》,东方出版中心2016年版。

冯友兰:《新原人》,生活·读书·新知三联书店2007年版。

冯至:《山水》,国民图书出版社1943年版。

冯至:《文坛边缘随笔》,上海书店出版社1995年版。

海男:《穿越西南联大挽歌》,云南人民出版社2015年版。

海男:《梦书:西南联大》,安徽文艺出版社 2017 年版。

何兆武口述,文靖执笔:《上学记》(增订本),人民文学出版社 2016 年版。

蒋梦麟:《西潮与新潮——蒋梦麟回忆录》,东方出版社 2006 年版。

李光荣编选:《西南联大文学作品选》,人民文学出版社 2011 年版。

刘培育主编:《金岳霖的回忆与回忆金岳霖》,四川教育出版社 1995 年版。

刘绪贻口述,余坦坦整理:《箫声剑影:刘绪贻口述自传》,广西师范大学出版社 2010 年版。

鹿桥:《未央歌》,台湾商务印书馆股份有限公司 2018 年版。

罗常培:《苍洱之间》,黄山书社 2009 年版。

穆旦:《穆旦诗文集》,人民文学出版社 2006 年版。

浦江清:《清华园日记　西行日记》(增补本),生活·读书·新知三联书店 1987 年版。

浦薛凤:《浦薛凤回忆录》,黄山书社 2009 年版。

钱穆:《八十忆双亲　师友杂忆》,生活·读书·新知三联书店 1998 年版。

钱能欣:《西南三千五百里》,商务印书馆 1940 年版。

钱锺书:《写在人生边上》,中国社会科学出版社 1990 年版。

任继愈:《念旧企新:任继愈自述》,人民日报出版社 2011 年版。

任继愈:《自由与包容:西南联大人和事》,江西教育出版社 2017 年版。

任之恭:《一个华裔物理学家的回忆录》,范岱年、范建年、范华译,山西高校联合出版社 1992 年版。

沈从文:《云南看云集》,人民文学出版社 2017 年版。

沈从文:《长河》,江苏人民出版社 2015 年版。

唐湜:《唐湜诗卷》,人民文学出版社 2003 年版。

汪曾祺:《蒲桥集》,作家出版社 1993 年版。

汪曾祺:《汪曾祺全集》,北京师范大学出版社 1998 年版。

王力:《龙虫并雕斋琐语》,中华书局 2015 年版。

王省新编选:《圈外》,华夏出版社 2011 年版。

王佐良:《带一门学问回中国·英国文学的信史王佐良卷》,天津人民出版社 2009 年版。

西南联合大学北京校友会编:《笳吹弦诵在春城——回忆西南联大》,云南人民出版社、北京大学出版社 1986 年版。

邢公畹:《红河之月》,云南人民出版社 2002 年版。

许渊冲:《诗书人生》,百花文艺出版社 2003 年版。

许渊冲:《逝水年华》,生活·读书·新知三联书店 2008 年版。

许渊冲:《续忆逝水年华》,湖北人民出版社 2008 年版。

姚荷生:《水摆夷风土记》,大东书局 1948 年版。

余光中:《余光中集》,百花文艺出版社 2004 年版。

岳南:《陈寅恪与傅斯年》,陕西师范大学出版社 2008 年版。

岳南:《南渡北归》,湖南文艺出版社 2011 年版。

曾昭抡:《大凉山夷区考察记》,中国青年出版社 2012 年版。

曾昭抡:《缅边日记》,辽宁教育出版社 1998 年版。

张寄谦编:《中国教育史上的一次创举——西南联合大学湘黔滇旅行团记实》,北京大学出版社 1999 年版。

赵瑞蕻:《离乱弦歌忆旧游——从西南联大到金色的晚秋》,文汇出版社 2000 年版。

赵瑞蕻:《诗的随想录——八行新诗习作 150 首》,南京大学出版社 1995 年版。

朱自清:《北平沦陷那一天》,《中学生战时半月刊》第 5 期,1939 年 7 月 5 日。

朱自清:《蒙自杂记》,《新云南》第 3 期,1939 年 4 月 30 日。

宗璞:《南渡记》,人民文学出版社 2005 年版。

宗璞:《东藏记》,人民文学出版社 2005 年版。

宗璞:《西征记》,人民文学出版社 2009 年版。

宗璞:《北归记》,人民文学出版社 2019 年版。

宗璞:《野葫芦须——宗璞散文全编(1951—2001)》,北京出版社 2003 年版。

(二)专　著

包亚明主编:《后现代性与地理学的政治》,上海教育出版社 2001 年版。

北京大学、清华大学、南开大学、云南师范大学编:《国立西南联合大学史料》,云南教育出版社 1998 年版。

蔡仲德:《冯友兰先生年谱初编》,河南人民出版社 2001 年版。

陈平原:《大学有精神》,北京大学出版社 2009 年版。

陈平原:《抗战烽火中的中国大学》,北京大学出版社 2015 年版。

陈思和主编:《中国当代文学史教程》,复旦大学出版社 1999 年版。

陈太胜:《象征主义与中国现代诗学》,北京大学出版社 2005 年版。

陈晓明主编:《现代性与中国当代文学转型》,云南人民出版社 2003 年版。

邓招华:《西南联大诗人群史料钩沉汇校及文学年表长编》,人民出版社 2016 年版。

杜运燮、周与良、李方、张同道、余世存编:《丰富和丰富的痛苦——穆旦逝世 20 周年纪念文集》,北京师范大学出版社 1997 年版。

段美乔:《抗战时期的文人迁移与文学流变——以抗战时期大西南文学活动为中心》,未刊稿。

范卫东:《抗战时期中国散文的自由精神研究》,南京师范大学出版社 2015 年版。

范智红:《世变缘常——四十年代小说论》,人民文学出版社 2002 年版。

冯钟璞编:《走进冯友兰》,社会科学文献出版社 2013 年版。

顾飞荣、曹新宇、施桂珍编著:《诺贝尔奖获奖者演说名篇》,世界图书出版公司 2002 年版。

何炳棣:《读史阅世六十年》,广西师范大学出版社 2005 年版。

何兆武:《思想的苇草:历史与人生的叩问》,北京师范大学出版社 2011 年版。

雷鸣:《映照与救赎——当代文学的边地叙事研究》,人民出版社 2013 年版。

李光荣、宣淑君:《季节燃起的花朵——西南联大文学社团研究》,中华书局 2011 年版。

李光荣:《西南联大与中国校园文学》,人民出版社 2014 年版。

李岫编:《李广田研究资料》,知识产权出版社 2010 年版。

刘淑玲:《吴宓和民国文人》,人民文学出版社 2016 年版。

刘小枫:《现代性社会理论绪论》,上海三联书店 1998 年版。

卢军:《汪曾祺小说创作论》,社会科学文献出版社 2007 年版。

南开大学校史研究室编:《联大岁月与边疆人文》,南开大学出版社 2004 年版。

朴月编著:《鹿桥歌未央》,台湾商务印书馆股份有限公司 2006 年版。

云南公路史编写组编:《云南公路史》,国际文化出版公司 1989 年版。

钱理群主编,吴晓东点评:《20 世纪中国文学名作中学生导读本 · 诗歌卷》,广西教育出版社 1998 年版。

钱穆:《晚学盲言》,广西师范大学出版社 2004 年版。

司马长风:《中国新文学史》,昭明出版社有限公司 1978 年版。

孙康宜、宇文所安主编:《剑桥中国文学史(下卷,1375—1949)》,生活 · 读书 · 新知三联书店 2013 年版。

唐湜:《九叶诗人:“中国新诗”的中兴》,上海世纪出版集团、上海教育出版社 2003 年版。

汪晖:《死火重温》,人民文学出版社 2000 年版。

王彬彬主编:《中国现代大学与中国现代文学》,上海人民出版社 2011 年版。

王佳:《抗战时期昆明的文化空间与文学表达》,中国社会科学出版社 2017 年版。

王建民:《中国民族学史》(上卷),云南教育出版社 1997 年版。

王义军:《审美现代性的追求:论中国现代写意小说与小说中的写意性》,上海文艺出版社 2003 年版。

王中江、安继民:《金岳霖学术思想评传》,北京图书馆出版社 1998 年版。

韦政通:《儒家与现代中国》,上海人民出版社 1990 年版。

闻黎明:《抗日战争与中国知识分子——西南联合大学的抗战轨迹》,社会科学文献出版社 2009 年版。

伍蠡甫主编:《西方古今文论选》,复旦大学出版社 1984 年版。

西南联合大学北京校友会编:《国立西南联合大学校史——一九三七至一九四六年的北大、清华、南开》,北京大学出版社 1996、2006 年版。

先燕云:《三千里地九霄云——宗璞与云南》,云南教育出版社 2000 年版。

谢慧:《知识分子的救亡努力——〈今日评论〉与抗战时期中国政策的抉择》,社会科学文献出版社 2010 年版。

谢泳:《西南联大与中国现代知识分子》,福建教育出版社 2009 年版。

徐洪军编著:《宗璞研究》,河南大学出版社 2017 年版。

许霆:《中国现代主义诗学论稿》,上海文化出版社 2005 年版。

杨奎松:《忍不住的“关怀”:1949 年前后的书生与政治》,广西师范大学出版社 2013 年版。

杨立德:《西南联大教育史》,成都出版社 1995 年版。

杨绍军:《西南联大时期的文学创作及其外来影响》,作家出版社 2007 年版。

杨绍军:《战时思想与学术人物:西南联大人文学科学术史研究》,社会科学文献出版社 2012 年版。

姚丹:《西南联大历史情境中的文学活动》,广西师范大学出版社 2000 年版。

余英时:《钱穆与现代中国学术》,广西师范大学出版社 2006 年版。

张斌峰、王中江编:《西方现代自由与中国古典传统》,湖北人民出版社 2000 年版。

张杰、杨燕丽选编:《追忆陈寅恪》,社会科学文献出版社 1999 年版。

张松建:《现代诗的再出发——中国四十年代现代主义诗潮新探》,北京大学出版社2009年版。

张新颖:《20世纪上半期中国文学的现代意识》,生活·读书·新知三联书店2001年版。

张新颖:《沈从文精读》,复旦大学出版社2005年版。

张新颖:《沈从文与二十世纪中国》,复旦大学出版社2016年版。

张在军:《西北联大》,金城出版社2017年版。

赵静蓉:《怀旧:永恒的文化乡愁》,商务印书馆2009年版。

赵园:《想象与叙述》,北京师范大学出版社2015年版。

云南省政协文史资料研究委员会等编:《云南文史资料选辑(西南联合大学建校五十周年纪念专辑)》第34辑,云南人民出版社1988年版。

周锦:《中国新文学史》,逸群图书有限公司1983年版。

朱自清:《新诗杂话》,广西师范大学出版社2004年版。

(三)译　著

[英]艾略特:《艾略特诗学文集》,王恩衷编译,国际文化出版公司1989年版。

[美]爱德华·W.萨义德:《知识分子论》,单德兴译,生活·读书·新知三联书店2002年版。

[英]保尔·汤普逊:《过去的声音——口述史》,覃方明、渠东、张旅平译,辽宁教育出版社2000年版。

[美]保罗·康纳顿:《社会如何记忆》,纳日碧力戈译,上海人民出版社2000年版。

[美]本尼迪克特·安德森:《想象的共同体:民族主义的起源与散布》,吴叡人译,上海人民出版社2003年版。

[德]本雅明:《发达资本主义时代的抒情诗人》,张旭东、魏文生译,生活·读书·新知三联书店1989年版。

[美]大卫·阿古什:《费孝通传》,董天民译,河南人民出版社2006年版。

[美]丹尼尔·贝尔:《资本主义文化矛盾》,赵一凡、蒲隆、任晓晋译,生活·读书·新知三联书店1989年版。

[德]恩斯特·卡西尔:《人论》,甘阳译,上海译文出版社1985年版。

[法]费尔南·布罗代尔:《论历史》,刘北成、周立红译,北京大学出版社2008年版。

[美]弗雷德里克·詹姆逊:《政治无意识:作为社会象征行为的叙事》,王逢振、陈永国译,中国社会科学出版社 1999 年版。

[丹]格奥尔格·勃兰兑斯:《十九世纪文学主流》(第四分册),徐式谷、江枫、张自谋译,人民文学出版社 1984 年版。

[美]海登·怀特:《话语的转义——文化批评文集》,董立河译,大象出版社 2011 年版。

[美]汉娜·阿伦特:《过去与未来之间》,王寅丽、张立立译,译林出版社 2011 年版。

[美]亨利·詹姆斯:《小说的艺术》,朱雯、乔佖、朱乃长等译,上海译文出版社 2001 年版。

[美]金介甫:《凤凰之子:沈从文传》,符家钦译,国际文化出版公司 2009 年版。

[美]李怀印:《重构近代中国——中国历史写作中的想象与真实》,岁有生、王传奇译,中华书局 2013 年版。

[奥]里尔克:《给一个青年诗人的十封信》,冯至译,生活·读书·新知三联书店 1994 年版。

[美]理查德·利罕:《文学中的城市:知识与文化的历史》,吴子枫译,上海人民出版社 2009 年版。

[以]马丁·范克勒韦尔德:《战争的文化》,李阳译,生活·读书·新知三联书店 2010 年版。

[英]迈克·克朗:《文化地理学》,杨淑华、宋慧敏译,南京大学出版社 2005 年版。

[法]莫里斯·哈布瓦赫:《论集体记忆》,毕然、郭金华译,上海世纪出版集团、上海人民出版社 2002 年版。

[法]皮埃尔·诺拉编:《记忆所系之处》,戴丽君译,行人文化实验室 2012 年版。

[法]皮埃尔·诺拉主编:《记忆之场:法国国民意识的文化社会史》,黄艳红等译,南京大学出版社 2017 年版。

[美]斯蒂芬·欧文:《追忆》,郑学勤译,上海古籍出版社 1990 年版。

[美]斯维特兰娜·博伊姆:《怀旧的未来》,杨德友译,译林出版社 2010 年版。

[英]托马斯·摩尔:《心灵书:重建你的精神家园》,刘德军译,海南出版社、三环出版社 2001 年版。

[美]夏志清:《中国现代小说史》,刘绍铭等译,复旦大学出版社 2005 年版。

[美]王德威:《抒情传统与中国现代化:在北大的八堂课》,生活·读书·新知三联书店 2010 年版。

[美]王德威:《想象中国的方法:历史·小说·叙事》,百花文艺出版社2016年版。

[德]沃尔夫冈·伊瑟尔:《虚构与想像:文学人类学疆界》,陈定家、汪正龙等译,吉林人民出版社2003年版。

[德]雅思贝尔斯:《什么是教育》,邹进译,生活·读书·新知三联书店1991年版。

[德]亚瑟·叔本华:《作为意志和表象的世界》,石冲白译,商务印书馆1982年版。

[美]易社强:《战争与革命中的西南联大》,饶佳荣译,九州出版社2012年版。

[英]约翰·哈芬登:《威廉·燕卜荪传:在名流中间》,张剑、王伟滨译,外语教学与研究出版社2016年版。

Christopher Lasch, *The True and Only Heaven: Progress and Its Critics*, New York: W.W. Norton & Company, 1991.

[英]E.M.福斯特:《小说面面观》,苏炳文译,花城出版社1984年版。

[英]R.G.科林伍德:《历史的观念》,尹锐、方红、任晓晋译,光明日报出版社2007年版。

Walter Laqueur, *Thursday's Child Has Far to Go: A Memoir of the Journeying Years*, New York: Scribner's, 1992.

(四)期刊论文

白杨:《西南联大研究现状与反思》,《云南师范大学学报》(哲学社会科学版)2018年第6期。

卞之琳:《读宗璞〈野葫芦引〉第一卷〈南渡记〉》,《当代作家评论》1989年第5期。

蔡仲德:《论冯友兰的思想历程》,《传统文化与现代化》1996年第5期。

曹莉:《置身名流:燕卜荪对中国现代派诗歌和诗论的影响》,《外国文学》2018年第6期。

曹书文:《论中国20世纪90年代的家族小说》,《云南社会科学》2006年第1期。

曾镇南:《描绘生活长河的宏伟画卷——第六届茅盾文学奖获奖作品巡礼》,《当代文坛》2005年第4期。

陈乐民、资中筠:《细哉文心——读宗璞〈南渡记〉》,《读书》1990年第7期。

陈乐民、资中筠:《宗璞八十记寿》,《书城》2008年第10期。

陈平原:《北京记忆与记忆北京》,《北京社会科学》2005年第1期。

陈平原:《文学史视野中的"大学叙事"》,《北京大学学报》(哲学社会科学版)2006

年第 2 期。

陈平原:《校园里的诗性——以北京大学为中心》,《学术月刊》2012 年第 11 期。

陈庆妃:《“南渡”文学叙事的三种范式——由〈野葫芦引〉〈巨流河〉〈桑青与桃红〉谈起》,《文学评论》2018 年第 4 期。

陈素琰:《〈宗璞散文选〉序》,《当代作家评论》2007 年第 6 期。

陈彦:《两种“上学记”》,《读书》2006 年第 12 期。

陈邑华:《现代游记的家国情怀》,《浙江大学学报》(人文社会科学版)2019 年第 2 期。

陈颖:《战后 70 年两岸抗日历史认知的差异及对文学创作与研究的影响》,《清华大学学报》(哲学社会科学版)2015 年第 5 期。

楚戈:《〈未央歌〉未央——鹿桥访问记》,1972 年 4 月号《幼狮文艺》第 120 期。

但兴悟:《“天下兴亡,匹夫有责”的再诠释与中国近代民族国家意识的生成》,《世界经济与政治》2006 年第 10 期。

杜运燮:《我和英国诗》,《外国文学》1987 年第 5 期。

段从学:《穆旦对抗日战争的认同及其诗风的转变》,《社会科学研究》2005 年第 4 期。

段从学:《穆旦与〈布谷〉副刊》,《诗探索》2010 年第 1 期。

范昌灼:《新时期宗璞散文的艺术特色》,《当代文坛》1993 年第 1 期。

范培松:《论四十年代梁实秋、钱钟书和王了一的学者散文》,《文学评论》2008 年第 1 期。

范庆超:《抗战家书的民族国家意识》,《青海民族研究》2018 年第 4 期。

费孝通:《一代学人——写在曾著〈东行日记〉重刊之际》,《读书》1984 年第 4 期。

冯金红:《体验的艺术——论冯至四十年代创作》,《中国现代文学研究丛刊》1999 年第 3 期。

冯象:《没有人知道,也没有人尊崇的纪念》,《书城》2004 年第 6 期。

冯至:《诗的呼唤——读赵瑞蕻〈八行新诗习作〉》,《读书》1991 年第 4 期。

付艳霞:《兵戈沸处同国忧——评宗璞的〈西征记〉》,《文艺理论与批评》2009 年第 3 期。

郜元宝:《汪曾祺论》,《文艺争鸣》2009 年第 8 期。

郭辉:《抗战记忆的建构及其价值》,《兰州学刊》2020 年第 2 期。

韩露:《寻访硝烟弥漫中的教育遗梦——评海男新作〈梦书:西南联大〉》,《出版参考》2017 年第 8 期。

贺桂梅:《历史沧桑和作家本色——宗璞访谈》,《小说评论》2003 年第 5 期。

贺绍俊:《归来收获的是爱情——读宗璞的〈北归记〉》,《人民文学》2017 年第 12 期。

洪小夏:《对金门战斗“三不打”的质疑与考证——兼论回忆录的史料价值及其考辨》,《近代史研究》2002 年第 3 期。

洪治纲:《集体记忆的重构与现代性的反思——以〈南京大屠杀〉〈金陵十三钗〉和〈南京安魂曲〉为例》,《中国现代文学研究丛刊》2012 年第 10 期。

黄修己:《对“战争文学”的反思》,《河北学刊》2005 年第 5 期。

黄子平:《命运三重奏:〈家〉与“家”与“家中人”》,《读书》1991 年第 12 期。

黄子平:《汪曾祺的意义》,《作品与争鸣》1989 年第 5 期。

霍九仓:《民俗对于文学究竟意味着什么》,《华东师范大学学报》(哲学社会科学版)2013 年第 5 期。

解志熙:《“灵魂里的山川”之写照——论冯至对中国散文的贡献》,《文艺研究》2016 年第 1 期。

解志熙:《“情调”风格与“传奇”形态——20 世纪 40 年代国统区小说的浪漫叙事片论》,《新乡师范高等专科学校学报》2006 年第 3 期。

金梅、宗璞:《一腔浩气吁苍穹》,《文学自由谈》1991 年第 1 期。

金以林:《战时大学教育的恢复和发展》,《抗日战争研究》1998 年第 2 期。

柯玲:《汪曾祺创作的现代意识》,《盐城师专学报》(哲学社会科学版)1998 年第 4 期。

旷新年:《个人、家族、民族国家关系的重建与现代文学的发生》,《中国现代文学研究丛刊》2006 年第 1 期。

旷新年:《民族国家想象与中国现代文学》,《文学评论》2003 年第 1 期。

雷希:《心诚则灵:三论中国学者的中国气派———冯友兰先生在西南联大校务活动考略》,《甘肃社会科学》2006 年第 2 期。

李洪华、任宗雷:《革命救亡语境中的抉择与坚守——论 1920 年代末至 40 年代的大学叙事》,《南昌大学学报》(人文社会科学版)2017 年第 5 期。

李钧:《大学之道,止于至善——论鹿桥〈未央歌〉的小说美学》,《中国现代文学论丛》2016 年第 1 期。

李杰俊:《结构与战争》,《文艺争鸣》2012 年第 1 期。

李里峰:《个体记忆何以可能:建构论之反思》,《江海学刊》2012 年第 4 期。

李良玉:《回忆录及其对于史学研究的价值》,《社会科学研究》2004 年第 1 期。

李怡:《“重估现代性”思潮与中国现代文学传统的再认识》,《文学评论》2002 年第 4 期。

李宗刚、关珊:《民国教育体制内的朱自清及其历史影像》,《福建师范大学学报》(哲学社会科学版)2016 年第 3 期。

李宗刚:《革命谱系中朱自清的散文家影像》,《山西大学学报》(哲学社会科学版)2017 年第 1 期。

李祖德:《小说、战争与历史——有关“抗战小说”中的个人、家族与民族国家》,《文艺理论与批评》2005 年第 4 期。

梁小娟:《女性的妖娆与华丽蜕变——海男长篇小说中的女性成长叙事》,《小说评论》2011 年第 6 期。

廖久明:《回忆录的定义、价值及使用态度和方法》,《当代文坛》2018 年第 1 期。

林莺:《张爱玲小说“家”意象及心理机制解读》,《浙江社会科学》2010 年第 2 期。

林元:《一枝四十年代文学之花——回忆昆明〈文聚〉杂志》,《新文学史料》1986 年第 3 期。

刘传霞:《论现代文学叙事中的女性历史人物》,《江淮论坛》2005 年第 4 期。

刘军、柯玉萍:《家国观念与中国传统文化的创造性转化和创新性发展》,《云南民族大学学报》(哲学社会科学版)2015 年第 6 期。

刘勇、李春雨:《京派及地域文学的文化意义》,《陕西师范大学学报》(哲学社会科学版)2010 年第 5 期。

刘祚昌:《西南联大忆旧——兼论“西南联大精神”》,《学术界》2000 年第 1 期。

龙泉明:《“五四”白话新诗的“非诗化”倾向及历史局限》,《文学评论》1995 年第 1 期。

芦坚强:《昆明形象的文学书写》,《学术探索》2015 年第 2 期。

罗振亚:《对抗“古典”的背后——论穆旦诗歌的“传统性”》,《南开学报》(哲学社会科学版)2007 年第 3 期。

吕洁宇:《个体精神的时代书写——读王了一〈龙虫并雕斋琐语〉》,《名作欣赏》2013 年第 11 期。

吕钦文:《把历史价值转换为当代意义——〈惯性的终结:鲁迅文化选择的历史价值〉述评》,《文艺争鸣》2000 年第 3 期。

吕若涵:《反讽、渴望与思想——近十年散文创作的理论思考》,《南京师大学报》(社会科学版)2010 年第 5 期。

马大康:《反抗时间:文学与怀旧》,《文学评论》2009 年第 1 期。

马大康:《拯救时间:叙事时间的出场》,《文艺理论研究》2009 年第 3 期。

马绍玺:《边地风景体验与西南联大诗歌》,《文学评论》2015 年第 1 期。

马绍玺:《西南联大时期冯至随笔写作的现代性新追求》,《中国现代文学研究丛刊》2017 年第 5 期。

孟繁华:《被塑造的历史与当下——近期长篇小说的讲述方式与姿态》,《当代文坛》2018 年第 2 期。

明飞龙:《抗战时期沈从文、冯至的文学创作与“风景昆明”》,《江西社会科学》2014 年第 11 期。

倪贝贝:《论燕卜荪与西南联大诗人群的关系》,《华中师范大学研究生学报》2012 年第 2 期。

潘向黎:《〈野葫芦引〉如何还原历史?》,《南方文坛》2012 年第 6 期。

逄增玉、逄乔:《时空意识与老派市民家国观念的更生和嬗变——以老舍小说〈四世同堂〉为中心》,《社会科学》2018 年第 3 期。

钱茂伟:《中国古今人际交往记忆史建构模式研究》,《浙江学刊》2018 年第 3 期。

秦林芳:《从圈内到圈外——论抗日战争前后李广田思想的嬗变》,《思想战线》2006 年第 5 期。

秦雅萌:《“物象之内”:论 40 年代汪曾祺的故乡书写》,《中国现代文学研究丛刊》2018 年第 5 期。

求索:《“西南联大现象”似成绝唱》,《宁波广播电视大学学报》2013 年第 2 期。

散木:《关于金岳霖的七个话题——再说金岳霖》,《博览群书》2006 年第 3 期。

师力斌:《恐怖中的情致——读汪曾祺的散文〈跑警报〉》,《语文建设》2005 年第 1 期。

施叔青:《又古典又现代——与大陆女作家宗璞对话》,《人民文学》1988 年第 10 期。

施新佳:《“南渡”忧思与家国怀想——抗战时期校园知识分子的精神言说》,《青海社会科学》2016 年第 6 期。

施要威:《西南联大教授群体的文化性格与联大精神》,《高等教育研究》2017 年第 3 期。

舒畅:《大后方历史文化风貌的文学再现——汪曾祺与昆明有关的散文、小说综论》,《云南师范大学学报》(哲学社会科学版)1995 年第 2 期。

舒建华:《论钱锺书的文学创作》,《文学评论》1997 年第 6 期。

宋遂良:《追求人格的完备与完善——读长篇小说〈未央歌〉》,《岱宗学刊》(创刊号）1997年第1期。

孙丙堂、袁蓉：《文学中的时间》，《重庆邮电大学学报》（社会科学版）2015年第6期。

孙先科：《从“玻璃病”到“野葫芦”——宗璞的第一篇小说和她爱情书写的诗学特征》，《文学评论》2012年第4期。

孙玉石：《郑敏：攀登不息的诗人》，《当代作家评论》1992年第5期。

孙玉石：《20世纪中国新诗：1937—1949》，《诗探索》1994年第4期。

覃琳：《当代回忆录潮的兴起及其叙事范式研究》，《思想战线》2018年第6期。

汤哲声：《中国现代通俗文学的抗战叙述和家国情怀》，《社会科学》2015年第4期。

田正平、潘文鸯：《教育史研究中的“神话”现象——以蔡元培和国立西南联合大学为个案的考察》，《高等教育研究》2017年第4期。

童振藻：《野人山考》，《禹贡》第6卷第2期，1936年。

王成：《战争的记忆与叙述》，《读书》2005年第3期。

王春林：《一部感人肺腑、荡气回肠的精神史诗——评宗璞长篇小说〈西征记〉》，《扬子江评论》2010年第1期。

王福湘：《关于周作人研究的几个问题》，《中国现代文学研究丛刊》1996年第1期。

王富仁：《战争记忆与战争文学》，《河北学刊》2005年第5期。

王佳：《都市畸变体验与西南联大现代诗——从杜运燮集外诗〈晓东街〉说起》，《现代中文学刊》2017年第6期。

王巨川、高云球：《文化语境与诗人思维——兼谈物象的踪迹与当代历史物象诗创作》，《文艺评论》2015年第9期。

王路：《金岳霖的孤独与无奈》，《读书》1998年第1期。

王铭铭：《鸡足山与凉山》，《读书》2008年第10期。

王楠：《叙述的伦理——如何叙述南京大屠杀历史记忆》，《江海学刊》2018年第6期。

王奇生：《战时大学校园中的国民党：以西南联大为中心》，《历史研究》2006年第4期。

王晓葵：《“记忆”研究的可能性》，《学术月刊》2012年第7期。

王新：《茫茫世景中的风雅颂诗——评海男长诗〈穿越西南联大挽歌〉》，《东吴学术》2015年第5期。

王学振:《李广田与抗战文学的内迁题材》,《首都师范大学学报》(社会科学版)2015年第3期。

王尧:《"最后一个中国古典抒情诗人"——再论汪曾祺散文》,《苏州大学学报》(哲学社会科学版)1998年第1期。

王泽龙:《论冯至的〈十四行集〉》,《贵州社会科学》1995年第6期。

王兆胜:《归位·蓄势·创新——论21世纪的中国散文创作》,《文艺争鸣》2010年第12期。

王佐良:《穆旦:由来与归宿——诗人逝世十年祭》,《外国文学》1987年第4期。

未眠:《现代意识理解上的几个问题》,《文艺争鸣》1986年第6期。

文学武:《论汪曾祺散文的文化意蕴》,《当代文坛》1996年第1期。

吴世奇、程亚兰:《当代家族小说的历史叙事》,《云南师范大学学报》(哲学社会科学版)2019年第1期。

吴玉杰:《抗战小说:民族"生死场"的原生备忘》,《辽宁大学学报》(哲学社会科学版)2015年第5期。

向荣:《延续与断裂:探索中的小说时间意识——兼论小说时间意识的现代涵义》,《当代文坛》1991年第6期。

徐岱、范昀:《文学书写与历史记忆——当代中国小说个案批评三例》,《浙江大学学报》(人文社会科学版)2007年第3期。

徐岱:《史与诗的张力:论宗璞和她的〈野葫芦引〉》,《文艺理论研究》2003年第2期。

徐国亮、刘松:《三层四维:家国情怀的文化结构探析》,《四川大学学报》(哲学社会科学版)2018年第6期。

徐洪军:《八十年代作家回忆录的分类——以〈新文学史料〉为中心》,《中国现代文学研究丛刊》2018年第3期。

徐迎新、张瑞瑞、吴洋洋:《抗战散文述论》,《辽宁师范大学学报》(社会科学版)2015年第6期。

许海丽:《从汪曾祺的"自然"书写看其"隐逸"》,《山东社会科学》2018年第4期。

[马]许文荣:《早发的现代叶子——马来亚现代派诗人杜运燮与其1940年代的诗》,《世界华文文学论坛》2018年第1期。

杨海燕:《论穆旦诗歌的象征性意象系统》,《山东社会科学》2009年第3期。

杨经建、王蕾:《"礼失求诸野":从民间文学中吸纳母语文学的资源——汪曾祺和母语写作之三》,《当代作家评论》2018年第3期。

杨绍军:《曾昭抡〈大凉山夷区考察记〉及其学术意义》,《西南边疆民族研究》第23辑,2017年。

杨绍军:《西南联大的语言学研究和学术史意义》,《学术界》2011年第10期。

杨绍军:《西南联大时期冯至的小说创作及其外来影响——以〈伍子胥〉为例》,《学术探索》2009年第6期。

杨绍军:《西南联大与抗战时期学术发展》,《学术探索》2017年第1期。

姚丹:《"第三条抒情的路"——新发现的几篇穆旦诗文》,《中国现代文学研究丛刊》1999年第3期。

易彬:《从"野人山"到"森林之魅"——穆旦精神历程(1942—1945)考察》,《中国现代文学研究丛刊》2005年第3期。

易彬:《赞美:在命运和历史的慨叹中——论穆旦写作(1938—1941)的一个侧面》,《中国现代文学研究丛刊》2006年第5期。

于光远:《〈金岳霖的回忆和回忆金岳霖〉》,《博览群书》1997年第1期。

袁良骏:《王力先生的文学贡献(三)》,《语文建设》2012年第10期。

袁良骏:《战时学者散文三大家:梁实秋、钱钟书、王了一》,《北京社会科学》1998年第1期。

翟耀:《纷乱的流离图和沉郁的山水画——抗战时期大后方的旅行记和游记鸟瞰》,《聊城师范学院学报》(哲学社会科学版)1991年第1期。

张慧、谢龙新:《"教学"与"创作":燕卜荪在中国的教学传播轨迹及影响》,《湖北师范学院学报》(哲学社会科学版)2016年第6期。

张剑:《威廉·燕卜荪"中国作品"中的文化、身份与种族问题》,《当代外国文学》2012年第3期。

张剑:《中英文化的碰撞与协商:解读威廉·燕卜荪的中国经历》,《深圳大学学报》(人文社会科学版)2014年第1期。

张洁宇:《诗学为叶,哲学为根——郑敏教授访谈录》,《文艺研究》2014年第8期。

张倩:《"家国情怀"的逻辑基础和价值内涵》,《人文杂志》2017年第6期。

张世君:《古典小说叙事的时空意识》,《暨南学报》(哲学社会科学版)1999年第1期。

张同道:《中国现代诗与西南联大诗人群》,《中国社会科学》1994年第6期。

张艳萍:《〈迈尔斯·斯坦迪什的求婚〉之历史时空》,《中南大学学报》(社会科学版)2013年第5期。

张永杰:《文学书写中的故乡记忆——以汪曾祺笔下的昆明为中心》,《云南社会科学》2006 年第 2 期。

张志忠、李坤、张细珍:《长篇小说〈西征记〉笔谈》,《中国现代文学研究丛刊》2011 年第 7 期。

张志忠:《士林心史 儿女风姿——宗璞小说创作论》,《文学评论》2011 年第 6 期。

章清:《“学术社会”的建构与知识分子的“权势网络”——〈独立评论〉群体及其角色与身份》,《历史研究》2002 年第 4 期。

赵慧平:《说宗璞小说的“本色”创作》,《当代作家评论》2007 年第 6 期。

郑毅:《中韩日“战争记忆”的差异与历史认识重构》,《日本学刊》2016 年第 3 期。

周定一:《莘田先生两本游记读后》,《中国语文》1999 年第 5 期。

周会凌:《于民间大地慨然挽歌——论迟子建长篇小说创作》,《海南大学学报》(人文社会科学版)2012 年第 3 期。

周礼红:《郑敏与现代主义诗歌建构——以〈诗集 1942—1947〉为例》,《深圳大学学报》(人文社会科学版)2012 年第 5 期。

周志强:《作为文人镜像的现代韵白——汪曾祺小说汉语形象分析》,《文艺争鸣》2004 年第 2 期。

朱学勤:《想起了鲁迅、胡适和钱穆》,《作品》1996 年第 1 期。

宗璞、夏榆:《痴心肠要在葫芦里装宇宙》,《上海文学》2010 年第 8 期。

宗璞:《小说和我》,《文学评论》1984 年第 3 期。

(五)报纸文章

陈友松:《云南教育感言》,《云南日报》1944 年 8 月 14 日。

韦君宜:《〈南渡记〉漫谈》,《文艺报》1988 年 10 月 29 日。

陈骏涛:《值得记取,也值得尊崇的纪念——读董易长篇小说〈流星群〉有感》,《中国新闻出版报》2006 年 3 月 23 日。

邓中良:《燕卜荪与中国》,《中华读书报》2006 年 9 月 27 日。

张弘:《西南联大文学索隐》,《新京报》2007 年 12 月 24 日。

李杨:《宗璞 希望写的历史向真实靠近》,《文汇报》2011 年 8 月 9 日。

吕文浩:《〈浪迹十年〉:社会学家陈达的笔记体著述》,《团结报》2017 年 7 月 20 日。

郑敏口述,祁雪晶采访整理:《郑敏:回望我的西南联大》,《中国教育报》2012 年 3 月 16 日。

倪咏娟:《于碎金中寻求学问之道》,《光明日报》2014 年 4 月 18 日。

马绍玺:《西南联大诗性传奇的书写》,《云南日报》2016 年 2 月 5 日。

[德]扬·阿斯曼:《“文化记忆”理论的形成建构》,金寿福译,《光明日报》2016 年 3 月 26 日。

刘汀:《宗璞长篇小说〈北归记〉:古老民族的青春叙事》,《文艺报》2017 年 11 月 27 日。

金香花:《“家国天下”观念的历史形成及其现代意义》,《光明日报》2019 年 10 月 28 日。

(六)学位论文

陈桃霞:《20 世纪以来中国文学中的南洋书写》,武汉大学博士学位论文,2013 年。

段凌宇:《现代中国的边地想象——以有关云南的文艺文化文本为例》,首都师范大学博士论文,2012 年。

邓招华:《西南联大诗人群研究》,山东师范大学博士学位论文,2009 年。

责任编辑：吴明静
封面设计：石笑梦
版式设计：胡欣欣

图书在版编目(CIP)数据

追忆与想象:西南联大的文学书写/杨绍军 著. —北京:人民出版社,2022.1
ISBN 978-7-01-023891-3

Ⅰ.①追… Ⅱ.①杨… Ⅲ.①中国文学-当代文学-文学研究 Ⅳ.①I206.7

中国版本图书馆 CIP 数据核字(2021)第 212895 号

追忆与想象:西南联大的文学书写
ZHUIYI YU XIANGXIANG XINANLIANDA DE WENXUE SHUXIE

杨绍军 著

人民出版社 出版发行
(100706 北京市东城区隆福寺街 99 号)

北京汇林印务有限公司印刷 新华书店经销

2022 年 1 月第 1 版 2022 年 1 月北京第 1 次印刷
开本:710 毫米×1000 毫米 1/16 印张:22.5
字数:308 千字

ISBN 978-7-01-023891-3 定价:65.00 元

邮购地址 100706 北京市东城区隆福寺街 99 号
人民东方图书销售中心 电话 (010)65250042 65289539